Edlef Köppen

Heeresbericht

Regenbrecht Verlag

Bibliografische Information der Deutschen Bibliothek
Die Deutsche Bibliothek verzeichnet diese Publikation in der
Deutschen Nationalbibliografie; detaillierte bibliografische Daten
sind im Internet über http://dnb.ddb.de abrufbar.

© Regenbrecht Verlag, Berlin 2018
Alle Rechte vorbehalten
www.regenbrecht-verlag.de
ISBN: 978-3-943889-895

Die Vorlage für diese Ausgabe (zuerst als E-Book 2012) war die
Erstausgabe: Edlef Köppen: *Heeresbericht*, Horen Verlag, Ber-
lin-Grunewald, 1930.

Umschlagmotiv: Flandern, deutsche Soldaten in Gasangriff,
Bundesarchiv

Herstellung: BoD – Books on Demand, Norderstedt

Denen, die mich am Leben erhielten

Oberzensurstelle Nr. 123 O. Z. 23.3.15:
Es ist nicht erwünscht, daß Darstellungen, die größere Abschnitte des Krieges umfassen, von Persönlichkeiten veröffentlicht werden, die nach Maßgabe ihrer Dienststellung und Erfahrung gar nicht imstande gewesen sein können, die Zusammenhänge überall richtig zu erfassen. Die Entstehung einer solchen Literatur würde in weiten Volkskreisen zu ganz einseitiger Beurteilung der Ereignisse führen.

Notiz: Personen und Bezeichnungen der Truppenteile entsprechen – außer in den Dokumenten – nicht der Wirklichkeit.

Erster Teil

Erstes Kapitel

1

Wir Wilhelm, von Gottes Gnaden Deutscher Kaiser, König von Preußen usw. verordnen auf Grund des Artikels 68 der Verfassung des Deutschen Reiches, was folgt: Das Reichsgebiet, ausschließlich der Königlich bayrischen Gebietsteile, wird hierdurch in Kriegszustand erklärt. Diese Verordnung tritt am Tage ihrer Verkündigung in Kraft. Urkundlich unter Unserer Höchsteigenhändigen Unterschrift und beigedrücktem Kaiserlichen Insiegel.

Gegeben Potsdam, Neues Palais,
den 31. Juli 1914
Wilhelm I. R.
von Bethmann Hollweg

Mobilmachung
Ich bestimme hiermit:
Das Deutsche Heer und die Kaiserliche Marine sind nach Maßgabe des Mobilmachungsplans für das deutsche Heer und die kaiserliche Marine kriegsbereit aufzustellen.
Der 2. August 1914 wird als erster Mobilmachungstag festgesetzt.

Berlin, den 1. August 1914
Wilhelm I. R.

Deutsche Kriegfreiwillige
Auf Grund des § 98 der Heer- und Wehrordnung kann sich jede Persönlichkeit, die ihrer Dienstpflicht noch nicht genügt hat, bei Ausbruch der Mobilmachung einen Truppenteil (Ersatzbataillon

usw.) nach Belieben wählen. Wenn er dies nicht tut, wird bei der bald einsetzenden Aushebung über ihn verfügt. Als Kriegs-freiwillige können sich solche Leute bei einem Ersatztruppenteil melden, die keine gesetzliche Verpflichtung zum Dienen haben, ferner jugendliche Personen zwischen 17 und 20 Jahren, soweit sie sich nicht in solchen Bezirken aufhalten, in denen der Land-sturm aufgeboten wird.

von Bethmann Hollweg
1. August 1914.

2

Der Student Adolf Reisiger, geb. am 1. April 1893 zu Henthen, ist heute militärisch auf seine Militärdiensttauglichkeit unter-sucht worden.
Befund: Größe 1,72
Brustumfang: 78/87
Fehler: H B 85
1 A 55 links
1 A 75 Plattfüße
H = 1
S = mit – 66/6
Tauglich.
Dr. Jakowski, 16. Aug. 14
Kgl. Preuß. Feldartill.-Reg. 96/Ersatz-Abtg.

3

Erklärung der Hochschullehrer ds Deutschen Reiches
Wir Lehrer an Deutschlands Universitäten und Hochschulen dienen der Wissenschaft und treiben ein Werk des Friedens. Aber es erfüllt uns mit Entrüstung, daß die Feinde Deutschlands, Eng-land an der Spitze, angeblich zu unsern Gunsten einen Gegensatz machen wollen zwischen dem Geiste der deutschen Wissenschaft und dem, was sie den preußischen Militarismus nennen. In dem deutschen Heere ist kein anderer Geist als in dem deutschen Vol-

ke, denn beide sind eins, und wir gehören auch dazu. Unser Heer pflegt auch die Wissenschaft und dankt ihr nicht zum wenigsten seine Leistungen. Der Dienst im Heere macht unsere Jugend tüchtig auch für alle Werke des Friedens, auch für die Wissenschaft. Denn er erzieht sie zu selbstentsagender Pflichttreue und verleiht ihr das Selbstbewußtsein und das Ehrgefühl des wahrhaft freien Mannes, der sich willig dem Ganzen unterordnet. Dieser Geist lebt nicht nur in Preußen, sondern ist derselbe in allen Landen des Deutschen Reiches. Er ist der gleiche in Krieg und Frieden. Jetzt steht unser Heer im Kampfe für Deutschlands Freiheit und damit für alle Güter des Friedens und der Gesittung nicht nur in Deutschland. Unser Glaube ist, daß für die ganze Kultur Europas das Heil an dem Siege hängt, den der deutsche »Militarismus« erkämpfen wird, die Manneszucht, die Treue, der Opfermut des einträchtigen freien deutschen Volkes.

Berlin, den 16. Oktober 1914.

4

An den Kriegsfreiwilligen Adolf Reisiger
F.A.R. 96
Regimentsstab
Feldpost

23. Oktober 1914.

Mein lieber Junge! Nun bist Du schon eine Nacht und einen Tag von uns fort. Und wenn diese Zeilen Dich erreichen, wirst Du vermutlich längst am Feinde sein. Wir wissen ja nicht, wie lange der Krieg dauert, und ich hätte es ja am liebsten gesehen, wenn ich Dich nicht mehr hätte herauslassen müssen, aber ich muß ja andererseits verstehen, daß es für Euch junge Menschen keine Ruhe gibt, und ich kann nur wünschen und hoffen, daß Du gesund zurückkehrst.

Mir ist der Abschied gestern doch sehr schwer geworden. Natürlich ist das alles anders, wenn man wie gestern auf dem Bahnhof von dem Gedanken getröstet wird, daß ich ja nicht die einzige Mutter bin, die ihr Kind jetzt an den Feind schicken muß. Und dann hatte ich den Eindruck, daß Du mit Deinen Ka-

meraden auch sehr vergnügt im Zug gesessen hast. Wir sind, als der Zug fort war, auch gleich nach Hause gefahren, weil Vater noch zu tun hatte. Ich habe aber fast gar nicht schlafen können. Du weißt ja, daß von unserer Wohnung aus der Lärm, der vom Bahnhof kommt, nachts sehr laut zu hören ist, und das war in der vorigen Nacht besonders schlimm. Ein Transportzug nach dem anderen rollte nach dem Westen. Man kann sich eigentlich gar nicht vorstellen, wo diese großen Massen von Soldaten, die Deutschland jetzt auf die Beine bringt, alle herkommen, und wie dieser ganze Betrieb funktioniert.

In der Zeitung stand gestern abend von besonders heftigen Kämpfen nordwestlich und westlich von Lille. Du wirst verstehen, daß ich mit großer Sorge daran denke, ob Euer Transport am Ende nicht gerade dort ausgeladen wird.

Vater habe ich heute morgen nur kurz gesprochen, aber er läßt Dir sagen, daß er sehr stolz darauf ist, seinen Jungen nun auch im Feld zu wissen. (Ich hätte lieber, Du könntest weiter studieren.) Ich sprach übrigens heute mittag den Bürgermeister. Alle meinen, daß der Krieg bestimmt noch vor Weihnachten zu Ende ist.

Bitte schreib, sowie Du diese Zeilen bekommen hast, und vergiß nicht, daß Du mir versprachst, jeden Tag ein Lebenszeichen zu schicken.

In Liebe

Deine Mutter

5

Der Brief wurde dem Kriegsfreiwilligen Reisiger ausgehändigt, als er mit einem Ersatztransport das Stabsquartier des aktiven Regiments Feldartillerie 96 erreicht hatte.

Nachmittags kam man dort an.

Hundemüde wurde das Kommando in einen Garten getrieben und in zwei Gliedern aufgestellt, die Front zu einer großen weißen Villa; auf der Veranda saßen Offiziere beim Kaffee.

Wo ist denn nun der Krieg, dachte Reisiger. – Sind wir jetzt an der Front? Vor zwei Tagen mußten wir unsere Waggons verlassen, weil die Züge nicht weiter fahren durften. Dann: Fußmarsch, durch zertrümmerte Dörfer. Dann: des Nachts, in der Scheune, dumpfes Zittern in den Ohren: Hört ihr, da wird geschossen. – Und nun? Die Offiziere in Litewka, ohne Waffen? Und wo sind die Geschütze? Wo ist der Feind?

»Stillgestanden! Augen – rechts!«

Ein älterer Offizier kommt die Treppe der Veranda herab, jüngere folgen ihm. Aha, der Regimentskommandeur. Hinter ihm, ein dickes Notizbuch vor der Brust, die Wachtmeister der Batterien.

Jetzt wird man uns begrüßen, denkt Reisiger. Als Nachschub, als Kameraden, die den Kämpfenden zu Hilfe kommen.

Nein. – Der Kommandeur läßt rühren, steckt sich eine Zigarette an, besieht sich die Neulinge prüfend. Aber er sagt nichts. Kein Wort. Er winkt schließlich mit der Hand. »Also los, die Batteriewachtmeister!«

Was jetzt geschieht, gleicht einer Auktion überflüssiger und lästiger Waren. Die Wachtmeister gehen die Front ab, durchmustern die Reihe, tippen dem einen und andern vor die Brust: »Sie kommen zur Ersten Batterie.« – »Sie kommen zur Vierten.« – »Sie kommen zur Leichten Kolonne.«

So geht das hin und her, unfreundlich, uninteressiert.

Reisiger sieht, daß alle Kriegsfreiwilligen bereits beschlagnahmt sind. Einer nach dem andern tritt aus der Reihe und stellt sich seitwärts auf. Nur er steht noch. Steht schließlich ganz allein.

Hat man mich vergessen? Ich habe mich doch freiwillig hierher gemeldet. Das ist doch nicht möglich, daß alle Wachtmeister einfach an mir vorüber gehen. Und die andern marschieren schon ab ...

Der dickste der Wachtmeister steckt ihm den dicken Zeigefinger erst in den Rockkragen und dann in das Koppel: »Kriegsfreiwilliger, was? Man merkts.«

Reisiger schießt Blut in den Kopf. Bin ich denn ein Museumsstück? Alle grinsen mich an. – Er blickt in lauter fett lachende Gesichter. Muß schlucken, um seine Erregung zu verbergen.

Der dicke Wachtmeister gibt ihm einen Stoß vor die Brust:

»Also gut, ich nehme dich mit. Vielleicht kann man doch noch einen Soldaten aus dir machen. Leichte Munitionskolonne 2, verstanden?«

Damit wendet er sich ab und redet mit dem Leutnant, der in der Nähe steht.

Reisiger hat zum erstenmal, seit er Soldat war, das Gefühl, ganz allein zu sein. Und viel zu jung und gänzlich hilflos. – Das ist also das Soldatenleben an der Front? Das ist die Kameradschaft vor dem Feind?

Er steht immer noch stramm und starrt gegen die weiße Villa. Die Offiziere gehen gelangweilt auf die Veranda zurück. Der dicke Wachtmeister folgt ihnen.

Nach einer Weile erscheint ein bärtiger Soldat. »Na dann komm man, Kamerad«, sagt er. »Du nimmst den Karabiner. Ich trage deinen Tornister. So, ich gehe vorweg.«

6

… Ist nicht alles zugegangen, wie es in der Fibel steht? Der gute, noble, treue, deutsche Michel; der schwarze, niederträchtige Russe, der zu Unrecht den Ehrentitel Europäer führt; der Engländer, verdächtig zuwartend, und unten im Südosten der Balkane, der Bomben wirft, mordet und verrät: alles wie in der Fibel! Man kann das politisch bedauern, – aber muß man nicht ein Volk segnen, dafür, daß es sich aus Treue und Vertrauen betrügen ließ, heute in dieser mechanisierten Zeit genau wie vor Jahrhunderten? Keine ›Kriegsbegeisterung‹, kein ›Feuer‹, wie es die Romanen haben, nicht der Schwung immer beschwingter Seelen, – aber aus Zweifel und Mißbehagen aufbrechend ein Gefühl männlicher Abwehr, schlicht, nobel, lautlos beinahe, kühn – im höchsten Grade moralisch scheint mir der Antrieb zu sein, der dies schwer bewegliche Volk in solch unerhörte Bewegung trieb. (Emil Ludwig, »Der moralische Gewinn«. Berliner Tageblatt, 5.8.1914)

Standort der 2. L. M. K.: ein kleines Dorf südlich Arras. Reisiger tritt mit seinem Kameraden aus dem Garten des Stabsquartiers auf die Straße.
Hier ist kein Krieg. Kinder und Frauen laufen herum, sitzen vor den Haustüren, lachen die beiden Soldaten an, grüßen mit deutschen Brocken »Gutten Ahm«.
»Hier wirds dir schon gefallen. Bei uns ist ein ganz anständiges Leben«, sagt der Kamerad zu Reisiger. »Na, du wirst schön müde sein. Erst mal ordentlich pennen.« Dann erzählt er. Daß er seit Anfang hier draußen ist. Und berichtet von seiner Familie. Er sei Bierkutscher, aus dem Harz. Franz Zeitler sei sein Name. Ja, und vor der Mobilmachung habe er zwei Pferde gehabt, von einer Brauerei, Prachttiere. Und daß er sich von denen habe trennen müssen, sei schlimmer gewesen als von Frau und den fünf kleinen Kindern. »Die Alte hat den ganzen Tag gekeift. – Na, hier haben wir Ruhe. Der Krieg hat schon sein Gutes.«
Er schiebt Reisiger in einen Hauseingang. »Hier ist unsere Wohnung.« Er öffnet die Tür: »Das war früher die Schule.«
Ein weißgekalktes großes Zimmer, mit einer schwarzen Tafel an der Wand. Schulbänke fehlen. In der Mitte steht ein Tisch, um ihn herum einige Stühle und große Kisten. Dahinter noch das Katheder auf einem hohen Podest. Im Zimmer zwei Soldaten.
Reisiger schloß die Tür, sagte »Guten Abend«.
Niemand antwortete. Die beiden sahen nicht einmal vom Tisch auf. Sie hatten Feldbecher vor sich, und Papier mit Wurst, und aßen ihr Abendbrot.
Jeder hatte ein Messer in der Hand, mit dem Wurst und Brot in Würfel geschnitten und dann in den Mund geschoben wurden.
Reisiger spürte eine hilflose Müdigkeit. Außerdem fühlte er rote Hitze im Gesicht. Verlegen: was soll ich denn jetzt tun? Noch einmal guten Abend sagen? Oder mich vorstellen? Oder jedem einfach die Hand schütteln?
Da bekam die stumme Gesellschaft plötzlich Bewegung.
Zeitler hatte aus einer Zeitung ein großes fettes Stück Schwei-

nefleisch gewickelt und es vor sich hingelegt. Das erschütterte. Die drei Schweigsamen erwachten aus ihrem Dämmern.

»Franz, du machst ja wieder richtig Fettlebe«, sagte der eine.

»Franz hat ‚ne neue Braut, man merkts«, sagte der zweite.

Zeitler blähte sich auf, strich seinen Bart: »Tja.« Er schnitt einen langen Fettstreifen ab und zog ihn mit blanken Lippen in den Hals.

Er schluckte und leckte sich die Finger ab. Dabei bemerkte er, daß Reisiger noch immer keine Anstalten machte, auch sein Abendbrot auszupacken. »Nanu, hast du keinen Kohldampf?« fragte er. Dann: »Mensch, wir haben vergessen, für dich Verpflegung abzuholen. Die gabs ja beim Regiment!« Er sprang auf. »Aber sei man friedlich, Pappa hats ja.«

Er holte eine zweite Schachtel. Nahm eine Wurst heraus. »So, nun hau feste rein, wir sind ja hier nicht bei armen Leuten. Da ist Brot; nun papp.«

Reisiger taute auf vor dieser Freundlichkeit. Er aß. Er aß ohne aufzusehen. So gut hatte es ihm lange nicht geschmeckt.

Inzwischen hatten die andern die Reste ihres Essens wieder sorgfältig in Zeitungen gewickelt. Sie steckten sich Zigarren an und stützten den Kopf in die Hände. Und dann begann ein Verhör.

»Du bist wohl Student, was?«

»Ja.«

»Na, da wirst du bei unserem Wachtmeister wenig erben. Studierte hat er gefressen. – Ich bin Milchhändler.«

Der das sagte, hieß Julius Stöckel. Er sah aus wie ein Seehund. Hatte kleine schwarze Borsten auf dem Kopf, einen langen, herabhängenden schwarzen Schnurrbart, verschmitzte kleine Augen, die lustig umherblickten. Er schien der Witzbold des Quartiers zu sein. Im Laufe der Unterhaltung wurde er immer lebendiger und erzählte schließlich bis in alle Details seine Ehegeschichte. Bei Stellen, die ihm besonders komisch vorkamen, schlug er jedesmal knallend auf Reisigers Schenkel oder kratzte sich mit dem offenen Taschenmesser, mit dem er vorher gegessen hatte, leidenschaftlich den Kopf.

Sein Hauptpartner war Robert Strümpel, ein Bäckermeister, mit wasserhellen Augen; blaß, aufgeschwemmtes Gesicht.

Der tat fein. Mit jedem Wort betonte er den Standesunterschied zwischen sich und einem gewöhnlichen Milchhändler. Sein hannoverscher Dialekt half ihm dabei. Das Wichtigste, was er Reisiger zu erzählen hatte, war die Geschichte seiner Kriegstrauung.

Rührend. Wenn man ihm auch nur fünfzig Prozent Glauben schenkte, so hatte man immerhin das gute Recht, sich auszumalen: der Bäckermeister habe seine Frau so ungefähr aus einem regierenden Fürstenhaus geholt, und nun tummle sich dieses zarte Mädchen trotz Kriegszeiten und trotz der Aufsicht über die Bäckerei Tag und Nacht in seidenen Hemdchen.

Und Zeitler? Wie er Strümpels plastische Erzählung ungeduldig bis zu Ende angehört hatte, fühlte er sich animiert. Bei ihm sei ein anderer Ton üblich. Er habe eine »Zanktippe« zur Frau. Ein dolles Biest. Einmal täglich müsse sie Prügel haben, sonst sei nicht mit ihr auszukommen. Aber dann lebe eine Schwägerin bei ihm. Eine Schwägerin, schön wie die Sonne! Na und so.

Erst als die Kerze auf dem Tisch im Stearinsee unterzugehen drohte, stand Zeitler auf. Zeit, schlafen zu gehen!

Für Reisiger eine neue Ratlosigkeit: Wie geht man hier im Felde schlafen? In der Garnison hatten sie gelernt, daß der Soldat vor dem Feind zum mindesten Rock und Stiefel anbehält und auch das Koppel nicht abschnallen darf.

Ja, und nun? Er beobachtete die andern.

Sie dachten nicht daran, sich an die Vorschriften zu halten. Den Rock hatten sie ja schon vor dem Essen abgelegt. Jetzt zogen sie die Stiefel aus und hängten sie sorgfältig an Nägeln auf, die am Kopfende in die Wand geschlagen waren. Dann wurde bei jedem Platz auf das Stroh ein Woilach gebreitet. Und als alle laut schnaufend sich darauf ausgestreckt hatten, wickelten sie sich mit einem zweiten ein.

Reisiger hatte nur eine Decke aus der Garnison mitbekommen. Sollte er sich also ins bloße Stroh legen? - Aber Zeitler hatte auch jetzt einen Rat. »Du, Reisiger, morgen klaue ich für dich einen pikfeinen Woilach. Heute werden wir einfach beide unter meiner Zudecke liegen. Komm, hau dich hin.«

Reisiger zog sich die Stiefel aus. Seit fünf Tagen das erstemal; die Füße brannten. Aber er fühlte sich wohl, als er lag. Es war nur etwas ungewohnt, mit einem fremden Menschen unter einer Decke.

Er schlief trotzdem schnell ein.

Einmal in der Nacht wachte er auf, lauschte. Er hörte in der Ferne ein dumpfes Grollen. Dazwischen ab und zu ein etwas helleres Geräusch ... Er war sofort wach. Er hätte sich gern aufgerichtet. Aber er wollte Zeitler nicht stören! Das ist der Krieg und da muß die Front sein, dachte er. Eine intensive Sehnsucht überkam ihn, nach vorn, nach vorn! Als sich nach einigen Minuten dieses dumpfe Grollen immer noch nicht gelegt hatte, überwand er alle Scheu, schob leise die gemeinsame Decke beiseite und tastete sich zum Fenster, dessen Kreuz schwarz gegen den Himmel stand. Draußen war nichts zu sehen.

Schließlich stieg er auf die Fensterbank. Da blitzte der Horizont von Zeit zu Zeit in einem rötlichen Licht auf, war manchmal von weißen, breiten Streifen beschienen.

Lange stand Reisiger da oben.

Erst als die Kälte ihn schüttelte, kroch er ins Stroh zurück.

8

Unser Kronprinz
telegraphiert um Rum!
12 Tassen guter Tee mit Rum im Feldpostbrief,
15 solche postfertige Feldpostbriefe zum Wiederverkauf.
1 Postkollo M. 9. –.
Thür. Ess.-Fabrik, Berlin.
(Berliner Tageblatt, 30.9.1914)

9

Am nächsten Morgen beginnt der Dienst. Und rollt Tag für Tag nach gleichem Schema.

Bald nach dem Kaffeetrinken wird Appell abgehalten. Er besteht meistens darin, daß man zehn Minuten wartet, bis der Wachtmeister erscheint; dann werden Beschäftigungen für den Vormittag eingeteilt, vor allem das tägliche Waschen des Munitionswagens. Dieser Wagen »wird zwar nie von der Stelle bewegt und hat infolgedessen auch keine Möglichkeit, schmutzig zu werden, aber das ist gleichgültig. Von zehn bis eins wird er mit Eimern von Wasser übergossen und mit Putzlappen, die am Abend vorher ausgekocht werden müssen, auf das sorgfältigste abpoliert. Und wenn endlich einmal durch den vielen Wassergebrauch an irgendeiner Stelle die graue Farbe abgerieben ist, dann wird sie feierlich durch eine neue graue Farbe ersetzt, die man in weiteren acht Tagen von zehn bis eins täglich mit weiteren Eimern von Wasser behandelt, abreibt und durch neue ersetzt. Das nennt man Dienst.
Reisiger wurde täglich deprimierter. Soldat? Kriegsfreiwillig?

10

Der Reichskanzler eröffnete die Verhandlungen mit einer kurzen Ansprache. Er begrüßte die Kommission und bezeichnete die Kriegslage auf beiden Fronten als durchaus günstig. Er wolle heute nur diese kurze Erklärung abgeben, da er morgen im Plenum ausführlichere Mitteilungen machen wolle. Natürlich bleibe noch viel zu tun übrig. Er hoffe, daß der Reichstag wieder volle Einmütigkeit zeigen werde, da gerade diese Einmütigkeit am geeignetsten sein werde, die Truppen zu weiteren höchsten Kraftanstrengungen anzufeuern.
Der Reichskanzler trat durchaus zuversichtlich auf. Freilich wies er auf die Möglichkeit einer längeren Kriegsdauer hin und riet dem deutschen Volke, beizeiten den Schmachtriemen anzuziehen. Aber er gab zugleich seiner festen Überzeugung auf den endlichen Sieg Ausdruck. Sein dringender Wunsch war es, daß die Einigkeit des Reichstages auch diesmal in die Welt leuchten möge.
(Vossische Zeitung Nr. 611, 1.12.1914)

Kriegsministerium 2.2.14. Nr. 4141/14 G. K.M.
Die Wiedergabe der Ausführungen des Reichskanzlers in Vossi-
scher Zeitung Nr. 611 vom 1.12.14, betr. Dauer und Folgen des
Krieges, ist entstellt und beruht auf grobem Vertrauensbruch,
Weiterabdruck und Erörterungen dazu unterdrücken. Exemplar
der Zeitung Nr. 611 beschlagnahmen.

12

Die im Auftrage Seiner Majestät des Kaisers von dem Reichs-
kanzler geleitete auswärtige Politik darf in dieser kritischen Zeit,
die über ein Jahrhundert entscheidet, durch keine offene und
versteckte Kritik gestört und behindert werden. Zweifel an ihrer
Festigkeit zu äußern, schadet dem Ansehen des Vaterlandes. Das
Vertrauen in sie muß gehoben und darf ebensowenig erschüttert
werden, wie das Vertrauen in die militärische Führung.
(Zusammenstellung von Zensurverfügungen des Kriegsministeriums, des Stellv. Generalstabs u. d. Oberzensurstelle des
Kriegspresseamts Berlin, Leitsätze, zu Nr. 3620/14 g. A.I)

13

Gegen die Schwarzseher
Der stellvertretende kommandierende General des 7. Armeekorps
v. Gayl veröffentlicht in den Zeitungen seines Korpsbezirks eine
Mahnung zum Ausharren und Vertrauen. »Ist es wahr«, fragt
er, »daß dieses Vertrauen hie und da zu wanken beginnt? Daß
Schwarzseher am Werke sind, um in ihren Kreisen flau zu ma-
chen und die frohe Zuversicht zu dämpfen?« Und er gibt darauf-
folgende Antwort:
»Sollte das so sein, dann mag es mit aller Deutlichkeit gesagt wer-
den: Weder jetzt noch je haben wir irgendwelche Ursache, in dem
Vertrauen auf den glücklichen Ausgang des Krieges uns beirren zu
lassen. Vor 44 Jahren hat unser Schwert sieben Monate nicht ge-
rastet; heute aber sind die Verhältnisse der Kriegsführung, die Zahl

der Kämpfer, die Ausdehnung der Fronten ins Ungemessene ge-
wachsen. Und Feinde ringsum! Die Abrechnung mit ihnen, an der
uns treue Verbündete helfen, ist aber wahrlich im besten Gange.
Im Sturme haben wir, dem Gebote der Notwehr folgend, Belgi-
en erobert; unsere Truppen stehen unbezwinglich in Ost und West
auf fremdem Boden, unsere Schiffe sind der Schrecken der Feinde.
Ein Krieg freilich, in dem jeder Tag einen neuen Sieg brächte, in
dem es keinen Wechselfall, keinen Rückschlag gäbe, wäre in der
Tat ein merkwürdiger Krieg! Die beste Gewähr für einen glückli-
chen Ausgang ist der herrliche Geist unserer Truppen. Je näher am
Feind, desto stürmischer ihr Kampfesmut, ihre Begeisterung, ihr
Wille zum Siege. Und unter uns, die wir hinter der Front wie im
Schatten des Friedens leben, sollte einer verzagen? Tue ein jeder in
erhöhtem Maße seine Pflicht und helfe er vor allem wirtschaftlich
mit an der Stärkung unserer Kriegsrüstung: dann dürfen wir alle
mit fester Zuversicht auf den Sieg unserer guten Sache hinübertre-
ten ins neue Jahr! Gott schütze Kaiser und Reich!«

General v. Gayl hat mit seiner Aufforderung zur Festigkeit
durchaus recht. Aber vielleicht wäre diese Predigt gegen die
Flaumacher nicht nötig gewesen, wenn sich einzelne Kreise
beim Beginn des Krieges in der Verteilung von Vorschußlor-
beeren etwas größere Zurückhaltung auferlegt hätten.

14

Die Verbreitung unwahrer Siegesnachrichten strafbar
Das Generalkommando des 10. Armeekorps teilt dem »Hann.
Courier« mit: Verschiedene Vorgänge in der letzten Zeit ma-
chen es notwendig, ausdrücklich darauf hinzuweisen, daß auch
Ausstreuungen und Verbreitungen nicht erweislich wahrer Sie-
gesnachrichten unter die Strafbestimmung der Bekanntmachung
vom 15. Nov. 1914 fallen. Sie sind im hohen Grade geeignet, die
Bevölkerung zu beunruhigen und das Vertrauen in die oberste
Heeresleitung zu erschüttern. Gegen die Urheber solcher falscher
Nachrichten wird unnachsichtlich vorgegangen werden; sie wer-
den, wenn die Gesetze nicht eine höhere Freiheitsstrafe bestim-
men, mit Gefängnis bis zu einem Jahre bestraft. Die Verhängung

einer Geldstrafe ist ausgeschlossen. In mehreren Fällen ist ein
Strafverfahren bereits eingeleitet.
(Berliner Tageblatt; 29.12.1914)

15

Restaurant »Central-Hotel«
Silvester-Feier
Beginn des Festessens 9 Uhr
Speisenfolge:
Austernpastetchen
Klare Schildkrötensuppe in Tassen
Lendenschnitten mit verschiedenen Gemüsen
Holländer Hummer, kalt, mit Tiroler Tunke
Junge Pute mit Kastanien gefüllt
Escarolsalat und Dunstobst
Berliner Pfannkuchen Käsebissen – Näschereien
Überraschungen
(Inserat vom 31.12.1914)

16

Cirkus Alb. Schumann
Bei kleinen Preisen
Ost und West
Großes patriotisches Schaustück aus der Gegenwart
in 4 Akten
1. Akt. Die Russen in Galizien
2. Akt. Deutsche in Belgien
3. Akt. Unsere Helden in Frankreich
(Kriegsepisoden)
4. Akt. Angriff auf eine Festung
Die phänomenale Schluß-Apotheose
400 Mitwirkende. 2 Musikkapellen. Sängerchor
(Berliner Tageblatt, 27.12.1914)

Zweites Kapitel

1

In der Nacht zum 20. Januar 1915 bekam der Kriegsfreiwillige Adolf Reisiger den Befehl, sich am nächsten Morgen 5 Uhr 30 in der Feuerstellung der 1. Batterie F.A.R. 96 zu melden. Sachen packen. Schnürstiefel in den Tornister, Kochgeschirr gereinigt, Trinkbecher abgewaschen, die Decke gerollt. Reisiger machte sich auf den Weg. Die anderen schliefen. Adieu zu sagen, verbot der soldatische Anstand. Wegweiser gab es nicht. Auch der Posten am Dorfende hatte keine Ahnung von der Feuerstellung I/96. Er gab den Rat, immer dorthin zu gehen, wo die Leuchtkugeln aufstiegen, und wo zuweilen einem rötlichen Blitz ein dumpfer Schlag folgte.

Reisiger war voller Aufregung. Vor ihm, das wußte er, liegen Kameraden. Aber neben ihm dehnt sich die schwarze Ungewißheit. Was ist »die Front«? Und was ist »der Feind«, der irgendwo lauert, nahe oder fern, und dessen Fangarme man nicht abschätzen kann?

Die breite Chaussee, an der rechts und links Pappeln stehen, war einstweilen eine zuverlässige Richtschnur.

Reisiger marschierte.

Einmal gab es einen Schreck. Hinter ihm fauchte es, brach ein Lärm aus, näherte sich mit unsinniger Geschwindigkeit. Reisiger sah sich um, erblickte nichts. Hörte lauter, sprang links hinter einen Baum. Dann: ein Motorradfahrer, unbeleuchtet, jagte an ihm vorüber. Und wieder Ruhe.

Aus einer Stunde Marsch waren zwei geworden.

Die Uhr zeigte 5,10. Längst hatten es die weißen Leuchtkugeln aufgegeben, dem schwarzen Himmel Konkurrenz zu machen. Auch die dumpfen Schläge hatten aufgehört. Es war eine absolute Stille. Nichts regte sich. Das Gefühl »Mir geht es gut« nahm Besitz von Reisiger. Er ging schneller. Am liebsten hätte er gesungen. Aber ein Absatz aus den Dienstvorschriften stieg vor ihm auf, der besagte, daß man am Feind nicht singen, nicht sprechen, nicht einmal rauchen darf.

Da gab es einen kurzen, harten Knall neben seinem Ohr. Ein singender Ton zog an ihm vorüber, beinahe: als zwitschere ein Vogel. Der Ton endete mit einem harten Schlag drüben an einem Baum.

Das war ein Gewehrschuß! Der zerschlug kurz und bündig alle Gedanken an Wohlbefinden, an Rauchgelüste.

Reisiger steckte die Hände in die Taschen und ging noch schneller.

Schließlich sah er links, dicht an der Chaussee, matten, gelblichen Lichtschein. Nach wenigen Minuten ein halblautes »Halt, wer da?«. Die Batterie I/96 war erreicht.

2

Hauptmann Mosel langweilte sich entsetzlich. Langeweile war seine Hauptbeschäftigung seit vier Monaten. Der verfluchte Stellungskrieg! Wo ist eine Betätigung, wie sie anständigen aktiven Offizieren zukommt? Wenn man noch an September 1914 denkt! – Da war man, zu Pferd selbstverständlich, täglich mit Hurra offen aufgefahren, hatte abprotzen lassen, hatte im direkten Richten zwanzig, dreißig Schuß aus der Flinte gejagt. Ach, wie die Engländer aus den Getreidehocken gesprungen waren, mit langen Beinen, die so gut zu dieser Rasse passen! Und man hatte, selbstverständlich, Brei aus ihnen gemacht. Dann aufgeprotzt, Anhöhe herunter, im Galopp hinterher bis zur nächsten, und dasselbe Theater drei-, viermal am Tag. Und jetzt, hier, saß man fest. Auch hohe Lackstiefel und die graue Litewka mit den schwarzen Aufschlägen konnten nicht trösten.

Seit Wochen fiel kein Schuß vom Feind, und, was viel schlimmer war, seit Wochen durfte man selber nicht schießen. Man lag sich auf drei Kilometer gegenüber, als ob man miteinander befreundet und beiderseits laut freundlicher Vereinbarung in einen gesegneten Winterschlaf verfallen wäre. Sinnlos!

Jetzt gab es kommissige Befehle, in der Feuerstellung Fuß-

dienst abhalten zu lassen und Geschützexerzieren zu betreiben. »Krieg in Unterhosen«, nannte Mosel diesen Sport.
Erträglicher wurde es nachts. Die Batterie baute im Schützengraben eine Beobachtungsstelle. Von 11 bis 4 Uhr früh wurde geschanzt. Fast alle Mannschaften waren auf den Beinen. Gut, das war Bewegung, hatte einen Hauch von Feldleben.
Mosel kroch von 11 bis 4 Uhr jede Nacht zwischen seinen Leuten umher, tauchte bei den Schanzkolonnen auf, schnaubte zwischen die Zähne hindurch Befehle, verschwand, zeigte sich bei der Infanterie in der ersten Linie, war dauernd hier und dort.
Er glich einem Jagdhund, die Nase auf Spuren, wo ist die Beute, das Opfer, such, such!

3

1/F.A.R. 96 besteht aus sechs Geschützen. Sie haben den Feldzug seit Beginn des Krieges mitgemacht und sind noch alle unversehrt. An den Schutzschilden sieht man wie Pockennarben den Anprall von Schrapnellkugeln, aber das Stahlblech war zuverlässig und – bei Le Cateau hat es sich bestätigt – die Munition des Feindes soll nach allgemeinem Urteil nichts taugen.
Die Geschütze stehen, rechts neben sich je einen Munitionswagen, mit etwa zwanzig Schritten Abstand, das eine neben dem andern, fast in einer Reihe. Sie sind nicht eingegraben, sondern auf blanker Erde. Hauptmann Mosel hält es nicht für nötig, Schanzarbeiten machen zu lassen. Das Gefühl von Deckung verführt zur Feigheit. Und außerdem sind Erdarbeiten vom feindlichen Flieger seiner Auffassung nach sehr leicht festzustellen. So geschieht also nur, daß man etwas Sand gegen die unteren Schilde wirft und daß man als Deckung große Zeltbahnen über jedes Geschütz und jeden Munitionswagen breitet. Und nun, siehst du es von weitem, könntest du glauben, graubraune Gebirge einer Mondlandschaft vor dir zu haben.
Auch als eines Tages der Regimentskommandeur die Stellung

besichtigt und Zweifel äußert, ob nicht am Ende Flieger doch die Batterie, die ja in einem großen Rübenfeld steht, als braunen und deshalb auffälligen Streifen erkennen könne, wird nicht mehr geändert, als daß man Rüben köpft und Köpfe mit Stiel und Blättern sorgsam auf die Zeltbahnen verpflanzt. Rechts außerhalb der Batterie wohnt die Mannschaft. Da ist Loch neben Loch. Die Wände aus dickem Lehm. Das Dach aus Rübenköpfen auf Teerpappe. Ohne Fenster, ohne Tür. Die Eingangsöffnung verschließt eine Zeltbahn. Das genügt, um die Wärme der kleinen Kanonenöfen reichlich zu halten. Stühle und Tische gibt es nicht, und die Erde, nur in weniger besser möblierten Räumen mit Holzrosten bedeckt, bildet das nicht sehr breite Bett. Drei Mann schlafen in jedem Loch. Am äußersten Ende siehst du den Unterstand des Batterieführers. Mosel haßt jeglichen Komfort. Schon ein Ofen war ihm so lange zuwider, bis seine Füße streiken wollten. Jetzt brennt das Feuer und macht es ihm möglich, auf einer Margarinekiste Briefe zu schreiben. Und seit drei Monaten von Sonntag zu Sonntag die Meldung an die Abteilung: daß der Zustand der Mannschaft unverändert gut, der Munitionsbestand unverändert der gleiche, und im übrigen an der Front keinerlei Neuigkeiten festzustellen seien.

4

Reisiger war dem dritten Geschütz der Batterie zugeteilt worden. Mit ihm im gleichen Loch wohnten der Kriegsfreiwillige Herrmann und Reservist Süßkind.
An diesem Sonntag schlief man bis 1 Uhr mittags. Dann knurrte der Magen. Reisiger, der Jüngste, mußte kochen. In einer Konservenbüchse in der Ecke des Unterstandes quollen Erde, Reis und Nudeln. Das tat er in Wasser und setzte es auf den Ofen. Als es gar war, verteilte man es gerecht in drei Teile und aß es mit Marmelade. Das Rezept war neu, Reisigers Erfindung. Da es selbst dem »Alten Mann« Fritz Süßkind gut gefiel, war schnell Freundschaft geschlossen. Reisiger bot nach Tisch Zigaretten an. Es ergab sich ein Gespräch.

Süßkind: »Bist du schon lange draußen?«

Reisiger: »Ich war bei der Kolonne, bin jetzt zum erstenmal in Feuerstellung.«

Herrmann: »Gefällt es Ihnen bei uns?«

Süßkind: »Zu dem kannst du ruhig du sagen, der ist auch nicht weniger als wir.«

Reisiger (verlegen): »Gut. Nur – ich habe mir den Krieg ganz anders vorgestellt.«

Süßkind: »Ja, Scheiße! Mensch, das ist alles Dreck, was du dir auch vorstellst. Und ich sage dir, wenn wir hier nicht bald durchbrechen, sind wir nächste Weihnachten auch noch nicht zu Hause.«

Reisiger: »Seit Anfang an dabei?«

Süßkind: »Klar, ich bin mit dem Alten ausgerückt. – Das ist ein patenter Junge, der Mosel. Er ist jetzt bloß so krötig, weil nichts los ist.«

Herrmann: »Ich bin seit Weihnachten in der Batterie. Ich habe noch keinen Schuß gesehen. Und wir haben auch noch nicht gefeuert.«

Süßkind: »Na und die Beobachtungsstelle vorn ist doch auch Quatsch. Das machen sie bloß, damit wir Bewegung haben.«

Reisiger: »Sie meinen nicht, daß der Feind hier mal durchbricht? Wenn Frühling wird, soll doch irgend etwas erwartet werden, steht in den Zeitungen.«

Süßkind: »Laß ihn man durchbrechen. Der hat kein Glück mit uns. Mein Lieber, da kennst du Mosel schlecht. Wenn der erst mal gereizt ist, bleibt kein Auge trocken.«

Reisiger: »Ich möchte schon mal dabei sein.«

Süßkind: »Nur nicht drängeln. Besser als hier, sage ich mir immer, kann man es gar nicht haben. Was willst du denn mehr? Wir haben unsere Wohnung und haben jeden Tag unser Essen und haben keine Sorgen. Mein Lieber, du kannst mirs glauben: eine ganze Masse von uns haben zu Hause in Zigarrenkisten schlafen müssen, und hier können sie sich richtig ausstrecken. Und schließlich ist das mit dem Heldentod doch auch so eine Sache. Damals, September 14, wie wir das letzte Gefecht hatten, da haben wir rund vierzig Mann verloren. Und da war ein alter Fahrer dabei, dem sie den Kopf abgerissen haben, und der hat immer gesagt, lieber fünf Minuten feige, hat er gesagt, als das ganze Leben tot.«

Alle lachen. Adolf Reisiger denkt an viele Artikel der Kriegsberichterstatter, in denen immer wieder vom »unverwüstlichen Humor unserer braven Feldgrauen« die Rede ist. Voilà! Das Gespräch lebt nicht wieder auf. Süßkind hat sich inzwischen auf die Seite gerollt und schläft. Der Kriegsfreiwillige Herrmann nimmt aus seiner Mütze einen Bogen Papier und beginnt einen Brief zu schreiben. Wer von Unterstand zu Unterstand geht, kann feststellen, daß beinahe jeder Mann auf den Knien seine Mütze und auf der Mütze ein Stück Papier hat und mit mehr oder minder geübter Hand Schreibarbeit verrichtet.

5

Brief des Hauptmanns Mosel an seine Frau:

Liebe Leni! Sonntag nachmittag, zum Verrecken langweilig. Mir hat man vor 14 Tagen (oder schrieb ich Dir das schon) den Leutnant Keller abkommandiert, und jetzt sitze ich hier in knietiefem Dreck in einer blödsinnig langweiligen Bude und kann mit keinem Menschen ein vernünftiges Wort sprechen. Bin hier der einzige Offizier, werde aber schleunigst den Antrag stellen, daß man mir irgendeinen Leidensgenossen in die Stellung raufschickt. Denn Oberleutnant Busse, der ja zu I/96 gehört, wechselt mit mir alle drei Tage ab und haust also jetzt unten bei den Protzen. Was mache ich? Ich lasse mir jeden Morgen mit dem Verpflegungswagen eine Flasche Sekt raufschicken und trinke auf Dein Wohl. Im übrigen beneide ich Deinen Bruder Karl. Im Osten ist eben doch anderer Zug, und ich sehe schon kommen, daß die drüben den Laden schmeißen. Und wir stehen da und es ist noch sehr die Frage, ob ich dann planmäßig Major werde. Von E.K. 1 übrigens keine Spur.

Brief des Vizewachtmeisters Michaelis an seine Braut:

Meine liebe Braut! Habe gestern Dein liebes Feldpostpäckchen mit Zigarren bekommen und sage ich Dir herzlichen Dank dafür. Die Zigarren sind gut. Wir leben hier bon wie Gott in

Frankreich. Ich wollte, daß Ihr zu Hause ebenso lebt. Viel zu essen und gar nichts zu arbeiten. Von mir aus könnte der Krieg noch zehn Jahre so weitergehen. Und dann würde ich auch bestimmt Feldwebelleutnant und wir könnten heiraten. Schick bitte keine wollne Leibbinde mehr, da ich noch zwei von Dir habe und wir zu Weihnachten beim Liebesgabentransport noch viele bekommen haben, wovon auch drei auf mich fielen. Dabei ist der Winter nicht sehr kalt.

Aufzeichnung Reisigers:
Feuerstellung vor Arms. Bin sehr glücklich. Nette Kameraden (ja, es gibt wirklich so etwas; alles wie eine große Familie, auch hier an der Front). Der Hauptmann ist komisch: beachtet mich überhaupt nicht, hat mich nicht einmal verhört, als ich mich bei ihm meldete. – Scheint sehr beliebt zu sein. – Jetzt ist Nachmittag. Was werden sie in Deutschland heute machen? – Ich werde noch etwas schlafen.

Meldung von F.A.R. 96 an Division:
Beobachtung I/96 meldet Schanzarbeiten im feindlichen Graben bei Punkt 308. Sonst im Abschnitt nichts Neues.

Meldung der Division an A.O.K.:
Im Abschnitt der I. D. nichts Neues. Feind versuchte in der letzten Nacht vor der 6. Kompanie I. R. 186 eine Sappe vorzutreiben. Die Kompanie eröffnete Schützenfeuer. Der feindliche Versuch muß als vereitelt angesehen werden.

Großes Hauptquartier, 20. Januar 1915:
Bei Notre Dame de Lorette nordwestlich Arras wurde dem Feinde ein 200 Meter langer Schützengraben entrissen, dabei sind 2 Maschinengewehre erbeutet und einige Gefangene gemacht.

6

Das sonntägliche Gefühl schwand bei Sonnenuntergang die Gruppen treten für die Nachtarbeit zusammen. Diesmal sind die Schanzarbeiter verstärkt worden, der Bau des Beobachtungsstandes im Schützengraben muß innerhalb der nächsten 48 Stunden fertig sein! In der Batterie bleiben also nur zwei

Mann pro Geschütz, dazu Wachtmeister Conrad und zwei Unteroffiziere.

Die andern setzen sich, stumm, gegen den Bahndamm hin in Bewegung.

Bald schleppt alles Eisenbahnschwellen, Schienen und Stacheldraht.

Reisiger ist voller Spannungen. Er empfindet es nach der Ruhe des Sonntags als ein beglückendes Gefühl, Soldat hier an der Front sein zu dürfen. Und wie er stumm hinter seinem Vordermann hertrabt, wird aus diesem Gefühl Stolz. Wie armselig, denkt er, ist das Leben unten in der Kolonne. Natürlich, auch da müssen Menschen sein, und, natürlich, auch sie tun ihre Pflicht; aber wenn man Soldat ist, gehört man an den Feind!

Er schleppt gemeinsam mit Kerner eine Schwelle. Als sie an der Beobachtungsstelle angekommen sind, lassen sie sie zu Boden gleiten. Sie poltert dumpf, gibt den einzigen Lärm in der Stille.

Die Nacht ist sternklar. Die weiße kalkige Linie des eigenen Grabens läßt sich nach beiden Seiten weithin verfolgen.

Also das ist unser erster Graben? – Reisigers Neugier ist geweckt. Wo ist die Infanterie? – Man sieht nichts. Vielleicht, daß im Mondlicht undeutliche Schatten sich rühren. Das ist alles. – Und wo ist nun der Feind?

Reisiger greift mit den Händen hoch, zieht sich an der Wand nach oben. Steckt schließlich den Kopf vorsichtig über die Böschung.

Wieder eine weiße Linie, schmaler, stellenweise überdunkelt.

»Dir werden sie noch in die Schnauze schießen, wenn du deinen Rüssel nicht wieder einziehst«, sagt Kerner, der auf der Grabensohle stehen bleibt und dumpf gähnt.

»Ich habe doch noch nie einen feindlichen Graben gesehen.«

»Sprich leise, du Affe, oder denkst du denn, die da drüben haben keine Ohren? In der Nacht hört man kilometerweit. Wir haben Heiligabend sogar die Glocken von Arras gehört. – Sei mal ganz still.«

Dabei schiebt sich Kerner neben Reisiger. Beide lauschen.

Reisiger hält den Atem an. Er spürt, daß sein Herz gegen den Kalk schlägt.

Seltsam: ja, in der Ferne hört man Geräusche. Ein Hund heult heiser ein paarmal auf. Einmal reißt der Pfiff einer Lokomotive durch die Luft. Außerdem zittert das Klirren und Rattern von Wagen.

Das also ist der Feind!?

Aber keinen Augenblick kommt das Bewußtsein »Feind« in Reisiger auf. Das alles klingt wie friedliches Leben. Hundebellen, Lokomotivenpfiff, Geräusch von Wagen: das alles ist fast eine Vision der Heimat.

Im Sommer, in den Ferien, wenn es warm war und man nicht schlafen konnte vor den seltsamen Erregungen einer Augustnacht, dann gab es in der Heimat diese Geräusche.

Oder auch die wirren Träume der Kindheit umschlossen das alles. Der Hund beim Nachbar war durch fremde Schritte gestört. Der Zug schickte sich zur Reise in unbekanntes Land an. Und dann fuhren schüttelnd Wagen durch die Nacht; die alte Droschke, in der der Arzt oft noch zu Kranken gerufen wurde, ein Kremser mit müden Menschen, die vom Sommerfest kamen, Heuwagen, die den Sonnenuntergang verpaßt hatten und sich nach der Scheune sehnten.

Reisiger brennt seine Augen in die Ferne.

»Du, Reisiger —«

»Laß mich doch hier.«

Kerner stößt ihm in die Seite: »Du bist ja verrückt, Mensch, wir müssen doch zurück und neue Bohlen schleppen; wenn uns der Alte hier schnappt, haucht er uns gehörig an. Komm.« Er springt nach unten und reißt Reisiger am Rock nach. »Nun mach schon, daß wir weiter kommen. Du weißt ja, fünfmal muß jede Kolonne traben. Wenn wir uns nicht beeilen, sind wir morgen früh noch hier.«

Also traben sie.

Als sie das viertemal ihre Last an der Beobachtung abgeworfen haben, keucht Reisiger: »Es ist doch eine verflucht schwere Arbeit.« Er hat das Gefühl, als seien beide Schultern durchgedrückt und wund. Er lehnt sich erschöpft gegen die Grabenwand und kaut an einem Grashalm.

Kerner wischt sich mit dem Handrücken über die Stirn. »Du kannst wohl nicht mehr? Ja, Junge, gelernt ist gelernt –«

Er dreht sich ab. »Na, komm schon. Oder willst du noch ein bißchen hier liegen bleiben. – Also ich gehe, du kannst ja langsam nachtippeln.«

Reisiger ist nun ganz allein.

»Pfui Deibel, diese Schufterei! – Und Durst! – Wo wohl die Infanterie ist? Da müßte doch irgendwas zu trinken sein.«

Reisiger überlegt nicht lange. Was kann mir schon passieren. Schließlich bin ich ein junger Soldat – und kann mich mal verlaufen haben.

Er macht ein paar Schritte nach rechts, hinein in die Windung des Grabens.

Dann bleibt er stehen. Erschrocken. Vor ihm, da, ein Mensch. Der rührt sich nicht, dreht nicht einmal den Kopf nach ihm, als er sich leise räuspert.

Aha, ein Infanterist!

Reisiger sagt schüchtern »Guten Abend«. Der Infanterist nimmt seinen Kopf ein wenig zur Seite. »Bist wohl von der Artillerie?«

Dann kommen sie ins Gespräch.

Soso, Artillerist, Kriegsfreiwilliger, das erstemal hier vorn im Graben? – Das war ein gefundenes Fressen für den alten Krieger. Er beginnt zu erzählen. Aufzuschneiden.

Ja, der Krieg hier vorn! Eine dolle Sache! »Ihr Artilleristen habt ja gar keine Ahnung, wie es uns geht. Steh du mal Tag und Nacht vor den Franzosen – mein Lieber, da kannst du was erleben!«

Reisiger begreift sehr wenig. Wie er den Mann ansieht, dick in einen Mantel gehüllt, das Gewehr neben sich an die Wand gestellt, kann er nicht verstehen, daß hier vorn der Krieg so heftig sein soll. Der erste feindliche Graben liegt nur 200 Meter von hier entfernt? – Merkwürdig. Das ist ja wirklich keine Entfernung.

Aber Gefahr?

Er hat das Gefühl völliger Gefahrlosigkeit. – 200 Meter? – »Natürlich muß man hier mächtig auf dem Kien sein, sonst kommt der Franzmann plötzlich rüber – und schon schnappt er uns«, sagt der Infanterist. »Wir haben ja natürlicherweise auch schwere Verluste«, fügt er hinzu.

Verluste?

Reisiger lauscht hinaus. Kein Schuß. – Verluste, und kein Schuß? – Ach, der Kerl schwindelt. Außerdem spricht er so geringschätzig von der Artillerie. Unangenehm.

Reisiger dreht sich um und verabschiedet sich. »Na so schlimm wirds schon nicht sein.«

Als er zu der Baustelle des Beobachtungsstandes zurückkehrt, ist kein Mensch mehr da. Er sieht das aufgehäufte Material, die andern scheinen also ohne ihn abgerückt zu sein. Ihn packt die Unruhe: das gibt Krach. Oder ich muß versuchen, die Kameraden noch vor der Feuerstellung einzuholen. – Soll ich querfeldein laufen? Dann schaffe ich es bestimmt.

Einen Augenblick zögert er. Aber schnell verschiebt er die Besorgnis, die aufkommen will, stemmt sich an der Rückwand des Grabens hoch, steht oben, auf freiem Feld. Er sieht kurz in Richtung auf den Feind; danach wendet er ihm den Rücken zu und geht in Richtung auf die Batterie. Der Weg querfeldein ist wesentlich weniger beschwerlich als durch den Graben. Eine Wiese mit kurzem Gras, festgefrorenem Boden. Man kann schnell ausschreiten.

Ein paarmal liegen da dunkelrandige Löcher, mit weißen Kalkstücken gefüllt.

Reisiger betrachtet sie: aha, also da hats mal eingeschlagen.

Er ist etwa zehn Minuten gegangen, da bleibt er stehen. Ihm wird plötzlich heiß. Vor ihm liegen Menschen! Er wirft sich platt auf die Erde. Er schließt einen Augenblick die Augen, öffnet sie wieder, kontrolliert: ja, da vor ihm liegen Menschen! Er zählt: drei kann er erkennen. Sie liegen in einer Reihe, zwei platt auf dem Bauch, der dritte kniet. Sie haben das Gewehr im Anschlag, die Gewehrläufe ungefähr auf ihn gerichtet.

Ihn packt eine Angst. Feind? Feind kann es doch nicht sein. Andererseits: was sollen Deutsche hier mitten auf freiem Felde? – Er richtet sich etwas hoch und will ihnen zurufen. Aber da wird die Dämmerung von einer Leuchtkugel weggerissen. Und er steckt sein Gesicht ins Gras.

Ist denn nicht irgendwo der Anmarschgraben? Er sieht nichts.

Dann bleibt also nichts weiter übrig, als sich den Menschen da vorn bemerkbar zu machen.

»Hallo«, flüstert er. »Kameraden, ich bin einer von uns.« Sie bleiben unbeweglich, halten weiter den Lauf der Gewehre auf ihn gerichtet. Er wiederholt den Satz, diesmal etwas lauter.

Keine Antwort.

Er hält es für das beste, auf dem Bauch bis zu ihnen zu kriechen. Das sind höchstens dreißig Meter.

Ihm ist nicht wohl. Doch was hilft es. Hier liegenbleiben kann er nicht.

Er kriecht also vorwärts. Langsam. Er verzögert jede Bewegung seines Körpers.

Die Soldaten sind nun höchstens noch sechs Schritt von ihm entfernt. »Kamerad«, flüstert er. – Keine Antwort.

Jetzt bekommt Reisiger Angst. Es muß doch irgendeine Verständigung möglich sein! Es gibt zweierlei: entweder jetzt aufspringen und an den Kerls vorbeirennen in Richtung auf die Feuerstellung. Oder mit einem Satz sich neben den ersten hinlegen, damit er wenigstens sein Gewehr nicht rumreißen kann.

Das Zweite ist vernünftiger.

Reisiger drückt sich mit den Händen vom Boden ab und liegt in der nächsten Sekunde neben dem Soldaten. Er schiebt ihm sein Gesicht dicht ans Ohr und sagt: »Kamerad, du kannst doch hier nicht schlafen. Stellt euch vor, wenn jetzt ein Offizier kommt.«

Keine Antwort.

Der Kamerad hält immer noch das Gewehr stur vor sich hin, dreht nicht einmal das Gesicht.

Reisiger stößt ihn an: »Du, red doch, es wird ja gleich hell.«

Keine Antwort.

Da legt Reisiger seine Hand auf die Rechte des Nebenmanns. Die ist eiskalt.

Reisiger zieht seine Hand zurück und reißt sich mit einem Ruck in die Knie. Ach so. Ach so – der ist tot?

Er sieht vorsichtig zum Zweiten, zum Dritten.

Sie bleiben alle reglos. Sie haben das Gewehr im Anschlag, zwei liegen auf dem Bauch, der dritte kniet.

Die sind tot? Kein Kopf ist heruntergesunken, kein Helm abgefallen, kein Finger vom Gewehrschaft gelöst. Genau so, wie Reisiger es als Kind oft auf Exerzierplätzen gesehen hatte, liegen hier drei gefechtsbereite Infanteristen, das Gesicht gegen den Feind, gut ausgerichtet.

Nur, ach so, daß sie tot sind.

Die ersten Toten, die der Kriegsfreiwillige Adolf Reisiger im Felde zu sehen bekommt.

Er ist völlig ruhig. Alle Angst ist weg. Gar keine Aufregung, gar kein Herzklopfen.

Ja, er bleibt ein paar Minuten neben diesen toten Kameraden auf den Knien, erstaunt darüber, wie sie so bewegungslos gegen den Feind schauen und wie sie wahrscheinlich noch wochenlang so gegen den Feind schauen werden.

Dann steht er auf. Dann geht er ein paar Schritte. Dann schlägt er den Mantelkragen hoch. Und dann läuft er in wildem Galopp, Richtung Feuerstellung.

Ungefähr gleichzeitig mit den Letzten aus dem Schanzkommando trifft er dort ein.

Es wird abgezählt. Niemand fehlt. »Wegtreten!«

Nach wenigen Minuten liegt Reisiger mit den beiden andern Kameraden im Loch und schläft.

7

In New York wird jetzt in allen Varietés, Musikhallen, auf der Straße und im Salon ein Protestlied gegen den Krieg gesungen, das in deutscher Übersetzung etwa folgendermaßen lautet:
> Ich habe meinen Sohn zum Krieger nicht erzogen,
> Ich zog ihn auf als Stolz und Freude meiner alten Tage,
> Wer wagt es, ihm die Waffe in die Hand zu drücken,
> Damit er einer and'ren Mutter teures Kind erschießt?
> Es ist die höchste Zeit, die Waffen fortzuwerfen,
> Es könnte niemals einen Krieg mehr geben,
> Wenn alle Mütter in die Welt es schreien würden:
> Ich habe meinen Sohn zum Krieger nicht erzogen!

(Neue Freie Presse, 23.2.1915)

8

Wie lange wird der Krieg dauern?

Eigener Drahtbericht
Amsterdam, 4. Februar.

»Times« gibt eine Rundfrage des »New York American« über die Dauer des Krieges wieder. Der deutsche Botschafter Graf Bernstorff antwortete: »Sage ich, der Krieg wird lange dauern, so heißt es sofort im ganzen Lande, ich hätte gesagt, Deutschland wünscht den Krieg; sage ich, der Krieg wird kurz sein, dann heißt es, Deutschland will den Frieden. Also sage ich lieber gar nichts, denn es wird ja doch verdreht.« ... Richard Bartholdt, Mitglied des amerikanischen Kongresses und Gründer der Neutralitätsliga, erklärte: »Ich glaube an Deutschlands Triumph, aber als Amerikaner und Mitglied des Kongresses ist mir die amerikanische Neutralität das wichtigste. Wir behaupten zwar, sie zu handhaben, aber unsere Handlungsweise straft uns Lügen.« – Der französische General Bonnal sagte: »Der Krieg wird wahrscheinlich noch lange dauern, denn der Deutsche ist stolz und ein guter Soldat. Die Verbündeten haben noch viel zu erreichen, aber es wird ihnen gelingen.« +
(Vossische Zeitung, 5.2.1915)

9

Nächster Tag in der Feuerstellung:
Gegen Mittag kommt der Hauptmann, sehr schlechter Laune, auf den Gedanken, selber Geschützexerzieren abzuhalten. Brüllt kurz nach dem Essen höchstpersönlich das Kommando: Feuerbereitschaft für die ganze Batterie.
Die Dressur beginnt. Reisiger ist als Richtkanonier eingeteilt. Es macht mehr Spaß als in der Garnison. Der Hauptmann hat sehr gute Kommandos, die sechs Geschütze werden mit affenartiger Geschwindigkeit feuerbereit. Alles klappt fabelhaft.
Neben Reisiger steht Unteroffizier Gellhorn, aktiver Geschützführer. Der achtet darauf, daß Reisiger das Richtgerät vorschriftsmäßig bedient. Ist sehr zufrieden.

Die Kommandos des Hauptmanns folgen so schnell aufeinander, daß die ganze Batterie nach wenigen Minuten schwitzt. Dann gibts eine Feuerpause; man verpustet sich.

Plötzlich: man hört in der Ferne einen Knall. Ziemlich leise, sehr von weit her.

Im nächsten Augenblick sieht Reisiger, daß Unruhe in der Batterie entsteht. Einige der Kameraden recken den Hals und stecken die Nase schnüffelnd in die Luft, andere drängen sich zusammen, nahe an ihre Geschütze.

Da legt Gellhorn seinen Arm um Reisigers Hals.

Alles das dauert Sekunden.

Dann bricht ein durchdringendes, gell sausendes Pfeifen aus der Luft. Schrill, und dann: ein brüllender Krach.

Gellhorn legt sich mit seinem Körper auf Reisiger und drückt ihn schwer gegen den Schutzschild; beide fallen fast um. Dazu sagt er durch die Zähne: »Verfluchte Schweine! Der Feind schießt!«

Reisiger spürt seinen Puls am Hals, unter den Kinnbacken! So, der Feind schießt? So, verfluchte Schweine?

Als er merkt, daß Gellhorn sich wieder hochrichtet, nimmt er den Kopf aus den Schultern. Er sieht gerade, daß auch bei den anderen Geschützen die Köpfe wieder in die Höhe gehen.

Er dreht sich um: etwa 200 Meter hinter der Batterie steigt eine Rauchwolke aus der Erde, mit einem eleganten weißen Rumpf und einem widerlichen schwarzgeballten Kopf.

»Die Schweine schießen mit Granaten«, sagt Gellhorn.

Hauptmann Mosels schlechte Laune ist weg. Er hat ein breites Lächeln im Gesicht; er schiebt sich seine seidene Mütze weit ins Genick, steckt beide Hände in die Hosentaschen und tritt nahe an die Batterie heran: »Na Gott sei Dank, daß sich die blöden Affen mal endlich wieder erbarmen!« Dann schnuppert er erwartungsvoll in der Luft.

Reisiger blickt zum Nachbargeschütz. Die Gesichter der Kameraden sind weniger fröhlich.

»Meinen Herr Unteroffizier, daß noch mehr kommt?«

Gellhorn: »Das ist wohl Ihre Feuertaufe?«

Reisiger: »Jawohl, Herr Unteroffizier. Aber ich habe es noch nicht so ganz begriffen.«

Gellhorn: »Darauf brauchen Sie nicht neugierig zu sein. Das lernt sich. – Da kommt schon wieder so ,n Aas.«

Zusammengepfercht die Körper! Das Sausen zerreißt die Luft. Abermals: Krach!

»Der liegt vor uns«, sagt der Hauptmann triumphierend. »Paßt auf, Jungens. Gleich hat er uns.«

Reisiger zittert. Also das ist es? Also das ist die Feuertaufe? Man sitzt wie auf einem Präsentierteller, es gibt keinerlei Garantien dafür, daß nicht wirklich der nächste Schuß mitten in die Batterie haut.

Jetzt schiebt sich Süßkind zwischen Gellhorn und Reisiger. »Na, hast du Angst?« fragt er. Dabei macht er ein so bekniffenes Gesicht, daß er Reisiger leid tut.

Reisiger spielt am Richtgerät: »Ich verstehe bloß nicht, warum wir nicht auch schießen.«

Süßkind spuckt aus: »Dann haben sie uns ja erst richtig weg, nicht wahr, Herr Unteroffizier? Der Hauptmann sollte lieber abtreten lassen.«

Reisiger sieht fragend zu Gellhorn. Der will auch irgend etwas sagen. Da gibts einen neuen Krach, viel lauter als die beiden Male vorher. Es hagelt über das Geschütz, Rüben und Erde.

Reisiger, Süßkind und Gellhorn fliegen hin, rühren sich sekundenlang nicht. Warten. Warten. Schließlich äugt Gellhorn vorsichtig über den Schutzschild. Er zeigt auf ein schwarzes Loch, aus dem schleimiger gelblicher Qualm fließt.. »Donnerwetter, der war nur zwanzig Meter davor!«

Zeit zu weiteren Erörterungen bleibt nicht.

Die Stimme von Mosel, nun sehr scharf und durchdringend, reißt die ganze Batterie plötzlich zusammen: »Jetzt sind wir dran«, schreit er. »Schrapnell Brennzünder, ganze Batterie 36-Hundert!«

Fort alle Gedanken! Handgriffe! Sechs Meldungen: »Geschütze feuerbereit!«

Der Hauptmann, auf den Zehenspitzen, dann in Kniebeuge: »Batterie – Feuer!«

Mit gewaltigem Aufbrüllen sausen sechs Rohre nach rückwärts. Die Geschütze bäumen sich mit kurzem Ruck. Dann hüllt eine scharfriechende Wolke sie ein.

Alles lauscht: In der Ferne hämmert die Explosion.

»31-hundert – Feuer!« – Richten, Laden, Abziehen!

Fünfmal das gleiche. Fünfmal in der Ferne die Explosion. Der Feind erwiderte mit keinem Schuß.

»Batterie – halt.« Mosel nimmt die Mütze vom Kopf und geht mit langsamen Schritten, gesättigt, hin und her: »Jetzt wird die Bande wohl Ruhe geben. – Wir fahren mit Geschützexerzieren fort.«

Aber nach kurzem langweilt ihn das: »Das Kommando übernimmt Wachtmeister Conrad. – Wachtmeister, lassen Sie noch zwanzig Minuten Richtübungen machen. Dann kann die Batterie abtreten.«

Finger an die Mütze, ab in den Unterstand.

Wachtmeister Conrad hebt die Hand: »Schrapnell Brennzünder – Halblinks ...«

Mehr sagt er nicht. In der Luft ist unerwartet ein neues Sausen, scharf, laut, lauter, lauter – ein Einschlag!

Reisiger wird unter den Munitionswagen geschleudert.

Er stemmt sich, sieht auf.

Dicht hinter ihm liegt Conrad, wälzt sich, röchelt, stöhnt wie ein krankes Tier. Hebt den Arm, läßt ihn fallen.

Reisiger sieht: Conrads linke Hand ist an der Wurzel glatt abrasiert. Eine dicke Fontäne sprudelt aus dem Stumpf.

Man schreit von allen Seiten nach Sanitätern.

Da ist auch der Hauptmann wieder. Er kniet neben Conrad, sagt: »Batterie abtreten!«

Der Wachtmeister wird auf eine Bahre gelegt und in seinen Unterstand geschafft.

Reisiger hat ein Zittern in den Knien, das ihn schüttelt. Und im Hals würgt etwas. Das also ist der Krieg! Da steht ein Mensch, laut und kräftig, mit provozierendem Mut. Und die Sonne scheint und es ist blauer Himmel. Und plötzlich liegt der Mensch am Boden. Und Blut spritzt. Und der Mensch wird nach Hause gehen und niemals im Leben wieder eine linke Hand haben. Das ist ja ekelhaft!

Auch die andern im Unterstand sind bedrückt. Conrad ist

mit Süßkind zusammen bei Beginn des Krieges ausgerückt: »Ein schneidiger Junge – schade, daß wir den los sind; denn man muß ja schließlich bedenken, daß man auch einmal einen kriegen kann, der uns Tag und Nacht hetzt.«

Viel mehr wird nicht geredet, bis es dunkel ist. Reisiger holt aus seiner Tasche eine Zigarre, die er Süßkind schenkt. Dann gibt er ihm die Hand – es fällt ihm auf, daß er zum erstenmal hier draußen im Feld einem Kameraden die Hand gibt –; nimmt sein Gepäck und meldet sich beim Hauptmann ab. Nachts ist er wieder in seinem Quartier in der Kolonne. Die andern schlafen schon. Er legt sich zu ihnen.

10

Vom nächsten Morgen ab denkt Adolf Reisiger nur noch daran, daß er in dreimal vierundzwanzig Stunden wieder oben bei der Batterie sein wird. Beim Kaffee erzählt er von seiner Feuertaufe. Da kommt der Wagenführer: Reisiger wird zum Straßenfegen kommandiert. Das ist eine neue Beschäftigung. Er ist gespannt, wie man vorschriftsmäßig Straßen kehrt.

Draußen auf dem Parkplatz stehen bereits sieben Mann. Vier haben Schippen in der Hand, die man von Dorfbewohnern requiriert hat. Er und die andern bekommen langgestielte Rübenhacken. Unter Aufsicht von Unteroffizier Gaensicke geht es auf die Dorfstraße.

Die acht Straßenkehrer sind sämtlich Kriegsfreiwillige. Auch der sonst so feine Kanonier von Oertzen, Assessor im Zivilberuf, muß die nächsten Stunden damit verbringen, den etwas aufgetauten und matschig gewordenen Dreck von der Chaussee zu kratzen und auf Haufen zu schieben, die fein säuberlich an allen vier Seiten abgeschrägt und oben wie eine Glastafel poliert sein müssen.

Reisiger ärgert sich. Das ganze Dorf wimmelt von Zivilisten. Es gibt bestimmt hundert ältere Männer und bestimmt einige hundert jüngere Frauen und Mädchen, die für Reinlichkeit sorgen könnten. Also warum Soldaten? Aber Befehl ist Befehl. Gaensicke jedenfalls ist von der Notwendigkeit dieser

Mission Kriegsfreiwilliger so überzeugt, daß er nicht umhin kann, Reisiger bei der Musterung der bereits vollendeten Dreckhaufenpolituren anzubrüllen. Im zweiten Haufen von links läge ein großer Strohhalm, der da nicht hingehöre. Aber Kriegsfreiwillige taugten selbst zum Dreckkehren nicht. Und er wolle dafür sorgen, daß die ganze Gesellschaft jetzt Tag für Tag übe, bis die Haufen endlich so aussehen, wie der Herr Kolonnenführer es wünsche.

Gegen Mittag ist man am Ende der Dorfstraße angekommen. Gaensicke läßt die acht Mann in zwei Gliedern antreten, Schippe und Hacke über die Schulter. Er führt sie im Gleichschritt durch das vollendete Werk, als dessen Schöpfer er sich geschwollen betrachtet. Er zählt laut die einzelnen Haufen und meldet dann dem Wachtmeister: »Vom Straßenreinigen zurück, 178 Haufen.« Dazu macht er ein Gesicht, als verlange er sofort das Eiserne Kreuz, möglichst vom Kommandierenden General persönlich an die Heldenbrust geheftet.

Beim Mittagessen schlägt Reisiger mit der Faust auf den Tisch. Er ginge nachher zum Hauptmann und verlange seine sofortige Versetzung zur Batterie. Er denke nicht daran, noch einmal Straßen zu kehren.

Die Kameraden bremsen ab. Sachte, sachte. Er solle doch um Gottes willen keinen Unsinn machen. Wozu denn die Aufregung? Wozu denn ins Unglück stürzen, mit Gewalt?

Franz Zeitler redet vor allem auf ihn ein, ist wie ein Vater zu ihm, hat die Philosophie des alten Frontsoldaten. Sagt: »Sieh mal, Adolf, das ist doch so: Wenn du dich jetzt an die Front meldest und sie knallen dir eins vor den Brägen, dann mußt du dir doch immer Vorwürfe machen und dir sagen, daß du es ja selbst nicht anders gewollt hast. Glaub mir: wir machen alle alles, was befohlen wird. Aber wir drängeln uns nicht. Nie tun, was nicht befohlen wird. Das ist die höchste Parole.«

Reisiger schweigt: Ja – bin ich denn nicht Kriegs-Freiwilliger?

11

Eingedenk seines hohen Berufs, Thron und Vaterland zu schüt-

zen, muß der Soldat stets eifrig bemüht sein, seine Pflichten zu erfüllen.
(Kriegsartikel 1)

12

Jeder Befehl ist möglichst wörtlich auszuführen. Stellen sich dabei dem Soldaten Schwierigkeiten in den Weg, dann darf er den Befehl nicht gleich als unausführbar ansehen, sondern muß sich überlegen, wie er diese Schwierigkeiten überwinden und vielleicht auf andere Weise zum Ziel gelangen kann. Die Hauptsache ist dabei, daß der Soldat den »Sinn« des Befehls, d.h. dasjenige, worauf es eigentlich ankommt, begriffen hat und das ausführt. Man nennt dies »sinngemäße« Ausführung eines Befehls.
(Erläuterung zu Kriegsartikel 11)

13

Reisigers Wunsch ging einstweilen nicht in Erfüllung: eine neue Abkommandierung zur Batterie erfolgte nicht.
Der Trott der Kolonnenarbeiten: Wagenwaschen, Fußexerzieren, Straßenreinigen.
Kriegsfreiwillig? Wo ist der Krieg? Wo ist der Feind?
Der Feind? Eines Morgens kam der Befehl, für die Ortskommandantur eine Wache zu stellen. In der Kirche sind gefangene Franzosen untergebracht.
Die Kirche ist ein roher Backsteinbau. Die Bänke aus dem Schiff hat man während der Wintermonate als Brennholz verfeuert. Nur der Altar steht noch, zwischen zwei roten Säulen aus Mauersteinen. Vor seinen Stufen kauert ein Betstuhl. An der Längswand des ganzen Raumes liegt geschüttetes Stroh.
Die erste Nummer des Wachkommandos haben Reisiger und von Oertzen. Sie öffnen die Kirchentür. Sie sehen die Gefangenen. Die meisten hocken im Stroh und nehmen weder vom Nachbar noch von den beiden neuen Posten Notiz. Sie sprechen auch nicht. Oertzen und Reisiger gehen zaghaft durch

den Mittelgang. Der Laut ihrer eigenen Stiefel bedrückt sie. Nach wenigen Schritten bleiben sie stehen. Sie wissen nicht recht, wie sie sich verhalten sollen. Oertzen hat den Gefangenen den Rücken zugedreht, sieht an den Wänden der Kirche entlang und sagt, halb bewundernd, halb mitleidig: »Eigentlich ein ganz schöner Raum. Sehen Sie mal, was für nette Fenster.« Reisiger hebt den Kopf: Graublau wechselt mit Limonadenrot, niemand kann behaupten, daß die Fenster schön sind. Er nickt und schweigt. – Nach einer Weile sagt Oertzen: »Ich werde erst einmal außen um die Kirche herumgehen; denn man kann ja nicht wissen, ob nicht irgendwo eine unverschlossene Tür ist. Und dann rückt einer aus.« – Weg ist er.

Reisiger fühlt die Versuchung, ihm zu folgen. Er geht bis an die Tür, beinahe auf Zehenspitzen. Aber dann nimmt er den Karabiner mit einem Ruck auf die Schulter und dreht sich sehr laut um. Und dann geht er mit festen Schritten auf den Altar zu.

Schließlich dreht er sich zur Seite. Das ist nicht einfach. Es kostet Überwindung. Aber, zum Donnerwetter, er ist ja nicht zum Spaß hierher gestellt! Und das da sind Gefangene und sind Feinde!

Merkwürdig kleine Füße haben sie. Und Wickelgamaschen, die nicht ganz bis zum Knie gehen. Und darüber ulkige rote Hosen. Sie sehen eigentlich wirklich nicht wie Soldaten aus. Wie kann man als erwachsener Mann mit roten Hosen rumlaufen. Und die blauen langen Fräcke sind auch nicht gerade männlich.

Einer der Franzosen hat keinen Helm auf. Sein Gesicht? Im Augenblick, wo Reisiger die Augen auf ihn richtet, beugt er seinen Kopf tief auf die Knie.

Der nächste. Der sieht geradeaus. Reisiger macht einen halben Schritt seitwärts und steht vor ihm. Jetzt müssen zwei Augenpaare sich begegnen.

Aber sie tun es nicht: die Augen des Franzosen sehen starr und unbewegt durch Reisiger hindurch. Als sei er Luft.

Reisiger erlebt bei den nächsten zehn, zwölf Mann dasselbe: Sie beugen den Kopf, sie beugen den Kopf, wenn er mit seinen

Blicken zu ihnen kommt. Oder sie tun so, als ob überhaupt niemand vor ihnen stünde. Und einer schlägt sich mit einem lauten Klatsch die Hände ins Gesicht und hält die Augen zu. Reisiger weiß nicht, was tun. Vielleicht wäre es richtig, die ganze Bande anzuschreien. Er könnte verlangen, daß sie auf sein Kommando mit einem Ruck alle aufstehen und die Hände an die Hosennaht nehmen. Schlimmstenfalls könnte er ihnen mit dem Kolben seines Karabiners ganz gehörig ins Kreuz schlagen. Dann würden sie schon merken, wie man sich einem deutschen Soldaten gegenüber zu benehmen hat. Das alles überlegt Reisiger, aber er tut nichts. Es fällt ihm ein, daß er 21 Jahre alt ist und daß vor ihm wehrlose Menschen sitzen, die seiner Schätzung nach zum größten Teil gute zehn Jahre älter sind als er. Das beschämt ihn. Er dreht sich um. Da: da ruft jemand: »Kamerad.« Er sieht die hockende Reihe entlang. Keiner rührt sich. Zum zweitenmal: »Kamerad!« Er sucht weiter. Er sieht, daß auf den Stufen unter dem Altar ein Bündel liegt, rot und blau. Das Bündel bewegt sich, aus ihm hebt sich mit einer sehr zarten Bewegung eine Hand.
Reisiger geht näher. Ein französischer Offizier. Er hat eine Kappe mit goldenen Tressen auf. Ein blasses Gesicht mit einem schwarzen Spitzbart.
Was nun? Er versteht zur Not einige französische Brocken, aber er wird sich kaum verständigen können. Die Hand winkt abermals. Er tritt nahe heran. Der Offizier schlägt den Mantel zurück; der Uniformrock ist aufgeknöpft, auf dem schmutzigen Hemd liegt ein großer feuchter Blutfleck.
Auf diesen Fleck deutet die Hand des Offiziers. Sie zittert und flattert hin und her.
Helfen? – Reisiger hat keinen Mut, das Hemd aufzuheben und nach der Wunde zu sehen. Er murmelt einige deutsche Worte und geht dann auf Zehenspitzen durch die ganze Kirche bis zum Ausgang und ruft laut: »Sanitäter.«
Den Ruf hat Oertzen gehört. Er sieht nur nach der Uhr: »In zwei Minuten kommt die Ablösung. Ich weiß auch nicht was man da machen soll. Das können die andern sicher viel besser.«
Ablösung. Reisiger und Oertzen melden dem Wachthaben-

den, daß in der Kirche bis auf den Verwundeten alles in Ordnung ist. Sie schnallen ihr Koppel ab und setzen sich an den Tisch der Wachtstube. Sie sind plötzlich sehr laut. Oertzen erzählt einen Witz.

Nach vier Stunden müssen sie erneut den Posten beziehen. Sie gehen mit lauten Schritten bis zum Altar. Es ruft keiner mehr »Kamerad«.

14

Die Veröffentlichung von Berichten über sog. Verbrüderungsszenen zwischen Freund und Feind im Schützengraben ist unerwünscht.
(Oberzensurstelle Nr. 38. O. Z. 22.1.15)

Drittes Kapitel

1

Tagebuchaufzeichnungen des Kanoniers Adolf Reisiger:
Sonntag, den 9. Mai 1915, 4 Uhr früh: Von gestern abend 8 bis heute früh 1/2 3 an einer neuen Batteriestellung gearbeitet. Schanzarbeiten, neue Unterstände. Eine dolle Schufterei. Jetzt eben, 4 Uhr, ins Stroh. Aber heute ist ja Sonntag und kein Dienst. Wir werden bis zum Mittagessen schlafen. Ich bin froh, daß ich nun endlich fest zur 1. Batterie gehöre. – Wir liegen bei Mercatel, südlich Arras.

2

Am Sonntag, dem 9. Mai, 9 Uhr früh, wurde die Batterie 1 F.A.R. 96 alarmiert. Die Mannschaften, vom Stellungsbau er-

44

schöpft, schimpften und fluchten, als man sie aus dem Stroh holte.

Alarm? Was soll der Quatsch! Soll man schließlich nach so viel Nächten noch Exerzierübungen machen?

Man packte provisorisch einige Sachen in die Packtaschen und in die Protzsäcke, setzte den Helm auf, schnallte das Koppel um und ging auf den Parkplatz. Hauptmann Mosel und Oberleutnant Busse waren bereits dort. Außerdem erschien ein Leutnant von Stork, der der Batterie seit vorgestern zugeteilt war.

Wie üblich, tauchten sehr bald Gerüchte auf und flogen von Geschütz zu Geschütz. »Latrinenparolen.« Niemand glaubte ihnen. Nur eins fand Beachtung: die Batterie käme nach Rußland. – Fabelhaft: in Rußland ist der Krieg sowieso ziemlich zu Ende! Jetzt gibt es also endlich eine anständige Zeit!

Doch dann verstummten plötzlich alle Gespräche: Der Regimentskommandeur erschien mit seinem Adjutanten. Er ritt langsam die Batterie ab, kaute am Schnurrbart, sah geradeaus. Mosel galoppierte ihm entgegen und meldete. Die Offiziere stellten sich seitwärts und beugten sich über eine Karte. Der Oberst sprach schnell, die Rechte schlug mehrmals durch die Luft.

Er brach ab, drückte den Batterieoffizieren die Hand und ritt Galopp querfeldein.

»Batterie marsch!«

Die Batterie fuhr im Schritt aus dem Dorf.

Es war schönes Wetter. Die Maisonne schien warm. Man machte den Rockkragen auf, flegelte sich in Sätteln und Sitzen und rauchte.

Rußland? – Unsinn. Dann wäre die Bagage sicherlich auch in Marsch gesetzt worden. Also, natürlich, gottverdammtes Batterieexerzieren auf Wunsch des Regimentskommandeurs. Vielleicht hat er letzte Nacht schlecht geschlafen.

Aber wo exerzieren? Der Acker hier rechter Hand war der gewöhnliche Tummelplatz dafür. Warum biegt der Hauptmann nicht ab?

Die Batterie erreichte das Nachbardorf, das Quartier der Leichten Munitionskolonne, zu der Reisiger monatelang gehört hatte. Es gab eine Überraschung: marschbereit stand die Kolonne auf dem Marktplatz. Und: sie schloß sich an, als die Batterie an ihr vorübergezogen war.

Abtransport nach Rußland? Exerzierübung?

Die Geschützführer murmelten mit den alten Leuten, man legte alle Zweifel ab. Es dämmerte: Wir gehen ins Gefecht.

Zwei Stunden fuhr man.

Die Sonne stand hoch. Um diese Zeit ist im allgemeinen Essenausgabe. Man hatte Hunger. Beim Alarm heute früh war zum Kaffeekochen und Frühstücken keine Zeit geblieben.

Die Batterie blieb im Marsch.

Es ging durch unbekanntes Gelände. Die Chaussee war zerfahren, hatte Schlaglöcher mit zersplitterten Steinrändern, und Risse. Es mußten viele Kolonnen hier gezogen sein, daß der Schritt der Fußtruppen, das Stampfen der Pferde, das Mahlen der Geschütze und die Walze der Lastautos so tiefe Spuren geprägt hatten.

Man fuhr durch Dörfer. Sie hockten armselig und geheimnisvoll geduckt zu den Seiten der entstellten Straße. Die Häuser fast alle blind, fensterlos, mit grauen Giebeln; die Hecken der Vorgärten vorsichtig mit Grün getupft.

Und wenn die Batterie eingangs rasselte und klirrte, schlichen neugierige Bewohner an die Tore, alte Männer, die den Blick nicht hoben, Frauen mit verlegenem Lächeln oder offenem Spott. Zuweilen traten Kinder an die Marschkolonne heran und winkten.

Militär sah man nicht. An allen Häusern hingen Tafeln mit den Bezeichnungen deutscher Truppenteile, aber es ließ sich kein Soldat blicken.

Es wurde 1 Uhr, 2 Uhr nachmittags.

3

10. Mai 1915

Großes Hauptquartier

Westlicher Kriegsschauplatz
Südwestlich Lille setzte der als Antwort auf unsere Erfolge in

Galizien erwartete große französisch-englische Angriff ein ... Der Feind – Franzosen sowie weiße und farbige Engländer – führte mindestens vier neue Armeekorps in den Kampf neben den in jener Linie schon längere Zeit verwendeten Kräften.

4

Die 1. Batterie F.A.R. 96 steht auf einer Chaussee vor einer Höhe. Diese Höhe erhebt sich eigenwillig und unmotiviert aus dem Gelände, schwarz gegen den gelblichen Himmel.

Hinter der Batterie wartet die Kolonne, vor der Batterie Infanterie. Dauernd rasen Motorradfahrer vorbei, Reiter schlagen im Galopp über das Pflaster.

Geschützfeuer brüllt aus dem Horizont.

Einmal kommt in scharfem Tempo ein höherer Stab zu Pferde. Einer schnappt ein Wort auf: »Vimy«. Ein anderer hört: »Loretto«. Ist damit etwas anzufangen, kann man es deuten? Die Worte gehen blitzschnell durch die ganze Batterie. Loretto? Jaja, schon gehört. Dicke Luft!

Jetzt wissen alle Bescheid.

Fahrer und Kanoniere sind abgesessen und laufen zwischen den Geschützen mit langsamen Schritten hin und her. Man beißt nervös an der Zigarre. Der Magen knurrt, alle sind seit gestern ohne Essen. Manche haben ein Stück Brot im Stiefel oder in der Manteltasche; das wird jetzt mit den Nebenmännern geteilt.

Man sieht nicht gern nach vorn. Da, wo die Chaussee einen Knick macht, sich hart an das Dunkel der Höhe legt, schlagen ab und zu mit dumpfem Krach schwarze Wolken aus einem Dorf.

Die Fahrer kümmern sich um die Pferde. Die Tiere sind müde. Zuweilen läßt eins den Kopf sinken. Aber das dauert nur Augenblicke; dann wirft es die Mähne wieder hoch. Nähe der Schlacht.

Sie kauen lebhaft am Gebiß. Sie scharren auf dem Boden. Durst und Hunger. – Im verstaubten Chausseegraben läßt sich nur kümmerlich borstiges Gras rupfen.

An der Spitze der Batterie warten abgesessen die Offiziere.
Endlich: von vorn kommt ein Reiter. Herum um den Knick,
Galopp. Und dann, Galopp, näher. Und durchpariert den
Gaul. Einen weißen Zettel an den Hauptmann.
Er liest ihn. »Batterietrupp!«
Keinem Mann entgeht die Schnelligkeit: Wachtmeister
Hollert, ein Unteroffizier, zwei Mann des Fernsprechtrupps
traben an. Galopp! Hinter dem Hauptmann her! Nach vorn.
Am Knick. Verschluckt von einer schwarzen Wolke. – Es ist
4 Uhr nachmittags.

5

Noch um 6 Uhr wartet die Batterie an derselben Stelle. Müde
von Sonne und Hunger. Die Mannschaften haben sich in den
Chausseegraben gelegt. Manche schlafen. Die meisten dösen
vor sich hin. Was soll werden?
Blick zum Dorf: Dort spritzen die Rauchfontänen jetzt häufi-
ger als früher auf. Der Krach brüllt härter durch die Luft. Einmal wird ein Haus gegen den Himmel geschleudert, brüchige
Balken überschlagen sich brennend. Donnerwetter! Das Dorf
liegt von hier doch höchstens tausend Meter ab. Jetzt fehlt es
bloß noch, daß der Feind hierher schießt.
Die Bewegung in den aufgereihten Kolonnen schwillt an. Es
gibt nichts Verfluchteres als Warten!
Wie spät? – 6 Uhr 15.
Von der Spitze der Batterie her werden Stimmen hörbar. Aha,
die Infanterie rückt vor. Mann hinter Mann, im Gänsemarsch
eng an die Seiten der Chaussee gedrückt, einer den Blick im
Genick des andern. Das Gewehr um den Hals gehängt. Die
Tritte schurren schwer über den Schotter.
Wohin? Es ist doch unmöglich, die Infanteristen durch das
brennende Dorf zu führen. Noch dazu, wo das Feuer stärker
wird. – Auf jeden Fall ist es besser, Artillerist zu sein. Wir fahren, wenn nötig, im Galopp. Da kann es uns nicht so schnell
erhaschen. Arme Kerle. Bei dieser Hitze traben.
Sie verschwinden hinter dem Knick der Chaussee.

6 Uhr 30.

Oberleutnant Busse ist unruhig. Er nimmt immer wieder das Fernglas an die Augen: Wo bleibt Nachricht vom Hauptmann? »Stork, können Sie sich das erklären? Ich finde die Angelegenheit wird allmählich unangenehm. Ich weiß ja gar nicht, wie lange wir hier noch stehen sollen –«

Von Stork schweigt. Er ist vor acht Tagen erst ins Feld gekommen, war Kadett, mußte noch das Notexamen machen. Vor acht Tagen noch in Lichterfelde. Schöner Anfang, gleich ins Schlamassel!

Er sieht ebenfalls durch sein Glas. Aber ihn interessiert weniger die Nachricht vom Hauptmann, als das Feuer, das im Dorf liegt.

Ob die Batterie nachher ausgerechnet da hindurch muß?

Busse: »Ob ich die Batterie einfach vorrücken lasse? Was meinen Sie, Stork?«

Stork: »Wie Herr Oberleutnant befehlen. Ich glaube nur, der Anmarschweg ist nicht ganz einfach – ich meine, wenn wir dort auf die Höhe sollen.«

6 Uhr 40.

Rufe aus der Batterie: »Wachtmeister kommt – Wachtmeister kommt.«

Aus dem Dorf bricht ein Pferd hervor, zwischen Staub und Feuer. Der Reiter liegt tief auf seinem Hals. Wachtmeister Hollert. Galopp, Galopp, prescht um die Biegung, Galopp. Man hört schon den Schlag der Hufe, hart im Gleichtakt. Galopp, und näher und näher. Die Kartentasche pendelt. Die Arme sind nicht gewinkelt, lassen die Zügel lang. Immer näher. Und er pariert durch, dicht vor den Offizieren, daß das Pferd in den Gelenken knickt. »Meldung an Herrn Oberleutnant: Batterie geht sofort in Stellung. Herr Oberleutnant übernimmt das Kommando, ich führe.«

Busse aufs Pferd. »Batterie aufgesessen!«

»Batterie marsch!«

Er stößt die Faust zweimal in die Luft. Das Zeichen geht von Geschütz zu Geschütz weiter: »Batterie Trab!«

Die Munitionskolonne bleibt zurück, erwartet eigenen Befehl.

6 Uhr 55.

Es gibt keine andere Möglichkeit, die befohlene Stellung zu erreichen, als durch das Dorf zu fahren.

Wie die Batterie, dicht aufgeschlossen, etwa hundert Schritt vor dem Dorfeingang steht, läßt Busse die Geschützführer zu sich kommen. Granate nach Granate fegt auf die Straße. Das Krachen haut gegen die Ohren, jagt das Blut. »Wir müssen durch! Die Geschützführer handeln selbständig! Also los! Batterie sammelt sich wieder hundert Meter hinter dem Dorfausgang. Machts gut!«

Er gibt seinem Pferd die Sporen, daß es hochsteigt. Springt an. Der Leutnant und der Wachtmeister folgen. Zwischen zwei Schüssen, die herabfauchen, sind sie verschwunden.

Es gibt nichts mehr zu überlegen. Das Erste Geschütz macht sich bereit. Der Geschützführer stellt sich neben den Vorderreiter. Er winkt noch einmal nach hinten. Als wieder eine Rauchwolke aufspritzt, schreit er: »Galopp, marsch, marsch!« Die Pferde springen sofort an. Als man zwanzig Meter vom ersten Haus entfernt ist, kracht ein neuer Schuß. Die Vorderpferde bäumen sich auf und versuchen nach der Seite auszubrechen. Aber der Fahrer hat damit gerechnet. Und als nach Sekunden der nächste Schuß auf dieselbe Stelle schlägt, ist das Geschütz bereits in der Dorfstraße und rast weiter.

Das wiederholt sich. Ab geht das Zweite Geschütz. Das Dritte macht sich fertig. Auf dem Dritten, im Sitz der Lafette, hocken Reisiger und Jaenisch. Der Geschützführer, Unteroffizier Gellhorn, reitet an ihnen vorbei.

Reisiger ist so in Spannung, daß es ihm unmöglich wird, auf seinem Sitz zu bleiben. Es ist unerträglich, den Rücken gegen die Fahrtrichtung zu haben. Als die Pferde angaloppieren, dreht er sich um, steht auf der Fußstütze.

Galopp, fünf, sechs Sprünge!

Da spritzt der Erdboden auf. Der Schuß liegt etwa zehn Meter neben dem Geschütz.

Galopp weiter! Die Kanoniere ziehen den Kopf gegen die Brust.

Galopp weiter, schon mitten zwischen zerfetzten Häusern, Rauch und Brand.

Jetzt etwa plötzlich das Geschütz zum Halten zu bringen, ist völlig ausgeschlossen.

Völlig ausgeschlossen ist das, denkt Reisiger. Völlig ausgeschlossen. Wenn jetzt also der nächste Schuß, nächste Schuß, nächste – unberechenbar – dahin – da hin haut – dann sind wir alle im Arsch –

Reisiger beißt die Zähne aufeinander und klammert sich wie im Krampf an die Griffe des Sitzes.

Da faucht ihn ein heißer Sturm an. Ein Druck schlägt ihm gegen die Brust. Eine Flamme stößt hoch. Aus ihr platzt ein irrsinniger Krach auf.

Die Pferde werden aus dem Lauf geschleudert, schwanken gegeneinander. Rasen weiter.

Da sagt Jaenisch: »Durch sind wir.«

Das letzte Haus des Dorfes liegt hinter ihnen. Vor ihnen das Zweite Geschütz. Halt!

Wenn es doch nur weiterginge! Das Warten hier ist zum Kotzen!

Linker Hand: dunkler Wald. Da werden Bäume gefällt. Immer wieder springt Feuer aus den mannsdicken Stämmen. Dann schwanken sie unsicher, heben sich, zersplittern, brechen kreischend zusammen. Und überall kreischt das Echo.

Noch stehen die ersten drei Geschütze aufgeschlossen.

Es saust und pfeift und saust und pfeift.

Die Pferde schnauben, zeigen verzerrte rote Nüstern.

Die Menschen schielen gegen den rauchenden Wald. Was tun? Kopf einziehen? Es ist unsinnig. Wens treffen soll, den trifft's.

Warum wartet Busse? Es wäre besser, die Geschützführer dürften nach eigenem Kommando die Flinten auf die Höhe bringen.

Aha, das Vierte Geschütz prallt auf.

Wenn es doch weiterginge!

Ein Schuß macht einen blöden Scherz: er haut direkt, haarscharf, vor die Füße von Busses Gaul. Einen halben Meter davor. Sssss –. Alle reißen die Köpfe hoch. Jetzt ists aus mit

Busse – – Na, wo bleibt der Aufschrei? – – Da blubbert es ganz dumpf, rülpst. Blindgänger, nicht krepiert. So ein Schwein! Busse ist weiß im Gesicht, Stirn und Backen glänzen speckig.
»Das letzte Geschütz ist da«, schreit von Stork.
Verluste? – Nein.
Weder Mann noch Pferd hat auch nur die kleinste Schramme.
Wenn es doch weiterginge!
Keine Verluste? Ach. Das ist sinnloser Zufall. Gefahr ist sinnloser Zufall, Rettung ist sinnloser Zufall. Man versteht durchaus nicht, warum es keine Verluste gibt, wo alle mittendurch das Feuer mußten, mitten im Feuer warten. Man versteht das durchaus nicht.
Das Nachdenken wird gestoppt: »Batterie links schwenkt – marsch!«
Durch den Wald. Rauf auf die Höhe. Ach du lieber Gott, ist das eine Sauerei! Dieser Weg! Loch an Loch im zerstaubten Mahlsand, daß die Geschütze torkeln und streckenlang nur auf einem Rad fahren.
Los, Galopp, hier werden Bäume gefällt, mit Feuerwerk und Paukenschlag. Festgehalten die Kanoniere. An die Sitze gekrampft. Augen zu, Kinn an die Binde.
Verdammter Krach. Dieses elende Jaulen und Reißen in der Luft. Schlecht kann einem werden, weil es stinkt, nach Schwefel, erstickend.
Die Pferde rutschen fast auf dem Bauch, ziehen.
Der Höhenkamm ist erreicht.
Es geht durch ein Birkenwäldchen. An seinem Rand, feindwärts, steht der Fernsprechunteroffizier, der mit dem Batterietrupp vorweggeritten war.
»Batterie halt! – Nach vorwärts protzt ab!«
Runter von den Geschützen, die Flinten abhaken, Geschoßkörbe aus den Protzen reißen, Decken, Gepäck, das ganze Gelumpe.
Befehl für die Protzen: Deckung suchen unten am Dorfrand, irgendwo. Pferde bleiben angeschirrt. Kommando übernimmt Hollert. – Ab!

7

*Trotz Feinden ringsum ist und bleibt Myrrholin-Seife unver-
ändert wie seit 20 Jahren die bekannte einzigartige Hautpfle-
ge-Gesundheitsseife zu Hause und im Felde. Stück 55 Pf. überall
erhältlich.*
(Würzburger General-Anzeiger, 28.4.1915)

8

Die Batterie steht in einer Linie, Abstand von Geschütz zu
Geschütz dreißig Schritt. Die kleinen Birken geben einen guten Schutz gegen Fliegersicht.
Die Beobachtungsstelle ist im Infanteriegraben. Telephon
zur Feuerstellung ist bereits gelegt. Busse läßt sich mit dem
Hauptmann verbinden. Mosel: »Ziemlich finster, was? Keine Verluste? Na das ist tüchtig, Busse. – Hier vorn ist Ruhe
jetzt. Die Infanterie glaubt nicht an Angriff. Ich komme
gleich zur Stellung. Schicken Sie mir einen Telephonisten
als Nachtwache herauf. – Und dann noch eins: Ich verbiete
alle Schanzarbeiten in der Batterie. Haben Sie verstanden? –
Nein, es darf nicht geschanzt werden. Also auch keine Deckungslöcher buddeln. Die Flieger sollen hier verflucht emsig
sein. Und wir dürfen uns nicht verraten. – Gut.«
Der Kriegsfreiwillige Raschke wird als Telephonist in den
Graben kommandiert. Er verabschiedet sich von den Kameraden. Das ist ungewöhnlich, und man neckt ihn deshalb.
Wie er Reisiger die Hand gibt (sie sind im gleichen Transport
ins Feld gekommen), sagt der: »Himmel, Doktor, sind Sie
feierlich.«
Raschke hat ein zerfrorenes Lächeln am Mund. Er dreht sich
um, sagt »Tja« und geht ab.
Als der Hauptmann in der Stellung eintrifft, ist es dunkel.
Die Bedienungen der Geschütze haben sich in Decken gewickelt, hocken nebeneinander. Es ist kalt. Außerdem haben
alle Hunger. Aber woher soll man hier etwas zu essen bekommen?
Der Hauptmann geht von Geschütz zu Geschütz. »Hat je-

mand Brot?« – Nein. – Da muß etwas geschehen. Mosel schickt einen Unteroffizier bergab. Soll die Protzen suchen und Wachtmeister Hollert bestellen, daß umgehend Brot und irgend etwas Heißes zu trinken heraufgebracht wird.

Das ist ein Trost.

Das feindliche Feuer hat aufgehört. Es ist seit langem kein Schuß mehr ins Hintergelände gejagt. Also mag Hollert sehen. Unten liegt vielleicht noch Infanterie, die borgen kann.

Ja. Es kommen nach kurzer Zeit zwei Fahrer. Sie bringen einen Sack mit Brot und zwei Kannen mit Kakao. Der Hauptmann kümmert sich persönlich darum, daß alles gerecht verteilt wird. »So, Jungs, eßt und versucht zu schlafen. Wache ist nicht nötig. Telephon bleibt besetzt. – Ihr habt euch anständig benommen heute. Hoffentlich bleibt es morgen ebenso.«

Die Stimmung ist gut. Man wickelt sich nach dem Essen fester ein, rückt eng aneinander. Manche schlafen sofort. Eine schöne Nacht. Mit Vollmond. Mit leisem Wind in den Birken. Einmal ist ein Flieger über der Stellung. Ein Franzose, wie man an dem Singen seines Motors hört. Er muß sehr hoch sein. Es klingt freundlich, das Singen.

Sonst ist fast völlige Ruhe. Auch vorn, in Richtung auf den Graben. Manchmal kläfft eine Handgranate. Aber das macht auf niemanden Eindruck.

Der Hauptmann geht mit Busse und Stork hinter den Geschützen auf und ab. Sie plaudern, lachen, als sei man im Manöver. Schließlich setzen sie sich unter einen dickeren Baum. Das Gespräch verstummt.

Als es gegen drei Uhr morgens hell wird, kommt neue Bewegung in die Batterie. Der Hauptmann ruft Reisiger. Er nimmt ihn beiseite: »Reisiger, eben wird gemeldet, daß Raschke gefallen ist. Kommen Sie mit mir. Wir gehen auf die Beobachtung. Besorgen Sie sich Leitungsdraht, damit wir unter allen Umständen Verbindung mit der Batterie behalten.«

Raschke gefallen? Der Doktor Raschke gefallen? Der erste Kriegsfreiwillige?

Reisiger muß schlucken. Raschke ist gefallen. Merkwürdig. Es war doch eine so ruhige Nacht. Die paar Handgranaten. Die paar Gewehrschüsse. Man konnte beruhigt darüber einschlafen. Und nun hats doch einen getroffen. Merkwürdig.

»Ja, Handgranate. Er ist sofort tot gewesen.« Reisiger hört das, wie er vom Fernsprechunteroffizier eine Rolle Kabeldraht abholt. »Schade, war ein ganz anständiger Kerl«, sagt der Unteroffizier. Dann drückt er Reisiger noch Isolierband in die Hand. »Ja, das geht schnell. Bums bist du weg. – Na, Reisiger, denn man los. Der Hauptmann ist schon abgetrabt. Lassen Sie sich nicht erwischen. Eben habe ich die Morgenmeldung der Infanterie gehört: siebzehn Tote. Jaja.«

9

Die Philosophische Fakultät der Berliner Universität hat eine nachahmungswürdige Ergänzung zu ihren Promotionsbestimmungen getroffen. Sie hat beschlossen, solchen Kandidaten, die das Doktorexamen bestanden haben, aber vor erfolgter Promotion im Kampf fürs Vaterland gefallen sind, nachträglich in aller Form die Würde eines »Doktors der Philosophie und Magisters der freien Künste« zu verleihen, um auf diese Weise ihr Andenken in den Annalen der Universitätsgeschichte lebendig zu erhalten. – Das veränderte Diplom, dessen Fassung, wie wir vernehmen, von den Professoren U. v. Willamowitz-Moellendorf und Ed. Norden herrührt, beurkundete nach der üblichen Einleitung mit Erwähnung des Kaisers und dem Namen des zeitigen Rektors die Tatsache der Promotion mit folgenden Worten: »Der Dekan der Philosophischen Fakultät hat den angesehenen, gelehrten und tapferen … (Name), der, nachdem er das philosophische Examen mit (großem, sehr großem) Lobe bestanden und eine (sehr) lobenswerte Dissertation mit dem Titel … unter Behelligung der Fakultät herausgegeben hatte, durch seinen Tod fürs Vaterland sich einen über alles Lob erhabenen Ruhm verdiente, die Auszeichnungen und Ehren eines Doktors der Philosophie verliehen, um dadurch sein Andenken zu weihen.
(Vossische Zeitung vom 12.5.1915)
Die Eltern des Kriegsfreiwilligen Raschke gehören zu den ersten, die der nachahmungswürdigen Ergänzung zu den Promotionsbestimmungen der Philosophischen Fakultät der Berliner Universität teilhaftig werden.

London, 9. Mai (Meldung des Reuterschen Büros): Nach Mitteilung der Geretteten von der »Lusitania« war es ein heiterer, ruhiger und sonniger Nachmittag, als das Schiff torpediert wurde. Die meisten Passagiere hatten eben gefrühstückt und standen auf Deck, um nach der irischen Küste auszuspähen, als plötzlich ein weißer Streifen gesehen wurde, der sich durchs blaue Wasser dem Schiffe näherte. Ein schrecklicher Krach folgte, das ganze Schiff bebte und begann zu wenden, in der Hoffnung, die Küste zu erreichen. Da wurde es von einem zweiten Torpedo getroffen. Es neigte sich scharf auf die Seite und sank in 20 bis 25 Minuten nach der ersten Explosion. Die Boote an der Backbordseite konnten nicht niedergelassen werden, weil der Dampfer schieflag. Einige Seeleute sahen einen Augenblick lang ein Unterseeboot, dieses tauchte rasch und erschien nicht wieder.
(Rheinisch-Westfälische Zeitung, 10.5.1919)

11

Rotterdam, 10. Mai: Dem »Nieuwe Rotterd. Courant« wird aus London gemeldet: Es steht jetzt fest, daß von der »Lusitania« fast 1500 Menschen umgekommen sind.
(Berliner Tageblatt, 11.5.1915)

12

Zirkus-Varieté Schumann.
Kleine Preise.
Täglich von 8 bis 11 Uhr
Zirkus-Varieté-Vorstellungen
sowie
Torpedieren der »Lusitania«
Rauchen gestattet

(Vossische Zeitung, 14.5.1915)

13

W. Amtlich. Berlin, 14.5. Aus dem Bericht des Unterseebootes, das die »Lusitania« zum Sinken gebracht hat, ergibt sich folgender Sachverhalt: Das Boot sichtete den Dampfer, der keine Flagge führte, am 7. 5. 2 Uhr 20 Minuten m. e. Z. nachmittags an der Südküste Irlands bei schönem klarem Wetter. Um 3 Uhr 10 Minuten gab es einen Torpedoschuß auf »Lusitania« ab, die an Steuerbordseite in Höhe der Kommandobrücke getroffen wurde. Der Detonation des Torpedos folgte unmittelbar eine weitere Explosion von ungemein starker Wirkung. Das Schiff legte sich schnell nach Steuerbord über und begann zu sinken. Die zweite Explosion muß auf eine Entzündung der im Schiffe befindlichen Munitionsmengen zurückgeführt werden.

Der stellvertretende Chef des Admiralstabes
(gez.) Behncke

14

Von der Feuerstellung I/96 führt ein Laufgraben bis zur Beobachtung.

Als Reisiger in der Beobachtung ankommt, steht der Hauptmann bereits am Scherenfernrohr. – Die kalkige Wand des Grabens ist mit Blut besprizt. Unten liegt etwas unter einer Zeltbahn. Reisiger meldet sich. Der Hauptmann behält die Augen am Glas, sagt: »Den Raschke schaffen wir nachher weg. Nehmen Sie das Telephon an die Ohren.«

Reisiger schnallt die Kopfhörer um, hockt sich nieder. Leitungsprobe: die Feuerstellung meldet sich. In Ordnung.

Im Graben ist alles auf den Beinen. Mann steht neben Mann. Alle sehen bewegungslos nach vorn. Die Gewehre sind durch die Schutzschilde gesteckt. Geschossen wird nicht.

Mosel spricht ab und zu etwas. »Hmhm – sieh da –« Er spricht mit sich selber.

Der Kompagnieführer kommt, begrüßt ihn. Sie unterhalten sich über das Gelände. Der Kompagnieführer bestätigt die Meldungen der Patrouillen, die heute nacht im Vorgelände waren: der Feind hat seine Drahtverhaue ohne Zweifel an mehreren Stellen weggeräumt. Er habe das auch bei den Nachbarkompagnien gehört. Allgemein herrsche die Ansicht, in kurzer Zeit käme der Angriff.

Das genügt. Der Hauptmann entschließt sich zum Einschießen. Reisiger ruft die Feuerstellung an, gibt Kommandos durch.

»Batterie feuerbereit –« – »Schuß!«

Der Schuß fegt über die Beobachtung. Krach!

Mosel ist sehr gründlich. Das Feuer der sechs Geschütze wird so verteilt, daß jede Flinte auf drei verschiedene Punkte des feindlichen Grabens festgelegt ist.

Die Aufschläge liegen schon nach kurzem mitten im Ziel.

Reisiger kann in seinem Loch von der Wirkung nichts sehen. Aber er hört die lebhaften Beifallsrufe der Infanterie. »Hah – Volltreffer! Feste, gib ihm Saures!«

Der Feind läßt sich das nicht lange gefallen.

Reisiger nimmt eine Meldung von der Feuerstellung auf: »Feind schießt. Sucht offenbar die Batterie. Aber die Schüsse liegen weit dahinter, ungefähr auf halber Höhe.«

Plötzlich kommt ein Leutnant der Infanterie: »Herr Hauptmann, wir haben soeben Meldung vom Bataillon bekommen, daß der Angriff 5 Uhr 30 zu erwarten ist.«

Mosel beugt sich zu Reisiger: »Fragen Sie an, wieviel Munition in der Feuerstellung lagert?«

Meldung aus der Batterie: pro Geschütz ungefähr 400 Schuß – Mosel reißt Reisiger den Apparat aus der Hand, verlangt Oberleutnant Busse und schreit ihn an, er habe gefälligst dafür zu sorgen, daß auf allerschnellstem Wege für jedes Geschütz 1000 Schuß besorgt werden! – Dann sieht er nach der Uhr. Es ist 5 Uhr 20. Der Infanterist steht noch immer neben ihm. »Woher stammt die Meldung, Herr Leutnant?«

»Angeblich Überläufer, Herr Hauptmann.«

Mosel zeigt mit dem Finger vor die Stirn: »Das hieße in 10 Minuten! Dann haben die Lümmels entweder geschwindelt, oder sie meinen heute abend 5 Uhr 30. Glauben Sie doch nicht, daß der Feind so blödsinnig ist, ohne Artillerie anzugreifen.« Der Infanterist zuckt die Schultern.

5 Uhr 30. Nichts geschieht. Der Feind ist zwar ein wenig reger

mit seiner Artillerie. Haut manchmal auch in den Graben. Aber von Angriff keine Spur.

Schließlich geht der Infanterieleutnant bekniffen ab. Alarmbereitschaft wird aufgehoben. Es bleiben nur einzelne Posten. Die übrigen Infanteristen verkriechen sich in den Unterständen.

Mosel kontrolliert noch einmal den Abschnitt mit dem Glas. Langweilig.

»Reisiger, Sie setzen sich ans Scherenfernrohr. Ich gehe zur Feuerstellung. Wenn etwas los ist, melden Sie das.«

15

Blick durchs Scherenfernrohr.

Du siehst, daß alle Dinge, die für das bloße Auge in weiter Ferne liegen, plötzlich nahe an dich herangerückt sind.

Der feindliche Graben, eine schmale weiße Linie im Gelände, fußhoch, zeigt sich dir plötzlich als ein Gebirge.

Ein Berg ist vom andern durch ein kleines Tal getrennt.

In jedem Tal sitzt ein schwarzes Loch. Aus dem Loch starrt ein rundes glänzendes Etwas: das sind die Mündungen der feindlichen Gewehre. Zuweilen rucken sie an und blitzen auf. Niemand weiß warum.

Vor diesen Bergen siehst du einen Wald mit gewaltigen Stämmen und scharfgezackten Zweigen, die ineinander übergreifen: Drahtverhaue.

Wenn du das Scherenfernrohr drehst, nach rechts und nach links, siehst du, daß sich dieser Wald unübersehbar erstreckt. Dein Auge findet keine Grenzen.

Manchmal ist ein Stamm eingeknickt, manchmal sind die Äste abgerissen.

Manchmal liegt im Wald ein Hügel. Bläulich, rot abgesetzt. Oh, ein Mensch!

Man könnte glauben, da liegt ein Mensch in der Sonne und sieht in den blauen Maihimmel, die Arme weit ausgestreckt, weil der Morgen schön ist und weil die Lerchen singen. Seine beiden Hände fassen in den frischen Klee. Aber nein: diese

Menschen sehen den Himmel nicht und hören die Lerchen nicht. Diese Menschen sind gefallene Feinde. Drei Schritte von ihnen, bei den Bergen, stiert ihr Bruder durch das schwarze Loch, schlägt, durch ihres Bruders Hand, zuweilen das glänzende Etwas vor ihnen hoch. Das ist die einzige Unterhaltung, seit Wochen, für Wochen.

Du drehst das Scherenfernrohr weg von ihnen. Nicht wahr, die lebenden Geheimnisse hinter den Bergen sind doch leichter ergründbar als die schweigenden davor?

Reisiger glaubt lebende Geheimnisse entdeckt zu haben.

Hinter den Bergen nämlich ist unaufhörliches Kommen und Gehen. Blaue Kappen huschen vorbei, eine nach der andern. Man muß sie zählen! Aber es sind zu viele, viel zu viele.

Reisiger preßt die Augen hart ans Glas.

Noch etwas Merkwürdiges geschieht, etwas Unerklärliches. Der Wald mit den Zweigen verschiebt sich an verschiedenen Stellen. Ist das die Faust eines Riesen, die Bäume beiseite rücken kann?

Aber man darf doch hier nicht träumen! Was geschieht? Um Himmels willen: an unsichtbaren Angeln werden behutsam die Drahtverhaue immer näher an den Graben herangezogen. Dann greifen viele Hände über die Brüstung. Und die Drahtverhaue verschwinden in der Tiefe!

Da pumpt sich das Blut in Reisiger hoch. »Hallo, Batterie, Batterie! Sofort dem Hauptmann melden, daß der Feind Drahtverhaue wegräumt. Aber dalli!«

Und die Antwort: »Hauptmann kommt. Kompagnieführer Meldung machen. Schluß.«

Mosel kommt mit Unteroffizier Uhlig und Kanonier Germer. »Reisiger und Germer, ihr nehmt Raschke mit in die Stellung. Reisiger, Sie halten sich bereit, den Unteroffizier abends wieder abzulösen.«

Ein Toter ist viel schwerer als ein Lebender. Und die Hitze, im engen Graben. Sie müssen Raschke mehrmals hinlegen und sich verschnaufen.

Hinter der Feuerstellung ist ein ausgetrockneter Bach. Da hinein schaffen sie die Leiche. Man kann sie heute nacht zu den Protzen bringen.

16

Der Mittag geht hin. Der Nachmittag geht hin. Nichts geschieht.

Reisiger hört, daß alle Kameraden seit heute früh Munition geschleppt haben. Die Kolonnen konnten nur bis zur halben Höhe anfahren. Von da aus also mußte jeder einzelne Korb – 25 Pfund an jeder Hand – herauf getragen werden. Das war kein Vergnügen! – »Hier – beide Hände blutig – aber die Kolonnen haben ja immer die Hosen voll, feige Luders!«

Man sitzt neben den Geschützen, läßt sich von der Sonne bescheinen.

Reisiger muß vom Graben erzählen. »Jaja, solch Scherenfernrohr ist eine fabelhafte Erfindung.«

»Lauter Franzmänner persönlich gesehen? Na, paß auf, dann haben wir bald den schönsten Schlamassel!«

Das Erzählen macht müde. Vielleicht auch der Hunger. Mit Pennen kommt man am besten darüber hinweg. Und gegen Abend soll ja wieder Brot geschickt werden.

Reisiger legt sich hin und schließt die Augen.

Er hört noch, wie Unteroffizier Gellhorn zu ihm sagt, daß er jetzt wieder Richtkanonier sein soll. Und dann fängt er ein halbblaues Gespräch. Jaenisch, Hohorst und Jahn unterhalten sich über irgendwelche Dinge aus der Heimat. Im Halbtraum verwischt sich das alles so, daß er schließlich nicht mehr weiß, wo er eigentlich ist. Dann schläft er.

Plötzlich schreckt er hoch. Irgendwo kracht eine Salve von vier Schüssen. Er will aufspringen. Da hält ihn Gellhorn lachend am Knie fest: »Warum so nervös? Hinter uns ist heute eine schwere Batterie aufgefahren, hier gleich auf halber Höhe, die wird sich jetzt einschießen.«

Der ersten Salve folgt die zweite, folgen viele, von überallher. Jahn erzählt, daß insgesamt acht Batterien in der letzten Nacht angekommen sind, fünf leichte und drei schwere: »Der Franzmann tut besser, im Graben zu bleiben! Sonst beharken wir ihn, daß er die Puste verliert.«

Reisiger reckt sich: »Bei denen geht es genau so wie bei uns:

Was befohlen wird, wird gemacht. Vielleicht müssen sie angreifen, und wenn hier fünfzig Batterien stehen.«

Gellhorn biegt das Gespräch ab: »Ihr quatscht ja Blech. Mir könnt ihr nichts erzählen. Sowie jetzt das Wetter besser wird, hört der ganze Zinnober so wie so auf. Front marsch, marsch! Und dann rennen wir die ganzen krüpplige Hunde da drüben über den Haufen. Damit der Mist endlich zu Ende kommt.«

Das Einschießen der Batterien hat sich allmählich so gesteigert, daß man kaum noch das Wort des Nachbarn verstehen kann. Aber man gewöhnt sich an den Krach. Er zerrt nicht an den Nerven, sondern bringt sie in Schwingungen, die wohltun. Das sind Wir! Jawohl, das sind Wir! – Reisiger steht auf, breitet die Arme aus. Wir können stolz darauf sein, daß wir Soldaten sind! Ich gehöre zu einer Batterie, die hier regelrecht vorm Feinde steht!

Er will sich wieder setzen, da faucht es in der Luft. Nanu? Er sieht, daß die Kameraden, halb erschrocken, halb neugierig zusammenrücken. Etwa achtzig Meter hinter der Feuerstellung spritzen vier Rauchwolken auf. Und gleichzeitig brechen vier bellende Detonationen los.

Der Feind schießt!

Das verändert die Situation. Das Einschießen der eigenen Batterien fällt plötzlich verdammt auf die Nerven. Man flucht. »Daß das blödsinnige Geknalle von der schweren Batterie hinter uns auf die Dauer nicht gut gehen würde, konnte ich mir ja denken«, sagt beleidigt Gellhorn.

Reisiger will antworten. Da bricht bereits ein neues Fauchen heran und zwingt ihn dazu, mit den Kameraden dicht hinter das Geschütz zu kriechen. Krach! Einen Augenblick später zieht der Gestank einer schwarzen Wolke über das Gras. Da flucht niemand mehr. Man hat die Vorstellung, in einer Falle zu sitzen. Aufstehen kann man nicht mehr, weil es unsinnig erscheint, den Kopf über den Schutzschild zu heben. Scherzen kann man nicht mehr, weil irgend etwas im Halse würgt. Man versucht zu reden. Aber das glückt auch nicht, weil die Einschläge jetzt so dicht fallen, daß man immer wieder ganz zu Boden muß.

Die Batterien haben das Feuer nach den ersten Salven des Feindes eingestellt. Ihn bewegt das nicht zum Stoppen. Im Gegenteil. Man kann feststellen, daß zwei seiner Batterien systematisch den ganzen Kamm der Höhe absuchen. Bald müssen sie I/96 erwischt haben. Näher heran! Weiter weg! Weiter weg! Näher! Wieder näher! Noch näher!

Endlich hauen vier Schüsse direkt am rechten Flügel der Stellung ein.

Reisigers Rücken schmerzt. Gellhorn und Jahn waren ganz dicht an ihn herangekrochen und legen sich nun mit der Last ihrer Körper immer wieder schwer auf seine Schultern. Nur wenn alle die Köpfe heben, um den Einschlag zu sehen, wird ihm leichter.

Gellhorn gibt dann kurze Erläuterungen. Die spricht er mit zusammengebissenen Zähnen. »Sechzig Meter hinter uns! – Donnerwetter, die liegen aber schon brenzlich nahe. – Kopf weg!«

Wie gerade eine Gruppe von Schüssen einhaut, springt ein Mensch zwischen Gellhorn und Reisiger. Sie schielen hoch: Leutnant von Stork. »Wenn wir doch bloß auch schießen könnten«, sagt er mit bebender Stimme.

Das wirkt beruhigend. Alle spüren: Das wäre eine Erlösung! Das ist fast eine zwangsweise Koppelung: Wenn der Feind schießt, mußt du auch schießen dürfen. Das Warten ist unerträglich! – Aber der Hauptmann gibt keinen Befehl.

Der Feind hat inzwischen die Taktik geändert: Er streut willkürlich in schnellen Abständen, mit lauter einzelnen Schüssen.

Eine Rauchwolke nach der andern umtanzt die Stellung. Davor und dahinter, näher und weiter, einmal so nahe, daß mit einem gewaltigen Krach vier Birken vor dem linken Flügelgeschütz entwurzelt hochfliegen und sich stöhnend auf die Seite legen.

Die Minuten werden immer qualvoller. Wenn wir doch auch schießen dürften! An allen Geschützen liegen die Mannschaften auf dem Bauch, die Hände ins Gras gekrallt, und warten auf den Feuerbefehl.

Endlich gibt es eine Ablenkung: eine schwere Batterie halb-links hinter I/96 nimmt das Gefecht auf.

Die erste Salve gegen den Feind! Nach zwei Minuten folgt die nächste. Und Schuß auf Schuß.

Eine Erlösung.

Der Feind vereinigt automatisch sein Feuer und legt es mehr auf den Hang hin, weg von I/96.

Man kann sogar den Kopf heben. Man kann sogar aufrecht knien. Ach was, das Feuer liegt ja ganz hinten, bei den Fußern. Man kann sich sogar erheben.

Von Stork geht mit betont langsamen Schritten zum Fern-sprecherloch. Dort sitzt Busse, das Telephon am Ohr.

Sekunden später kommt das Kommando »Geschütze feuer-bereit machen!«

Jetzt ist man dem Leben wiedergegeben. Jetzt weiß man, wozu man da ist. Vom Fernsprecher her kommen die ruhigen Befehle des Oberleutnants. Es wird gerichtet, geladen.

Die Batterie schießt die erste Salve.

Alle Gesichter entspannen sich.

»Auf 28-hundert langsam weiterfeuern.«

Gott sei Dank, man hat Beschäftigung!

»Schüsse liegen gut«, schreit Busse.

»Man müßte wenigstens sehen können, wohin man schießt«, sagt Reisiger.

»Du sollst lieber deine Schnauze halten und anständig rich-ten«, antwortet Gellhorn. »Alles andere geht dich einen Dreck an.«

Da kommt der Leutnant: »Reisiger, wir haben keine Verbin-dung mehr mit dem Hauptmann. Los, Leitung flicken – neh-men Sie Jordan mit. Gellhorn, Sie müssen sich solange selber behelfen.«

17

Reisiger macht sich mit Jordan auf den Weg. Sie haben einen Fernsprechapparat bei sich, Draht und Isolierband.

Sie ziehen den Kopf ein und machen Laufschritt. Die Schüsse

des Feindes fauchen über sie hinweg. Aber daran hat man sich gewöhnt. Das ist nicht weiter unangenehm.

Die Leitung kann man gut verfolgen. Sie ist zwischen die Äste der kleinen Büsche gelegt, die im Vorgelände stehen.

Alles in Ordnung. Laufschritt weiter.

Dann sind sie ungedeckt. Noch zehn Meter bis zum Annäherungsgraben.

Jordan läuft vorweg. Im Sprung zeigt er mit der Hand: »Dicke Luft. Meine Fresse, wird da geharkt!« Er ist schon im Graben. Reisiger stoppt einen Augenblick. Donnerwetter! Unübersehbare weiße und schwarze Rauchwolken brodeln da vorn. Brennt denn die ganze Erde? Grauenhaft. Aber wir müssen wohl –

Er springt mit einem Satz hinter Jordan her, taumelt gegen die Grabenwand.

Fürs erste fühlen sie sich in Sicherheit.

Der Draht ist hier in Schulterhöhe mit kleinen Holzpflöcken befestigt. Man kann ihn leicht übersehen.

Dann ist der Graben eingeschossen. Ein Kalkberg versperrt den Durchgang.

Reisiger nimmt das Seitengewehr heraus und buddelt. Jordan kniet sich daneben hin. »Da haben wirs ja. Kaputtgeschossen. Die Ochsen können nicht zielen.«

Aber der Draht ist ganz. Beide nehmen ihn auf, lassen ihn durch die Hand gleiten. »Denn nicht«, grollt Jordan. »Also weiter. Quatsch bei der Hitze. Nun mach schon endlich, daß wir weiterkommen. – Junge, Junge da vorne rauchts.«

Der Graben macht verschiedene Windungen.

Endlich haben sie den Schaden. Der Draht hängt zerrissen mit beiden Enden am Boden. Jordan spuckt aus: »Da hast dus wieder. Nicht mal zerschossen. Den hat irgendein Affe von der Infanterie mitnehmen wollen. Vielleicht zum Wäschetrocknen ...«

Sie schließen den Fernsprecher an, summen. Gott sei Dank, die Feuerstellung meldet sich. »Ja, hier Leitungspatrouille.«

Her das andere Ende. Summen. »Hallo, Beobachtung I/96.« Das ist Uhligs Stimme. »Herr Unteroffizier, bleiben Sie am Apparat. Wir verbinden gleich.«

Sie wollen die beiden Drähte zusammendrehen. Da hören sie schräg vor sich ein bestialisches Pfeifen. Und wie sie sich platt auf den Bauch werfen, schlägt ein Schuß kurz vor ihnen direkt auf die Sohle des Grabens.

Reisiger spürt ein schüttelndes Zittern in den Gliedern. Eiskalt wird ihm. Er kann sich nicht rühren. Er muß bewegungslos hören, wie mit widerlichem Zirpen die Sprengstücke durch die Luft fliegen. Dann schlagen sie sachlich gegen die Grabenwand.

Aber da stößt ihn Jordan. »Wenn die so weitermachen, werden sie noch mal einen treffen«, sagt er. Das soll wohl komisch klingen. Doch es mißglückt. Jordan merkt es selber. »Ich glaube, wir hauen ab. Laß doch die Leitung. Wir suchen uns einen Unterstand, bis der Franzmann ausgetobt hat.«

Nun hat Reisiger wieder Mut. »Die ganze Arbeit dauert ja nur ein paar Sekunden. Mach schon, Jordan.« Er stellt sich mit dem Rücken gegen den Feind und verbindet die beiden Drahtenden. Summen. »Hallo – Batterie!« Verflucht noch einmal. Keine Antwort. »Hallo. Hallo, Batterie!!«

Aus. Also muß inzwischen eine andere Stelle auch noch unterbrochen sein.

Jordan entreißt Reisiger den Apparat. »Es ist zum Knochenkotzen. Laß mich mal. Oder wollen wir erst noch einmal Uhlig anrufen? – Hallo, ist dort Beobachtung I/96?«

Eine überlaute Stimme gellt aus dem Hörer. Das ist ja der Hauptmann. »Herr Hauptmann, hier Leitungspatrouille.« »Schert euch hierher!« brüllt Mosel. »Sofort hierher! Laßt die blöde Flickerei, verstanden. Aber sofort hierher kommen.«

Sie zerren den Apparat vom Draht und sehen sich an.

»Das hat uns noch gefehlt«, sagt Jordan.

Reisiger zuckt die Achseln und nimmt die Kabelrolle unter den Arm. »Hilft ja nichts.«

Sie rennen los.

Nach einigen Schritten sitzt ein Schuß kurz vor ihnen auf der Grabenwand. Reisiger sieht im Niederwerfen, daß ein großes Stück aus dem Kalkboden herausgerissen wird. Das Geröll wäre beinahe über sie gefallen. Sie springen auf, darüber hinweg. Dann liegen sie schon wieder. Und die nächsten fünfzig, sechzig Schritte kriechen sie auf dem Bauch. So weit sie sehen können, brechen gelbliche Feuer auf und schwarze Wolken. Das Krachen ist so laut, daß die Ohren schmerzen. Immer wieder machen sie einen Sprung vorwärts. Immer wieder liegen sie, die Hände und das Gesicht so fest wie möglich in den Kalk gepreßt.

Endlich sehen sie die vordere Linie. Noch zwanzig Schritt! Da ist der Hauptmann! Nicht mehr am Fernrohr. Er kauert halb gebückt neben dem Loch, in dem Uhlig sitzt. Zuweilen verdeckt ihn das Schwarz der Rauchwolken. – Einmal, als Reisiger gerade wieder zu einem Sprung ansetzt, verschwindet er in einem Blitz. Aber als Reisiger wieder aufsieht, kauert er noch unbeweglich in der gleichen Haltung. Er winkt, legt die Hände an den Mund und schreit. Man kann es nicht verstehen.

Mit dem nächsten Satz sind sie bei ihm. Reisiger versucht, stramm zu stehen und eine vorschriftsmäßige Meldung zu machen. Da fliegt er plötzlich gegen den Hauptmann. Ihre beiden Köpfe schlagen zusammen. Dann liegen sie im Telephonloch, unter sich Uhlig und über sich Jordan. Wie sie sich endlich entwirren, schreit Mosel mit der ganzen Kraft seiner Lungen zornig und flehend: »Rennt zurück, die Batterie soll Schnellfeuer 26-hundert schießen! Oberleutnant Busse soll versuchen, Relais zu legen!«

Zurück? Jetzt? Darauf gibt es nichts zu antworten.

Reisiger sieht im Abstürzen die Infanterie, Schulter an Schulter, Gewehr im Anschlag, zwischen Rauch und Feuer.

Da jagt Jordan bereits vor ihm her. Er folgt. Hinwerfen, ein kurzer Sprung, hinwerfen, Strecken auf dem Bauch kriechen, angefaucht von heißen Flammen, angespuckt von beißendem Qualm, über sich Güsse von Kalk und Dreck. Endlich die Batterie! Hier gibt es keine Formen mehr und kein Besinnen auf militärische Haltung. Reisiger springt auf den Oberleutnant los: »Schnellfeuer auf 26-hundert!« Dann jagt er an Busse vorbei zu seinem Geschütz, wiederholt halb irre und völlig außer Atem: »Schnellfeuer 26-Hundert!« und schiebt Gellhorn vom Richtsitz weg. Und schon, Signal einer gellenden Trompete, die Stimme von Busse: »Ganze Batterie Schnellfeuer sechsundzwanzighundert!«

18

Die Batterie wird zur Maschine.

Auf das Kommando »Schnellfeuer sechsundzwanzighundert« stellen an sechs Geschützen sechs Mann sechs Geschosse mit den Zündern auf die Entfernung sechsundzwanzighundert.

Auf das Kommando »Schnellfeuer« richten an sechs Geschützen sechs Richtkanoniere auf die Entfernung: sechsundzwanzighundert.

Das Kommando »Schnellfeuer« bewirkt, daß in einer Batterie von sechs Geschützen mit der Präzision von sechs Maschinenhebeln die Arme von sechs Kanonieren sechsmal in sechzig Sekunden die Verschlüsse aufreißen, daß sechs andere Kanoniere sechsmal sechs Geschosse in sechs Rohre stecken, daß zur gleichen Sekunde sechs Verschlüsse zugeworfen werden, daß sechs rechte Hände sechsmal die Detonation von sechs Schuß auf sechsundzwanzighundert vollziehen. SechsRohre schießen dann sechsmal in sechzig Sekunden nach rückwärts, daß die Geschütze wie geschlagene Tiere sich aufbäumen.

Es wird geladen, es wird gerichtet, es wird abgeschossen.

»Schnellfeuer«, das heißt: nach zehn Minuten ist der Pulsschlag der Menschen verdoppelt. Das Herz schlägt nicht mehr in der Brust, sondern im Hals. Erst hat der Puls die Glieder zittern lassen. Dann stemmen sie sich gegen ein Kommando, werden wie Eisen und werden Teil der großen Maschine: Sechs Geschütze: Eine Batterie.

»Schnellfeuer«, das heißt, daß nach einer halben Stunde mit automatischer Bewegung die Mannschaften von sechs Geschützen ihre Röcke aufreißen. Daß nach einer Stunde die Mannschaften die Röcke ausziehen, das Hemd öffnen, die Ärmel hochkrempeln.

»Schnellfeuer«, das heißt, daß nach einer Stunde die Mannschaften der Batterie Blässe des Todes in den Gesichtern haben, über die Ruß und Pulverschleim ein dickes Schwarz schmieren.

»Schnellfeuer«: Die Menschen versuchen einander zuweilen etwas zuzurufen. Nach kurzem ist jeder Versuch verstummt.

Bricht der Versuch neu auf, wird aus jedem Zuruf ein tierischer Schrei.

»Schnellfeuer«: Die Wut der Menschen überträgt sich auf die Geschütze. Sechs metallene kalte Rohre geben mit Sachlichkeit sechsmal in sechzig Sekunden den Tod von sich. Nach kurzem fauchen sie weißlichen Dampf, schwitzen wie die Menschen, die arbeitenden Menschen an der Maschine. Dann bekommt die Maschine Blut: die Rohre sind heiß wie Fieber.

»Schnellfeuer«: Das Fieber wird zur ansteckenden Krankheit. Das Fieber vergiftet den Erdboden. Einmal war der Erdboden grün, erstes Grün. Nach sechzig Minuten ist das Grün zerstampft, zertreten, zermahlen. Die Erde hat sechsmal zwei tiefe Wunden, in denen erbarmungslos sechsmal in sechzig Sekunden die Geschützräder schneidend wühlen.

Es wird geladen, es wird gerichtet, abgeschossen, geladen gerichtet abgeschossen.

19

So schießt 1. F.A.R. 96 seit anderthalb Stunden Schnellfeuer auf 2600.

So schießen alle Batterien auf dem Kamm der Höhe. Der Befehl »Schnellfeuer« muß sie alle erreicht haben. Fußartillerie Schuß auf Schuß, Feldartillerie Schuß auf Schuß, hinüber zum Feind.

Es ist unmöglich, zu unterscheiden, ob er antwortet. Einmal ist Reisiger, als spüre er dicht über sich einen heißen Hauch. Stammt der von drüben? Er will sich umsehen, den Einschlag suchen, aber dazu bleibt keine Zeit. Schnellfeuer, Schnellfeuer! Gellhorn sieht besorgt nach rechts und links. Munition? Die leeren Körbe häufen sich. Aber einstweilen ist noch kein Mangel.

Als eben wieder der scharfe Qualm vom Mündungsfeuer zurückschlägt und das Geschütz sich bäumt, zittert eine Gruppe von Birken halb links. Reisiger sieht, daß das ganze Bündel in die Höhe fliegt und die Wurzeln gegen den Himmel hebt.

Also doch, der Feind schießt auch! Der Schuß lag zehn Meter vor uns.

Er will Gellhorn darauf aufmerksam machen. Er kommt nicht dazu. Von Stork steht plötzlich neben ihm und schreit mit einer Stimme, die gar nichts Menschliches mehr hat: »Sie sind durch! Feuer auf achtzehnhundert legen!«

Sie sind durch? 1800? Da tönt ein gellender Schrei. Und wie man noch auf die Entfernung 1800 einstellt, und wie noch die Munitionskanoniere die erste Granate mit 1800 laden, sehen sie alle, daß Leutnant von Stork gekrümmt an der Erde liegt, die rechte Gamasche aufgerissen. Ein Blutstrahl sprudelt aus dem Knie.

Schnellfeuer! »Aber da muß doch einer helfen«, sagt Reisiger zu Gellhorn. Doch der hat längst selbst eine neue Granate genommen und schiebt sie in den Lauf. Los, Schnellfeuer!

Was ist denn nun schon wieder? Die beiden rechten Flügelgeschütze haben ja plötzlich die Richtung geändert, eine Viertelwendung gemacht. Was bedeutet denn das?

Eine Stimme schreit, man weiß nicht von wem und woher: »Der Feind schießt von rechts mit Maschinengewehr in unsere Flanke!« – Hört denn Gellhorn den Schrei nicht? Reisiger will ihn darauf aufmerksam machen. Da sieht er, daß Oberleutnant Busse zum Leutnant springt. Will er ihn verbinden? Herrgott: er wirft beide Arme in die Höhe, macht einen Hopser, fällt zuckend auf den Rücken.

»Herr Unteroffizier ...«

»Schnellfeuer achtzehnhundert, los, los!«

Schnellfeuer auf 1800. Das Geschütz ist inzwischen so ausgeschossen, daß der Rücklauf versagt. Reisiger und Hohorst müssen nach jedem Schuß das glühende Rohr wieder zurechtschieben.

Aber sonst bleiben alle Bewegungen maschinenmäßig, Schnellfeuer!

Gellhorn hat jetzt den Leutnant gesehen. Der ist völlig zusammengekrümmt, hält den Deckel seiner Mütze vor das Knie. Das Blut tropft langsamer. Busse liegt lang, rührt sich nicht mehr.

»Kinder, die Batterie ist ohne Offizier«, sagt Gellhorn.

Da steht wie eine Erscheinung der Hauptmann in der Stellung.

Einen Augenblick macht alles eine Feuerpause. Alle Blicke sind auf ihn gerichtet.

Er hat ein kalkweißes, bewegungsloses Gesicht.

»Schnellfeuer!«

Er geht aufrecht von Geschütz zu Geschütz. »Schnellfeuer, Kerls!« Zu Gellhorn sagt er: »Schießt doch! Auf sechzehnhundert! Und wenn der Feind da ist, müssen wir sehen, wie wir hier rauskommen.«

Schnellfeuer.

Nach wenigen Schüssen brüllt ein Krachen auf, wie Reisiger es noch nie erlebt hat.

Er merkt, daß er vom Sitz gleitet.

Dann ist es völlig dunkel.

Wie das Dunkel sich wieder hebt, träumt Reisiger. Er spürt, daß er in einem See liegt. Das Wasser des Sees ist sehr warm. Kann man denn hier nicht schwimmen? Er hat die Beine und die Arme ausgestreckt, aber er kann nicht schwimmen, weil eine Last ihn bedrückt.

Der See schlägt mit seinen Wellen laut gegen das Ufer.

Dieses Wellenschlagen wird immer heftiger, immer drohender! Und jagt ihm schließlich eine Angst ein. Ich muß schwimmen, sonst werde ich ja erdrückt! – Er hebt seine Brust und stemmt den Ellbogen gegen den Grund des Sees.

Da ist er plötzlich wach und reißt die Augen auf. Er hört entsetzliches Krachen auf allen Seiten und spürt einen Druck über sich.

Und wie er die Augen hebt, sieht er überall scharfe Zakken vor sich. Und wie er die Augen höher hebt, sieht er, daß sein Geschütz auf der einen Achse über ihm zusammengebrochen ist. Das Rohr bis zur Unkenntlichkeit zerschlagen. Und wie er nach seinen Kameraden sucht, findet er neben sich Gellhorn ohne Kopf und Hohorst mit abgerissenen Armen. Und hinter ihm liegt ein einzelnes Bein. Das ist alles. Er schiebt den Unteroffizier vorsichtig von sich weg und kniet sich hin. Er sieht nach rechts. Da feuern zwei Geschütze Schnellfeuer. Er sieht nach links. Da feuert ein Geschütz. Er will aufstehen. Aber er fällt wieder zusammen. Er beißt die Zähne aufeinander und versucht es ein zweites Mal.

Da hat ihn der Hauptmann bemerkt, springt zu ihm, sagt: »Gehen Sie runter und suchen Sie die Protzen. Aber es kann sein, daß es schon zu spät ist. – Batterie Schnellfeuer neunhundert –!«

Reisiger läuft die Höhe herunter. Aber als er kaum hundert Meter von der Batterie entfernt ist, scheint ihm jeder Versuch, die Protzen zu erreichen, vollkommen sinnlos. Die riesigen Eichen rechts und links der Wege sind zusammengehauen, und überall kracht es, und es brechen weitere Stämme. Fontänen aus ungeheuren Erdklumpen werden gegen den Himmel geschleudert. Wo man auch hinsieht, schießen feurige Flammen aus dem Boden.

Reisiger versucht alle Möglichkeiten, um vorwärts zu kommen. Er kriecht auf dem Bauch, schiebt sich von Trichter zu Trichter. Er springt, duckt sich hinter Baumstämmen. Er schnellt hoch, um nach einigen Schritten wieder zu kriechen. Manchmal bleibt er liegen, schließt die Augen: wenn es mich doch endlich träfe!

Bis der nächste Schuß neben ihm aufheult und ihn weiterjagt. Endlich ist er an der Sohle des Berges. Links brüllt ein Sperrwall von Einschlägen, rechts sind brennende Häuser. Vielleicht, denkt er, finde ich dort die Protzen. Er hält sich also rechts. Wie er wieder einmal liegen bleibt, keuchend, mit einem schwarzen Schleier vor den Augen, wird der Gedanke »Protzen« nachdrücklicher: Ich muß die Protzen holen, sonst ist die ganze Batterie verloren! Rafft sich auf und bricht zusammen. Wieder auf. Im nächsten Augenblick wird er von einem Schuß, der direkt hinter ihm liegt, durch die Luft gerissen. Dann klatscht er mit dem Schädel in ein Wasser.

Dort bleibt er einen Augenblick unbeweglich. Jetzt wird ihm kühler, und das ist gut. Der Druck hebt sich von der Stirn. Ihm wird plötzlich wieder klar, was er hier unten sucht. Ich muß die Protzen holen, sonst ist die ganze Batterie verloren! Das sagt er halblaut vor sich hin. Er wundert sich darüber, wie er mit sich selber redet. Er lacht einen Augenblick. Dann steht er auf und läuft weiter.

Dicht vor den brennenden Häusern sieht er an eine rauchende Mauer geklemmt Wachtmeister Hollert. Er stürzt auf ihn los und schreit: »Protzen ran!« Hollert erschrickt. Da fügt Reisiger hinzu: »Herr Wachtmeister, vom Dritten Geschütz alle tot außer mir.« Dann bricht er zusammen. Er hört neben sich den Galopp von Pferden und das Gerassel von Wagen.

20

Meldung des Oberstabsarztes Dr. Dülberg an F.A.R. 96:
Im Dorf Farbus fand ich gestern den 11. Mai, 7,15 Uhr den Kanonier Adolf Reisiger I/96. Identität aus Soldbuch und Erkennungsmarke.
Ich stellte fest: Rock vorn zerrissen, blutig. Auf Brust handtellergroße blutig suggillierte Stelle rechts 3.–8. Rippe. Einschußöffnung nicht vorhanden. An Mund und Nase geronnenes Blut. Puls klein, Frequenz 130. Ohne Bewußtsein.
R. lag vor einer brennenden Lazarettstation, die verlassen war, da heftiges Art.-Feuer zur Räumung des Dorfes gezwungen hatte. Ich habe R. auf mein Pferd genommen, ihn später aber, da mein Pferd abgeschossen wurde, vorbeifahrendem San.-Auto zur Einlieferung ins Feldlazarett übergeben.

21

Meldung von I/96 an Regiment:
Verluste am 11. Mai: Tot: zwei Offiziere, drei Unteroffiziere, 11 Mann. Verwundet: 4 Mann. Vermißt: ein Mann.

22

Der Feind vor uns scheint nur über einige Divisionen zu verfügen. Wir sind viermal so stark als er und haben eine Artillerie, so furchtbar, wie sie noch nie auf einem Schlachtfeld erschienen ist. Es handelt sich heute nicht mehr darum, einen Handstreich zu wagen oder einen Graben zu nehmen. Es handelt sich darum, den

Feind zu schlagen. Darum gilt es, ihn mit äußerster Heftigkeit anzugreifen und mit einer unvergleichlich zähen Erbitterung zu verfolgen, ohne uns um Ermüdung, Hunger, Durst oder Leiden zu kümmern. Nichts ist erreicht, wenn der Feind nicht endgültig geschlagen wird. So möge denn jeder – Offiziere, Unteroffiziere und Soldaten – davon überzeugt sein, daß das Vaterland von dem Augenblick an, wo der Befehl zum Angriff gegeben, bis zum endgültigen Erfolg, jede Kühnheit, jede Kraftanstrengung und jedes Opfer von uns fordert.

Der Kommandierende General des XXXIII. Armeek.,

gez. Petain

Viertes Kapitel

1

Es ist Nacht geworden.

Der Kampf geht weiter. – Die Truppen in den Ruhequartieren hinter der Front sind aufgescheucht. Auf allen Dorfstraßen lungern die Soldaten herum, stehen beieinander, schweigsam, dumpf. An Schlaf ist nicht zu denken.

Der Horizont mit seinen flammenden weißlichen Fächern ist ein Bann, der alles in eine sture Qual verzaubert. Hintergrund einer Bühne, auf der Gespenster agieren.

In manchen Dörfern werden die Zuschauer plötzlich zu Mitspielern. Da laufen die Posten im Trab, streifen mit heiserem Ruf die Gruppen der Neugierigen, schreien in jedes Quartier. Und dann wimmelt es wie im Ameisenhaufen.

»Fertigmachen zum Abmarsch.«

Der Ruf trifft vor allem auf die Infanterie. Er erstickt noch das leiseste Flüstern. Man flucht in sich hinein. Dann geht man stumm in den Unterschlupf, nimmt Gewehr, Patronentasche und Helm. Nach Minuten stehen die Kompagnien. Dann beginnt lautlos der Marsch.

Schweigsam die Offiziere an der Spitze der Kolonnen, schweigsam die Unteroffiziere rechts heraus, schweigsam das ganze Gros.

Es gibt keine Illusionen. Es hat keinen Sinn, gar keinen Sinn, sich auch nur die nächste Stunde oder gar den nächsten Morgen auszumalen. Von je tausend Mann, die über die Straße ziehen, muß die Hälfte wissen, daß sie am Morgen schon zerfetzt und zerschlagen ist. Aber darüber wird nicht nachgedacht. Das Kommando »Kompagnie marsch!« enthebt alle der eigenen Verantwortung.

Oben in der Ferne brennt die Höhe. Der Befehl heißt: Man muß sie löschen!

Oben in der Ferne schreien die Brüder. Der Befehl heißt: Man muß helfen.

Oben auf der Höhe ist der Feind durchgebrochen. Der Befehl heißt: Man muß ihn zurückdrängen.

Der Befehl. Das ist alles.

Stumpf und dumpf und im Halbschlaf kriechen die Kolonnen frontwärts.

Der Sinn wird erst heller, wenn andere Kolonnen ihnen entgegenkommen.

Ein Auto fährt vorüber, mit flatterndem Plan, das Rote Kreuz zu beiden Seiten. Viele Autos, zehn, zwanzig hintereinander. Sie schieben sich sehr behutsam vorbei.

Und wenn sie verschwunden sind, liegt irgendwo, an einem der Chausseebäume, ein lebloser Körper: liegengelassen, weil es sinnlos gewesen wäre, ihn nach rückwärts mitzunehmen, und weil er anderen den Platz geraubt hätte.

Und weiter.

Jetzt, bald im Schußbereich der feindlichen Artillerie, wimmelt es von Verwundeten.

Da die Autos hierher nicht kommen, da die Ärzte hier fehlen, gilt es, sich selber zu helfen.

Einer schleicht hinter dem andern her.

Fort die Waffen, runter das Koppel, einen Knüppel als Stütze:

»Bloß nach Hause«, »bloß aus diesem Mist heraus«, »nach Hause«, »nach Hause«, »nach Hause!«
Und lieber auf allen vieren kriechen als hier liegen bleiben.
Weiter die Kolonnen, zur Front!
Man ist oft in Versuchung, einen der Verwundeten etwas zu fragen. Es wäre gut, zu wissen, wie der Kampf da oben steht.
Weiter die Kolonnen. Keiner fragt; wir werden es viel zu früh erfahren.

2

Am Rande eines Dorfes nahe der Feuerzone liegt ein blühender Obstgarten. Es riecht nach Frühling.
Unter den Blüten stehen die Reste der Ersten Batterie F.A.R. 96, vier aufgeprotzte Geschütze und zwei Protzen ohne Lafetten. Es fehlen 17 Pferde, 10 Kanoniere, 6 Fahrer, 3 Unteroffiziere und 2 Offiziere.
Was noch lebt, hockt zusammen. Die Kanoniere sitzen Rücken an Rücken gelehnt. Zuweilen läßt einer den Kopf hängen und versucht zu schlafen. Alle möchten schlafen. Aber wenn dann die Feuer einschlagen, die den Garten erleuchten, und wenn die Pferde das Geschirr hochreißen, wird der Schlaf immer wieder zersprengt.
Und Hunger hat man. Doch es gibt nichts zu essen.
Vor einer Stunde hat der Hauptmann einen Unteroffizier ins Dorf geschickt, um irgendwoher Brot zu beschaffen. Aber der Unteroffizier ist bisher nicht zurückgekehrt.
Rauchen möchte man wenigstens!
Es gibt in der ganzen Batterie Eine Zigarette. Sie gehört dem Gefreiten Lechter. Als er sie hinter seiner Mütze anzündet, steht der Hauptmann neben ihm und sagt: »Geben Sie mir einen Zug.« Dabei drückt er ihm die Hand auf die Schulter, so, daß er nicht aufstehen kann. »Ich schenke Ihnen eine ganze Schachtel, sobald wir wieder Post bekommen.«
Lechter gibt dem Hauptmann die Zigarette. Mosel nimmt einen Zug. Dann reicht er sie zurück. Als zweiter zieht sich Lechter die Lunge voll. Dann macht der Stummel unter den

nächsten Kameraden die Runde. Ein Unteroffizier und fünf Mann beteiligen sich. Dann ist die Freude zu Ende.

Mosel geht zum Wachtmeister Hollert. Die Nacht ist bedrückend. Man muß mit irgendeinem Menschen etwas reden. Hollert reißt sich zusammen, aber dann merkt er, er kann vor Müdigkeit kaum die Glieder rühren.

»Stehen Sie bitte bequem, Wachtmeister. Oder kommen Sie, wir setzen uns.«

Sie versuchen ein Gespräch. Sie haben das Gefühl, es müsse über den vergangenen Tag irgend etwas gesagt werden. Doch wo soll man beginnen? Es bleibt einstweilen bei sachlichen Erörterungen.

»Ich verstehe nicht, wo der Unteroffizier mit der Verpflegung steckt. Haben wir denn keine Eiserne Ration mehr, Wachtmeister?«

»Die meisten haben ja das Gepäck verloren, Herr Hauptmann.«

Mosel schreit: »Wer noch Eiserne Ration hat, kann sie verbrauchen.« – Nach einer Weile: »Glauben Sie, Wachtmeister, daß wir morgen irgendwo Post abholen können? Ich möchte den Leuten so gern eine Freude machen.«

»Zu Befehl, Herr Hauptmann. Das ist nun bald acht Tage her seit der letzten Ausgabe.«

Wieder eine Weile: »Das wichtigste ist, schnell zwei neue Geschütze zu bekommen. Ich verstehe nicht, daß das Regiment dafür keinen Befehl schickt. Wachtmeister, wir müssen morgen früh gleich einen Meldereiter losjagen.«

»Zu Befehl, Herr Hauptmann.«

Zwischendurch sehen Mosel und Hollert immer wieder zum Horizont. Es brennt, es brennt, und es brüllt unaufhörlich.

Endlich sagt Hollert, was er denkt: »Wir haben relativ starke Verluste.«

»Tja, Wachtmeister – so ist das.«

»Ob Herr Hauptmann gestatten, daß wir die Toten holen, wenn wir morgen noch hier sind? Das Zweite Geschütz wollte Herrn Oberleutnant auf die Protze legen. Aber es hielt gestern zu lange auf.«

»Wachtmeister – was hilft das. Laßt sie liegen. Sie haben ja

77

doch nichts mehr davon. – Sagen Sie mal, wo ist eigentlich der Reisiger geblieben?«

»Ich habe ihn umkippen sehen, als ich Befehl zum Galopp gab für die Protzen. Wir haben ihn ja als vermißt gemeldet. Aber der ist tot. Sah ja schon halbtot aus, als er zu uns kam. – Immerhin – ohne ihn wäre die Batterie vielleicht verloren gewesen.«

»Sagen Sie mal, Wachtmeister, wie war die Auffahrt?« »Wie man durch so etwas durchkommt, Herr Hauptmann - ich weiß es selber nicht. 14 gab es solch Feuer überhaupt nicht.

Wir sind eigentlich nur durch Hagel gefahren.« »Ja ja.«

3

Reisiger spürte einen Stich in seinem Arm. Davon wachte er auf. Es war hell. Er lag. Vor ihm standen zwei Menschen. Der eine lächelte und sagte »Na also«. Dann drehte er sich von Reisiger weg zum Nachbar, einem Mann mit großem schwarzem Schnurrbart und sagte zu dem: »Die Sache ist also harmloser als wir dachten. Geben Sie ihm am Mittag und am Abend noch je zehn Tropfen. Und morgen früh werden wir mit ihm reden.«

Dann gingen beide von Reisiger weg. Er schloß die Augen wieder.

Nach einer Weile erwachte er abermals. Er fand sich in seiner Umgebung nicht zurecht. Schließlich merkte er, daß er im Bett liegt.

Im Bett? Er hob erschrocken etwas den Kopf. Da bauscht sich eine blaukarierte Federdecke. Er warf den Körper etwas hoch und ließ ihn fallen. Ja, es stimmt, er liegt im Bett. Er sah zur linken Seite. Das Bett steht an der Wand eines Zimmers. Sah zur rechten Seite. Das Zimmer ist groß und hat helle Fenster. Zwischen den Fenstern stehen noch vier Betten. Darin liegen auch Menschen.

Schließlich richtete sich Reisiger auf und setzte sich hin, trotz einem zerrenden Schmerz in der Brust. Er räusperte sich. Damit wollte er sich bemerkbar machen, weil er nicht wußte, was er sagen sollte.

Das Räuspern wirkte. Aus den Betten hoben sich vier Menschen. Sie sahen ihn an. Dann sagte der eine: »Du wunderst dich wohl, daß du lebst, Kamerad?«

Da mußte Reisiger lachen. »Wir sind hier im Lazarett?« fragte er.

»Du kannst fabelhaft raten«, grunzte es.

»Aber ich weiß ja gar nicht, was mir fehlt.«

»Aber wir wissen es genau.«

Mit medizinischer Gründlichkeit wurde ihm auseinandergesetzt, was mit ihm los ist. Er habe einen Sprengschuß vor die Brust bekommen. Der Splitter müsse abgeprallt sein, denn die Brust sei nicht zerschlagen. Statt dessen hätte sich eine Lähmung der linken Seite eingestellt. Sie wird in wenigen Tagen behoben.

Lähmung? Reisiger war erschrocken. Er versuchte, das linke Bein zu heben. Nein, es gelang nicht. Dann versuchte er, sich mit der linken Hand über die Haare zu streichen; auch das ging schief. Er konnte die Hand im Gelenk nicht heben.

»Wieso wißt ihr besser Bescheid als ich?« fragte er.

Der ihn zuerst begrüßt hatte, anscheinend der Wortführer hier im Zimmer, klärte auf: »Ich liege schon sechs Wochen in dieser Lausebude. Ich kenne den Rummel. Und wenn der kleine Arzt morgens mit dem Feldwebel seine Visite macht, kramt er immer mächtig aus. Der will uns zeigen, was er alles weiß. Dabei ist das Ergebnis immer dasselbe: ›Feldwebel, Sie müssen mit Jod pinseln.‹ Neulich kam einer ohne Kopf, den hat er so lange mit Jod pinseln lassen, bis er wieder laufen konnte.« Er brülle vor Lachen über seinen Witz.

Reisiger war der bayrische Dialekt aufgefallen, in dem man mit ihm sprach. Er fragte: »Ihr seid wohl Bayern, Kameraden?«

Der Wortführer stemmte seine Hände nach hinten: »Und ob wir Bayern sind! Dieses Lazarett ist unser bayrisches Eigentum, und da hat kein Aas sonst was drin zu suchen. Oder bist du etwa kein Bayer?«

Reisiger war auf die Frage nicht gefaßt. Was soll denn das hier im Krieg und unter deutschen Soldaten und im Lazarett und einigermaßen nahe an der Front? Er verstand es nicht recht. Er antwortete mit gleichgültiger Selbstverständlichkeit: »Ich bin Preuße.«

War das falsch? dachte er. Darf man so etwas nicht sagen?

Seine Antwort hatte eine merkwürdige Wirkung. Die Insassen der vier Betten schmissen sich wie auf ein Kommando in die Matratzen zurück. Reisiger existierte nicht mehr für sie. Er fragte: »Habt ihr was dagegen?« Niemand antwortete. Er versuchte es mit einer langen Erläuterung, daß er nicht verstünde, warum man etwas dagegen haben könnte, und sie seien doch schließlich alles Kameraden. Auch darauf reagierte niemand.

Endlich gab er die Bemühungen auf.

Ein preußisches Bett gegen vier bayrische – da kann man nur die Waffen strecken.

Im Zimmer erschien ein Mann im Drillichanzug. Er trug vier emaillierte Blechnäpfe, die er an die vier bayrischen Betten verteilte. »Heut gibts Bohnensuppe«, sagte er. Die vier stürzten sich mit lautem Schlürfen hinein. Der Sanitäter wollte abgehen. Dann besann er sich und drehte sich zu Reisiger. Wo er sein Kochgeschirr habe?

Reisiger zuckte die Achseln. »Ich habe keins.« Er erklärte, wie er ohne jedes Gepäck damals von der Höhe herabgelaufen war, die Protzen zu holen. Das machte keinen Eindruck. Der Sanitäter hatte kein Verständnis dafür, daß man das Kochgeschirr vergißt. Und als der Wortführer der bayrischen Betten noch eine Bemerkung einwarf, wieso denn Saupreußen hier überhaupt durchgefüttert würden, hatte er wohl Lust, Reisiger ohne Essen zu lassen. Aber dann sah er ihn prüfend von oben bis unten an, murmelte ein paar unverständliche, im Ton nicht ganz unfreundliche Worte und ging. Und als er wiederkam, brachte er eine verrostete, schief abgeschnittene Konservenbüchse und einen am Stiel abgeknabberten Blechlöffel. »Da friß.«

Das Essen war anstrengend. Reisiger klemmte die Büchse mit dem linken Arm gegen die Brust. Das bereitete große Schmerzen.

Er fühlte sich bedrückt.

Es ist so unfreundlich, hier zu liegen, zwecklos, vom Körper verraten. Und diese widerwärtige Stimmung im Zimmer.

Am Abend war auch der Sanitäter übergelaufen. Er nahm jetzt eindeutig für die bayrischen Landsleute Partei. Das ging so weit, daß er auf die Bitten Reisigers, sich waschen zu dürfen, antwortete, die Preußen könnten so dreckig rumlaufen wie sie wollten. Den Krieg müßten doch die Bayern gewinnen, und deswegen kämen erst die bayrischen Verwundeten an die Reihe und dann die preußischen auch noch lange nicht.

In der Nacht lag Reisiger wach. Es war sehr still im Haus. Und draußen? – Seltsam, wie weit die Geräusche der letzten Tage von hier abgerückt sind. Ganz in der Ferne ist ein Brummen in der Luft, zuweilen zittern die Fensterscheiben. Sonst große Ruhe.

Die Ruhe wirkt erdrückend. Aus ihr steht plötzlich die Erinnerung an den Kampf auf. Sie quält. Er kann keine Einzelheiten zusammenbringen, kann seine Gedanken nicht ordnen, weil überall aus der Dunkelheit Bilder kommen, so schnell, so gehetzt, so verwirrend. Er sieht Geschützrohre, deren Feuer durcheinanderschlägt. Dann spritzen Einschläge auf. Dann erscheinen Gesichter. Eins lacht mit weißen Zähnen. Wer ist denn das? Wer ist denn –? Wie war das doch? – Ja! Es war schwarz um ihn gewesen, und als es hell wurde, lag neben ihm der Unteroffizier Gellhorn mit abgerissenem Kopf. Und ein Bein lag da, das hatte einen von Hohnerts neuen Stiefeln an. Und Hohnert? Und das Geschütz hatte ein abgeschlagenes Rohr und ein zersplittertes Rad.

Reisiger bemühte sich, einzuschlafen. Er warf sich hin und her. Als es ihm nicht glückte, stieg ein Zorn in ihm auf, daß ihm die Zunge bitter schmeckte.

Das Gesicht zur Wand: Wozu dieser verfluchte Dreck!

Das Gesicht zum Fenster: Diese schöne Nacht so zu schänden!

Zur Decke gestiert: Warum – hast – Du – uns verlassen!

Und hin und her mit Anklagen und Zweifeln. Tränen in den Augen, Säure im Hals.

Bis es endlich ein wenig heller wurde.

Da wechselten die Gefühle. Mit einer weichen Hand kam das Bewußtsein: ich, Adolf Reisiger, bin im Lazarett und bin geborgen.

Aber »Geborgen« war ein Wort, das neue Unruhe schaffte.

Reisiger rechnete aus, daß von seiner Batterie außer den beiden Offizieren und außer der Bedienung des Dritten Geschützes sicherlich noch mehr Leute gefallen waren. Jetzt steht also, dachte er, diese Batterie irgendwo herum. Das Dritte Geschütz fehlt, zwei Offiziere fehlen, sechs oder acht Mann fehlen, und die Batterie ist nicht mehr feuerbereit und braucht so nötig jeden Menschen! Geborgen sein heißt also, der Batterie, die in Not ist, einen Mann entziehen! –

Er faßte mit seiner rechten Hand die linke. Es war schwer, sie zu bewegen. Ist das ein Grund, um hier geborgen zu sein? Er tastete seine Brust ab. Sie schmerzte sehr. Aber auch das entschuldigt nicht!

Und dann schoß mit schnellerem Herzschlag der Entschluß in ihm hoch: ich muß sofort zu meiner Batterie.

Zuerst kämpfte ein Zweifel dagegen: Was ist schon ein Mann mehr oder weniger? Aber der Zweifel unterlag, der Wunsch wurde stärker: ich muß zu meiner Batterie!

Reisiger richtete sich auf. Wo ist meine Uniform? Er sah sich überall im Zimmer um, aber vor ihm auf einer Kiste lag nichts anderes als ein blau-weiß gestreifter Krankenkittel.

Doch das entmutigte ihn nicht: Wenn ich das Gelumpe anziehe und mich heimlich aus dem Zimmer stehle, finde ich bestimmt irgendwo eine Uniform. Es braucht nicht meine zu sein, ich nehme, was ich kriege: Ich muß zu meiner Batterie! Er schlug die Bettdecke zurück, hatte das rechte Bein schon auf der Erde. Aber wie er mit der Hand das linke nachzog und sich aufrichten wollte, knickte er zusammen und sackte zurück. Er versuchte es ein zweites Mal. Dann gab er es auf. Der Versuch hatte ihn so schwach gemacht, daß er die Beine kaum wieder unter die Decke brachte. Ich muß zu meiner Batterie! Ich muß zu meiner Batterie!

Er legte sich auf den Bauch und heulte.

4

Der Kampf von einem preußischen Bett gegen vier bayrische wurde immer aussichtsloser. Die zahlenmäßige Übermacht bekam von allen Seiten Verstärkung. Bereits vierundzwanzig Stunden nach seiner Einlieferung galt Reisiger im ganzen Haus, das aus fünfzig belegten Betten bestand, als räudiger Hund.

Nicht, daß man auf ihn schimpfte; es geschah viel Schlimmeres: man negierte ihn restlos.

Das ging bis zum Arzt, der bei der Morgenvisite nie etwas anderes sagte als: »Na unser Preuße wird ja wohl von selber gesund werden.«

Und nicht einmal Jod wurde verordnet.

Endlich kam eine Rettung.

Eines Nachmittags ging langsam die Zimmertür auf, und es trat ein sehr wohlgenährter, glattrasierter Herr ein. Er trug einen langen grauen Rock mit lila Aufschlägen und um den Hals eine silberne Kette mit einem Kruzifix: »Gott zum Gruß, liebe Kameraden.«

Reisiger sah auf: Der Divisionspfarrer. Wieder ein Bayer!

Der Pfarrer ging von Bett zu Bett. Er zog aus der Innentasche seines Rocks eine Druckschrift, die er den Verwundeten in die Hand drückte. Dazu sagte er mit Gleichmäßigkeit denselben Satz: »Nicht wahr, Kamerad, es geht schon viel besser, man muß nur Geduld haben, in ganz kurzer Zeit dürfen Sie wieder an der Front sein.«

Endlich hatte er Reisiger gesehen. Mit gemessenen Schritten kam er auf ihn los. Er setzte sich auf den Bettrand und begann ein Verhör.

»Wo seid Ihr denn geboren, mein Sohn?«

Reisiger gab seine Geburtsstadt an. »Herr Pfarrer werden den Ort nicht kennen. Er hat nur ein paar tausend Einwohner. Liegt in der Provinz Sachsen.«

Was nun? Die Insassen der bayrischen Betten richteten sich unvermittelt auf und schmunzelten. Reisiger sah es verwundert.

»Ihr seid also Sachse?« fragte der Pfarrer.

Ich muß zu meiner Batterie, schoß es Reisiger durch den

Kopf. Ich komme nur zu meiner Batterie, wenn sich der Arzt um mich kümmert. Der Arzt kümmert sich nur um mich, wenn ich nicht Preuße bin. Vielleicht sind die Sachsen bessere Menschen und finden sogar bei Bayern Anklang.

Er zwang sich ein Lächeln auf das Gesicht und sagte sehr laut: »Zu Befehl, Herr Pfarrer. Ich bin Sachse.«

Der Pfarrer wurde noch milder im Ton als vorher. Er strich Reisiger mit der Hand über den Kopf. Dann zog er aus seinem Rock die Druckschrift heraus, legte sie auf die Bettdecke und sagte: »Erholen Sie sich gut; bald werden wir alle wieder vor dem Feind stehen, und seien Sie versichert, über ein kurzes haben wir den Sieg errungen.«

Er winkte mehrmals mit der Hand und verschwand.

Von da ab war zwischen den vier bayrischen und dem preußisch-sächsischen Bett eine innige Freundschaft. Der Wortführer der Bayern sprang auf, ging zu Reisiger: »Kamerad, das hättest du doch gleich sagen können. Wir Bayern und ihr Sachsen sind doch immer gut befreundet gewesen.« Er schüttelte ihm die Hand. Auch die andern begrüßten den neuentdeckten Waffenbruder.

Der Essenträger kam. Der bayrische Wortführer sagte mit kalter Selbstverständlichkeit: »Der da drüben ist ja gar kein Saupreuße.« Was zur Folge hatte, daß die schief abgerissene Konservenbüchse sogleich gegen einen weißemaillierten Napf ausgetauscht wurde.

Die Freundschaft wurde noch inniger. Die vier Bayern opferten für Reisiger im Laufe des Tages mit bayrischer Ausführlichkeit ihre Lebensgeschichte samt den Schicksalen sämtlicher Frauen und Kinder, bestachen am Abend den Sanitäter, daß er aus einer Kantine Bier holte, und soffen, bis ihnen der Mund troff, auf Reisigers Wohl.

Das Wunder bayrisch-preußisch-sächsischer Verbrüderung trieb üppigste Blüten. Erstens: Infolge des ungewohnten Biergenusses schlief Reisiger die Nacht hindurch, ohne von Gedanken gequält zu werden. Zweitens: Der Arzt kümmerte sich am nächsten Tag um ihn, indem er heiße Umschläge um Arm und Bein verordnete. Drittens: Der bayrische Wortführer setzte dem neuen Bündnis die Krone auf, nämlich: heute sei Sonnabend, Sonnabend söffen die Ärzte im Kasino, also stiegen alle Verwundeten nachts über die Mauer des Lazarettgartens und gingen zu den Damen des Ortes. Reisiger sei herzlich eingeladen, sich an diesem Ausflug zu beteiligen. Er brauche nichts dafür zu zahlen.

Reisiger lehnte die Einladung ab.

Ich muß zu meiner Batterie, und wenn ich gehen kann, muß jeder Schritt ein Schritt zu meiner Batterie sein.

Er sprach das nicht aus.

Aber auch so verstand man ihn nicht. »Du bist ein Ochse, Kamerad; wir dürfen hier im Ort doch umsonst ficken.«

5

Protest gegen das würdelose Verhalten deutscher Frauen:

Protest im Namen von Millionen deutscher Frauen wird erhoben gegen das abscheuliche Betragen deutscher Frauen (oder Weiber), welche sich an die gefangenen Feinde auf den Bahnhöfen herandrängen und ihnen Schokolade, Rosen und andere »Liebesgaben« überreicht haben. Das ist nichts Geringeres als Vaterlandsverrat. Verrat an unserem guten deutschen Ruf und Namen. Da sollten die deutschen Behörden mit der allergrößten Strenge vorgehen.

Ich habe als Mädchen von 19 Jahren den Krieg von 1864 erlebt und hatte während der Kriege von 1866 und 1870 Mann und Brüder im Felde. Schon 1870 mußten wir das abscheuliche Schauspiel von Frauen erleben, die den gefangenen Franzosen und Turkos gegenüber ihre Würde nicht zu wahren wußten. Deshalb bitten alle anständigen Frauen jetzt um rücksichtsloses Vorgehen gegen Frauen, die ein derartiges würdeloses Gebaren zeigen.

Johanna Freifrau von Grabow
Witwe des Obersten von Grabow

(Berliner Tageblatt, 18.8.1914)

85

Nach zwei Tagen wurde Reisiger auf seine inständigen Bitten vom Feldunterarzt gesundgeschrieben und zur Truppe entlassen.

Niemand von den Bayern begriff, warum er sich danach drängte, so schnell wieder an die Front zu kommen. Er hatte bis heute nicht begreifen können, warum sie, die neulich mit Eleganz und Leichtigkeit über die hohe Gartenmauer geklettert waren, überhaupt noch in den Betten lagen.

Immerhin war sein Verhältnis zu ihnen so freundlich geworden, daß er sich herzlich von ihnen verabschiedete.

Er bekam seine Uniform. Auf dem Rücken war ein großer Blutfleck. Er versuchte erst, ihn auszuwaschen, aber dann ließ er es. Ihm fiel ein, daß dieses Blut von einem der Kameraden stammte, die mit ihren Körpern das Dach gebildet hatten, unter dem er leben bleiben durfte.

Er wurde in Marsch gesetzt mit dem Befehl, nach Douai zu gehen und sich dort bei der Etappenkommandantur zu melden. Der Standort seines Regiments sei unbekannt, würde dort aber ausfindig gemacht.

Warum laufen?

Douai ist zwei Tagemärsche von hier entfernt. Gibt es keine Bahnverbindung?

Aber man darf nicht fragen. Alles beim Militär hat seine wohlerwogenen Gründe.

Reisiger marschierte ab.

Das Dorf lag bald hinter ihm. Es war schönes Maiwetter. Der Himmel war blau. Rechts und links der Straße stand handhoch das Korn.

Er war so glücklich wie selten vorher in seinem Leben. Er hatte sich niemals so unbelastet gefühlt.

Was kann mir geschehen? Es gibt keinerlei Sorgen. Alle Menschen müssen gut sein, denn alle Menschen sind deutsche Soldaten und Kameraden. Man kann sich hinlegen und schlafen: man weiß, man wird aufwachen wie im sichersten Zuhause, nicht bestohlen, nicht überfallen, wie es im Frieden auf Landstraßen geschah. Es gibt keine Not mit dem Essen.

Denn in jedem Ort sind Kantinen, billig Verpflegung zu kaufen, oder Feldküchen, zu denen man eingeladen wird.

Für manche Strecken des Weges schlössen sich Kameraden an.

Wie unverpflichtend sind derartige Begegnungen. Man stellt sich nicht vor, macht keine Komplimente. Man redet, wie einem der Schnabel gewachsen ist, erzählt seine Gedanken, seine Wünsche. Und man trennt sich – nie wird man sich wiedersehen - immer mit dem Gefühl: wir gehören zusammen, wir sind ja Soldaten.

Ein paarmal kam Feldgendarmerie, Reiter in Prachtuniformen mit silbernen Schildchen auf der Brust. Sie suchten Drückeberger. Aber Reisiger hatte seinen Ausweis. Damit ließ sich sicher wandern.

Am ersten Abend fand er auf dem Feld eine zerfallene Holzhütte. In ihr lag etwas Stroh. Er schlief, bis die Sonne aufging. Als sie wieder verschwand, war er in Douai.

7

Am Dienstag mittag hat nun auch der italienische Botschafter in Berlin, Bollati, der bisher von Rom aus ohne Instruktionen gelassen war, vom Auswärtigen Amt seine Pässe zu fordern die telegraphische Anweisung erhalten. Er hat diesen Auftrag sogleich ausgeführt und im Laufe des Nachmittags sind ihm die Pässe zugestellt worden. Damit sind nun auch von Italien die diplomatischen Beziehungen zu Deutschland abgebrochen.
(Leipziger Neueste Nachrichten, 26.5.1915)

Fünftes Kapitel

1

Meyers Konversationslexikon 6. Auflage 1909:
Lens: Stadt im franz. Depart. Pas-de-Calais, Arrond. Béthune,
an der Deule und dem Kanal von L. (Teil des Laufes der Deule),
Knotenpunkt der Nordbahn, hat Steinkohlengruben, Fabrika-
tion von Rübenzucker, Maschinen, Seilerwaren etc. und (1901)
24370 Einw.
Der Kleine Brockhaus 1925:
Lens: im frz. Dpt. Pas-de-Calais, 32000 E., (Steinkohlen), Ind.
Im Weltkrieg zerstört (wieder aufgebaut).
Der Kleine Brockhaus 1925:
Lorettohöhe, Höhe 165, Anhöhe im nördl. Frankreich, n. v. Arras
mit Kapelle, 9.5. bis 23.7.1915 in der Schlacht bei La Bassée und
Arras Brennpunkt der Kämpfe.

2

Das Feldartillerieregiment 96 wird in einer schwülen regnerischen Juninacht des Jahres 1915 über drei Chausseen zum
Einsatz herangezogen. Um 1 Uhr morgens stehen sechs Batterien mit den Pferden ihrer ersten Geschütze gegen das Massiv
einer mächtigen Kirche.
Die Nacht ist schwarz. Alle Stimmen sind ein Flüstern. Man
hört nur das Klirren der Geschirre, hier und da einen Ruf und
halblaute Kommandos.
Alle Offiziere sind in die Kirche befohlen. Hinter den schweren Türen und am Altar brennen einige Kerzen. Dort gibt der
Regimentskommandeur Order für die Stellungen.
Das dauert nicht ganz eine halbe Stunde. Der Regimentskommandeur verschwindet. Die Kirche wird leer.
Die sechs Batterien des F.A.R. 96 stehen bei Morgendämmerung in sechs Vororten der Stadt Lens.

Als es Tag ist, sehen die Kanoniere der sechs Batterien eine steile Höhe und auf ihr eine Kapelle mit leuchtendem Kreuz: Lorettohöhe, Höhe 165, mit der Kapelle »Notre Dame de Lorette«.

3

Die Erste Batterie hat den Hauptrichtungspunkt gegen Loos, eine rechte Viertelwendung ab von Höhe 165.

Die Häuser der Vororte von Lens, rote Backsteinbauten, zweistöckig, in Kolonnen nebeneinandergereiht, sind uniform. Alle haben auf der gleichen Seite den breiten Hauseingang mit der grüngestrichenen Tür, daneben zwei Fenster, darüber zwei Fenster. Hinter dem Haus liegt bei allen der gleichgroße Hof, sechs oder acht Schritte im Quadrat. Hinter jedem Hof steht ein kleines Steinhäuschen: die Waschküche.

In einer Straße sind die Türen all dieser Waschküchen verbreitert. In den Waschküchen stehen die Geschütze I/96. Ihre Mündungen sehen durch breitflügelige Fenster.

Die Kanoniere haben eine kindliche Freude an dieser merkwürdigen Feuerstellung. Alle brennen darauf, recht bald zu schießen. Wie reizvoll muß es sein, vor dem ersten Schuß höflich die Fenster zu öffnen, damit Granate oder Schrapnell um Gottes willen nicht das Fensterkreuz oder gar die Fensterscheiben beschädigen.

Komfortabel wie die Geschützstände sind auch die Wohnräume für die Batterie.

Es gibt zivile Wohneinrichtungen mit Sofa, Tisch, Stühlen, mit richtigen Betten, mit langersehnter, wenn auch dreckiger Bettwäsche. Auf Geschützführer und fünf Mann kommt je ein Haus – kann man besser leben?

Die Geschütze sind kaum in den Waschküchen, als man darangeht, die vorgelagerten Gärten zu kontrollieren. Einige Blumen blühen, junge Zwiebeln, und die Obstbäume haben gut angesetzt.

Und dann geht man auf der Straße spazieren. Man bohrt die Hände in die Hosentaschen und schlendert über das Pflaster.

Schade, daß Zivilisten fehlen. Frauen. Da wäre es erst gemütlich. Aber auch so: Kann man besser leben?

Zwar, wenn man zur Seite blickt, liegt da schwarz die Höhe 165, mit weißen Bällen betupft, Schrapnellwölkchen, die nie vergehen. Und von Zeit zu Zeit brüllt der Batterieposten: »Deckung – Flieger.«

Aber was heißt das! Spaß macht der Krieg hier!

Was zurückliegt, ist vorüber!

Es gibt wieder eine komplette Mannschaft, komplette sechs Geschütze!

Zum Dritten Geschütz gehört wieder Adolf Reisiger.

Am Morgen nach seiner Ankunft in Douai war er bereits zur Batterie gewiesen worden.

Es war schwer gewesen, sich daran zu gewöhnen, daß ›sein‹ Drittes Geschütz nicht mehr existierte. Gewiß, es gab eine funkelnagelneue Lafette, auf die man »3. Gesch.« gemalt hatte. Aber diese Schablone blieb die einzige Erinnerung.

Alles sonst war neu. Der Geschützführer, Unteroffizier Leonhard, war von der dritten Batterie übernommen, die Kanoniere kamen aus der Garnison. Zwei, Aufricht und Heynze, sind Kriegsfreiwillige eines Ersatztransportes aus dem Januar. Rabs und der Gefreite Georgi, Reservisten, kommen vom Rekrutendepot.

Reisiger hatte in den ersten Tagen Mühe, sich mit den neuen Menschen zurecht zu finden. Es ist ja nichts damit getan, daß man Tag und Nacht, Tisch und Bett, Lafette und Protze, Himmel, Wolken und Erde miteinander teilt. Man muß Berührungen außerhalb der Äußerlichkeiten finden.

Aufricht ist Theologiestudent, Heynze Bankbeamter, Georgi Zimmermann, Rabs Zahntechniker.

Allmählich, auf den Märschen der vergangenen Nächte, fand Reisiger, der abwechselnd auf Protze und Lafette saß, in kurzen Gesprächen, in einem Scherz, im Schweigen, Zugang zu den neuen Kameraden.

Und jetzt schon war eine gute Einheit.

Sympathisch ist vor allem Rabs. Ein verschlossener Mensch, wenig älter als Reisiger, mit klugen, klaren Augen. Es ergab sich von selbst, daß die beiden hier im Haus im gleichen Bett schlafen, daß sie versuchen, sich bei allen Dienstleistungen möglichst aneinander zu halten.

Und abends, wenn man nach dem Essen gemeinsam um den Tisch saß, der in den Hof gestellt war, wurde Unsinn getrieben, an dem sich einschließlich Leonhard alle begeistert beteiligten.

Man spielte Karten, man würfelte. Und, Spezialität, man spielte »Zeichenstunde«.

Aufricht war nämlich Zeichenkünstler. Er kopierte mit Geschick die Aquarelle von Wennerberg, die überall in Unterständen und Gräben den Hauptschmuck bildeten, Mädchen, Mädchen, stehend, sitzend, liegend. Mit wehendem Rock, mit langen Armen, mit überlangen Beinen. Sehnsucht so vieler Soldaten.

Das zeichnete also Aufricht. Und wenn man ihn bat, tat er mehr: er entkleidete jede der Vorlagen. Man konnte auf Wunsch, innerhalb weniger Minuten, die Dame, die da vor einem an der Wand hing, nackt bekommen. Ein toller Spaß, der heftigst betrieben wurde.

Wer sich gut mit Aufricht stand, dem schenkte er solch ein Blatt. Oder wer ihm einen Briefbogen gab, durfte ihn samt nacktem Mädchen für eine Zigarette wieder abholen.

Ach, fast jede Nacht ging mit diesem Spiel vorüber. Und je später die Stunde, desto nackter wurden die Damen. Bis sie schließlich, gegen Mitternacht, auf allen Zeichnungen dasselbe taten, eindeutig, klar: auf dem Rücken lagen, die Arme ausgebreitet, die Beine in den Knien gebogen, die Schenkel weit gespreizt, die Schenkel weit gespreizt. Auf jeder Zeichnung. Ein solches Blatt kostete dann drei Zigaretten.

4

In den Nächten war es so warm, daß man schwer schlafen konnte. Man lag wach, oft bis es wieder hell wurde, wälzte sich, die Schwüle bedrückte. Die Gedanken krochen, klebrige Schnecken: was – sollen – wir – denn – hier – langweilig – das – ist – doch – gar – kein – Krieg – hier –

Man kam sich so überflüssig vor. Der Feind schoß nicht, die Batterie schoß nicht – also wozu das alles?

Und wenn man so wach lag, in der fetten massiven Luft, die auch nachts nicht wich, dann trieben zuweilen Fetzen von Musik heran, Leierkasten wohl, Orchestron, Klavier.

Donnerwetter, das muß aus Lens kommen. »Du, Kamerad, hörst du, in Lens ist Musik. Ob die da tanzen?« – »Na, Mensch, das ist ja ein Walzer, verflucht noch mal!« – »Das hat uns noch gefehlt. Und uns halten sie alle Weiber vom Leibe.« – »Na dir hat doch Aufricht eine gemalt gestern, so eine stabile ...« – »Oller Dussel, halts Maul.«

Musik, und eine große unzerstörte Stadt zehn Minuten Wegs von der Feuerstellung, und Tanz vielleicht, Frauen vielleicht ... Wenn man schon nicht schießen durfte in dieser gottverdammten Gegend hier, dann wollte man wenigstens den Geheimnissen auf die Spur kommen.

Manchmal waren Infanteristen an der Stellung vorübergegangen, die vom Lenser Betrieb erzählt hatten. Ja, da seien haufenweise Zivilisten, und Kneipen und Läden und ein Kino, also wie Zuhause.

Und Frauen auch?

Ja, klar, auch Frauen, junge und alte. Sie liefen frei auf allen Straßen herum, säßen abends vor den Haustüren, bedienten in den Lokalen. An einigen Stellen wäre richtiger Schwoof, wo bis morgens getanzt würde. Und man könnte sich gut mit ihnen unterhalten, da sie leidlich deutsch sprächen.

»Seht euch das mal an«, sagte ein Infanterist, ein Landsmann von Georgi, der einmal beim ersten Geschütz Abendbrot aß, »ja da staunt ihr, was?« Er zog ein Papier aus der Brusttasche und entfaltete es. »Das habe ich von einem Haus abgerissen, tja, so leben die Herren Offiziere. Aber für uns gibts natürlicherweise auch genug. Hinter der Kirche ist ein Puff, und wenn man beim Kino in die Seitenstraße geht, noch einer.«

Das Plakat ging von Hand zu Hand.

Preis-Verzeichnis
A. Getränke:
Sekt Henkel! Trocken ... à Flasche 18,- Mark
Bordeaux Chateau Lafille ... à Flasche 6,- Mark
Ungarwein ... à Flasche 8,- Mark
Bier, eine große Flasche ... 1,50 Mark
Kaffee, Tasse ... 1,- Mark
Kaffee, ein kleiner Krug, 6 Tassen ... 6,- Mark
Kaffee, ein großer Krug, 12 Tassen ... 12,- Mark
Tee, ein Glas ... 0,60 Mark
Seiter, kleine Flasche ... 0,30 Mark
B. Beischlaf:
für die ganze Nacht ... 30,- Mark
für 2 bis 3 Stunden zur Abend- und Nachtzeit ... 20,- Mark
für 1 Stunde ... 10,- Mark
für jede beliebige Stunde von 9 Uhr vorm. bis 6 Uhr nachm
... 10,- Mark
Die Sittenpolizei a. B. Treller,
Oberltn. u. Adj.

Der Infanterist war stolz auf seine Botschaft. Er barg seinen Schatz wieder in der Tasche. »Bei unserer Löhnung kommt so etwas ja nicht in Frage, aber wer es versteht –«
Georgi stielte seine Augen: »Was kostet denn eine Stunde bei uns, ich meine für Mannschaften?«
»Ich sage ja, wer es versteht. Sieh mal, das ist doch so: die Weiber haben natürlicherweise alle nichts zu fressen. Wenn du ihnen zum Beispiel ein Brot schenkst, oder sagen wir ein halbes – du, ich wette mit dir, dafür machen sie alle die Beine breit. Ha!«
Für ein halbes Brot? Ein halbes Brot ist nicht viel, das kann man leicht mal zurücklegen, ohne deswegen selber zu verhungern. Hm, für ein halbes Brot.
Georgi ging zum Wachtmeister, er bäte um Urlaub, etwas in Lens zu besorgen.
Der Wachtmeister sah ihn an wie einen Verrückten. Schmiß ihn raus, Urlaub gäbe es nicht.

Nun, damit war die Angelegenheit nicht aus der Welt geschafft. Aufricht mußte mehr noch als vorher seine nackten Mädchen zeichnen. Er konnte sich vor Aufträgen nicht retten und konnte die Preise gut auf acht Zigaretten erhöhen.

5

Telegramm an General Scheidemann in Warschau von dem Stabe des Oberbefehlshabers der Südwest-Front:

Vorgestern, während meiner Anwesenheit in Warschau, sah ich auf den Straßen der Stadt eine ungewöhnlich große Anzahl von Offizieren, Militärärzten und Militärbeamten, die hauptsächlich mit Frauen promenierten. Dies beweist die Untätigkeit dieser Militärpersonen, ihren vollständigen Mangel am Pflichtbewußtsein und mangelnde Aufsicht seitens der Vorgesetzten, die eine solche Entfernung vom Dienste zulassen. Diese Ungehörigkeit hat von morgen ab zu unterbleiben und sämtliche Offiziere sich sofort zu ihrem Truppenteil zu begeben, wo sie sich ständig aufzuhalten haben. Sie dürfen nicht vergessen, daß wir uns jetzt in einem Kriege befinden. Die kommandolosen Offiziere sind spätestens morgen zur Verfügung des Kommandanten meines Stabes zu stellen zwecks Kommandierung zu den Ersatz brauchenden Truppenteilen. Alle Offiziere und Militärbeamte haben während der Kriegszeit die Mannschaften auszubilden oder ihren sonstigen Dienst zu versehen. Die freien Stunden zur Erholung sind bei den Truppenteilen zu verbringen. Alle Ausschweifungen müssen vermieden werden, um nicht den Truppen ein böses Beispiel zu liefern und das Vertrauen zu untergraben.

Ivanow
F. d. R.: Ältester Adjutant Stabskapitän Sulkowski
(Vossische Zeitung, 5.2.1915)

6

Eines Abends hatte Wachtmeister Burghardt (der als Offizierdiensttuer in Douai der Batterie zugeteilt worden war) alle

Unteroffiziere zu einem Fest zu sich ins Quartier geladen. Er wohnte in einem Haus für sich allein am rechten Flügel der Stellung. Dort, in einem Wohnzimmer mit roten Plüschmöbeln und einem Klavier, versammelten sich die Gäste. Es gab eine kleine Tonne Bier. Die Stimmung wuchs schnell.

Die Mannschaften wollten schlafen, aber bis in die letzten Winkel hinein tosten Lärmen und Lachen.

Reisiger hatte Zahnschmerzen. Er war besonders früh ins Bett gegangen. Nun schmiß er sich hin und her, weil er nicht einschlafen konnte. Er war verzweifelt.

Schließlich hatte er sich ein Taschentuch um den Kopf gebunden, und es glückte, die Schmerzen etwas zu beruhigen. Er lag im Halbschlaf. Da hörte er seinen Namen. Auf der Straße vor dem Haus rief man nach ihm: »Reisiger, zum Wachtmeister kommen!«

Verflucht noch mal, das hat gefehlt!

»Geh doch einfach nicht hin. Du kannst dich doch krank melden«, flüsterte Rabs, der sich gerade ausgezogen hatte.

»Wahrscheinlich soll ich auf Posten. Da kann ich mich doch nicht einfach drücken«, antwortete Reisiger. »Es ist zum Kotzen.« Er zog sich mühsam die Stiefel an, knöpfte den Rock zu. Er ging auf die Straße.

»Mensch, mach rasch. Der Wachtmeister wird schon ungeduldig«, schob ihn der Posten vor sich her.

Er öffnete die Tür zur Wachtmeisterwohnung, riß die Mütze vom Kopf.

Burghardt torkelte ihm entgegen: »Du kannst ruhig bequem stehen. Du bist mein Gast, nicht wahr? Du bist doch studierter Kriegsfreiwilliger? Na, dann kannst du auch Klavier spielen, nicht wahr – ach Mensch, quassele nicht. Hier trink Bier, nicht wahr.«

Zahnschmerzen, mühsam eingeschlafen, rauh aufgeweckt, auf nüchternen Magen scheußliches Bier trinken, von einer Horde leicht besoffener Unteroffiziere umgeben, und dann Klavierspielen: eine bittere Überraschung.

Reisiger wußte nicht, was er antworten sollte. Er drehte das leere Glas in seinen Händen.

Aber was blieb ihm übrig? Er setzte sich ans Klavier. Die Tasten waren klebrig und schmutzig. Sie hatten auch schon Bier saufen müssen. Außerdem waren alle Saiten verstimmt.

Reisiger glaubte, er könne sich seiner Aufgabe bei einer Unteroffizier-Gesellschaft nicht besser und korrekter entledigen, als wenn er »Heil Dir im Siegerkranz« spielte. Er konnte es zwar nur mit zwei, höchstens drei Fingern, aber er wagte es. Die Quittung war ein brüllendes Gelächter. Burghardt schlug ihm mit der Hand auf den Kopf: »Du bist ja vollkommen verrückt, Mensch. Spiel gefälligst was Lustiges.«

»Ich weiß nichts, Herr Wachtmeister.«

»Du weißt nichts?« stockte Burghardt. »Kennst du nicht –« er grölte einige Töne – »das mit der Krone im Rhein? Was? Das mußt du spielen, verstanden!«

Reisiger: »Dann müssen Herr Wachtmeister das schon noch einmal singen, vielleicht kann ich dann nach dem Gehör begleiten.«

Das Gelächter der Gesellschaft wurde noch lauter.

»Stolzenfels«, lallte Burghardt, »Mensch, kannst du Stolzenfels? Ich meine Stolzenfels am Rhein, ich meine – ein richtiger Kriegsfreiwilliger bist du doch nicht!« Aber das sagte er nicht mehr in gutmütigem Ton, das klang fast wie der Ausbruch einer Explosion. »Was willst du denn eigentlich, was, schießen wollt ihr nicht, Krieg wollt ihr nicht, wozu seid ihr denn hier, ihr Kriegsfreiwilligen?« Reisiger schwitzte und sah auf die Tasten. Stolzenfels am Rhein? Ob ich einfach irgend etwas spiele? Vielleicht merkt überhaupt niemand, was richtig oder falsch ist.

Da begann die Korona der Gäste zu brüllen. Sie hatten sich untergefaßt und schaukelten und sangen Stolzenfels. Reisiger probierte die Begleitung. Natürlich. Er hatte das Lied schon öfter gehört. Also los. Mit dem Mut der Verzweiflung hieb er auf die Tasten, falsch, aber laut.

Als der erste Vers zu Ende war, tatschte ihm der Wachtmeister an die Backe: »Ein feiner Junge bist du, du bist ein feiner Junge. Ich meine, wenn du so weiter spielst, meine ich, werden wir noch dicke Freunde werden, verstanden? Jetzt den zweiten Vers.«

Reisiger spielte den zweiten Vers. Auf den zweiten folgte der dritte. Als mit dem vierten Vers das Lied zu Ende war, wurde Burghardts Stimme wieder ungemütlich. Er schob Reisiger ein neues Glas Bier zu: »Jetzt sauf das aus und dann wird das Lied noch einmal gespielt.«

Während Reisiger sich mühte, das Glas zu leeren, sangen die andern bereits. Er mußte sich also beeilen. Oh, es ging ganz gut. Und wenn auch die Sänger einige Takte vor ihm fertig waren: Es gefiel allen so gut, daß sie sofort von neuem anfingen.

Als Reisiger das vierversige Lied von Stolzenfels am Rhein zum siebtenmal ohne Unterbrechung gespielt hatte, begab sich etwas Merkwürdiges. Die ersten Töne des achten Anfangs blieben dem Wachtmeister und seinen Unteroffizieren im Halse stecken. Abgeschnitten. Burghardt setzte sein Glas so scharf auf den Tisch, daß es in Scherben ging. Er wischte sich mit der feuchten Hand über das rote Gesicht und sagte entgeistert:

»Donnerwetter, die Schweine schießen!«

Alle waren aufgestanden. Es war Stille im Zimmer. Man hörte fern einen bekannten Ton: ein scharfes Pfeifen. Aus dem Pfeifen wurde ein gellendes Rauschen. Alle beugten plötzlich ein wenig die Knie. Dann gab es einen Krach. Der Wachtmeister sauste aus dem Zimmer. Alle sausten hinterher. Man starrte durch die offene Haustür auf die Straße. Da, gegenüber vom Haus, vielleicht sechzig Meter ab, ging eine gelbliche Wolke hoch und stand dann drohend gegen den Nachthimmel.

Der Wachtmeister schrie seine Gäste an: »Schert euch endlich zu euren Geschützen!«

Reisiger rannte in sein Quartier. Dort schlief alles. Er zündete ein Streichholz an: »Hallo! Los! Batterie an die Geschütze! Der Feind schießt!« Und lauter zum Fenster hinaus: »Batterie an die Geschütze!«

Sekunden später waren die Geschütze feuerbereit. Die Bedienungen standen zum größten Teil in Unterhosen. Man hörte Burghardt: »Das Telephon soll bei der Beobachtungsstelle anfragen, was los ist?«

Antwort: Im Graben ist völlige Ruhe. Ob der Hauptmann geweckt werden soll?

Burghardt, wütend: »Der Telephonist soll mich am Arsch lecken!«

Man wartete auf den nächsten Schuß. Nichts geschah. Allmählich fror man, in Unterhosen. Man machte Witze über den Alarm. Jaja, wenn der Herr Wachtmeister sauft. Vielleicht hat der Franzmann den Krach gehört.

Nach zehn Minuten brüllte der Wachtmeister wie ein gereizter Stier: »Batterie abtreten!«

7

Das Telephonnetz der deutschen Truppen in Lens ist mustergültig gebaut. In allen Vororten liegen feuersichere Zentralen, über die man wichtige Punkte des gesamten Frontabschnittes auf verschiedenen Drähten sofort erreichen kann. Durch die ganze Stadt ziehen sich sorgfältig ausgebaute Kabelleitungen, unterirdisch, mit Eisenbahnschwellen oder Schichten aus Steinpflaster gesichert.

Die Pflege und der Ausbau dieses Kabelnetzes sind um so wichtiger, als sich der Bau der Infanteriestellungen grundlegend geändert hat. Noch Anfang 15 war der Schützengraben eine einzige gerade Linie, durch Annäherungen mit dem Hintergelände verbunden. Jetzt lebte die Infanterie in einem Gitter. Vier, fünf besetzte Gräben liefen nebeneinander her. Im Zickzack gebaut, durch teilweise gedeckte Gänge miteinander verbunden, durch vorgeschobene Sappen dem Feind nähergerückt.

Ein Versagen der Telephonleitung, das an ruhigen Tagen unbequeme Störung bedeutete, konnte in unruhigen Zeiten leicht zu Verwirrung und Irrtümern führen.

Notwendig, um das Leitungsnetz restlos in Ordnung zu halten, waren jetzt bei allen Truppenteilen große Fernsprechtrupps. Sie besetzten die Zentralen. Sie besetzten die Endstationen. Sie sorgten von Apparat zu Apparat dafür, daß jede Störung auf das schnellste behoben wurde.

Da jeder Apparat, Lebensnerv der Truppe, in besonders geschützten Unterständen liegt, haben die Fernsprechtrupps vieles vor ihren Kameraden voraus. Gegen Zufallstreffer und gegen Wetter sind sie mehr geschützt als die übrigen.

Aber da die Leitungen gerade beim Feuer – und nur beim Feuer – zerstört werden, steht jeder Fernsprechtrupp vor der Aufgabe, dann noch flicken zu müssen, wenn für alle übrigen Soldaten volle Deckung befohlen ist.

F.A.R. 96 bildete aus den Mannschaften seiner sechs Batterien mehrere zentrale Trupps, die auf drei Punkte des Frontabschnittes verteilt wurden.

Zum Trupp vor Loos gehörten von I/96 Rabs und Reisiger. Der Dienst: Acht Stunden Zentrale, acht Stunden Schützengraben, acht Stunden Batteriestellung, Ruhe.

8

Reisiger ging am liebsten in den Schützengraben. Man weiß als Artillerist sehr wenig vom Leben der Infanterie. So lernte er es kennen. Es war, stellte er fest, schlechter als das der Artillerie. Schlechter vor allem, wenn er Vergleiche zog zwischen den Wohnungen, die seine Batterie z. B. jetzt hatte, und den elenden Löchern, in denen man im Graben hausen mußte. Und es war ihm fast eine Genugtuung, daß er hier vorn nicht anders lebte als der Infanterist.

Die vordere Linie lag wenige hundert Meter vor den letzten Häusern des Lenser Vorortes Liévin, eingebettet in eine Wiese. Nach Loretto zu mußte sie über eine Kohlenhalde geführt werden, die ihren schwarzen Rücken tief in diese Ebene gewühlt hatte.

Auf der Halde war ein Ausbau der Stellung wegen des Kohlengerölls unmöglich; man hatte Palisaden aus Baumstämmen errichtet, hinter denen tagsüber nur die notwendigsten Posten standen. Alles übrige hielt sich im Tunnel auf, der durch das Massiv getrieben war.

Hier war bei Tag auch der Telephonist der Artillerie in einem ausgebuchteten, abgesteiften Loch stationiert. Man hockte im Stroh, hatte neben sich auf einer Kiste den Fernsprechapparat. Einzige Aufgabe: Auf Wunsch der Infanterie Feuer anzufordern, wenn es not tat. Es geschah fast nie. Man schlief also meistens bis zur Abenddämmerung.

Nachts bezog man mit einer Gruppe Infanteristen oben auf der Halde einen Postenstand hinter der Palisade.

Da saß man, gegen die Wand gelehnt, unterhielt sich mit den Nachbarn, sah dem Spiel der Leuchtkugeln zu, die sich im Vorgelände jagten, döste vor sich hin. Gefahr gibt es hier kaum; der Feind kann hier nicht herauf, ohne daß man es frühzeitig merkt. Gewiß, seine Sappen sind hart an die Nase der Halde vorgekrochen, aber wer hier vorgehen will, hat schon im Geröll einen Gegner, der ihn immer wieder zurückwerfen wird.

Viele Tage lag Reisiger hier vorn.

Zuweilen beschoß der Feind die Gräben. Tote gab es bei der Infanterie, Verwundete. »C'est la guerre« – man zuckte die Achseln. »Es ist nicht so schlimm.« Wenn man das ungeheure Feuer, das unaufhörlich von Loretto her auf den Nachbarabschnitt niederschlug, mit den kurzen Überfällen hier auf die Gräben verglich: es ist schon ein Glück, hier zu liegen; hier ist eine gute, ruhige Stellung!

Eines Nachts war Reisigers Dienst so, daß er seinen Posten auf der Halde um Mitternacht bezog und ihn morgens um acht wieder verlassen sollte. Die Stunden in der Dunkelheit waren normal verlaufen. Ab und zu Gewehrschüsse. Zuweilen zwischen den Gräben Handgranaten von hüben und drüben. Reisiger packte gegen vier Uhr morgens – es wurde eben hell – seine Sachen zusammen, die Decke und den Sandsack mit der restlichen Verpflegung.

Da begann der Feind mit heftigem Artilleriefeuer. Man sah, daß er sich auf die Gräben einschoß. Die Schüsse lagen, auf zwei Kilometer Breite rechts der Halde verteilt, zum Teil sofort im Ziel, zum Teil nicht allzu weit davor. Man sah, wie diese Fehlschüsse systematisch korrigiert wurden.

Es verging kurze Zeit, dann rauchte der Graben unter dem Zielfeuer der feindlichen Batterien. Die Infanterie wurde nervös, wurde lebendig. Die Mannschaften krochen gebückt aus ihren Löchern, die Gruppen- und Zugführer huschten hin und her.

Das feindliche Feuer wurde heftiger. An einen Zufall konnte man nicht mehr glauben. Ein Kommando stieg bis auf die Halde: »Gefechtsbereit machen, der Feind greift an.«

Reisiger rief die Artilleriezentrale und ließ sich mit der Feuerstellung I/96 verbinden. Er erfuhr, daß die Batterie bereits seit einer halben Stunde alarmbereit ist, auf Regimentsbefehl. Der Wachtmeister sprach mit ihm: »Sie rühren sich nicht vom Fleck. Wenn die Infanterie Feuer von uns verlangt, melden Sie es sofort. Wenn die Leitung zerschossen ist, geben Sie drei rote Leuchtkugeln! Aber bleiben Sie auf jeden Fall oben auf Ihrem Postenstand.«

Abgehängt. Reisiger war im Bilde.

Auf die Halde war bisher kein Schuß gekommen. Reisiger saß wie in einer Loge, er konnte ungestört beschauen, was sich ereignete. –

Das feindliche Feuer verdichtete sich. Die Schüsse trommelten auf den Graben. Die Einschläge drängten sich zum unaufhörlichen Donner zusammen. Der Kalk flog hoch, Bretter, Baumstämme wurden gegen den Himmel geschleudert.

Neben Reisiger standen fünf Infanterieposten, reglos, Gewehr im Anschlag. Sie rückten plötzlich zusammen. Eine Gruppe erschien im Laufschritt vom Tunnel her. Ein Maschinengewehr wurde in Stellung gebracht. Die Bedienung zwängte sich zwischen den Stämmen der Barrikade hindurch, wühlte schwarzen Dreck nach hinten, schob das M.G. an die Mulde. Die Hast der Infanteristen und die Blässe ihrer schwitzenden Gesichter waren erregend. Keiner redete. Man handelte mit zusammengebissenem Mund in gespenstischer Stummheit.

Plötzlich wurde die brüllende Rauchwalze vom Graben abgehoben. Der Feind zog sie zurück bis fast an seine eigene Stellung.

Im gleichen Augenblick sprang ein Feldwebel auf Reisiger los: »Der Feind greift an. Artillerie Schnellfeuer!«

Greift an? – Reisiger nahm automatisch das Telephon, wiederholte die Worte des Feldwebels. Als er den Hörer auflegte, hackten schon überall wie bissige Hunde die Aufschläge der eigenen Batterien in die Rauchwalze des Feindes.

War es zu spät?

Die Rauchwalze begann zu wandern, rückte wieder auf den deutschen Graben vor.

Und jedesmal, wenn sie aufsprang, sah Reisiger hinter ihr laufende Menschen. Der Feind! Das ist der Feind!

Er drängte sich gegen die M.G.-Besatzung: »Da – Franzosen!« – Die Antwort, verbissen: »Rankommenlassen ...«

Reisiger schwankte vor Aufregung. Sie kamen ja heran! Da, die Rauchwolke, immer näher, und dahinter immer diese laufenden springenden gestikulierenden Menschen. »Schießt doch um Gottes willen!«

Der M.G.-Führer drehte sich zu Reisiger um: »Du hast wohl noch nicht viel mitgemacht. Laß sie doch kommen.« Dann sah er wieder nach vorn. Die Rauchwolke wanderte. Wieder einen Meter näher. Und dahinter immer die Menschen. Und dann, plötzlich, als habe ein Sturm sie weggeblasen, sah man die Wolke nicht mehr.

Und dann geschah das Unbegreifliche.

Wie der letzte Rauch sich vom Boden gelöst hat, steht und liegt und kniet und kriecht und läuft und springt, graue lebendige Masse, der Feind. Und stürmt, Handgranaten hochgeschwungen, das Bajonett gereckt, gegen den Graben vor.

Da kläfft das Maschinengewehr neben Reisiger los. Da prasselt neben ihm Schnellfeuer aller Gewehre.

Herrgott, was geschieht! Dutzende von Franzosen werfen die Arme hoch und fallen rücklings zur Erde. Aber andere Dutzende dicht geballt drängen weiter vorwärts.

Die Feuer der Handgranaten zischen. Die Flammen der Artillerie rasen. Und: Franzosen, immer wieder neu: Franzosen: vorwärts.

Am Maschinengewehr schreit man durcheinander. Reisiger begreift kein Wort. Manchmal lachen die Schützen, der Gewehrführer zeigt ein neues Ziel, einer triumphiert: »Die Aasbande steht nicht wieder auf.«

Doch, doch, die Franzosen sind ja schon im Graben!

Reisiger sieht, wie fünf von ihnen kurz vorm Tunneleingang über die Brustwehr springen.

Einer der Deutschen da unten hebt den Arm mit entsicherter Handgranate. Reisiger sieht, wie ihm das Bajonett eines

Franzosen in den Hals fährt. Die Handgranate krepiert. Beide fliegen zerfetzt in die Luft. – Um eine Brustwehr streicht ein französischer Offizier. Die aufgerissenen Augen! Der aufgerissene Mund! Da stürzt sich ein Deutscher auf ihn. Der Offizier dreht den Gewehrkolben hoch. Ehe er zuschlagen konnte, packt der Deutsche einen kurzen Spaten, haut: mit gespaltenem Kopf rollt der Franzose nach hinten.

Zwischen den Gräben tanzt das deutsche Artilleriefeuer. Aber dort ist kein Feind mehr. Dort werden nur die Toten zum zweitenmal getötet, in die Luft geschleudert, zerquetscht.

Und was ist noch im Graben?

Die Maschinengewehrbesatzung neben Reisiger läßt mit einem Geheul ihre Waffe stehen und jagt haldenabwärts. Schon hat der Unteroffizier den Hals eines Fanzosen zwischen seinen Händen. Er schlägt ihn mit dem Kopf gegen die Wand und schmeißt ihn hin.

Und dann durchsucht man die Stellung. Lebende Franzosen findet man nicht mehr. Der Angriff ist abgeschlagen.

Als Reisiger abgelöst wurde, hörte er, daß die Kompagnie vor seinem Abschnitt wenig Verluste hat. »Nur elf Tote.«

Diese Toten hatte man jetzt in den Annäherungsgraben gelegt. Er mußte an ihnen vorüber.

Er hatte Hunger, ja. Er durfte jetzt in die Batterie gehen, sich acht Stunden lang ausruhen, ja. Es hatte sicherlich alles seine Ordnung, er lebte, er hatte sogar was erlebt, ja. Wenn er jetzt in die Stellung kommt, wird man ihn vielleicht mit einer gewissen Hochachtung begrüßen, ja.

– Er ging an den Toten vorbei und ging dann sehr langsam. Er dachte, heute abend wird in Deutschland im Heeresbericht stehen, daß ein feindlicher Angriff mit großen Verlusten für den Feind abgewiesen ist und daß unsere Verluste gering sind. Gewiß, elf Mann spielen gar keine Rolle. Wir haben ein Millionenheer. Sehr begreiflich, daß man von geringen Verlusten spricht.

Aber er hatte den ersten von diesen elf Mann angesehen. Das war ein älterer Soldat mit einem Vollbart, auf der rechten Hand einen Trauring.

Das begriff Reisiger nicht.

Jetzt ist es Zeit, Gesinnungsgenossen! Die große, aber furchtbare Zeit bringt auch den ärgsten Zweifler, den verstocktesten Materialisten zum Bewußtsein, daß alle schweren Opfer, die das deutsche Volk jetzt bringt, vergeblich wären, wenn mit dem Tode alles aus wäre. Drum, Gesinnungsgenossen! Seid tätig in Worten und Taten für die hohe Lehre vom Weiterleben nach dem Tode, von der Geisteslehre, für die wir seit Jahrzehnten einen friedlichen Kampf kämpfen. Der unterzeichnete Verlag stellt an Probeheften der »Psychischen Studien«, Flugblättern und Verlagsverzeichnissen jede gewünschte Menge gern zur Verfügung, ist auch bereit, die Versendung an Adressen selbst zu übernehmen. Der Boden ist überall bereitet, meist fehlt nur der Samen!

(Oswald Mutze Verlag, Leipzig, Lindenstraße 4)

10

Das Leben in der Feuerstellung lief seinen Gang. Noch öfter, meistens nachts, wurde vom Artilleriebeobachter im Graben Feuer angefordert. Aber daran gewöhnte man sich sehr schnell. Für alle Geschütze waren Entfernungen und Richtpunkte im Grabennetz an Hand von Karten festgelegt. Die Maschine hatte jetzt also, wenn man sie in Gang setzte, vorgeschriebene Touren. Jeder Kanonier wußte auf jedes Kommando, selbst im Schlaf, was er zu tun hatte. Höchst unaufregend. Man hielt dafür, daß das Schicksal es mit I/96 besonders gut meinen müsse. Ihr Frontabschnitt war der einzige, an dem Ruhe herrschte.

Man lebte einen guten Tag. Es gab jetzt einen ständigen Batterieoffizier, einen jungen Leutnant, Steuwer, der im Haus neben dem Wachtmeister ein Zimmer bewohnte. Auch der störte die Ruhe sehr wenig.

Der Hauptmann selber ließ sich nur ganz selten sehen. – Er zeigte deutlich seine Abneigung gegen die Stellung. Sie war ihm zu langweilig. Das machte ihm keinen Spaß.

Er wohnte mit Fricke, dem zweiten Leutnant, der ihm nach

Busses Tod zugeteilt war, in einem Haus nahe am Einstieg in die Infanteriestellung, gute zwanzig Minuten von der Batterie entfernt. Eine Marotte von ihm.

Er hatte das einzige Gebäude ausfindig gemacht, das noch unversehrt war, ein weißes Häuschen, niedrig und anspruchslos, zwischen lauter Ruinen. Die Front zum Feinde war durch vier Lagen aufrecht eingegrabener Bäume gesichert.

Von Fricke wußte man wenig. Er war einmal in der Batterie gewesen. Außer seiner Dicke war nichts an ihm aufgefallen. Aber es ging das Gerücht, er sei ein schneidiger Hund und passe ausgezeichnet zu Mosel. Die beiden trieben sich oft am hellen Tage zwischen den zerschossenen Häusern herum, ohne je zu beachten, daß die Straßen von Loretto her unter der Sicht des Feindes lagen.

11

Die Protzen von I/96 hatten ihr Quartier im Dorf Annay, etwa eine Stunde Fußmarsch von Lens entfernt. Die Fahrer, die abends Verpflegung und Post in die Stellung brachten, gaben begeisterte Schilderungen von ihrem neuen Wohnsitz. Es sei wie zu Hause, besser könne man nicht leben, von ihnen aus dürfe der Krieg ruhig noch seine zehn Jahre dauern. Und dann müsse man ja jeden Tag durch Lens fahren, wenn man hier herauf kommandiert sei. Und da, hah, sei allerlei gefällig! So etwas setzte sich bei den Mannschaften in der Feuerstellung fest. Immer hartnäckiger bohrte der Wunsch: Urlaub nach Lens. Oder: Ruhe in Annay - hier ist ja doch nichts los. Man sah zwar mit eigenen Augen, daß Lens zu Zeiten mit schwerer Artillerie bepflastert wurde. Aber das kann, wenn man Pech hat, auch hier passieren. Und ist gar kein Grund, um die Sehnsüchte zu stillen.

Eines Morgens kam Reisiger bedrückt aus dem Graben. Die Nacht war unangenehm gewesen. Die Infanterie hatte Verluste gehabt. Man hatte einige Verwundete in den Artillerieunterstand gelegt. Dort waren sie neben ihm gestorben. Er ging gequält den Weg zur Feuerstellung.

Am Haus vom Hauptmann wurde er vom Burschen gerufen. Mosel selber erschien: Wo er hinwolle? - In die Feuerstellung, abgelöst aus der Beobachtungsstelle im Graben. – Ob er Lust habe, Mosel einen Gefallen zu tun? – Zu Befehl. – Es gäbe an der Kirche in Lens ein Kaufhaus mit frischen Pfirsichen. Er solle das Rad des Burschen nehmen, dorthin fahren, ein Dutzend holen.

Lens, Lens! Überlegen gab es nicht, trotz Müdigkeit und Depressionen. Außerdem ist die Bitte um einen privaten Gefallen nichts anderes als ein Befehl.

Also aufs Fahrrad und los.

Ach, seit einem Jahr zum erstenmal in einer richtigen Stadt. Breite gepflasterte Straßen, hier eingangs gleich sehr schöne weiße Villen, aha, hier wohnten einst die Fürsten der Kohlenbergwerke. Große Gärten, schöne Platanen. Das alles nicht gepflegt, aber noch mit viel Abglanz von Frieden. Manchmal freilich ist eine Wand herausgestoßen, in einem Dach sitzt ein gewaltiges Loch, aus dem verbrannte Rippen herausstarren. Aber man sieht nicht, was man nicht sehen will. Es ist so etwas wie Frieden hier. Ein Bummel: sehr viel Militär, Infanterie, Pioniere, Husaren. Viele Autos, meistens mit höheren Offizieren. Und vor allem: Zivilbevölkerung.

Reisiger hat große Freude daran, mit der Glocke des Fahrrads bei jeder nur passenden Gelegenheit zu klingeln. Auch das ist ja Frieden. Genau wie zu Hause. Diese blödsinnige Frau mit ihrem Kind soll sich vom Fahrdamm wegscheren, wenn ein Radfahrer kommt. Der alte Herr könnte seinen Hund auch lieber an die Leine nehmen.

Reisiger tritt immer schneller. Es ist eine Lust, Radfahrer zu sein. Natürlich, man ist Soldat, aber auf dem Rad legt man ja nicht die rechte Hand an die Kopfbedeckung, wenn ein Vorgesetzter kommt. Sondern man nimmt nur den Kopf etwas hoch und sieht ihn an, ganz Zivil.

Sieht ihn strahlend an und glücklich, zwar Soldat, jetzt aber Radfahrer in einer Stadt mit einer sauberen breiten Straße und zwischen richtigen lebendigen Zivilisten.

Diese Zivilisten sind, dagegen gibt es nichts zu reden, Heimat. Die alte Frau mit dem Kinderwagen, in dem Brennholz liegt, gibt es in der Heimat. Die beiden Kinder, die mit einem Kreisel spielen, gibt es in der Heimat. Die Dame dort drüben mit dem eleganten Kleid, gewiß, durchaus eine Dame, gibt es in der Heimat. Das junge Mädchen neben ihr ist sicher ihre Tochter. Sie lachen beide, wenn man nicht klingelt jetzt, fährt man sie sicher an.

In großem Bogen um die Hausecke: Hauptstraße von Lens. Da liegt die Kathedrale. Und rechts und links Zivil und Militär, lachend und schwatzend durcheinander. Und viele Schaufenster! Es gibt alles in ihnen. Es gibt Käse, es gibt dort drüben, Reisiger fährt langsam, geräucherten Schinken, in einer Pyramide aufgestapelt; hier auf der einen Seite ein Schild: Feldbuchhandlung, dort ein Café, dort ein Friseurladen, das goldene Schild »Coiffeur«, durch ein rotgemaltes Plakat »Rasieren und Haarschneiden« ergänzt.

Reisiger sieht nicht ein, warum er durch diese Herrlichkeiten fahren soll. Er steigt ab und schiebt sein Rad im Rinnstein. Er geht zwischen Zivil und Militär auf dem Trottoir.

Aha, das Kino. »Soldatenkino« mit großen Buchstaben quer über das Haus geschrieben, darunter herrliche Plakate, drei Lustspiele mit Mäxchen Lindner, Eintritt für Unteroffiziere und Feldwebel 30 Pfennig, für Mannschaften 15. Spielzeit von morgens um 11 bis abends um 9 Uhr.

Reisiger platzt vor Neid: an der Kasse ist Gedränge.

Weiter: Offizierskasino, Ortskommandantur, ein Dutzend militärische Büros, eine Eisenbahnverwaltung, eine Pionierparkverwaltung, eine Zechenverwaltung. Und nun, ein besonders großes Fenster: der Obstladen.

Reisiger stellt sein Rad an die Bordschwelle und tritt ein.

Die Verkäuferin spricht deutsch, das heißt, sie müht sich, und wo sie keine Vokabeln findet, ersetzt sie das Fehlen durch stürmische Bewegungen mit den Händen oder, wenn auch das nicht hilft, durch ein helles Lachen. Absolut Frieden. Ein reizendes Mädchen. Bei der sollte man nicht nur Pfirsiche kaufen, sondern auch von den Äpfeln ein Pfund mitnehmen und vielleicht hier von den blauen Weintrauben, ach und dahinten eine oder zwei Büchsen Ananas. Und, Herrgott, Wurst gibts auch und richtige Butter.

Reisiger hat Geld. Er überlegt einen Augenblick. Oh, das Kaufen dauert seine Zeit. Jeden einzelnen Apfel befassen und beriechen.

Und dann geht er mit lauten Schritten im Lokal auf und ab, die Hände in den Hosentaschen. »Ach, Fräulein, nun packen Sie noch ein Stück Butter ein, oder sagen wir zwei, und dann vielleicht ein halbes Pfund Weintrauben oder sagen wir ein Pfund. Ja, und von den Ölsardinen selbstverständlich auch eine Büchse – so, das genügt mir – ja, und nun bezahlen, payer, s'il vous plaît.«

Gezahlt, unter süßem Lächeln des süßen Mädchens, die Pfirsiche für den Hauptmann, und das eigne. Schade, daß man hier weg muß. Bon jour, mademoiselle. Er lacht und sie lacht. Jetzt steigt er aufs Rad und tritt heftig los –

Wie er wieder um die Ecke biegen will, in die Straße, die zur Wohnung vom Hauptmann führt, kommen zwei Feldgendarmen. Einer winkt mit der Hand: absteigen. »Nicht so eilig, mein Junge, die Straße liegt unter Feuer.«

Es kracht, Reisiger sieht, daß da hinten Rauch aus einem Haus schlägt.

»Ist denn das öfter so? Ich habe überhaupt nichts gehört.«

Der eine Gendarm spuckt zur Seite: »Die haben jeden Tag ihren Koller. Dauert nie sehr lange, aber so zwanzig, dreißig Schuß pflastern sie meistens hin.«

Der andere Gendarm: »Uns kanns ja ziemlich schnuppe sein. Sie schießen eigentlich grundsätzlich nur ihre eigenen Landsleute tot.«

Der erste Gendarm geht weiter: »Nicht beschwören, Kamrad, nicht beschwören. Mich soll es ja bloß mal wundern, wenn die erst einmal ein paar Dinger da auf die Hauptstraße setzen. Wir werden den Quatsch schon noch erleben – das sage ich.«

Reisiger sieht noch einige Male einen Schuß auf die Straße schlagen. Nach einer Viertelstunde ist Ruhe.

Er steigt wieder aufs Rad, fährt los.

Ein seltsamer Irrsinn, denkt er. Ein seltsamer Irrsinn. Auf der einen Straße haut die Artillerie in Menschen und Häuser

– und auf der nächsten ist Leben und Trubel wie in fried-
lichsten Zeiten. Zwei Zonen, die fünf Minuten auseinander
liegen, Tod und Leben. Und das eine weiß nichts vom andern, oder will nichts wissen. Wahnsinn, Herrgott, Wahnsinn
dieser Krieg.

Eben fährt er an einem Haus vorbei, dessen Dach glüht. Darüber kocht schwarzer Qualm. Der Schuß hat gut gelegen, ist
bis zum Keller durchgebrochen. Wer im Haus gesessen hat,
wird Brei sein.

Aber Zivilisten gehen daran vorbei, sehen nicht hin.

Und da spielen wieder die beiden Kinder mit dem Kreisel.

Ein seltsamer, ein grauenhafter Wahnsinn.

Reisiger bringt Mosel die Pfirsiche, dann nimmt er das Gepäck, das er vorher abgelegt hatte, und geht in die Feuerstellung. Dort wird alle Beute geteilt.

Abends denkt Reisiger an die Verkäuferin. Ein blondes Mädchen, mit roten Lippen. Das Kleid, freilich, war nicht mehr
schön, war grau und zerrissen. Aber die Bluse war weiß. Und
als sie lachte, bewegten sich die Brüste. Weich.

Er bittet Aufricht um eine Zeichnung. »Für zwei Ölsardinen.« – »Für vier male ich eine nackte – du bist wohl in Lens
endlich auf den Geschmack gekommen?«

Lachen. – Reisiger zahlt mit vier Ölsardinen.

Sechstes Kapitel

1

September 1915. Eines Morgens erscheint in der Feuerstellung
der Regimentsarzt. Man wittert, daß man geimpft werden
soll. Verflucht noch mal, dann gibts wieder Fieber, wenn der
Karbolhengst einem seine rostigen Nadeln in die Brust gejagt
hat; und außerdem lausige Muskelschmerzen.

Aber wie soll man sich drücken? Leutnant Steuwer geht mit dem Wachtmeister die Front ab und kontrolliert an Hand einer Liste, daß alle zur Stelle bleiben. Selbst die Posten müssen sich versammeln.

Mit dem Arzt kommt ein Sanitätsunteroffizier. Er hat zwei Sandsäcke bei sich, aus denen er längliche, grau lackierte Blechkästen nimmt. Jeder bekommt ein solches Kästchen. Als die Verteilung beendigt ist, kommandiert der Leutnant »Stillgestanden« und der Oberarzt hält eine Rede.

»Leute, ihr bekommt heute einen Schutz gegen Gas. Wir werden gleich einmal üben, wie man diesen Schutz anlegt und verwendet. Ich will euch aber erst, soweit euch das interessieren kann, erklären, um was es sich handelt. Ihr habt in den Heeresberichten gelesen, daß der Feind seit einiger Zeit schädliche Gase auf uns losläßt. Er hofft uns mit den Gaswolken zu verwirren. Ich erkläre ausdrücklich: Die sogenannten Gase sind ein läppisches Zeug, das keinem Menschen etwas tun kann. Die Augen tränen oder man bekommt Husten, wenn man in derartige Gaswolken gerät. Das ist alles. Der Feind hat auch bisher mit diesem Unsinn selbstverständlich nichts erreicht. Nur hat er uns gezwungen, daß auch wir jetzt Gas verwenden werden. Das ist nicht ganz so harmlos. Wir halten uns selbstverständlich an die Gesetze des Völkerrechts, das von den Schweinen da drüben oft genug mit Füßen getreten wird, aber wir machen ihnen die Hölle so heiß wie möglich. Darauf können sie sich verlassen.

Unser Gas wird abgeblasen, wenn der Wind zum Feind steht. Glückt das einmal nicht, schlägt der Wind um, dann legen wir in Zukunft bei solchen Gelegenheiten unsern Gasschutz an, damit wir unsere eigenen Wolken nicht in die Visage bekommen.

Unser Gasschutz besteht aus einer Mullbinde, die wir mit einer Flüssigkeit tränken. Diese Mullbinde nehmen wir vor den Mund, möglichst so, daß auch die Nasenlöcher bedeckt sind. Dann kann uns nichts geschehen. – Ich zeige euch das jetzt.«

Der Arzt öffnete eins der graulackierten Kästchen und holte eine Binde daraus hervor. Sie sah aus wie eine Kompresse, die die Studenten anlegen, wenn sie bei der Mensur verwundet sind. Ein dicker Mullbausch, an beiden Seiten eine weiße Schnur.

Er holte weiter aus dem Blechkästchen eine kleine Flasche, entkorkte sie und goß etwas von der Flüssigkeit auf den Mullbausch. »Ihr müßt die Binde so anfeuchten, daß die Flüssigkeit fast heraustrieft. Dann drückt ihr sie leicht aus und legt sie um. – Macht das gleich einmal.«

Das war etwas Neues. Die Batterie öffnete die Kästchen, befeuchtete die Binden und legte sie vorschriftsmäßig auf den Mund, so daß die Nasenlöcher bedeckt waren. Den meisten schwamm die Flüssigkeit am Kinn entlang. Sie stank gemein. Dann sah man sich an. Sehr ulkig. Die Kanoniere, die einen Schnurrbart hatten, sahen noch am manierlichsten aus. Man konnte an Schnurrbartbinden denken. Aber die glattrasierten machten einen dämlichen Eindruck. Wie bei einem Maskenfest. Aller Augen grinsten. Schließlich lüftete man die Binde und spuckte. Pfui Deibel, die Flüssigkeit ist nicht gerade das Richtige gegen Durst.

Und nun wurde das Kommando geübt.

»Gasschutz ab.« Es begann ein umständliches Suchen nach der mühsam geknoteten Schleife. Die Ausführung des Kommandos klappte nicht.

»Gasschutz einpacken.« Man rollte die Binde zusammen und tat sie in das Blechkästchen.

»Das muß viel schneller gehen. Also jetzt noch einmal: Gasalarm! Batterie – Gasschutz anlegen! – Jetzt nehmt ihr die Binde mit den Schnüren in beide Hände und, husch, husch, knotet sie euch wie der Blitz vor die Schnauze! – Also eins – zwei!«

Es ging besser. Der Oberstabsarzt wiederholte sein Kommando ein dutzendmal. Er schien sehr stolz auf die Macht seiner Stimme zu sein. Dann wandte er sich zu Steuwer: »Es ist notwendig, Herr Leutnant, daß die Leute mindestens zweimal wöchentlich Gasappell haben!« Er reckte sich auf, wie ein Hahn, der krähen will: »Alle herhören! Wer den Gasschutz verliert oder nicht immer bei sich hat, wird unbarmherzig eingesperrt, wenn ich ihn fasse. Abgesehen davon, daß es sehr leicht passieren kann, daß er seinen Leichtsinn mit dem Tode büßt. Und noch eins: statt der Flüssigkeit kann man die Binde auch mit Urin tränken. Also wer seine Flasche ausgegossen hat, der schifft tüchtig auf den Mull. Verstanden. – Ich danke sehr, Herr Leutnant.«

»Stillgestanden. – Tretet weg!«

Als die Kanoniere wieder in den Quartieren waren, wurde das neue Wunder ausgiebig bestaunt und darüber diskutiert. Gas? Natürlich hatte man davon gehört. Eine große Schweinerei! Das hat noch gefehlt! Schließlich werden sie auf den Gedanken kommen, Bazillen in Flaschen zu züchten, und sie durch Flieger abwerfen lassen. Dieser Krieg ist schon eine gottverdammte Gemeinheit!

Aber als man, aus Spaß und Neugierde, den Gasschutz noch einmal umband, war das doch eigentlich nur vergnüglich und komisch. Und man erprobte, wie man sich mit Hilfe der Mullbinde so albern wie möglich ausstaffieren könne. Der eine legte sie um die Stirn, der andere auf die Nase, die meisten spielten Studenten. An jedem Geschütz gab es einige, die die Erfindung für so neu und reizvoll hielten, daß sie sich von Kameraden schnellstens photographieren ließen, um diesen herrlichen Unsinn den Lieben in der Heimat plastisch zu übermitteln.

Im übrigen: Gasangriff? Es gab bereits im Frühjahr Heeresberichte darüber, und man hatte nachher Infanteristen gesprochen, die dabei gewesen waren. Viel Lärm um nichts! Alles Unsinn! Wenn der Feind sich nichts Besseres ausdenkt, kann er ruhig zu Hause bleiben. Mit solchen Kinkerlitzchen imponiert er nicht. Eine echte Granate ist schlimmer als eine stinkende Wolke. Jetzt haben wir außerdem Gasschutz. Was kann uns passieren?

2

1. März 15
Großes Hauptquartier

Westlicher Kriegsschauplatz
An einer Stelle unserer Front verwendeten die Franzosen wieder-

um, wie schon vor einigen Monaten, Geschosse, die bei der Detonation übelriechende und erstickende Gase entwickeln; Schaden wurde dadurch nicht angerichtet.

Westlicher Kriegsschauplatz
Die Verwendung von Bomben mit erstickend wirkender Gasentwicklung ... seitens der Franzosen nimmt zu.

Westlicher Kriegsschauplatz
Gestern brachten auch die Engländer östlich Ypern Granaten und Bomben mit erstickend wirkender Gasentwicklung zur Anwendung.
Aus dem Großen Hauptquartier wird uns geschrieben:
»In einer Veröffentlichung vom 21. d. M. beklagte sich die englische Heeresleitung darüber, daß deutscherseits ›entgegen allen Gesetzen zivilisierter Kriegsführung‹ bei der Wiedereinnahme der Höhe 60 südöstlich von Ypern Geschosse, die beim Platzen erstickende Gase entwickeln, verwendet worden seien. Wie aus den deutschen öffentlichen Bekanntmachungen hervorgeht, gebrauchen unsere Gegner seit vielen Monaten dieses Kriegsmittel. Sie sind augenscheinlich also der Meinung, daß das, was ihnen erlaubt sei, uns nicht zugestanden werden könne. Eine solche Auffassung, die in diesem Kriege ja nicht den Reiz der Neuheit hat, begreifen wir, besonders im Hinblick darauf, daß die Entwicklung der deutschen Chemiewissenschaft es uns natürlich gestattet, viel wirksamere Mittel einzusetzen als die Feinde, können sie aber nicht teilen. Im übrigen trifft die Berufung auf die Gesetze der Kriegsführung nicht zu. Die deutschen Truppen verfeuern keine ›Geschosse, deren einziger Zweck ist, erstickende oder giftige Gase zu verbreiten.‹ (Erklärung im Haag v. 29.7.1899.) Und die beim Platzen der deutschen Geschosse sich entwickelnden Gase sind, obwohl sie sehr viel unangenehmer empfunden werden als die Gase der gewöhnlichen französischen, russischen und englischen Artilleriegeschosse, doch nicht so gefährlich wie diese.

Auch die im Nahkampf von uns verwendeten Rauchentwickler
stehen in keiner Weise mit den ›Gesetzen der Kriegsführung‹ im
Widerspruch. Sie bringen nichts weiter als die Potenzierung der
Wirkung, die man durch ein angezündetes Stroh- oder Holzbün-
del erzielen kann. Da der erzeugte Rauch auch in dunkler Nacht
deutlich wahrnehmbar ist, bleibt es jedem überlassen, sich seiner
Einwirkung rechtzeitig zu entziehen.«
(Vossische Zeitung, 23.4.1915)

3

... die beim Platzen der deutschen Geschosse sich entwickelnden
Gase sind, obwohl sie sehr viel unangenehmer empfunden wer-
den als die Gase der gewöhnlichen Artilleriegeschosse, doch nicht
so gefährlich wie diese ...
... »Die Gaswolke traf einen vornehmlich von einer französischen
Kolonial-Division besetzten Frontabschnitt zwischen Bixschoote
und Langemark, trug Schrecken und Verwirrung in ihre Reihen
und bewirkte insgesamt 15000 Gasvergiftete, davon 5000 Tote ...«
(Hanslian, Der Chemische Krieg, Mittler u. Sohn, Bln. II. Auf-
lage Seite 12) ... da der erzeugte Rauch auch in dunkler Nacht
deutlich wahrnehmbar ist, bleibt es jedem überlassen, sich seiner
Einwirkung rechtzeitig zu entziehen ...
... »bewirkte insgesamt 15000 Gasvergiftete, davon 5000 Tote ...«

4

Man erinnere sich doch auch der skrupellosen Freude, mit der
die feindliche und amerikanische Presse schon im vergangenen
Herbst großartige französische Erfindungen ankündigte, die es
möglich machen sollten, die Vernichtungskraft der Artilleriege-
schosse durch giftige Gaswirkung zu steigern. Und man halte sich
jenes berüchtigte Inserat der »Cleveland Automatic Co.« vor Au-
gen, worin es über eine neue Granate in deutscher Übersetzung
wörtlich heißt:
»Das Material ist von ganz besonderer Art, von hoher Dehnbar-

keit und Festigkeit und hat die Eigenschaft, bei der Explosion der Granate in kleine Stücke zu zerspringen. Die Einstellung der Zündung dieser Granate ist ähnlich der des Schrapnells, aber sie unterscheidet sich dadurch, daß zwei explosive Säuren zur Verwendung gelangen, um die Ladung im Hohlraum des Geschosses zur Explosion zu bringen. Die Vereinigung dieser zwei Säuren ruft eine schreckliche Explosion hervor, die eine größere Wirkung hat, als irgendeine bisher gebrauchte Ausführung. Sprengstücke, die bei der Explosion mit diesen Säuren in Berührung gekommen sind, und Wunden, welche durch sie hervorgerufen werden, bedeuten einen Tod mit schrecklichem Todeskampf innerhalb vier Stunden, falls nicht unmittelbar Hilfe zur Stelle ist. Nach den Erfahrungen, die wir mit den in den Schützengräben herrschenden Bedingungen gemacht haben, ist es unmöglich, ärztliche Hilfe jemandem in dieser »Zeit zuteil werden zu lassen, um den tödlichen Ausgang zu vermeiden. Es ist unerläßlich, sofort die Wunde auszubrennen, falls sie im Körper oder im Kopf sitzt, oder zur Amputation zu schreiten, wenn es sich um die Beine handelt, weil es kaum ein Gegenmittel gibt, das der Vergiftung entgegenwirkt. Hieraus läßt sich ersehen, daß diese Granate leistungsfähiger ist als das gewöhnliche Schrapnell, da die Wunden, die durch Schrapnellkugeln und Sprengstücke im Fleisch verursacht werden, nicht so gefährlich sind, solange sie keine giftigen Beimischungen haben, die eine unverzügliche ärztliche Hilfe notwendig machen.«

Hier ist ein würdiger Gegenstand für die Entrüstung der Welt. Wie anders würden die Phrasen lauten, wenn es den Franzosen oder Engländern geglückt wäre, uns mit der Herstellung wirksamer Rauchentwickler zuvorzukommen!

(Vossische Zeitung, 23.6.1915)

5

Im Frontabschnitt Loos war von Gas nichts zu merken. Reisiger horchte jedesmal, wenn er im Graben als Artilleriebeobachter war, bei der Infanterie herum. Sie wußten von nichts. Gasflaschen hatte jedenfalls der Feind bisher sicher nicht eingegraben; das hätte man an den Veränderungen des Geländes bestimmt gesehen.

Nein, nein, alles war höchst normal. Keine verstärkte Artillerietätigkeit. Nie Veränderungen am Drahtverhau. Unsere Horchposten konnten sich nachts heranschieben, soweit sie wollten: Drüben war durchaus Frieden.

Das einzig Neue war ein schweres Geschütz, das seit Tagen feuerte, und zwar mit erheblich dickem Kaliber.

Ein Blindgänger lag in der Nähe der Offizierswohnung. Reisiger ging stets mit scheuem Respekt daran vorüber. Er war 1,78 groß, aber das Biest, das da auf der Straße lag, war gute 10 cm größer. Seinen Leibumfang kannte er nicht. Den Durchmesser dieses schwarzglänzenden unheimlichen Viehes konnte man ablesen: Auf dem Boden des Geschosses stand: 38,5 cm. Das war der Durchmesser.

Gott sei Dank kam jeden Abend nur ein Schuß. »Der Abendschuß« hatte ihn I/96 getauft. Er kam Punkt 7 Uhr. Zuverlässig, auf die Sekunde genau.

Die fünf Minuten davor waren übel.

Jeden Abend dasselbe Theater. Man wußte am ganzen Tag nie genau, wie spät es war. Aber daß es fünf Minuten vor 7 war, das spürte merkwürdigerweise die ganze Batterie. Fünf Minuten vor 7 legte man beim Abendbrotessen die Uhr auf den Tisch. Man erzählte ruhig weiter. Doch die Gespräche wurden schon etwas löcheriger. Drei Minuten vor 7, zwei Minuten vor 7. Dann sagte in jedem Quartier einer: Jetzt muß der Rollwagen bald kommen. Da wurde das Messer hingelegt, die ausgestreckten Beine wurden angezogen, die Gemütlichkeit hörte plötzlich auf. Man saß militärisch. Man sprach nicht mehr. Einer trommelte auf den Tisch, einer fuhr mit der Hand über die Haare, mit dem Finger zwischen Hals und Kragen.

Dann war es 7. So sehr 7, daß man die Uhr danach stellen konnte.

Dann!

Dumpfer Abschuß. Er wurde von niemandem quittiert. Vielleicht zählte man still in sich hinein. Eins, zwei, drei ... sechs, sieben, acht, neun –

Weiter zählte sicherlich niemand.

Durch alle Häuser ging ein Schwanken. Nicht eingebildet, nein, ein wirkliches Schwanken. Es wackelten sämtliche Wände. Es schaukelten in einem gleichmäßigen Rhythmus sämtliche Wände. Es hob sich in einem ganz gleichmäßigen Rhythmus der Fußboden. Teller, die nicht feststanden, tanzten auf dem Tisch. Löffel, die nicht festlagen, sirrten. Fensterscheiben klirrten, Türen schaukelten, manchmal sprang unvermutet eine auf. Das alles in Sekunden.

Das Rauschen, das langsam angehoben hatte, wurde ein Poltern. So fährt ein leerer Zehnmeter-Möbelwagen im Schritt über eine enge holprige Straße. Sinnlos springen die Pferde an. Sinnlos wird aus dem holprigen Pflaster plötzlich glatter Asphalt, auf dem die Pferde den Wagen im Galopp entlangreißen.

Ein Donner, ein Brüllen!

Dann stecken die Uhrenbesitzer ihre Uhren in die Tasche. In die blassen Gesichter kommt wieder Farbe. Alle sehen sich mit einem breiten, beschämten, verlegenen, entsetzten Grinsen an. Dann kaut der Mund das Brot mit Büchsenleberwurst oder Bückling zu Ende. Und man sagt: »Ach ja, dieser Krieg« oder: »Na, wann kommt endlich die Post?«

Was der Feind mit seinem Abendschuß erreichen wollte, begriff man nicht recht. Er hatte immer das gleiche Ziel, war mit Präzision festgelegt, streute nicht, legte nicht zu an Entfernung, brach nicht ab. Abend für Abend das gleiche Ziel: ein Bahndamm, der linker Hand der Feuerstellung lag, Weg von Lens nach Béthune.

Aber wozu? Die Bahn fuhr seit Monaten nicht mehr, es war unmöglich, die Strecke zu benutzen: sie verlief ja zwischen den Schützengräben.

Immer kurz vor 7 Uhr dachten die Kanoniere, daß am Ende heute gerade das schwere Geschütz auf die Feuerstellung abschwenken könnte, daß der polternde Rollwagen drei, vier Häuser hinwegfegen müßte ... Nichts geschah. Stets fraß das Biest sich ins zerfleischte Geröll des Dammes. Und der Schaden war gleich Null.

Man konnte sich schließlich daran gewöhnen, als müsse es

so sein. Ja, es gab Vorwitzige, die krochen kurz vor 7 auf dem Bauch aus der Stellung heraus, um den Einschlag mit eigenen Augen sehen zu können. Und vor allem, um zur Stelle zu sein, wenn der Schuß nicht krepierte.

Denn ein Blindgänger ist bar Geld. Man nimmt Seitengewehr und Beil, setzt sich rittlings auf das dicke Untier, raubt ihm den Führungsring.

Er liefert gutes Material für etwa ein Dutzend Armbänder. Er ist aus feinstem rotbraunem Kupfer; Kupfer ist weich und gut zu verarbeiten. Ein Armband bringt dreißig bis vierzig Pfennige, ja, wenn man kunstfertig ist, ein Eisernes Kreuz herausmodellieren und die Jahreszahlen »1914–15« darunter einkratzen kann, so geht unter Umständen jedes Stück mit einer Mark in den Handel.

6

Regimentsbefehl
Die Batterien des Regiments haben in den Kämpfen der letzten Wochen ihre Pflicht erfüllt. Besonders 2, 3 und 6 F.A.R. 96, die Tag und Nacht im schweren Feuer des Feindes standen, haben sich ausgezeichnet geschlagen. Ich habe das nicht anders erwartet. Ich befehle: In Anerkennung der Leistungen beziehen die Kanoniere abwechselnd auf je drei Tage Ruhequartier bei den Protzen. Es dürfen aus jeder Batterie bis zu sechs Mann gleichzeitig in Ruhe kommandiert werden. Die Feuerbereitschaft bleibt selbstverständlich unter allen Umständen gesichert. Die Mannschaften in Ruhe sind von jedem Dienst zu befreien.
von Throtha
für die Richtigkeit: Linnemann
Oberltn. u. Adj.

Dieser Regimentsbefehl wurde I/96 mit dem Zusatz des Hauptmanns Mosel bekanntgegeben: »I/96 löst zuerst die Kanoniere Rabs und Reisiger durch zwei andere Fernsprecher (Grabenbeobachter) ab. Die beiden Abgelösten beziehen sofort Ruhequartier bei den Protzen. Meldung dort heute Mittag 2 Uhr. Unterkunft und Verpflegung regelt Wachtmeister Kollert.«

Rabs und Reisiger marschierten beglückt nach Annay. Kollert war leutselig. »Ein Schloßzimmer kann ich euch nicht geben, aber über der Schreibstube ist eine Bodenkammer, machts euch da gemütlich.«

Sie gingen eine enge, quarrende Treppe hinauf. Da war ein Bodenraum, verdreckt und staubig, vollgestopft mit Gerümpel. Es sah finster aus. Aber in einer Ecke stand ein Kanonenofen, auf dem man kochen konnte, und das war schon eine Freude.

Eine kleine Tür führte in die Kammer. Sie hatte schräge Wände, aber ein helles Fenster; und zwei Betten, zwei Betten aus braunem Mahagoniholz standen an der einen Seite des Raumes.

Reisiger quiekte vor Wonne, Rabs pfiff schrille Signale. Bodenkammer? »Mensch, Reisiger, wie bei Adlons. Fehlt bloß noch, daß der alte Herr Adlon persönlich die Nachttöpfe schwenkt.«

Sie warfen sich auf die Betten, daß die Sprungfedern jaulten. Was tun?

Verpflegung, hatte Kollert gesagt, gibts im Quartier der Fahrer, die zum Ersten Geschütz gehören. Trotzdem: Reisiger wollte kochen. »Ich mache ein Diner, Rabs, daß du dich hinlegst. Stell dir vor, Pellkartoffeln, richtig sauber gewaschen, in richtig sauberem Wasser gekocht. Und dazu vielleicht gebratenen Käse oder Kompott, oder überhaupt Bratkartoffeln — was? Wir gehen jetzt ins Dorf, und wo eine Kantine zu finden ist, da wird eingekauft.«

Rabs war mehr für waschen. »Du kannst meinetwegen den Ofen die ganze Nacht hindurch für deine Bratpfannen benutzen, aber jetzt wird erst heißes Wasser gemacht. Ich kann mich überhaupt nicht mehr besinnen, vor wieviel Monaten ich das letztemal gebadet habe.«.

Baden? Auch gut. Aber womit und worin? Erst einmal das Haus durchsuchen!

Sie zogen ihre Stiefel aus und schlichen sich auf Strümpfen

die Treppe herunter. Im Flur hing ein Schild »Schreibstube
I/96, Anklopfen!«

Um Gottes willen nicht da hinein. Also auf den Hof. – Aha,
da neben dem Brunnen stand ein verwittertes Regenfaß.
Droht Gefahr? Nein. Also! Die Tonne wurde umgekippt,
braune Brühe plätscherte über den Sand. Die Badewanne ist
gefunden.

Aber worin nun Wasser kochen? – Es gab nur eine Möglichkeit. Da hinten war der Stall für den Gaul des Wachtmeisters.
Rabs sah hinein. Der Gaul guckte sich interessiert um. »Du
entschuldigst wohl, daß wir einen Augenblick deinen Eimer
entleihen«, sagte Rabs und grinste das Pferd an.

Dann trabte er mit dem Eimer ab.

Nachher badeten sie. Während der eine nackend in die halb-
volle, leider etwas leckende Tonne kroch, mußte der andere
ihn mit dem Eimer begießen und dann mit zusammenge-
drehtem Stroh auf dem zitternden Körper seines Opfers he-
rumwüten.

Die Rollen wurden vertauscht. Das Resultat war verblüffend!
Das Wasser hatte eine tief kaffeebraune Farbe angenommen.
Rabs und Reisiger hingegen sahen zart und weiß aus wie jun-
ge Mädchen.

Aber was nun? Sie standen zähneklappernd, tropfend nebeneinander. Die kleinen Handtücher, die sie im Sandsack hatten, waren auf so ausführliche Körperpflege nicht berechnet.

»Am besten ist es, ich knöpf die Gardine ab und wir wickeln
uns darin ein«, sagte Reisiger.

»Damit uns der Wachtmeister morgen früh die Wohnung
kündigt«, erwiderte Rabs.

»Die einfachste Lösung ist natürlich –«

»Wir gehen ins Bett! Warum sollen wir nicht ins Bett gehen?
Es gibt bestimmt feine Leute, also zum Beispiel in Deutsch-
land, die bestimmt, wenn sie im Hotel wohnen, gegen drei
Uhr nachmittags ins Bett gehen, wenn ihnen so ist.«

Rabs malte das noch weiter aus: »Die werden ins Bett gehen,
eine dicke Zigarre im Mund, oder sie lassen sich vom Kellner
noch Bier und warme Würstchen bringen.« Er klatschte Reisiger mit seiner Riesenpranke heftig zwischen die Schulter-

blätter und fuhr fort: »Wetten, mein Lieber, wir werden hier wie die Bankiers leben, und du wirst sehen, morgen nachmittag besorge ich persönlich Bier und Würstchen. Das wäre ja gelacht!«

Wiehernd sprangen sie in ihre Betten. Donnerwetter, weich und mit Keilkissen. Sie wickelten sich in ihre Decken. Nach wenigen Minuten waren sie trocken und leidlich warm und konnten ihre Hemden wieder anziehen. Reisiger zauberte aus seiner Mütze etwas zum Rauchen, und dann lagen sie stundenlang, nahmen die Zigarre nicht mehr aus dem Mund, ließen die Asche ruhig fallen und unterhielten sich träge und beinahe gelähmt von Wohlbefinden.

»Das wichtigste ist«, sagte Reisiger, »daß wir für die drei Tage ein festgelegtes Programm haben. Ich bin dafür, morgens bis 10 Uhr schlafen, dann Spazierengehen, dann schlafen, dann Spazierengehen, dann schlafen. Und dazwischen immer futtern.«

Rabs pustete ihm eine Rauchwolke entgegen: »Frage ist, ob wir wirklich von Dienst befreit sind. Man weiß ja nicht, wie sich der Wachtmeister das vorstellt. Appell wird doch sein.«

Reisiger nickte. »Appell muß sein, damit wir die Post kriegen. Aber mehr wird nicht passieren. Hier können die Fahrer arbeiten. Das richtige wäre überhaupt, wenn jeder Kanonier, sobald er in Ruhe kommt, einen Fahrer als Burschen kriegt. Ich habe jetzt schon Angst vorm Stiefelputzen.«

Pause.

Nach einer Weile blies Rabs Rauch durch seine Nasenlöcher und sagte: »Hm.«

Er wunderte sich, daß Reisiger darauf nicht antwortete.

Dann dachte er: auf »Hm« ist ja nun auch schwer zu antworten. Aber er war jetzt zu müde, um noch einen langen Satz zu sprechen. Endlich entschloß er sich: »Jawohl, mein Sohn, einen Burschen müßte man haben.«

Reisiger schwieg immer noch. Rabs ärgerte sich. Blöder Hund, der pennt. Er schrie: »An die Geschütze!«

Im nächsten Augenblick warf Reisiger die Bettdecke hoch und stand im Hemd hilflos im Zimmer.

Rabs brüllte vor Vergnügen. »Du bist der größte Idiot dieses Jahrhunderts«, wieherte er. »Kanonier Reisiger markiert eine feuerbereite Batterie. – Mensch, laß dich nicht wegschnappen. – Du kannst doch hier nicht schlafen, wenn ich mit dir rede.« Reisiger blinzelte gegen das helle Licht des Fensters. Er nuckelte am kalten Stummel seiner Zigarre, die immer noch zwischen seinen Lippen saß, und brummte »Alter Affe«. Dann rollte er sich mit einem lauten Krach wieder zusammen und schlief weiter. Rabs ließ sich von seinem Schnarchen schnellstens anstecken und schnarchte auch.

Als sie durch den Ruf »Appell« geweckt wurden, war es leider schon fast dunkel. Sie zogen sich ärgerlich an: die ersten Stunden der Ruhezeit hätte man nicht restlos verschlafen sollen. Trost war die Post. Und Trost waren vor allem die Fahrer ihrer Protze, die sichtlich über den Besuch erfreut waren. Der Appell war kaum zu Ende, als sie beide von den Kameraden die Dorfstraße entlang gedrückt wurden, sie sollten erzählen, was es Neues an der Front gäbe. Außerdem habe die Infanterie-Kantine ausgezeichnetes Bier. »Reisiger, du bist doch Kriegsfreiwilliger, wie war es mit einer Lage?«

Es war nicht möglich, sich zu drücken. Aus einer Lage wurden mehrere. Rabs und Reisiger waren froh, als sie endlich entwischen konnten. Sie stolperten ins Bett, rauchten ihre letzte Zigarette, lasen noch einmal die Post. Reisiger hatte sogar einige Zeitungen. Sie waren Monate alt. Aber zum Vorlesen waren sie durchaus genügend. Er hatte besondere Sympathien für Inserate. »Du, Rabs, weißt du, daß wir wieder mal gründlich gesiegt haben? Hör zu, hier, Berliner Tageblatt, Weltspiegel, 1.11.14:

Deutscher Sieg
auf dem Gebiet der Frauenkultur ist unaufhaltsam. Die Abkehr von allem Fremdländischen bringt ihn als natürliche Folgeerscheinung, und es tritt die glückverkündende Tatsache ein, daß dem verderblichen Wirken der französischen Korsettmoden, welche fast alle deutschen Frauen zu Kranken gemacht hatten, ein Ziel gesetzt ist. Das einzige deutsche Erzeugnis, welches ohne Anlehnung an französische Modelle einzig und allein die Entwicklung wirklicher Schönheit ohne Schädigung der Gesundheit erreicht, ist der längst bekannte ges. gesch. Thalysia-Edelformer. Er wird

nicht geschnürt, hindert nicht den Atem, die Bewegungsfreiheit,
wird nicht lästig und ist auch nicht so sündhaft teuer wie die Pa-
riser Korsetts. Er ist aber auch andererseits nicht so schamlos, wie
diese, sondern er wandelt ins Zarte und Deutsch-Sinnige selbst
eine zu üppig gediehene Form. Der Thalysia-Edelformer ist mit
anderen Worten ein echt deutsches, hygienisches Wunderwerk ...

Thalysia Paul Grams, Leipzig

Rabs wieherte vor Vergnügen. »Mensch, Mensch, ich verstehe
ja nichts von Zeitungen, aber das ist allerhand. Da müßte
man hingehen und zwischenfahren.«
Reisiger hatte seine gute Laune verloren. »Zum Kotzen ist
das. Aber so machens die Heimkrieger. Und glaubst du, das
ist nur in Deutschland so? Ach nein, in allen Ländern dieses Gemisch von Patriotismus und Geschäft. Willst du noch
mehr hören? Hier, das ist auch ganz schön, auch eine Berliner
Zeitung, September 14, damit du weißt, wie du dich in Zukunft waschen kannst:

Wasche dich ohne Wasser und ohne Seife
mit Kiri
Unentbehrliche und schönste Liebesgabe für unsere
Krieger im Felde. Ein wenig »Kiri« nimmt von Gesicht
und Händen selbst den ärgsten Schmutz in einer
Minute und unsere Krieger fühlen sich nach der
Benutzung sauber, erfrischt und wie neugeboren!

»Hör auf«, brummte Rabs. »Denen sollte man so viel Kiri
ins Maul schmieren, daß sie das Waschen vergessen. Mensch,
Mensch, und deshalb liegen wir hier im Dreck. Na, dann
gute Nacht, ich hau ab.«

7

Reisiger träumt:
»Wir kommen jetzt zu Nordfrankreich. Meier, häng die Karte
auf!«

123

Der Sekundaner Willi Meier eilt an das Katheder und läßt am Kartenständer eine große Spezialkarte von Frankreich herunter.

Oberlehrer Wittig ergreift den langen Bambusstock, fuchtelt damit in der Luft herum und stößt schließlich auf verschiedene Punkte der Karte. Dann umreißt er mit dem Ende des Stockes ein bestimmtes Gebiet.

»Reisiger, du spielst wieder. Aufstehen! Wie heißt dieses Gebiet?«

Reisiger springt von der Bank hoch. Er hört gerade noch, daß sein Nachbar ihm was zuflüstert, schreit »Pas de Calais«.

Der Oberlehrer schlägt ihm mit dem Zeigestock leicht auf die Schulter. »Richtig. Setzen. Departement Pas de Calais. – Städte: Lilie, Béthune, Lens, Douai, Arras. – Wiederholen, Krüger.«

»Département Pas de Calais - Lilie, Béthune, Lens, Douai, Arras.«

Oberlehrer Wittig schlägt zwischen die Bänke: »Das muß viel schneller gehen, das sind Namen, die euch überhaupt in Fleisch und Blut übergehen müssen. Und wer kennt die Orte, die ich jetzt zeige?«

Reisiger sieht, daß Wittig den Zeigestock wie eine Lanze unter den Arm geklemmt hat. Mit der Spitze dieser Lanze reitet er in seltsamen Sprüngen immer wieder auf die Karte los. Und jedesmal, wenn die Spitze an einem bestimmten schwarzen Pünktchen die Karte durchstoßen hat, brüllt er mit wütender Stimme einen Namen. – Stoß: »Souchez!« – Stoß: »Givenchy« – Stoß: »Carency« – Stoß: »Ablain« – Stoß: »Grenay« – Stoß: »Loos«.

Die Klasse fängt fürchterlich zu lachen an. Auch Reisiger wird von diesem Lachen geschüttelt. Die Bocksprünge des Oberlehrers werden immer komischer, die Stimme gellt immer wütender, das Gesicht ist bis zur Unkenntlichkeit verzerrt.

Schließlich kann Reisiger sein Lachen nicht mehr verbergen. Aus seinem Mund kommen einige schrille Töne.

Das hat Wittig gehört. Er dreht sich blitzschnell auf einem Absatz um, reißt die Lanze aus der Karte, schwingt sie hoch und faucht Reisiger an: »Du lachst, mein Sohn, du wagst zu lachen, mein Sohn? Ich will dir diese Namen schon einbleuen. Ich will dir diese Namen schon so beibringen, daß du sie dein ganzes Leben lang nicht mehr vergißt. Das wäre ja noch schöner!«

Reisiger gerät in Schweiß. Er möchte seinen Nachbar beiseite schieben, weil Wittig jetzt im Klassengang entlangrast, gerade auf ihn zu.

Er flieht. Noch ein paar Schritt, dann wird er die Türklinke erreichen. Aber da schreit Wittig irgend etwas. Das Klassenzimmer wird dunkel, so dunkel, daß man nichts im Raum erkennen kann. Und schon ist Wittig neben ihm und krallt ihm die Hand ins Genick und schiebt ihn gegen das Katheder.

Die Landkarte wird schneeweiß erleuchtet und in der blendenden Fläche tauchen rote Lichter auf, rote Blasen, die plötzlich aufspringen und eine spitze, gelbliche Flamme herausschießen. Und jedesmal, wenn eine Flamme hochsticht, drückt der Oberlehrer seine Finger in Reisigers Hals und sagt einen Namen.

Flamme: »Souchéz!« – Flamme: »Givenchy!« – Flamme: »Carency!« – Flamme: »Ablain!« – Flamme: »Grenay!« – Flamme: »Loos!« –

Die Hand an Reisigers Hals schließt sich immer enger. Der Oberlehrer ist mit dem Mund dicht an seinem Ohr. »Wirst du das endlich lernen?« zischt er.

»Zu Befehl, Herr Hauptmann!« Reisiger schlägt mit dem Genick nach hinten, weil er weiß, daß man vor einem Vorgesetzten stramm stehen muß. Dann ruft er noch einmal ganz laut: »Zu Befehl, Herr Hauptmann.«

... Reisiger sitzt im Bett. Seine Finger zittern durch seine Haare. Er sieht sich im Zimmer um. Gott sei Dank: Ich bin ja im Krieg. Da drüben liegt der gute Rabs.

Er flüstert leise seinen Namen.

Rabs wälzt sich im Stroh: »Mensch, nun halt doch endlich deine Schnauze. Du quatschst schon die ganze Nacht.«

Reisiger legt sich mit einem Lächeln auf die Seite.

»Wir müssen richtig Rentier spielen«, sagt Rabs am nächsten Morgen beim Rasieren, »richtig genießen und vor allen Dingen nichts übereilen. Uns kann ja keiner. Wir sehen uns das Dorf an, und zum Mittag sind wir ja bei den Fahrern eingeladen. Es gibt Büchsenfleisch auf Ungarisch Gulasch. Mein Lieber, der Holle kann kochen, der ist doch Hotelbesitzer oder so was.«

– Spaziergang. Nett das Dorf, sauber, mit gepflegten Straßen, mit weißen kleinen Häusern, Blumenkästen vor den Fenstern. Darauf die unvermeidlichen Geranien, die auch jetzt im September noch blühen.

Gegen Mittag ist an der Kirche Platzmusik. Die Blechpuster des Infanterieregiments haben sich im Kreis aufgestellt, ein Musikmeister steht in der Mitte, es gibt ein richtiges Konzert. Erst Opern, dann Schlager. – Es wimmelt von Militär. Alle haben die Hände in den Hosentaschen, manche sitzen auf den Stufen der Kirche.

Wenn ein Stück ihnen besonders gefällt – wie die Ouvertüre zu »Lohengrin«und der Walzer aus dem »Lieben Augustin«– wird geklatscht.

Offiziere kommen vorüber. Meistens in Friedenslitewka, zum Teil in hohen Lackstiefeln. Man beachtet sie kaum.

Reisiger und Rabs haben sich untergefaßt und schlendern durch das Gewühl. Reisiger erzählt Jugenderinnerungen. »Kennst du Potsdam?« – Rabs schüttelt den Kopf: »Kennen kenn ichs schon, aber ich bin nie dagewesen.« Reisiger zeigt mit der Hand über die Musik: »Das war in Potsdam im Frieden jeden Tag. Wir waren damals Schüler. Kannst dir denken, wie wir darauf warteten, bis endlich so gegen 1 Uhr die letzte Schulstunde aus war. Dann aufs Fahrrad und Galopp. Und weißt du, was der Hauptzweck war?« Er schlug Rabs vergnügt auf die Schulter: »Na natürlich die kleinen Mädchen. Die kamen doch auch zu gleicher Zeit mit uns aus der Penne. Und dann traf man sich und bummelte.«

Rabs sah sich um. Nach einer Weile sagte er: »Du, Adolf,

hier sind so viele alte Frauen, es muß doch auch junge geben. Siehst du welche?«

Nein, Reisiger sah keine. In den Türen der Häuser hockten alte Mütter. – Wo Mütter sind, dachte er, müssen eigentlich auch Kinder sein. Die Söhne – das ist ja klar, die sind natürlich drüben an der Front. Aber die Töchter?

Sie beschlossen, beim Essen die Fahrer über das Problem zu interviewen.

Die drei Fahrer ihres Geschützes hatten eine besonders nette Wohnung. Als Reisiger und Rabs eintraten, saßen die Gastgeber bereits am Tisch.

Begrüßung. Grinsende Gesichter.

Reisiger hatte großen Hunger. Er wartete darauf, daß nun einer der drei endlich das Essen holte.

Er zählte die Teller. – Sieben. – Nanu?

Da erschien mit einem freundlichen verlegenen Lächeln aus der Nebenstube eine Frau. Sie trug eine weiße Suppenterrine, nickte den Gästen ein freundliches »bon jour« zu und stellte das Essen auf den Tisch.

Holle, der angebliche Hotelbesitzer, steckte seine Nase tief in den Topf. Dann sagte er: »Madame, Kartoffeln, pomme de terre.«

Die alte Frau nickte heftig mit dem Kopf: »Oui, oui, camèrad, Cartoffln.« Dabei lachte sie Reisiger an und sagte: »Bon deutsch ich, n'est ce pas?«

Reisiger verbeugte sich: »Très bon, très bien, genau weiß ichs selber nicht, wie es heißt, Madame.«

Rabs lachte: »Kinder, ihr lebt hier wie Scheiße im Blumentopf. So ein Mädchen müßten wir oben auch haben. Kocht die alles für euch?«

Holle spitzte den Mund: »Abwarten, das Beste kommt ja noch.« Dabei schrie er der alten Frau, die eiligst wieder abtrabte, nach: »Madame, und dann soll Marie kommen. – Meine Braut, n'est ce pas?«

Madame drehte sich grinsend in der Tür um: »Non, non, monsieur, nix Braut, seulement mademoiselle Marie, compris?«

Ein Mädchen kam.

Sie hatte eine Schüssel mit Kartoffeln in den Händen. Sie war unbefangen, trat an den Tisch und nickte leicht zu den beiden Kanonieren,

Holle räusperte sich: »Mademoiselle Marie, das ist monsieur Rabs und der Kleine hier heißt Reisiger.«

Alle lachten laut. Das Mädchen ließ sich dadurch nicht beirren. Sie nahm einen Schöpflöffel und füllte die Teller für die fünf Soldaten, für sich und für ihre Mutter.

Dann aßen sie.

Reisiger sah Marie an. Sie hatte schwarze, krause Haare, einen Scheitel in der Mitte, ein kleines Gesicht mit dunklen Augen und roten Backen. Die Kleidung war ärmlich, aber rührend gepflegt.

Reisiger überlegte: seit bald anderthalb Jahren leben diese Menschen abgeschnitten von ihrer Heimat, und ohne Möglichkeiten, für mehr zu sorgen, als für die tägliche Nahrung. Arme Leute.

Er war beim Essen nicht sehr gesprächig. Um so mehr unterhielt Rabs die Fahrer.

Holle griff manchmal über den Tisch und versuchte, mit einem Scherzwort, Maries Hand zu streicheln. Reisiger sah, wie dann die Augen der Mutter unruhig hin und her gingen. Marie zog die Hand stets zurück und lächelte. Sie sagte kein Wort.

Nach dem Essen brachte die Frau eine große Kanne mit Kaffee, und Marie stellte Tassen hin. Die Soldaten rauchten und plauderten.

Reisiger konnte nicht reden. Er fühlte sich unsicher, wollte gehen. – Darüber war Rabs ärgerlich. »Hier ist es doch wie bei Muttern, bleib doch.« Er sah Holle an: »Oder wollen wir uns abends wieder treffen?«

»Wenn ihr Lust habt, können wir kahnfahren. Hinter dem Dorf ist ja der Kanal. Na, Reisiger?«

»Gern.«

Holle lachte Marie an: »Nicht wahr, ist bon, mademoiselle, parti Kahn?«

Marie stand auf und ging aus dem Zimmer. »Nix promenade Kahn.«

Die Kahnfahrt kam zustande. Nicht weit hinter dem Dorf
floß der Kanal. Ein schöner Fluß, zart eingebettet in das flä-
mische Grau einer sanften traurigen Landschaft.
Die drei Fahrer, Rabs und Reisiger trafen sich am Abend an
der Eisenbahnbrücke, die am Dorfausgang ihren zerbroche-
nen Bogen über das Wasser spannte. Am Ufer lagen zwei alte
Kähne.
Holle ergriff mit Wichtigkeit das Wort. Natürlich können
nicht alle sechs in ein Boot. Er schlüge diese Verteilung vor:
zwei Fahrer und Rabs ins eine, er mit Reisiger ins zweite. Und
dann wolle man losgondeln, bis Lens. Dort sei nahe beim
Soldatenfriedhof eine kleine Kneipe mit echtem Cognac.
»Also Treffpunkt«, rief er und nahm Reisiger behutsam zur
Seite: »Café Imperial Lens. Fahrt ab, ich stoße gleich nach
euch vom Ufer.«
Man stieg widerspruchslos so in die Boote, wie er es eingeteilt
hatte. Die ersten fuhren ab, verschwanden.
Reisiger blieb mit Holle allein. Holle zögerte. Er strich mit
den Rudern kaum hörbar übers Wasser.
Wie ruhig war das alles. Leiser Wind, am Himmel ein schma-
ler Mond, noch nicht hoch, mit schwachem Licht. Reisiger
sah beglückt zu der silbernen Sichel.
Er erschrak; Holle flüsterte: »So – die sind parti. Ich muß
doch meine Marie mitnehmen, verstehst du, Kamrad. Paß
auf, da an der Ecke wartet sie.«
Seine Marie? Reisiger sagte nichts. Seine Marie? – Ach so, das
Mädchen aus dem Quartier.
Er hatte ein heißes Gefühl im Hals: Ich soll also mit dem
Mädchen kahnfahren?
Er hörte wieder Holles Stimme. Sie war auffallend sanft, wenig heiser. »Du brauchst ja nicht gleich darüber zu reden,
Adolf. Sieh mal, Kamrad, ich bin vierunddreißig Jahre alt. Ja,
und zu Hause, na ja, da habe ich so nie das Richtige gefunden. Na ja, und wie das Leben so ist, und das ist denn die Ma-
rie geworden. Denk nicht wegen coucher und so. Kamrad,

das ist ja gar nicht so wichtig. Aber ich habe sie richtig gern. Dir kann ich das ja sagen, gern hab ich sie.«

Leise Ruderschläge. – Reisiger möchte etwas sagen. Er weiß nicht, was.

Holle streicht wieder das Wasser. Dann beginnt er neu: »Ach so, du meinst am Ende wegen Franzmann ...? Ach, Adolf, Mädchen kann man ja doch nicht einteilen in Franzosen und Deutsche. Wenn man sie so richtig gern hat, ist das absolut piepe, nicht wahr?«

Ein ganz leiser Pfiff ist zu hören. »Da ist Marie.«

Der Kahn dreht.

Reisiger sieht sie. Sie steht schüchtern an einem Baum. Wie sie merkt, daß der Kahn ans Ufer stößt, richtet sie sich auf: »Pierre?« Peter Holles Stimme ist noch sanfter geworden: »Marie.«

Reisiger drückt sich eng gegen seinen Sitz.

Der Kahn schwankt. Leichte Tritte: »Oh mon Pierre - cher Pierre.« Marie wirft sich willenlos in Holles geöffnete Arme. Er zieht sie sanft gegen sich.

Reisiger spürt, daß sie sich küssen.

Der Kahn treibt mitten auf dem Wasser.

Flüstern: – »Mon Pierre« – »Ach du, Marie –«

Da nimmt Reisiger die Ruder. Er setzt sie tief ein. Das Boot fliegt mit einem Ruck an.

»Na, nun sag doch meinem Kameraden erst guten Abend, bon soir, Marie«, hört Reisiger.

Der Kahn schwankt.

Reisiger spürt eine weiche Hand, die von seinem Arm abgleitet. Finger tasten. Er nimmt die Hand und drückt sie: »Bon soir.«

Holle sagt vor: »Guten Abend.«

»Gu-tennabt«, wiederholt Marie. Dann greift ihre Hand unvermutet in Reisigers Haar. Sie wühlt darin: »Oh – gutt Aar, serr weisch.«

Holle lacht: »Paß auf, Adolf, die verliebt sich in dich.«

Reisiger faßt die Hand an seiner Stirn. »Aber Mademoiselle –« stammelt er unsicher.

Er will die Hand abnehmen. Da greift sie ihn, führt ihn fest. Macht halt. – Reisiger spürt: das sind die Brüste. Er zittert.

Die fremde Hand bleibt an seinem Gelenk. Und er muß, muß die Finger schließen.

Holle ungeduldig: »Na, Marie, viens ici.«

Reisiger spürt: das ist die warme Brust.

Die Hand streichelt sein Gelenk. Das Mädchen drückt sich fest gegen seinen Körper.

Holle: »Marie!!«

Marie: »Un moment, monsieur.« Die kleine Stimme sagt das mit Nachdruck.

Reisiger fühlt sich überschüttet mit Glück.

Trotzdem: er will Holle nicht verstimmen. »Gehen Sie doch«, sagt er bettelnd.

Da fällt Marie auf ihn herab, schwer. Ihr Mund streift auf sein Ohr, streift seine Backe, preßt sich auf seinen Mund. Saugt sich fest.

Er merkt, daß er sich nicht erheben kann, nicht wehren will. Er setzt seine Zähne in die Lippen des Mädchens. Körper brennt gegen Körper.

Der Kahn schwankt.

Reisiger kommt zu Bewußtsein.

»Na, nun geh doch endlich zu deinem Peter«, sagt er hart und schiebt Marie von sich weg zu Holle hin.

Er nimmt gleichzeitig die Ruder und zieht an –

Holle hat nichts begriffen: »Na, Marie, traurig«, sagt er. »Ja, ja, der Krieg ...«

Reisiger rudert kräftiger.

Stimme des Mädchens, fast wie ein Weinen: »Olala, c'est la guerre. Grande malheur pour nous et pour vous et pour tout le monde.«

Holle gibt die Unterhaltung auf. Er nimmt eine Mundharmonika aus der Tasche und spielt.

Marie hat eine Hand ins Wasser fallen lassen und schleift sie nach, daß die Wellen ihr bis zum Ellbogen schlagen.

»Wollen wir noch nach Lens?« fragt Reisiger.

Holle gähnt: »Ach, laß man heute. Wir steigen aus. Marie muß auch nach Haus, sonst plärrt die Alte.«

Sie landen. Marie huscht ab: »Adieu, Pierre, au revoir, au revoir, monsieur.«

Dann kommt das andere Boot. Lens läge unter dickem Feuer, sie hätten die Nase voll.

Alle gehen zurück ins Dorf.

Reisiger taumelt. Daß eine einzige Begegnung mich so sehr aus dem Gleichgewicht bringen kann, denkt er. Ein Mädchen, ein Mädchen – so sehr mich aus dem Gleichgewicht – ein Mädchen, mich geküßt – Marie, ich muß doch gleich – ich müßte doch heute nacht – Himmel, was ist denn, was ist denn Krieg, was soll denn Krieg, wo ein Mädchen mich geküßt hat, ein Mädchen – ich geküßt habe ... Ich möchte einmal ein Mädchen – einmal – und dabei ist Krieg und dabei brennt da vorn die ganze Hölle – Wenn das doch bloß nicht uns gilt, denn jetzt sterben –

– Und dann lagen Rabs und Reisiger im Chausseegraben vor dem ersten Haus von Annay und sahen sich den zuckenden Himmel an.

Unmöglich zu sprechen. Beide dachten das gleiche, dieses: bloß nicht uns! Sie sprachen es nicht aus. Sie merkten kaum, daß sich allmählich viele Dorfbewohner hier gesammelt hatten.

Flüsternde Stimmen. Jetzt schlug das Feuer direkt in Lens ein. Man sah zuweilen, daß sich schwarze Giebel scharf gegen den Himmel abzeichneten. Einmal schien es, als ob die Kathedrale brenne. Da: der Turm, das Dach, mit Funken übersät. Und eine Flamme, die bis in die Wolken greift.

Dann kläfften Maschinengewehre. »Da vorn werden Erbsen gekocht«, sagte eine Stimme.

Reisiger horchte. Einen besseren Vergleich gibt es nicht; ein unermüdliches Brodeln, eine Welle von aufgereihten scharfen bissigen Schlägen. Aber es kam kein Alarmbefehl.

Hollert war erschienen: »Ach Quatsch, das geht uns gar nichts an!« Dann schrie er in die Dorf Straße hinein: »Futtermeister, Sie sorgen für eine anständige Stallwache. Ich werde geweckt, wenn was los ist. Telephon in der Schreibstube braucht nicht extra besetzt zu bleiben. Aber der Batterieschreiber soll sich die Kopfhörer um die Löffel schnallen, wenn er schlafen geht.« Er verschwand brummend.

Allmählich leerte sich die Dorfstraße. Das Feuer da vorn läßt nicht nach. Aber man kanns ja doch nicht ändern ...

Rabs und Reisiger gingen auch.

Rabs schlief sofort ein. Reisiger lag wach: Marie, ein Mädchen, Marie, ein Mädchen ...

Was ist los? Auf der Treppe poltert es doch? »Rabs!«

Als Reisiger ein Streichholz anriß, öffnete sich die Tür. Der Batterieschreiber: »Befehl vom Hauptmann: sofort in Feuerstellung kommen.«

– Sie setzten sich in Marsch. Als sie in Lens ankamen, war der Feuerüberfall zu Ende. Die Stadt lag in schwüler Ruhe.

Nur auf Loretto zuckte der Brand unaufhörlich. Sie sahen das glühende Massiv. Sie drückten sich an den Häusern entlang, durchkrochen die Straßen.

Reisiger dachte an seinen Traum, dachte: Lorettohöhe, dachte: Souchez, Carency, Givenchy. Ihn fror einen Augenblick. Aber dann dachte er weiter: Loos, und war beruhigt.

2 Uhr 20 morgens trafen sie in der Feuerstellung ein. Alles schlief. Der Posten gab ihnen den Befehl von Leutnant Fricke, in der Batterie das Telephon zu übernehmen. Fricke selbst sei heute statt Steuwer im Offiziersunterstand der Stellung. Man solle ihn wecken, wenn etwas Verdächtiges los sei.

Der Fernsprechunterstand der Batterie war im Keller des Hauses neben dem Dritten Geschütz. Die beiden Telephonisten schliefen bei brennender Kerze. Sie waren vergnügt, als Rabs und Reisiger sie ablösten.

Siebentes Kapitel

1

Reisiger drängte sich dazu, die erste Fernsprecherwache zu übernehmen. So, glaubte er, könne er am schnellsten die Traurigkeit verscheuchen, die in ihm saß. Rabs legte sich aufs Stroh, schlief ein.

Reisiger macht Leitungsproben. »Zentrale!« – Leitung in Ordnung. Am Hörer Kriegsfreiwilliger Brinkmeier. Sie begrüßen sich: »Ihr habt Schwein gehabt, daß ihr bei den Protzen wart, hier vorn ist allerhand los.«

»Es ist doch überall Ruhe?«

»In den letzten beiden Stunden, ja. Aber wir haben ziemliche Dinger hierher bekommen in die Nähe der Zentrale. Und der Franzmann hat die Grabenbeobachtung in Klump geschossen.« Reisiger ist erschrocken. Grabenbeobachtung? Hat es Verluste gegeben?

»Nein. Unteroffizier Karl war vorn. Als die Bande die Stellung bepflasterte, ging er zum Kompagnieführer, um die Wünsche der Infanterie einzuholen. Und als er wieder zurückkam, war die Bude Kleinholz. Und alles futsch, Mantel, Verpflegung, Telephonapparat.« – Brinkmeier lachte.

»Na, und wo ist jetzt die Beobachtungsstelle?«

»Im Panzerturm, gleich hinter dem Haus von Mosel. Da liegt ein gutes Kabel, aber rufen Sie lieber nicht an, der Hauptmann ist selber vorn. – Na, auf Wiedersehen.«

Reisiger legt den Hörer auf. »Du, Rabs, unsere Beobachtungsstelle ist kaputt. Also die Sorge sind wir los, daß wir morgen früh wieder hintippeln müssen.«

Rabs hat kein Interesse an Unterhaltungen. Er brummt und rollt sich auf den Bauch.

Reisiger blättert im Fernsprechbuch, das vor ihm liegt. Alle ein- und ausgehenden Fernsprüche müssen hier mit genauen Zeitangaben notiert werden. Das ist neuerdings so Mode.

Er schreibt: »25. September 1915«; darunter: »2.20 Uhr früh, Ablösung Kanonier Rabs und Reisiger.«

Er schlägt die Seite zurück, um sich über die letzten Meldungen zu orientieren.

Donnerwetter, da muß allerdings allerhand los gewesen sein. Er liest:

»24.9.15: 10.5 Uhr abends, Meldung an Abteilung: Feind hält Vorgelände seit einigen Stunden unter lebhaftem Feuer. I/96 erwiderte das Feuer von etwa 9 Uhr abends bis 10. Dabei wurde erkannte feindliche Batterie am Südausgang von Loos zum Schweigen gebracht, gez. Fricke, I/96.«

»11 Uhr abends. Fernspruch Hauptmann Mosel an Fricke: Karl hat gemeldet, daß Grabenbeobachtung eingeschossen ist. Soll sofort einen Unteroffizier zum Offiziersquartier schicken. Leutnant Steuwer bezieht mit diesem die Beobachtung Panzerturm.«

Reisiger versucht Rabs zu wecken, ruft mehrmals seinen Namen. Keine Antwort. Er liest weiter:

»11.20 Uhr: Meldung an Hptm. M.: Batterie hat soeben von 2. L.M.K. 417 Granaten und 388 Schrapnells bekommen, gez. Burghardt.«

»25.9.15: 12.10 Uhr früh. An alle Batterien F.A. 96: Infanterie meldet soeben, daß Horchposten im Abschnitt Loos starke Bewegung in den Gräben und lebhaften Zugverkehr im Hinterland festgestellt haben. Erhöhte Feuerbereitschaft für alle Batterien befohlen. – F.A.R. 96.«

»12.40 Uhr: Herr Hauptmann läßt Herrn Leutnant Fricke sagen, daß er sich auf die Beobachtung Panzerturm begeben hat. Herr Leutnant Fricke soll für erhöhte Wachsamkeit der Posten sorgen.«

Da summt das Telephon. Es spricht Beobachtung Panzerturm: »Hier Unteroffizier Karl – ach, Reisiger, Sie sind da – Ich wollte nur die Verbindung prüfen.«

Er hängt ab. Ein bißchen mehr, denkt Reisiger, hätte er auch sagen können. Dann nimmt er wieder das Buch zur Hand.

»25.9. 1.50 früh. Meldung an Division: Offizierspatrouille hat 1 Uhr nachts festgestellt, daß Feind Drahtverhaue vor Gräben weggeräumt hat.«

»1.55 Uhr. Regimentsbefehl: Die in Ruhe befindlichen Kanoniere sämtlicher Batterien sind sofort in die Feuerstellungen zu kommandieren. F.A.R. 96.«

»2.2 Uhr. Leutnant Fricke soll weitergeben: Die Protzen von I/96 sind sofort zu alarmieren, bleiben aber einstweilen angespannt in Annay. Wachtmeister soll Pferde von Hptm. Mosel und Ltn. Steuwer mit Burschen zum Offiziersquartier schicken, außerdem sofort zwei Meldereiter zur Feuerstellung, gez. Mosel.«

Reisiger sieht nach der Uhr. Es ist kurz nach 3. Er hat also noch eine Stunde Zeit, bevor Rabs ihn ablösen muß. Was tun? Irgend etwas ist nicht ganz geheuer. Andererseits ist jetzt auf der ganzen Front Ruhe. An einen Angriff kann man eigentlich nicht glauben. Er zündet sich eine Zigarette an und schreibt einen Brief nach Hause. Zwischendurch ruft noch mehrmals das Telephon: Jedesmal denkt er, irgendeine interessante Nachricht erwischen zu können, aber es handelt sich immer wieder nur um Leitungsproben. Schließlich fragt er im Panzerturm um Neuigkeiten an. Unteroffizier Karl flüstert, er könne nicht viel erzählen, der Hauptmann hätte sich einen Augenblick hingelegt, aber es sei auch nichts los.

4 Uhr. Reisiger ist müde geworden. Ihn friert. Er geht zur Tür und spannt die Zeltbahn vor der Öffnung fester in den Rahmen. Er sieht einen Augenblick ins Freie. Es dämmert schon, man kann die Häuser von Lens erkennen.

Die Batterieposten hacken mit lauten Schritten die Straße.

Wie er sich wieder hinsetzen will, werden die Schritte schneller. Was ist?

Da reißt der eine Posten die Zeltbahn herunter und schreit: »Rote Leuchtkugeln!«

Und überall schreien Stimmen: »Rote Leuchtkugeln!«

Gleichzeitig summt das Telephon wie irr.

Reisiger nimmt den Hörer ab, gibt Rabs mit dem Fuß einen Tritt, hört Panzerturm, Unteroffizier Karl, kalt und ruhig: »Batterie an die Geschütze!«

Er wirft den Hörer auf den Tisch: »Rabs, geh du an den Apparat.« Kellertreppe hinauf, »Batterie an die Geschütze«, in das Zimmer des Unteroffiziers gebrüllt, zum ersten Stock hinauf, lauter dasselbe Kommando, Treppe herunter und auf die Straße: »Batterie an die Geschütze!«

Er ist noch nicht wieder unten im Fernsprechkeller, da erscheint Leutnant Fricke: »Melden Sie: Batterie feuerbereit!«

Eine Sekunde später vom Panzerturm her: »Ganze Batterie Sperrfeuer!«

Batterie schießt. Die Häuser wackeln, Kalk knistert an den Kellerwänden.

Rabs: »Herr Hauptmann läßt fragen, ob die Batterie Feuer bekommt?«

Fricke geht an den Apparat: »Ich möchte Herrn Hauptmann selber sprechen.«

Mosels Stimme ist so laut, daß Rabs und Reisiger jedes Wort verstehen.

»Hörst du? – Angriff«, sagt Rabs. Beide lauschen wieder. »Donnerwetter auf der ganzen Front, hast du gehört, Rabs? – Aber unsere Batterie pulvert ja nicht schlecht!«

In den Keller springt vom Hausflur aus ein Mann: »Herr Leutnant, wir kriegen Feuer, zwei Schüsse lagen direkt vor dem 6. Geschütz.«

Fricke unterbricht einen Augenblick das Gespräch mit dem Hauptmann. »Batterie feuert weiter!« – Dann: »Herr Hauptmann, Schüsse des Feindes liegen in der Stellung.«

Darauf reagiert der Hauptmann nicht.

Man hört: »Herr Leutnant, Batterie soll schneller feuern und die Entfernung –«

»Schneller feuern?« brüllt Fricke. Dann wird er nervös: »Hallo, hallo – aus – Herrgottsakrament, ist denn euer verfluchter Apparat nicht in Ordnung, steht doch nicht herum, ihr blöden Affen.« Knallt den Hörer auf den Tisch: »Ich muß die Verbindung mit der Beobachtungsstelle wieder haben.«

Reisiger und Rabs untersuchen den Apparat. Alles in Ordnung. Aber drüben antwortet keiner. Also: die Leitung ist zerschossen.

»Dann schert euch gefälligst –« das ganze Haus fährt unter einem dumpfen Krach zusammen – »dann schert euch gefälligst sofort auf Leitungspatrouille. Ohne Telephon sitzen wir doch hier, verdammt noch mal, in einer Mausefalle. Was sollen wir denn –«

Ein neuer Krach hebt das Haus, daß der Erdboden des Kellers sich schräg stellt. Holz splittert. Güsse von zersprungenen Fensterscheiben schütten auf das Pflaster.

Rabs und Reisiger sind durch die Wut des Leutnants und durch die beiden Einschläge verwirrt. Endlich schnallen sie das Koppel um und nehmen das Prüfungsgerät.

»Beeilt euch«, sagt Fricke etwas sanfter und schiebt sie nach der Straße zu vor sich her.

Im gleichen Augenblick schlägt eine schwarze Wolke ihnen

entgegen. Ein Luftdruck haut sie an die Wand, sie taumeln zurück.

»Verdammt noch mal«, knirscht Fricke. »Dann müßt ihr versuchen, vorn an den Flinten vorbeizukommen.«

Sie gehen alle drei die Kellertreppe hinauf und treten auf den Hof. Vor ihnen im Waschhäuschen dampft das Dritte Geschütz. Das Dach ist abgerissen, die Ziegel liegen zwischen den Kanonieren. Das Geschütz feuert mit der Präzision der Maschine.

Fricke geht zu Burghardt, schreit ihm ins Ohr: »Ich habe keine Verbindung mit dem Hauptmann.«

Burghardt schreit zurück: »Dann müssen die Fernsprecher auf Leitungspatrouille; einen würde ich aber unten amApparat lassen, vielleicht schickt Herr Hauptmann selber einen Trupp aus.«

Fricke winkt Rabs: »Ab!«

Rabs springt in langen Sätzen geduckt aus der Stellung.

Reisiger geht allein in den Keller zurück.

Es ist unheimlich, allein zu sein. Oben wird man wenigstens vom Lärm und vom Qualm betäubt und weiß, was Freund und Feind ist. Hier unten ist nur sinnloses Trommeln.

Das Telephon summt.

Wieso summt das Telephon? Das ist doch kaputt. Er nimmt den Hörer ab und meldet lächerlich korrekt: »Hier Dritte Batterie F.A.R. 96.«

Hauptmann Mosel, kaum noch zu erkennen, kaum noch menschlich, überbrüllt sich: »Gasangriff!«

2

Immer ist ein feines Pfeifen in der Luft. Und von der Tiefe des Feldbanges, der sich hinuntersenkt gegen das Tal, klingt ununterbrochen ein lustiges Knallen herauf, als stände da drunten die Schießstätte des Münchner Oktoberfestes.

(Ludwig Ganghofer, »Reise zur deutschen Front 1915«)

Hauptmann Mosel steht am Scherenfernrohr im Panzerturm. Warum er soeben »Gasangriff« ins Telephon gebrüllt hatte, ist ihm nicht klar. Unterbewußtsein? Er begreift, versteht, übersieht im Augenblick durchaus nicht, was geschah und um was es geht. Gewiß, der Feind hatte die Gräben beschossen. Aber das war nichts Neues. Und es galt nicht einmal der Infanterie; die Mehrzahl der Schüsse sausten ja nach Lens hinüber. Gasangriff? Wieso?

Aber – – aber nun? Hört man nicht sehr deutlich ein scharfes pfeifendes Zischen?

Er preßt seine Augen an das Scherenfernrohr. Was, um Gottes willen, geschieht? – Deutlich sichtbar steigen unmittelbar vor der ersten feindlichen Linie geballte weiße Wölkchen auf, eins neben dem andern.

Und das Zischen? Ja! Immer deutlich das Zischen!

Die weißen Bällchen schieben sich über dem Erdboden ineinander, bilden schließlich vor dem ersten Graben des Feindes einen dicken schwer wogenden Vorhang.

Sieht denn das die Infanterie nicht?

Er nimmt die Augen vom Glas und rollt über sich die Klappe des Panzerturms ein wenig beiseite. Er horcht.

Immer nur das Zischen. Immer nur das Zischen.

Die Infanterie schießt nicht.

Es ist Totenstille.

Er reißt die Klappe des Panzerturms wieder zu.

»Karl, draußen ist eine unverständliche Stille – sehen Sie mal durchs Scherenfernrohr.«

Und während der Unteroffizier sich aufrichtet: »Wenn doch bloß die Infanterie schießen wollte! Scheißer!«

Karl hat die Augen am Glas. Nach einer Weile dreht er sich gelähmt um und nickt militärisch: »Herr Hauptmann können es glauben – Gasangriff.«

Das bringt Mosel wieder zur Besinnung. Er schiebt Karl beiseite. Die Wolke ist dichter geworden. Sie liegt jetzt wie eine Mauer auf der Erde. Nein, sie liegt nicht, sie kriecht. Sie kriecht langsam heran.

»Es hat keinen Sinn, daß unsere Batterie immer noch in den feindlichen Graben schießt. Telephonieren Sie: Schnellfeuer Zwölfhundert.«

Batterie! Niemand meldet sich. »Die Leitung ist schon wieder zerschossen, Herr Hauptmann.«

Die Wolke kommt näher.

Wenn man um des Himmels willen feststellen könnte, was hinter der Wolke los ist?

»Haben wir denn wenigstens Verbindung nach vorn? Es ist ja unbegreiflich, daß die Infanterie nicht schießt, Karl.«

Der Unteroffizier ruft an. – Keine Antwort.

Was tun? Was tun, was tun?

Da hebt Karl den Finger: »Herr Hauptmann, jetzt schießen sie.«

Ja, die Infanterie schießt. Es prasselt. Es knattert und pfeift. Mosel wird elastisch und fröhlich. Blickt durchs Scherenfernrohr: »Aber heftig schießt die Infanterie!« Er sieht, wie die Mannschaften vor dem Graben stehend die Flinte immer wieder an die Backe reißen, andere feuern kniend, andere haben sich bis zum Bauchnabel aus der Brustwehr gehoben, schwingen Handgranaten.

Das Toben der Hölle bricht los.

Bravo, großartig, denkt Mosel, jetzt kriegt die Sache endlich den richtigen Schwung.

Nur – die Wolke? Halblaut: »Die verfluchte Schweinerei ist bloß, Karl, daß man die Wolke nicht zerschießen kann. Sie ist bald am Graben, höchstens noch 5 Meter – die ganzen verfluchten deutschen Batterien schießen sinnlos 600 Meter oder was weiß ich wie weit hinter das Gas.« Er reißt sich mit einem Ruck vom Scherenfernrohr weg: »Wir müssen in die Feuerstellung. Los, versuchen, daß wir unsere Pferde kriegen! Scherenfernrohr abbauen! Telephon mitnehmen! – Los!«

Karl: »Aber Leutnant Steuwer ist ja noch bei der Infanterie …«

»Darauf können wir nicht warten. Er wird sich schon selber helfen.«

Wie sie aus der kleinen Öffnung des Panzerturms herauskriechen, hören sie das pfeifende Zischen schärfer. Mosel sieht über den Laufgraben, zieht den Kopf ein: »Wenn wir nicht im Galopp die Batterie erreichen, ist die Gaswolke eher da als wir.«

Sie rennen hintereinander her. Der Annäherungsgraben ist zu Ende. Sie springen heraus.

Hier standen gestern sechs leidlich unversehrte Häuser. Jetzt sind sie ein Feuerherd, aus dem Flammen schlagen.

Weiter! Wenn die Hunde bloß nicht die Pferde erschossen haben!

Vorbei an der Fernsprechzentrale.

Mosel ist in Versuchung, hineinzuspringen. Dort sitzen ja auch von I/96 einige Kanoniere.

Aber es genügt ein Blick: Der schwere betonierte Keller ist eingedrückt. – Also alle tot, denkt er.

Drüben das Offiziersquartier.

Es hat kein Dach mehr. Das Haus ist bis auf den Keller durchschlagen, trotzdem die Barrikade noch steht.

In der einen Ecke des Trümmerfeldes hockt eine Kommode mit grüner Plüschdecke. Darauf liegt ein Bild mit Rahmen: Mosels Frau.

Sinnlos.

Ein Sprung – das Haus ist erreicht. Gott sei Dank, hinter der Barrikade stehen Burschen und Pferde.

»Herr Hauptmann, so ein Feuer haben wir effektiv noch nicht gehabt.« Mosel reißt ein Pferd an der Kandare herum, zieht sich in den Sattel, galoppiert ab.

4

Dem Soldaten ist das kalte Eisen in die Faust gegeben, und er soll es führen ohne Schwächlichkeit und Weichlichkeit. Der Soldat soll totschießen, soll dem Feinde das Bajonett in die Rippen bohren, soll die sausende Klinge auf den Gegner schmettern, das ist seine heilige Pflicht, ja, das ist sein Gottesdienst.
(»In Gottes Namen durch« von Divisionspfarrer Lic. Schettler, Verlag Karl Siegismund, Leipzig 1915)

Hauptmann Mosel reitet:

Ja, ja, mein Junge, dir ist der Krieg wohl auch schon ungewohnt, komm, bleib hier, bocken gilt nicht. Nein, nein, hier
links um die Ecke. So, also gut Galopp. Aber wenn du dir das
Bein brichst, hab ich keine Schuld, merk dir das gefälligst.
Donnerwetter, ein anständiges Kaliber. Bums, da sitzt er. Verflucht noch mal, macht der Rauch. Ruhig, ruhig, du bist ja
ganz naß geschwitzt. Au, auf ein Haar. Na, siehst du, da ist ja
schon der Bahndamm. Ach, das Haus von Mademoiselle Lilli
brennt nun auch, Gott sei Dank. Ich möchte wissen, was die
Bengels für einen Gefallen dran finden, ihren eigenen Lands-
leuten das Dach über dem Kopf – Himmelherrgottsakrament!
Nee, hier kommen wir nicht weiter. So, warte mal, nun komm,
sei ruhig. Jawohl, du bist ein schönes Pferd. So, sei ruhig, wir
bleiben hier hinter dem Giebel stehen, bis die Affen ihre lächerlichen Flinten woandershin gerichtet haben. Da wieder
eine Lage. Au, der ging zwischen die Telephondrähte. Ach, und
da standen noch Zwiebeln im Garten. Ja, ja, c'est la guerre.
Herrgott noch mal, wo bleibt denn Steuwer? Schließlich haben sie den noch gewischt. Leutnant Steuwer! Sei doch nicht
so nervös. Ach, daran gewöhnt man sich. Na, schlag nicht so
mit dem Kopf. So, also komm schon, jetzt reiten wir einen
anständigen Galopp bis zur Batterie. Freies Feld. Vielleicht ist
es doch besser, im Chausseegraben zu kriegen. Du lieber Gott,
natürlich ist das Gas. Sieht widerlich aus. Jetzt ist aber wirklich
Eile. Wenn die Kerls bloß den Atemschützer vor die Schnauze
gebunden haben. Um Gottes willen, die Wolke ist schon bis an
die Sechste Batterie. Arme Jungens. Unverständlich, daß die
Infanterie keine Reserve hier hat. Mit ein paar M.G.s ist der
Laden zu schmeißen. Das Gas giftig? Wäre schon eine Sauerei.
Los jetzt. Nein, du darfst nicht so bocken. So ist gut, Kopf
geradeaus, siehst du, das ist ein anständiger Galopp. Herrgott,
die Häuser in der Feuerstellung brennen. Ja, mein Junge, und
wenn es das Leben kostet, das hilft nichts. Und die Wolke
kommt immer näher. Wenn man bloß wüßte, was das für ein
widerliches gelbes Zeug ist. Atemschützer, ob ich selber mei-

nen umbinde? Schließlich doch zu albern. Nanu, wo ist denn das Bahnwärterhäuschen? Donnerwetter, weggepustet. Geh Schritt, hier kommt ja kein Mensch durch. Sieh an, die Aasbande schießt mit Maschinengewehren. Nee, warte mal, hier ist es brenzlig. So, komm. Na, hab doch keine Angst. Gleich sind wir da. Donnerwetter, daß die Affen gerade immer auf die Straße schießen müssen. Soll ich den Gaul laufen lassen? Steuwer? Der hat doch sonst keine Angst? Aha! Na, der hat Glück gehabt. Das war bestimmt kein Meter vor ihm. Steuwer, sieh da, mit Schnurrbartbinde. Die Küken sind immer schlauer als die Henne. Verflucht noch mal, das ist ja fast, als ob der Franzmann direkt richtet. Und wie das stinkt. Die Infanteristen sagen Krakauer dazu. Krakauer, eigentlich ein sehr nettes Wort, Krakauer. Poesie des Krieges, albern, außerdem haben wir ja wirklich andere Sorgen. Ja, lieber Fritz, wir trennen uns hier, wenn die Herren Burschen hinterherkommen, werden sie dich ja auffangen. Tut mir leid. Auf Wiedersehen. Eigentlich nicht sehr fein. Ich möchte ja überhaupt wissen, was so ein Pferd sich im Krieg denkt. Und nun sogar Gasangriff. Gasangriff. Herrgott ja, Gasangriff. Die Sechste Batterie schießt nicht mehr. Ja, das ist doch undenkbar. Gut, daß meine schießt.

Zwölfhundert, na wenn das man noch langt. Aber Fricke ist ja kein Esel. Zwölfhundert, zwölfhundert, das war vor einer Viertelstunde, oder vor einer halben, aber wenn der Franzmann rennen kann, dann könnte er ... Blöde Hunde! Wenn mich jetzt jemand sieht, aber was soll man machen? Immer rin mit der Nase in den Dreck, besser als, na Gott sei Dank, gleich werden wir die Sache regeln. »Wo ist Leutnant Fricke, Posten?« Ach schade um den armen Kerl. Einer von den Alten. Na, der hats besser als wir, hat keine Sorgen mehr. Aber blaß im Gesicht. Wir dürfen nicht vergessen, nachher seine Stiefeln auszuziehen. Wachtmeisterhaus brennt ja auch. Wo ist denn Leutnant Fricke?

6

Mosel springt mit einem Satz über den toten Posten hinweg.

143

Ein Blick nach rechts, nach links. Über dem Fernsprechunterstand ist das Haus bis auf die Grundmauern zusammengeschossen. Aber sonst? –

Gott sei Dank, Batterie ist noch im Schnellfeuer. Wachtmeister Burghardt kommt: »Herr Hauptmann, wir schießen auf 800, ich habe das Kommando selbständig gegeben. Fernsprechunterstand mit Leutnant Fricke und Kanonier Reisiger ist verschüttet. Ich habe keine Leute, um nachzugraben.«

Er macht eine verlegene Handbewegung. Mosel versteht.

Weg mit dem Pferd, soll es laufen, wohin es will.

Und aufrecht an den Geschützen entlang durch die Feuerstellung.

Die Bedienung vom linken Flügelgeschütz ist vollzählig, schießt, läßt sich nicht stören.

Beim nächsten Geschütz geht das Schießen langsamer. Auf dem Richtsitz hockt der Unteroffizier, auf dem Ladesitz ein alter Kanonier. Die beiden Menschen bedienen vollkommen allein. Die drei anderen liegen in einem Haufen neben dem Lafettenschwanz.

Mosel tritt vorsichtig darüber hinweg.

Fünftes und Sechstes Geschütz scheinen vollzählig zu sein. Nein. Der Unteroffizier Lahne liegt neben Rad des Sechsten mit aufgerissenem Leib. Aber geschossen wird.

Erstes und Zweites Geschütz sind in Ordnung.

»Wachtmeister, wir können doch nicht ohne Beobachtung immer auf 800 weiterschießen. Habt ihr denn gar keine Verbindung?«

Burghardt kommt nicht zur Antwort. Halbrechts vor der Batterie tauchen Gestalten auf, die heftig mit weißen Tüchern winken. »Herr Hauptmann!«

Mosel reißt das Glas an die Augen: Es sind Deutsche, sie kommen mit langen Sprüngen näher. Nach einer Weile: Es sind deutsche Artilleristen.

»Batterie Feuerpause!« Ja, um Gottes willen, schießen wir denn auf unsere eigenen Soldaten?

»Herr Hauptmann, das sind Kanoniere der Sechsten Batterie.«

Aus der Gruppe der winkenden Menschen stürzt ein Unteroffizier: »Herr Hauptmann, der Feind ist durchgebrochen. Wir sind die einzigen, die er nicht geschnappt hat. Das Gas ist an allem schuld.«

Das Gas? Ach, verflucht, das Gas! Jetzt sieht Mosel, daß eine weiße Wolke bis auf 400 Meter an die Feuerstellung herangekommen ist.

»Geschützführer, Geschütze sofort auf die Straße bringen!« Wie soll das geschehen? Die Räder stehen fußhoch im Geröll, dazwischen liegen die Toten.

Aber die 6. Batterie ist geschnappt und die Gaswolke wandert, und es muß gelingen.

An jedes einzelne Geschütz alle Mannschaften! Mit Langtauen ziehen, mit Spitzhacken Bahn frei machen!

Die Gaswolke kommt näher!

Es gelingt. Nur die dritte Flinte will nicht weichen. Sie steht wie einbetoniert zwischen den Resten des zusammengesackten Hauses.

Man versucht es immer wieder. Eben spannen sich Burghardt und Mosel mit ins Tau. Da schlägt ein prasselnder Hagel auf das Schutzschild. Maschinengewehr!

Maschinengewehr, Maschinengewehr? Dann ist der Feind nicht nur vorn durchgebrochen, dann muß er in wenigen Minuten die Gaswolke zerreißen und in die Feuerstellung einfallen.

Alles liegt platt auf der Erde. Es sirrt über sie hinweg, klatscht auf die Steintrümmer. Noch eine Weile, noch eine Weile, verflucht dieses Sirren.

Da biegt Leutnant Steuwer keuchend um die Ecke am rechten Flügel. Er kriecht auf allen vieren heran. »Höchste Zeit«, schreit Mosel durch die gewölbten Hände. »Ich rücke mit den Geschützen, die wir herausgekriegt haben, Richtung Lens ab. Sie sorgen dafür, daß die Flinte hier zerstört wird. Alles folgt mir, bis auf drei Mann, die mit dem Leutnant die Karre hier in Klump hauen.«

Wie Kaninchen huppen sie ab, einer hinter dem andern, verschwinden.

Steuwer schlägt mit einer Spitzhacke aufs Rohr des Geschützes. Die Hacke biegt sich krumm. Er wird blau vor Wut. Dann mit Gott den Verschluß raus. Er zerrt am Verschluß und haut ihn in den Dreck. Die Kanoniere schaufeln Sand und Steine ins Rohr. So, gut besorgt. Aus der Mündung kommt kein Schuß mehr.

Und ab, den andern nach. Sie springen über die Haustrümmer, stehen nun gedeckt auf der Straße.

Alle Häuser brennen. Die zersplitterten Fensterscheiben sehen wir Goldpapier aus. Schweinerei, adieu Bett und Tornister und Decke und Freßgeschirr.

Am letzten Giebel rechts hält der Meldereiter der Protzen, das Pferd am Halfter. Gerade zerspringt ein Schrapnell über ihnen. Der Gaul steckt den Kopf zwischen die Beine. Ehe der weiße Rauch abzieht, klatscht der zweite Schuß. Hier, solange die Häuser noch stehen, ist gegen Schrapnells alles leidlich gedeckt. Eine zusammengepferchte Herde hockt die Batterie beieinander.

Dritter, vierter Schuß.

Jetzt wirds dem Hauptmann zu dumm. »Wir müssen schießen! – Geschützführer!«

Und als sie um ihn knien: »Die Geschützführer handeln selbständig! Wir müssen zum Schuß kommen. Aufstellung Straße nach Lens, möglichst an Häusern gedeckt. Packt so viel Munition auf die Lafetten, wie ihr fahren könnt!«

Also noch einmal vor die brennende Stellung. Munitionskörbe wandern von Hand zu Hand. Dann: »Kanoniere an die Geschütze! Abschieben!« Die Geschütze fahren an.

Mosel und Steuwer vorweg. »Protzen holen«, brüllt der Hauptmann zum Meldereiter. Der galoppiert gestreckt ab.

Die beiden Offiziere hinter ihm her. Sie laufen geduckt. Wie sie die Lenser Straße erreichen, jaulen überall Detonationen auf. Hinlegen, auf, bis endlich ein Hausflur zu fassen ist. Deckung. »Wie sollen bloß die Geschütze bis hierher kommen?« Mosel sieht die Straße herauf.

Es glückt. Schon biegt das erste Geschütz auf die Straße ein. Ein Kanonier trägt auf der Schulter den Lafettenschwanz, die andern schieben an den Sitzen und an den Radnarben. Bravo. Kein Mensch denkt an das feindliche Feuer. »Steuwer, die Batterie ist glänzend!«

Und nun die andern Geschütze. Schnell, schnell, ein paar hundert Schritt, dann werden wir zeigen, daß wir noch hier sind!

Der Führer des ersten Geschützes springt hoch. Das Blut schüttet aus seinem Mund. Schade.

Aber die andern machen einen kleinen Bogen um ihn, kommen näher.

Die beiden Offiziere haben die Deckung verlassen, gehen neben ihnen.

Die Schrapnells liegen viel zu weit jetzt und zu hoch. Sie sind harmlos.

Im Sturmschritt kommt Infanterie von Lens her ihnen entgegen. Zwei lange Reihen, an die Häuser gedrückt, Gewehr schußbereit im Arm.

Sie beachten einander nicht.

Endlich: »Batterie halt. So, Jungs, jetzt könnt ihr schießen!«

Zwei Geschütze stehen an der rechten, drei an der linken Straßenseite, eng gestaffelt. An einem Richtsitz hockt Mosel, drüben, bei der andern Gruppe, Steuwer.

Alle Augen lauern.

Das Artilleriefeuer des Feindes ist von der Straße verschwunden. Es scheint um die Kirche von Lens vereinigt. Von dort her bellt es ununterbrochen.

Die Ruhe im Vorfeld martert. Irgend etwas muß doch geschehen. Das Gas muß doch sichtbar werden. Oder die Infanterie, die eben vorging, muß zurückkommen. Oder der Feind muß endlich erscheinen.

Nichts geschieht. – Warten.

Die Batterie wartet, eine Minute ist eine Stunde. Wartet zehn Minuten.

Dann ist das Gas da. Ja, ist es das Gas? Ein dünner Nebel kriecht in die Straßenmündung.

Mosel reißt das Fernglas hoch. Schreit: »Atemschützer anlegen!«

Die Mullbinden werden umgebunden.

Das ist das Gas? Alle Augen saugen sich an der Wolke fest.

Unruhig ist sie. Sie schwankt, schaukelt, schwappt an manchen Stellen hoch, eine Gardine im Wind. Sie zerreißt.

»Herr Hauptmann!« Es erscheinen gedrängt Gruppen von Menschen.

Jetzt kommt unsere Infanterie zurück? Vereinzelt? Dann wird es wohl –

Mosel hat das Glas noch an den Augen. Nun brüllt er, kochend: »Jungs, das ist der Feind! Engländer! Aufsatz tief – aber nur schießen, wenn ihr ordentlich einbauen könnt, Munition sparen!«

Richten, richten, richten!

»Schuß!«

Da fliegt eine ganze Gruppe von Menschen in die Luft. Vom ersten Schuß.

Alle Augen fressen sich fest an dieser Gruppe. Ein Engländer liegt noch in den Knien. Man sieht deutlich, daß er aufsteht. Dann fällt er, wie er zurückspringen will, mit dem Gesicht auf die Steine.

Eine neue Gruppe ist sichtbar.

Nun beginnt eine Jagd. Schuß! Schuß!

Die Geschütze werden eifersüchtig aufeinander. Bitte, ihr habt bereits, jetzt sind wir an der Reihe. Schuß!

Trotzdem stoppt der Feind nicht. Die Engländer scheinen fassungslos, denken nicht daran, selber zu schießen.

Moderner Schlachthof: man treibt Vieh in eine Gasse, breit am Anfang, dann enger, dann in den Tod, und keins kann zurück, weil das Drängen hinter ihm ist.

Und immer neue dichte Gruppen, immer neue. Jetzt sehen die vorderen endlich die toten Kameraden vor sich, wollen weichen. Aber hinter ihnen ist das Drängen. Der Wall über die Straße wird höher.

I/96 wird von Schuß zu Schuß lebhafter.

Hier ist keine Deckung nötig, keine Vorsicht, keine Furcht; alles wird wie auf dem Exerzierplatz behandelt: geradeaus vorgehende Infanterie!

Unfaßbar, daß das Ziel, lebende Menschen, sich ohne jede Gegenwehr abschießen läßt.

Endlich hat der Feind begriffen, woher der Tod kommt. Von halblinks, aus der Richtung der alten Feuerstellung, schlägt scharfes Maschinengewehrfeuer in die Batterie.

Flankenfeuer! Nun liegen die Kanoniere auf der Erde. Wenn man wüßte, wo das M.G. steht!

Mosel kriecht vor. Er versucht mehrmals, den Kopf zu heben. Aber die Kugeln rasieren das Gelände, ausgeschlossen, das Fernglas ans Auge zu heben. »Alles in Deckung! Nicht mehr Feuern!«

Und schon meckert ein zweites M.G. Da, von rechts, ein drittes.

Mosel kann nicht einmal die paar Schritt rückwärts bis zum ersten Geschütz. Man ist festgenagelt.

Warten.

Einer am dritten Geschütz gellt plötzlich: »Muuuutter!«

Nicht einmal helfen kann man ihm. Dabei schlägt er wild um sich, und man müßte ihn verbinden.

Alles wie festgenagelt. Wer den Kopf hebt, hat für immer genug.

Warten.

Plötzlich Lärm. Von Lens her. Mosel schielt zurück. Um Himmels willen, die Protzen kommen. Wenn die zwischen die M.G.s hier geraten, ist alles aus.

Die Protzen? Ja. Das Rasseln ist laut genug: alle hören es. Es gibt nur eins, um eine Rettung zu versuchen: jedes Geschütz einzeln noch mehr zurückziehen. Wer fällt, fällt.

Kommando. Es wird weitergeschrien: Zurück! Den Protzen entgegen. Und, wenn möglich, mit dem Taschentuch vorsichtig wedeln, daß Hollert es merkt.

Langsam, dicke Schildkröten, gehts mit den Geschützen rückwärts. An allen Rädern zerrt es, mit gestreckten Armen, schwer geruckt, um Zentimeter. Und Steuwer schlängelt sich, einen weißen Lappen zwischen den Zähnen, Nase beinahe im Rinnstein. Und gibt Signale.

Die Protzen halten!

Wenn nur die Garben der M.G.s nicht mitwandern.

Nein.

Batterie zurück, um Zentimeter. Dann, da die schweren Flinten ins Rollen gekommen sind, mit lebhafter Kraft um Meter. Und schnell mehr. Und schnell immer weiter rückwärts.

Protzen drücken sich an die Häuser zwei rechts, drei links.

Die M.G.s schlagen Staub auf, Steinsplitter, immer an der gleichen Stelle.

Und – »Aufprotzen!!« – »Nach – rückwärts. Batterie Trab!« Trab!

Da kommt um die Biegung der Hauptstraße der Regimentskommandeur. Mit Stab. Mosel meldet, auch für den Rest der Sechsten Batterie.

Kurze Überlegung: »I/96 bezieht Stellung dort im Garten, gedeckt. Beobachtung möglichst in Höhe der früheren Stellung. – Abwarten!«

Der Hauptmann gibt Steuwer den Befehl weiter. Da ist der Garten, hinter einem Holzzaun. Er wird eingeschlagen, Batterie galoppiert hinein, Geschütze heben Deckung aus, Protzen zurück auf Straße nach Annay. Telephonverbindung herstellen!

Vom Feind ist nichts mehr zu sehen. Er schweigt ganz. Die Gaswolke ist fort.

»Schade um die Sechste«, sagt der Kommandeur. »Das Regiment hat in den letzten Tagen viel geblutet. – Glauben Sie, daß wir die Geschütze retten können? Sorgen Sie heute nacht dafür, Herr Hauptmann Mosel.«

»Zu Befehl, Herr Oberstleutnant.«

»Und suchen Sie sich sofort eine Beobachtung. Und Leitung zum Stabsquartier legen lassen. Hinter der Kirche, im früheren Pionierkasino.«

Er verschwindet.

Mosel reitet der Batterie nach.

7

Generalstab 3. Bureau
Nr. 8.565
14. IX. 1915
Geheim.

An die kommandierenden Generäle:
Der Geist der Truppen und ihr Opfermut bilden die wichtigste Bindung des Angriffs. Der französische Soldat schlägt sich um so

tapferer, je besser er die Wichtigkeit der Angriffshandlungen begreift, woran er beteiligt ist, und je mehr er Vertrauen hat zu den von den Führern getroffenen Maßnahmen. Es ist deshalb notwendig, daß die Offiziere aller Grade von heute an ihre Untergebenen über die günstigen Bedingungen aufklären, unter denen der nächste Angriff der französischen Streitkräfte vor sich gehen wird. Folgende Punkte müssen allen bekannt sein:

1. Auf dem französischen Kriegsschauplatz zum Angriff zu schreiten, ist für uns eine Notwendigkeit, um die Deutschen aus Frankreich zu verjagen. Wir werden sowohl unsere seit zwölf Monaten unterjochten Volksgenossen befreien als auch dem Feinde den wertvollen Besitz unserer besetzten Gebiete entreißen. Außerdem wird ein glänzender Sieg über die Deutschen die neutralen Völker bestimmen, sich zu unseren Gunsten zu entscheiden, und den Feind zwingen, sein Vorgehen gegen die russische Armee zu verlangsamen, um unseren Angriffen entgegenzutreten.

2. Alles ist geschehen, daß dieser Angriff mit erheblichen Kräften und gewaltigen materiellen Mitteln unternommen werden kann. Der ohne Unterbrechung gesteigerte Wert der Verteidigungseinrichtungen in erster Linie, die immer größere Verwendung von Territorialtruppen an der Front, die Vermehrung der in Frankreich gelandeten englischen Streitkräfte haben dem Oberbefehlshaber erlaubt, eine große Anzahl von Divisionen aus der Front herauszuziehen und für den Angriff bereitzuhalten, deren Stärke der mehrerer Armeen gleichkommt. Diese Streitkräfte, ebenso wie die in der Front gehaltenen, verfügen über neue und vollständige Kriegsmittel. Die Zahl der Maschinengewehre ist mehr als verdoppelt. Die Feldkanonen, die nach Maßgabe ihrer Abnutzung durch neue Kanonen ersetzt worden sind, verfügen über einen bedeutenden Munitionsvorrat. Die Kraftwagenkolonnen sind vermehrt worden, sowohl zur Verpflegung als zur Truppenverschiebung. Die schwere Artillerie, das wichtigste Angriffsmittel, war der Gegenstand erheblicher Anstrengung. Eine beträchtliche Menge von Batterien schweren Kalibers ist mit Rücksicht auf die nächsten Angriffshandlungen vereinigt und vorbereitet worden. Der für jedes Geschütz vorgesehene tägliche Munitionssatz übertrifft den bisher jemals festgestellten größten Verbrauch.

3. Der gegenwärtige Zeitpunkt ist für einen allgemeinen Angriff

besonders günstig. Einerseits haben die Kitchener-Armeen ihre Landung in Frankreich beendet, und andererseits haben die Deutschen noch im letzten Moment von unserer Front Kräfte weggezogen, um sie an der russischen Front zu verwenden. Die Deutschen haben nur sehr dürftige Reserven hinter der dünnen Linie ihrer Grabenstellung.

4. Der Angriff soll ein allgemeiner sein. Er wird aus mehreren großen und gleichzeitigen Angriffen bestehen, die auf sehr großen Fronten vor sich gehen sollen. Die englischen Truppen werden mit bedeutenden Kräften daran teilnehmen. Auch die belgischen Truppen werden sich an den Angriffshandlungen beteiligen. Sobald der Feind erschüttert sein wird, werden die Truppen an den bis dahin untätig gehaltenen Teilen der Front ihrerseits angreifen, um die Unordnung zu vervollständigen und ihn zur Auflösung zu bringen. Es wird sich für alle Truppen, die angreifen, nicht darum handeln, die ersten feindlichen Gräben wegzunehmen, sondern ohne Ruhe Tag und Nacht durchzustoßen, über die zweite und dritte Linie bis in das freie Gelände. Die ganze Kavallerie wird an diesen Angriffen teilnehmen, um den Erfolg mit weitem Abstand vor der Infanterie auszunutzen. Die Gleichzeitigkeit der Angriffe, ihre Wucht und Ausdehnung werden den Feind hindern, seine Infanterie – und Artilleriereserven auf einen Punkt zu versammeln, wie er es im Norden von Arras tun konnte. Diese Umstände sichern den Erfolg.

Die Bekanntgabe dieser Mitteilungen an die Truppen wird nicht verfehlen, den Geist der Truppe zu der Höhe der Opfer zu erheben, die von ihr gefordert werden. Es ist daher unbedingt nötig, daß die Mitteilung mit Klugheit und Überzeugung geschieht.

gez. Joffre

8

Im Fernsprechkeller der verlassenen Stellung I/96 sitzen Leutnant Fricke und Reisiger.

Sie haben immer wieder versucht, durchzubrechen, sich zu befreien. Es ist ihnen nicht geglückt. Die Kellertür nach dem Hof zu hat sich gesenkt, der Rahmen sperrt, die Last des zerschlagenen Hauses füllt die Treppe. Das Loch nach der Straße ist ebenfalls meterdick verschüttet. Also ein unsinniges Bemühen.

Es gibt nur einen Trost, einen schwachen: irgendwo im Schutt muß eine Lücke sein: von der Straße her fällt ein armdickes Bündel Licht ins Gefängnis. – Oder nein, keinen Trost. Man wird wahnsinnig vor Wut: Tageslicht zu sehen, ohne hinauszukommen.

Aus Wut wird allmählich Verzweiflung. – Rettungslos gefangen. Untätig hier unten eingeschlossen. – Und wie wirds enden? Das ist eine glatte Rechnung: verhungern; oder, wenn es gut geht, auf einen zweiten Schuß warten, der der Sache ein schnelles Ende macht.

Fricke läuft seit einer halben Stunde hin und her. Er hat die Hände in die Hosentaschen gestoßen. Hin und her. Mit dem Fuß gegen die Kellertür, mit dem Fuß gegen die Wand nach der Straße. Hin und her.

Endlich setzt er sich auf den Fußboden in eine Ecke. Kreuzt die Beine, stiert vor sich hin.

Reisiger will die Trostlosigkeit der Gefangenschaft mildern. Er macht eine Festbeleuchtung. Überall auf den Tisch klebt er Lichter; den ganzen Vorrat. Es brennen schließlich sechzehn Flämmchen. Der Raum ist strahlend hell. Nun sieht man wenigstens das Tageslicht nicht mehr – Dann trabt Reisiger. Trabt, die Hände vor der Brust, trabt auf, trabt ab. Wenn nur nicht überall die Totenstille wäre.

Er tritt an den Lichtschacht und legt sein Ohr an die Öffnung. – Lebhaftes Maschinengewehrfeuer.

Was mag da draußen los sein? – Er schrickt zusammen. Wie, wer sagt da etwas? – Ach so, der Leutnant. Ganz vergessen.

»Reisiger, warum machen Sie eigentlich diese blödsinnige Beleuchtung? Das sieht ja wie eine Beerdigung aus.«

Reisiger löscht die Kerzen.

Wie nur noch zwei brennen –: »Nee, Reisiger, so ist es noch trostloser. Zünden Sie den Zimt lieber wieder an.«

Wird gemacht.

Fricke erhebt sich: »Wie stellen Sie sich eigentlich den weiteren Verlauf dieser Kotzsituation vor?«

153

Reisiger steht stramm. »Das weiß ich nicht, Herr Leutnant.«
»Mir ist unklar, daß man nichts von unserer Batterie hört?«
»Zu Befehl, Herr Leutnant. Meinen Herr Leutnant nicht, daß
die weiterschießen? Man kann hier unten bloß nichts hören.«
Mit tierischer Wut brüllt Fricke los: »Das ist ja die Sauerei!
Wir sitzen hier wie Affen im Käfig, und wer weiß, was da
oben alles passiert.«
»Haben Herr Leutnant das Gas gesehen?«
Gas? Dann kann ja die Batterie auch längst überrannt sein.
Vielleicht, denkt Fricke, sitzen wir jetzt zwischen zwei Feu-
ern. Es fehlt also bloß noch, daß uns der Feind durch den
Lichtschacht eine Handgranate ins Lokal schmeißt, und
dann gute Nacht.
»Ja, Reisiger«, sagt er sachlich, »vielleicht ist es das Beste, wir
erschießen uns. Raus kommen wir doch nicht mehr aus die-
sem Laden. Also warum wollen wir den Franzmännern das
Vergnügen überlassen.«
Fricke ist für Reisiger der Inbegriff eines guten Offiziers. Kei-
ner ist schneidiger.
Um so bestürzender wirkt der Vorschlag.
Dann steht es allerdings schlimmer, als ich mir habe träumen
lassen.
Reisiger sieht Fricke mißtrauisch von der Seite an. Der stiert
in die Kerze und spielt an der Revolvertasche: »Nun, Reisiger,
was meinen Sie? Es ist doch wirklich ...«
Er spricht nicht weiter. Vor dem Lichtschacht sind deutlich
Schritte hörbar. »Na, da steht doch jemand?« Er sieht hoch.
Prallt zurück, flüstert: »Braune Wickelgamaschen, Donner-
wetter!«
Er schiebt Reisiger in die Ecke und schlägt die Kerzen aus.
»Sie, das sind Tommys. Jetzt versteh ich das Ganze nicht
mehr.« Er lehnt sich gegen die Wand, seufzt.
Reisiger zittern die Knie.
Überlegungen: Was ist um Gottes willen los, und, vor allen
Dingen, was können wir tun? Wenn wir jetzt rufen, wird man
uns vermutlich mit einer Handgranate die Schnauze stopfen.
Wenn wir nicht rufen, kommen wir hinter die feindliche Li-
nie und verrecken langsam. – Aber es besteht ja noch eine

dritte Möglichkeit: daß der Feind aus der Stellung wieder herausgehauen wird. Das kann die Rettung sein.

Es bleibt also nichts übrig, als hier stille an der Wand gelehnt zu warten und zu warten.

Zuweilen schleicht Fricke wieder zum Lichtschacht. Nichts mehr zu sehen, nichts mehr zu hören.

Man kann nur feststellen, daß die Sonne scheint. –

Später: daß sie, mit rotem Lichtbündel, untergeht.

Später: daß nun Dunkelheit ist.

Fricke und Reisiger befällt eine große Müdigkeit. Aber unmöglich, zu schlafen. Immer wieder rieseln Steine und Mörtel von der Wand. Und das macht immer wieder hellwach.

9

Divisionsbefehl der Garde-Division:

Am Vorabend der größten Schlacht aller Zeiten wünscht der Kommandeur der Garde-Division seinen Truppen viel Glück. Er hat den anfeuernden Worten des kommandierenden Generals von heute morgen nichts hinzuzufügen. Möchte sich aber jedermann zwei Dinge vor Augen halten:

1. daß von dem Ausgang dieser Schlacht das Schicksal kommender englischer Generationen abhängt,

2. daß von der Garde-Division Großes erwartet wird.

Als ein Gardist von über 30 Dienstjahren weiß er, daß er nichts mehr hinzuzufügen braucht.

gez. Lord Cavan

10

Wo steht der Feind jetzt, zwölf Stunden nach dem Beginn seines Angriffs, heute, am 25. September 15, 4 Uhr nachmittags? Großes Rätselraten in der neuen Feuerstellung von I/96. Alles ging so schnell, daß eigentlich noch niemand begriffen hat, was los ist. Gas? Ja, natürlich, darüber ist nicht zu reden. Alle haben die großen grauen Wolken gesehen, die mit dem Wind in die Stellung getrieben wurden. Wie die dicken Schwaden die 6. Batterie fraßen. Aber was sonst? Ist zum Beispiel die Infanterie im Gas erstickt und einfach überrannt?

An allen Geschützen wurde lebhaft diskutiert.

Das einzig Greifbare waren die Engländer gewesen, die man da von der Straße aus über den Haufen schoß. Alles andere war völlig unklar. Und vor allem blieb die Frage ungelöst, die lebensnotwendig ist: liegt vor uns noch deutsche Infanterie oder nicht? Oder konkreter: kann es uns passieren, daß plötzlich hier neben der Feuerstellung der Feind erscheint und uns das Bajonett in den Bauch stößt, oder wird er vorn aufgehalten? Vorgegangen ist die Infanterie, das hat jeder gesehen. Aber wenn man es jetzt überlegt: es kann höchstens ein Bataillon gewesen sein. Und ob das genügend Sicherung ist?

Eigentlich unverständlich, warum der Feind nicht schießt. Nichts, keinen einzigen Schuß. Nicht einmal mehr über die Feuerstellung hinweg in die Stadt hinein.

Wünsche wurden laut, Neugier und Besorgnis: man möchte am liebsten in die alte Feuerstellung zurückgehen, um zu sehen, was vorn nun eigentlich los ist.

Blödsinnige Situation. Der Hauptmann war mit Steuwer in einem der vorliegenden Häuser verschwunden. Von ihnen konnte man also keine Neuigkeiten erfahren. Um so mehr konzentrierte sich alles Interesse auf Wachtmeister Burghardt. Er saß auf dem Richtsitz des 4. Geschützes, bequem zurückgelehnt, die Unteroffiziere standen im Kreise um ihn.

Er redete unaufhörlich. Ab und zu konnte man ein Wort erwischen.

Er tat sehr wichtig: »Durchgebrochen muß der Feind sein, sonst hätten keine Engländer neben der alten Feuerstellung erscheinen können. Aber dann haben die Idioten scheinbar den Mut verloren, und unsere Batterie hat ihnen ja auch gezeigt, was eine Harke ist. Ich taxiere, die Lümmels sitzen jetzt in unseren Kellern und fressen unser Büchsenfleisch. Gut, daß ihnen die Häuser über dem Kopf abgebrannt sind, sonst läge sicher irgendein Luder in meinem Bett.«

Der Feind in den Kellern der früheren Feuerstellung?

Die Mannschaften machten den Hals lang. »Wenn das

stimmt«, sagte Aufricht zu Georgi, »dann werden wir Reisiger und Fricke nicht mal begraben können.«

Sie dachten zum erstenmal daran, daß allerhand Leute fehlen. Wer tot ist, ist tot; darüber bleibt wenig zu sagen, und wenn man die Toten nicht sofort begraben kann, sind sie auch nicht ungeduldig. Aber vielleicht – Georgi setzte seinen Helm auf – vielleicht sind Fricke und Reisiger gar nicht gefallen. Es ist ja nicht das erstemal, daß Leute tagelang im eingeschossenen Unterstand leben mußten.

Georgi nahm Aufricht bei der Hand: »Du, wir holen sie.«

Der Wachtmeister hielt sie für verrückt. Er lehnte glattweg ab. Es war taghell. »Wartet wenigstens bis Abend ist. Oder fragt meinetwegen den Hauptmann.«

Sie gingen zu Mosel. Er sah Steuwer an: »Hat das Sinn, Leutnant?«

Steuwer warf die Zigarette weg: »Wenn Herr Hauptmann gestatten, gehe ich mit.«

»Gut, aber dann versuchen Sie auch festzustellen, wo der Feind und wo unsere eigene Infanterie ist. Oder warten Sie, ich frage an, was man beim Regiment davon hält.«

Telephonverbindung mit dem Regimentsadjutanten: »Sagen Sie, Linnemann, was ist eigentlich los? Meine Batterie steht hier seit drei Stunden, und nichts geschieht. – Wie? Angriff? So: Ich wollte Leutnant Steuwer vorschicken. Der Fricke ist uns doch verschwunden. – Na gut! Ich melde sofort, was Steuwer erkundet hat. Wie gehts den andern Batterien? Ja? Ja, die Sechste ist flöten. Das habe ich selber noch mitansehen müssen. So? Alle übrigen vor Souchez. Na, ich glaube, da ist die Schweinerei auch nicht größer als bei uns. Danke schön. Grüß Sie Gott.«

Zu Steuwer: »Also, Sie können gehen. Aber seien Sie in einer Stunde zurück. Linnemann sagt mir eben, daß im Abschnitt ein Gegenangriff von uns heute abend 7 Uhr 30 geplant ist. Das Regiment sieht die Situation übrigens als harmlos an. – Na, denn Abfahrt.«

11

Wo ist der Feind?

Der Feind hatte heute früh hinter den Gaswolken die Infanterielinien überrannt. Die Kompagnien fielen zum größten Teil im Nahkampf. Die andern rissen aus, als sie das Gas sahen, und wurden dann durch Schrapnellfeuer vernichtet.

Der Feind stieß nach. Seine Kolonnen standen eine Viertelstunde, nachdem I/96 die brennende Feuerstellung verlassen hatte, auf deren Trümmern. Dort blieb er, aus unbegreiflichen Gründen, stehen. Von dort zog er sich, aus unbegreiflichen Gründen, kurze Zeit danach, vom Kommando der eigenen Offiziere gerufen, in die vordersten Gräben zurück. Entscheidend dafür kann lediglich das direkte Feuer der auf der Straße nach Lens postierten Geschütze von I/96 gewesen sein. Oder? – Nichts ist sinnloser als der Zufall!

Die als Ersatz vorgehende deutsche Infanteriereserve erreichte jedenfalls ziemlich verlustlos die ehemalige Feuerstellung I/96 und setzte sich in ihr einstweilen fest.

Steuwer, Aufricht und Georgi erschienen zwischen dieser Infanterie.

Über dem eingeschossenen Keller des früheren Fernsprechunterstandes hockte eine Maschinengewehrgruppe.

Die Stellung lag unter der Sicht des Feindes. Es genügte, den Kopf zu heben, um ein M.G. des Engländers zum Bellen zu reizen.

Steuwer ließ sich dadurch nicht abschrecken. Er riß mit den Händen den Lichtschacht zum Fernsprechkeller in die Breite. Die Infanteristen halfen, bis ihnen die Finger bluteten. Rufen! – Keine Antwort von unten. Trotzdem: Balken weg, Sandsäcke weg! Hinein in den Unterstand! Ein Zündholz!

Da lagen Fricke und Reisiger. Tot? Als sie Fricke an den Schultern packten und ihn auf die Straße ziehen wollten, begann er ein fürchterliches Schimpfen. Sie hatten ihn aus dem Schlaf geweckt. Überraschung, Händeschütteln. »Gott sei Dank, daß ich aus der verfluchten Mausefalle rauskomme! Ich hoffe, die Batterie schießt wacker weiter.«

Steuwer klärte auf. Fricke steckte den Hals aus der Kelleröffnung und sah die Infanteristen. »Also dann kann ich Ihnen die heilige Versicherung geben, daß heute vormittag der Feind hier spazierengegangen ist. Ich habe unter Garantie englische Stiefel und englische Wickelgamaschen gesehen. – Herrgott ja, der Reisiger ist ja auch noch hier.«

Reisiger lag unter dem Tisch. Sie hoben ihn an.

Er reagierte wie Fricke. Noch heftiger wütete er. Er schlug Georgi mit der Faust mitten ins Gesicht und schnauzte. Aber er kam dann schnell zu sich und schüttelte den Kameraden die Hand: »Na also, Dusel muß man haben!«

»Wenn ihr mir jetzt nichts zu essen gebt, fresse ich ein Kind«, knurrte Fricke. – »So was von Hunger habe ich überhaupt noch nicht gehabt«, flüsterte Reisiger.

Georgi griff in seine Tasche: »Wenn ich Herrn Leutnant anbieten kann.« Er hatte etwas Schwarzes in der Hand. Das sei noch Edamer Käse, den er seit einigen Tagen bei sich trüge. Ausgezeichnet! Mit einem Messer wurde der Dreck abgekratzt, Fricke zerbrach das Stück und teilte es mit Reisiger. Sie fraßen wie Tiere.

Dann zogen sie ab.

Sie gingen im Gänsemarsch an den Häusern entlang zur neuen Feuerstellung. Es pladderte M.G.-Schüsse! Aber sie kamen durch. Die Freude der Kameraden war echt. Niemand hatte geglaubt, daß sie noch lebten. Nur Mosel blieb sachlich. Als Fricke sich meldete, legte er nicht einmal die Zeitung aus der Hand. Er sagte: »Fricke, Sie haben mich im Stich gelassen. Mußte das sein? Na also gut, dann auf zum Dienst! Heute abend sollte Gegenangriff von uns kommen. Er ist auf morgen verschoben. Zeit wird noch bekannt gegeben. Die Mannschaften schlafen auf jeden Fall an den Geschützen, alarmbereit. Leutnant Steuwer bleibt die Nacht bei mir. Sie übernehmen eine Beobachtungsstelle auf dem Schornstein, der da rechts der Straße an der früheren Feuerstellung steht. Nehmen Sie Reisiger mit und noch einen Kriegsfreiwilligen. Sofort Fernsprechleitung zur Batterie legen lassen. Ich danke sehr.«

Merkwürdiger Empfang. Fricke war wütend. Er warf die Tür ziemlich heftig zu, sah Reisiger dann freundlich an: »Ja«, sagte

er, »das hilft nichts. Aber wir haben uns ja gut aneinander gewöhnt. Dann werden wir auch die Nacht zusammen verbringen können. Sagen Sie dem Wachtmeister, daß außer Ihnen
der Aufricht mit auf die Beobachtung kommt. Nehmt Fernsprecher mit und was zu essen. Oder – es soll ja Verpflegung
von den Protzen kommen – gehen Sie zu Ihrem Geschütz.
Ich lasse Sie dann rufen.«

Verpflegung kam. Das heißt, die Protzen und einige Wagen
der Kolonne brachten Munition und nebenbei Brot, Marmelade und Käse. Hollert führte.

Er ließ die Batterie zusammentreten und verlas, nachdem er
sich vorher bei Mosel gemeldet hatte, unter einer Taschen-
lampe den Batteriebefehl:

»1. Auf Urlaub gehen am 1. Oktober Unteroffizier Schulz und
die Kanoniere Schlichting und Kunz.

2. Es ist verschiedentlich vorgekommen, daß von Soldaten
bei den Zivilbewohnern von Lens selbständig Nahrungsmit-
tel und Kleidung requiriert wurden. Das ist auf das strengste
verboten.

3. Kanonier Reisiger wird zum überzähligen Gefreiten er-
nannt.

4. Die Entlausungsanstalt der Division ist bis zum 1. Oktober
aus baulichen Gründen geschlossen.

Wegtreten.«

Leutnant Fricke ruft Reisiger und Aufricht und geht mit ihnen nach vorn.

Beobachtungsstelle ist also laut Befehl vom Hauptmann der
Schornstein einer Fosse in Höhe der alten Feuerstellung. Reisiger und Aufricht knüpfen ein Kabel an den Fernsprecher
der Feuerstellung und rollen es bis hierher ab.

Der Schornstein steht frei im Gelände. Er hat an seinem Fuß
eine Tür. Fricke und die beiden Kanoniere öffnen sie. Das
macht Schwierigkeiten, weil von überallher Infanteriege-
schosse pfeifen. Schließlich glückt es: sie sind im Schornstein.
Das ist ein schwarzes Loch. Als man ein Streichholz anzündet, sieht man wie einen Käfig die schwarze Ringmauer. Beobachten? Das kann man nur, wenn man oben auf der Spitze des Schornsteins sitzt. »Nein«, sagt Fricke, »ich bin doch

nicht verrückt; wenn wir jetzt versuchen, hinaufzukriechen, brechen wir uns das Genick. Verbinden Sie mich mal mit der Feuerstellung.«

Gott sei Dank, die Verbindung klappt. Fricke versucht, Mosel klarzumachen, wie schwer es ist, jetzt in der Finsternis im Innern eines Schornsteins emporzuklettern, der gut eine Höhe von 40 Metern hat.

Nichts zu machen, Mosel ist bockig. Er ärgert sich offenbar immer noch darüber, daß Fricke und Reisiger den Tag über nicht bei ihm waren. Die Kanoniere hören seine scharfe Stimme: »Dienstlicher Befehl! Punkt!« Es hilft also nichts. Sie zünden wieder ein Streichholz an. Sie stellen fest, daß an der inneren Wand Steigösen eingemauert sind. Nun gut, dann muß man eben langsam nach oben kriechen.

Das Telephon bleibt mit Aufricht einstweilen auf der Sohle. Fricke klettert, Reisiger folgt. Ein schlimmes Stück Arbeit. Weniger anstrengend als unangenehm, weil es so dunkel ist. Endlich sind sie an der Spitze. Sie hängen mit den Armen aufgestützt über den Rand, 40 Meter über der Erde, 40 Meter über dem Feld, das Freund und Feind birgt. Ein überwältigender Anblick. Sie vergessen, daß ein Fehltritt oder das Versagen der Arme genügt, um 40 Meter in den Schacht hinabzustürzen. Sie vergessen, daß Krieg ist. Sie schauen nur.

Man hat einen weiten Ausblick. Man sieht ein gewaltiges Feuerwerk. Der Horizont scheint ganz nahe gerückt. Überall blitzt es. Überall schlagen Flammen auf. Weiße Leuchtkugeln gehen in einem feinen Bogen gegen den schwarzen Himmel, entzünden sich zu einer großen Sonne und schweben langsam wieder zur Erde. Rote Strahlen schießen hoch, werden leuchtende Bälle. Nach Souchez zu brennt die ganze Erde.

Fricke ist der erste, der sprechen kann: »Na, was sagen Sie jetzt, Reisiger. Ist das schön?«

»Jawohl, Herr Leutnant –« Reisiger möchte fortfahren: – es dürfte nur nicht Krieg sein. Aber das scheint ihm unpassend oder vielleicht auch falsch, und er verschluckt den Satz.

Fricke wieder: »Ja, Reisiger, dann werden wir uns jetzt hier etablieren. Aber wie? Das beste ist, wir kriechen erst noch mal runter. Denn hier oben muß ein richtiger Sitz oder so etwas geschaffen werden. Man kann schließlich nicht 24 Stunden mit den Armen über den Balkon baumeln.«

Als sie unten sind, befiehlt er, daß man aus der Feuerstellung einen Tischler und einen Maurer mit Brettern schickt; außerdem soll das Scherenfernrohr heraufkommen.

Gegen Morgen ist die Beobachtungsstelle fertig. Etwa 1 1/2 Meter unterhalb des Schornsteinrandes ist ein Boden eingesetzt, sicher genug, um drei Mann zu tragen. Das Scherenfernrohr steht genau über dem Rand.

Wie die Sonne aufgeht, kann Fricke feststellen, daß man das Gelände ausgezeichnet übersieht. Er meldet die Be-Stelle als fertig eingerichtet. Nach kurzem erscheint Mosel mit zwei Telephonisten: »Sie gehen in die Feuerstellung. Unser Gegenangriff erfolgt 7 Uhr 10, ohne Artillerievorbereitung.«

12

Nur ungern geht Fricke mit den beiden zurück. Denn nun sehen sie ja nichts von dem, was sich jetzt zwischen den Gräben abspielen wird.

Aber statt dessen sehen sie etwas anderes, etwas sehr Merkwürdiges. Die Straße, die sie passieren – dieselbe, auf der sie gestern die Engländer zusammengeschossen haben –, wimmelt von Zivilisten. Wo kommen sie her? Waren sie gestern in ihren Kellern verkrochen?

Sie stehen, breitbeinig, die Hände hinter dem Rücken, an die Wand gescheuert. Sie richten die Augen neugierig auf die Deutschen. Kneifen die Lippen ein, spöttisch, herausfordernd. Kinder lachen.

Die Fassaden der Häuser haben sich über Nacht verwandelt. An den Haken der Fensterläden, an Türgriffen, an jedem Nagel sind Blumen angebunden. Astern und später Flox leuchten. Wo in den Wänden ein Schußloch sitzt, ist es bepflanzt und mit Grün bedeckt. Neben mancher Haustür steht ein Stuhl, sorgsam mit einer weißen oder bunten Decke verziert. Und auch darauf Blumen, ein Topf mit Geranien, eine Vase mit Rosen.

Was ist denn nun los? Was bedeutet das? »Merkwürdiger Zauber«, sagt Fricke. »Habt ihr so etwas schon erlebt?«

Er tritt an eine Gruppe von Frauen heran. Er fragt in gutem Französisch, was das soll; zeigt mit hartem Finger auf die Blumen.

Viele Augen sehen ihn an, frech und stechend und so klar wie seit Monaten keine Frau und kein Mann der Zivilbevölkerung einen Soldaten angesehen hat.

Aber die Lippen bleiben zusammengebissen. Es gibt keine Antwort.

Die Situation ist peinlich und beschämend. Fricke sagt »Bande« und geht weiter. Einige Häuser dahinter der nächste Versuch. »Wozu die Blumen? Wenn ihrs nicht sagt, schlag ich euch zwischen die Löffel.« Lächeln. Aber kein Wort.

Fricke reißt aus einem Fensterladen einen Büschel mit weißen Chrysanthemen und haut ihn einem Mädchen quer über das Gesicht. Dann stößt er mit dem Stiefel gegen einen Stuhl. Die Scherben einer Blumenvase klirren zu Boden.

Abermals Lächeln. Kein Wort.

Die Wut der Soldaten kocht. »Mit den Säuen ist nichts zu machen. Weiter.«

Fricke lacht, ein bekniffenes Lachen. »Wißt ihr, was die vorhaben? Die Schweine bilden sich ein, daß sie heute ihre Herren Landsleute hier feierlich mit Blumen empfangen können. Na kommt, damit wir bei der Batterie sind, wenns losgeht.« Er spuckt gegen die Fensterscheiben.

In der Stellung sind die Geschütze feuerbereit.

Die Batterie wartet.

7 Uhr. 7 Uhr 5, 7 Uhr 9. In einer Minute wird die Infanterie versuchen, ihre alte Stellung wieder zu gewinnen.

Niemand braucht mehr nach der Uhr zu sehen: Es prasselt Gewehrfeuer los. Es kläffen M.G.s. Dann hört man heftiges Bellen von Handgranaten. Die Luft zittert, zerspringt in Tausende von aufschreienden Fetzen.

Wenn man doch irgend etwas tun könnte!

Wenn man doch irgend etwas sehen könnte!

So lauern die Kanoniere, gelähmt etwas zu reden, und horchen nach vorn.

Wann kommt das Kommando vom Hauptmann!?

Am rechten Flügel neben dem Telephon stehen Fricke und Steuwer. Sie reden auch nicht.

Der Hagel da vorn schwankt in seiner Stärke. Einmal gellend laut, auf einen Punkt zusammengerissen, dann wieder löcheriger, verteilt, stotternd.

Wird es glücken?

Alle sind lange genug im Feld, um zu wissen, daß man einen Graben, der nur 3–400 Meter vor einem liegt, entweder innerhalb von zehn Minuten nehmen kann oder nie.

Zehn Minuten sind längst vorbei.

Das Feuer läßt nicht nach. Die Unruhe in der Batterie wird größer. Alles fiebert: wenn man nur einen Schuß abgeben könnte! Ganz gleichgültig wohin, nur, daß die blöde Spannung sich löst.

Aha, Leutnant Fricke nimmt das Telephon.

Die Augen der ganzen Batterie sind bei ihm.

Ein langes Gespräch. Endlich hängt er ab. Er wendet sich zu Steuwer. Man versteht bis zum letzten Geschütz jedes Wort. »Der Angriff scheint mißglückt. Der feindliche Graben ist nur an einigen Stellen erreicht worden. Wir dürfen einstweilen nicht schießen, um nicht die eigene Infanterie zu treffen.«

Immer dasselbe Knattern. Angriff mißglückt? Pech, da kann man nichts machen. Allmählich wird der Lärm langweilig.

Endlich hört man ein neues Geräusch. – Was ist?

Auf der Straße, zwischen zwei Häusern sichtbar, geht im Laufschritt neue Infanterie vor, das Gewehr halbhoch. Reserven.

Der Anblick ist lähmend: Die Bataillone, die heute früh eingesetzt wurden, sind also erledigt?

Reisiger sieht sich die keuchenden Menschen an. Viele Männer mit Bart, dazwischen fast nur ganz junge Offiziere, die Pistole in der Hand. Arme Hunde. Er muß an die Zivilisten auf der Straße denken mit den Blumen an den Fenstern und vor den Türen. Hoffentlich finden die Vorgehenden soviel Zeit, um den gottverdammten Plunder wegzufegen.

Da jault die Luft auf. Ein älterer Offizier schlägt die Arme hoch, kippt nach hinten. Sechs Infanteristen legen sich dazu, zucken, strecken sich. Die Nachdrängenden laufen daran vorbei.

Der Feind schießt mit Schrapnells! Er beginnt zu streuen, über den Häusern blaffen weiße Wolken auf. Wenigstens ist die Infanterie jetzt vorbei. Nun hat man wieder Zeit, auf andere Dinge zu achten.

Das Gewehrfeuer? Reisiger stößt seinen Nachbar an: »Hörst du? Grabesruhe.«

»Wenn der Hauptmann sagt, daß der Gegenangriff mißglückt ist – wer soll denn dann noch schießen! – Mensch, wir Artilleristen haben es doch besser als die Fußlatscher.«

Ja, denkt Reisiger, wir haben es besser. Die paar Schrapnells – und davor läuft man Sturm gegen M.G.s.

Er sieht zu Fricke. Der legt gerade wieder das Telephon aus der Hand. »Alle herhören! – Die Sache ist einstweilen zum Stehen gekommen. Batterie kann vorläufig abtreten!«

Einstweilen zum Stehen gekommen? Also schiefgegangen.

»Ein Saubetrieb.«

Der Nachbar versteht die Zusammenhänge nicht. »Mir wäre auch lieber, es käme bald Mittagessen.«

– Stunden vergehen. Die Feldküche klappert heran. Es gibt Bohnensuppe. Nach dem Essen holen die Kanoniere die Spielkarten aus der Rocktasche. Überall wird gemauschelt. Fricke und Steuwer schlendern herum und spielen Kiebitz. Reisiger, der vom Kartenspiel keine Ahnung hat, verliert im Nu die Löhnung des letzten Monats. »Du kriegst ja jetzt Zulage, Herr Gefreiter«, lacht ihn einer der Gewinner an. Alle meckern. »Du, das kostet noch eine Lage. Warte man, wenn wir in Ruhe sind.«

Ein Unteroffizier hat zwei Knöpfe in der Packtasche. »Die müssen Sie sich nun aber endlich an den Kragen machen!«

Fünf Minuten später sind sie mit Streichhölzern befestigt: Gefreiter Adolf Reisiger.

Was man nicht alles werden kann!

Reisiger denkt daran, daß von den Kriegsfreiwilligen, die mit ihm ins Feld gegangen sind, über die Hälfte schon Unteroffizier geworden sind, ein halbes Dutzend bereits Leutnant.

– Das Kartenspielen macht ihm keinen Spaß mehr.

Gegen Abend läßt der Hauptmann sagen, daß für die Nacht auf der Beobachtung kein Offizier nötig ist. Es genüge ein Unteroffizier und zwei Mann.

Als es gegen 8 Uhr ist, gibts Brot, Käse, Büchsenleberwurst, zwei große Kannen mit heißem Kaffee und Feldpost. Später rollt man sich in die Decke. Eine kalte Nacht, nicht gut zum Schlafen. Reden mag auch keiner.

In einem der Häuser halblinks brennt Licht. Dort sitzt der Hauptmann mit den Leutnants. »Ich habe lange nicht so eine Schweinerei gesehen, wie heute früh; es war nicht möglich, die Bande aus dem Graben herauszukriegen. Die Frage ist, wie das weitergehen soll. Fricke, von morgen früh um 4 Uhr bitte ich Sie, mit Reisiger und Aufricht wieder die Beobachtung zu übernehmen.«

13

Die Nacht wird nicht ruhig. Geräusche ziehen überall lange Furchen durch das Dunkel. Schüsse. Schreie. Flüstern. Poltern. Und Tritte. Marschtritte, am laufenden Band, eintönig, mit schlurfenden Absätzen. Reisiger streckt sich: alle Geräusche gehen durch ihn hindurch, über ihn hinweg. Tritte, Kolonnen. Das zieht an die Front, das zieht sich hier zusammen. Morgen wird es aufgehen.

Er denkt an die Zivilisten. Sie sind nicht mehr vorstellbar zwischen dem Drohen dieser Nacht. Wenn die Sonne aufgeht, wird statt ihrer Soldat an Soldat stehen und den Feind erwarten. Gut, daß dann die Blumen verschwinden!

Blumen. Daran beißen sich seine Gedanken jetzt fest. Daß die Geste der Frauen schön ist, und auch ihr Stolz, und auch ihre sinnlose Gewißheit, daß sie siegen werden.

Dann fällt ihm das Mädchen in Annay ein. Marie. Schläft sie? Hockt sie am Dorfeingang, neben der Alten, und wartet auch? – Als Fricke ihn um 3 Uhr ruft, ist er noch immer wach. 3 Uhr 30 stehen sie mit Aufricht bereits auf der Plattform des Schornsteins.

Der Himmel ist farblos. Nach Osten zu (Reisiger denkt: Deutschland) liegt ein glattes Gelb. Keine Wolken.

»Wenn es heute früh regnet, ist der Kram schon halb gewonnen«, sagt Fricke und schnüffelt. »Na, wir werden das Kind schon schaukeln.«

Das Telephon summt. »Hier Beobachtung I/96.«

Befehl vom Regiment: »Rotgrüne Leuchtkugeln im Abschnitt heißen Gasangriff.« Reisiger wiederholt halblaut.

Ach so, das hatten sie vergessen. Richtig, es gab ja Gasangriff, oder vielmehr, es hatte Gasangriff gegeben. Heute wieder?

Fricke läßt die Batterie feuerbereit machen, kommandiert einige Lagen. Reisiger und Aufricht sehen mit ihm über den Rand des Schornsteins. Da, mitten im Feld, gehen Flammen hoch, folgt ein Krach. »Das sind unsere Geschütze.«

Die weißen Kalkränder der vom Feind genommenen Stellung sind schwach sichtbar.

Neuer Feuerbefehl! Fricke legt die Schüsse so, daß sie zwei Annäherungsgräben flankieren.

Die feindliche Artillerie antwortet nicht. »Halt Feuerpause!«

Mosel ruft an, ob es etwas Neues gibt? – Nein. – Das wiederholt sich nun öfter.

Es ist jetzt so hell geworden, daß man tief ins Land sieht. Da vorn liegt Loos. Da kauert ein kleines weißes Gehöft in einer dicken Hecke. Da liegt ein schwarzer Rücken: Die Kohlenhalde. – Vor wenigen Tagen, denkt Reisiger, habe ich dort oben noch gestanden, jetzt wird der Tommy darin schlafen. – Ganz in der Ferne Häuser und Türme von Grenay. Das schwimmt wie Schiffe mit roten Segeln am Horizont. Ein Wellental ist vorgelagert, eine Mulde. Man kann auch vom Schornstein aus nicht auf ihren Grund sehen.

Fricke schnüffelt wieder zum Himmel. Die Sonne geht auf, ein dicker roter Ball. »Das wird Essig mit dem Regen, schade.«

Kalter Wind aus Richtung vom Feind her.

Oho, Wind vom Feind her? Fricke preßt die Augen gegen das Scherenfernrohr. »Wind vom Feind her«, sagt er laut.

Er will sich eben abdrehen, da schreit Reisiger auf. »Herr Leutnant –!« Mehr kann er nicht sagen. Vor seinen Augen

tanzen grünrote Leuchtkugeln. Das Grün gegen den Morgenhimmel nur schwach zu sehen, um so bedrohlicher das Rot.
Überall Grünrot. Von Loos bis an die Halde wie ein Schleier
spritzt auf, tanzt, taumelt Grünrot. Gleichzeitig ein irrsinni-
ges Gewehrfeuer.

»Gas!« Sie sagen es alle drei gleichzeitig.

Wie anders sieht das von hier oben aus, als vorgestern von der
Feuerstellung. Man erkennt mit bloßem Auge, daß aus der
früheren ersten feindlichen Linie die Gaswolke aufsteigt. Sie
treibt sehr schnell nach vorn. In der alten deutschen Infanteriestellung stehen die Engländer aufgereiht, Gewehr bei Fuß,
aufgepflanzt das Bajonett. Stahlhelm. Vor dem Gesicht einen
gelblichen Maulkorb. Sie haben Gasmasken! Man sieht nur
Augengläser, handtellergroß, und einen Rüssel.

Ein unheimliches Bild. Keiner rührt sich, sie lassen offenbar
die Gaswolke über sich hinwegtreiben.

Telephon. Ohne Überlegung: »Batterie an die Geschütze!
Festgelegtes Ziel. Feind macht Gasangriff!« Die ersten Schüs-
se von I/96 hauen in die bereitstehenden Engländer hinein.
Fricke läßt die Geschütze nach jedem Schuß um einige Meter
schwenken. Er bricht in Freudengeheul aus, wenn er Volltref-
fer erzielt. Die Gaswolke kümmert ihn nicht. Er behält die
Augen hart am Scherenfernrohr. »Donnerwetter, der saß! –
Da haben wir mindestens ein halbes Dutzend in die Hölle ge-
schickt. – Ha, da sieht man ordentlich, wie die Beine fliegen!«
– »Na Gott sei Dank, jetzt schießen noch andere Batterien.«
Aufricht hockt am Telephon, Reisiger sieht über den Schorn-
steinrand.

Der Feind liegt unter schwerem Feuer. Die Gaswolke macht
keinen Eindruck. Sie ist dünn; kaum ist sie mannshoch, da
wird sie schon durchsichtig wie ein kümmerliches Gewebe.
Die Sonnenstrahlen durchleuchten sie in breiten goldigen
Streifen. Jetzt taucht die Wolke in die Mulde ein. Sie wird
aufgeschluckt. Nun ist also der Vorhang fortgezogen, die
Sicht freigegeben.

14

Vorhang auf!

Vorhang auf, Fricke vom Scherenfernrohr weg, die Hand packt Reisiger am Kragen: »Kavallerie!!«

Kavallerie. Der Feind greift mit Kavallerie an. Aus der Mulde steigt Kavallerie. Es kommen graue glänzende Bläschen: Stahlhelme, eine Kette, von Loos bis zur Halde. Es kommen wippend Pferdeköpfe, wippend eine Kette braun und schwarz und weiß, von Loos bis zur Halde. Es kommt braun und schwarz und weiß, dicht massiert eine Last, aufdrängend lückenlos gepreßt von Loos bis zur Halde.

Es wächst aus der Mulde hoch geschoben hastend anspringend eine Walze Kavallerie in geschlossener Front! Hoch, und nun sichtbar. Und steht, unbegreiflich, langsam verharrend, zwischen Hagel und Regen und Gewitter der deutschen Infanterie, der deutschen Batterien.

Fricke ans Glas: »Es kommt eine zweite Reihe!«

Vor bloßen Augen das gleiche. Aus der Mulde, hinter dem langsam verharrenden Massiv der schiebenden Pferdeleiber, abermals Pferde und Reiter. Von Loos bis zur Halde.

»Herr Leutnant!« Aufricht hat das Telephon hingelegt, starrt neben Reisiger.

Fricke: »Laßt sie, laßt sie – sie müssen herankommen.«

Er sagt das heiser, unheimlich, röhrend. »Sie müssen herankommen.« Reisiger zittert in den Knien: »Da!«

Noch liegt kein Artillerieschuß in der wartenden, in der aufsteigenden Phalanx der Reiter.

Und Reisiger, den Arm unvermittelt unter dem Arm des Leutnants: »Sie reiten an!«

Sie reiten an. Das erste Massiv hebt sich kurz. Senkt sich. Hebt sich. Ab. Auf, ab, auf, ab, auf, Trab. Dahinter das zweite, auf, ab, auf, Trab, gleichzeitig zwei Glieder, eng gepreßt, Trab. Und Trab. Und, ausholend, ein Ansprung der ganzen Front, Pferdebeine ausgreifend die Hufe gestreckt in die Luft und auf und gestreckt ab und Galopp und die Bäuche auf dem Boden, Hals vor, Karriere! Heran, zwei Reihen, an die

Gräben. Und die Reiter, die Lanzen noch halbhoch und nun gesenkt heran, Karriere.

Da fällt ein Tier, da bricht eins ins Knie, da wirft eins den Kopf hintenüber, da rollt ein Reiter ab, da schleift einer im Bügel.

Karriere heran.

Da reißt eine Lücke auf, vierpferdbreit, im ersten Glied. Da kippen sechs, acht, neun seitwärts und zucken in einem schlagenden Haufen. Karriere. Unhemmbare, unkorrigierbare, unaufhaltbare lebendige Wucht Karriere. Näher, heran, näher. Über die Stellung der englischen Infanterie hinweg, vor, näher, heran. – Die drei auf dem Schornstein keuchen. Die Augen hin und her, erstes Glied, zweites Glied, hin und her, Reiter, Pferde, erstes Glied, zweites Glied heran, heran, Karriere.

Und – Feuer zwischen das Ganze!

Wie viele Fernsprecher summen in dieser Sekunde?

Wie viele Stimmen schreien: »Zwischen den Gräben Kavallerie!«

Wie viele Kommandos, hart, Metall im Ton, lassen stoppen, Entfernung abbrechen, das Sperrfeuer kurz vor der deutschen Stellung einfahren als Wall aus stechenden Flammen?

»Kavallerie zwischen den Gräben!« Jeder Ansprung bedeutet Näherkommen auf drei Meter. Näher, Karriere –

Und da beginnt das Halt.

Alles vergessen bei den Deutschen, heraus aus Loch und Graben, hoch aus der Deckung, stehend freihändig, Blick brennend in Pferdeaugen, in Reiteraugen, das Blutrot aus flackernden Pupillen auf sich gerichtet. Visier – Feuer! Leichte Maschinengewehre, schwere, Feuer! Feldartillerie, Feuer!

Und alles gierige Bisse, hineingebissen in die andonnernde dumpf ächzende dicke Masse Kavalleriekarriere.

Die drei auf dem Schornstein, Kommando hervorgestoßen, heiser weitergegeben, und nun überhängend über den Rand. Dieses Drama mit ungeheuersten Ausmaßen! Die erste Reihe, die zweite Reihe, nicht mehr geteilt jetzt, ineinandergeprallt, schon aufgelaufen, schon ein Glied, schon zu dicht zur gewollten Bewegung. Und es sägt und stampft und quetscht und wühlt und frißt.

Maschinengewehre zwischen die schlagenden Beine der Pferde, daß die zerzackten Stümpfe über die Erde schlurren, Schrapnells vor die Brust, Granaten unter den Bauch, Bündel schwefelgelber Stichflammen, Säulen aus braunem Rauch, Fontänen armdick Blut und Gedärme, hochgeschleudert Glieder und Rümpfe aus Menschen und Tieren. Das alles, so weit sich das Massiv dehnt, von Loos bis zur Halde.

Das Ganze zerfällt zu Quadern jetzt, Lücken dazwischen. Die Quadern, noch schwerfällig im Druck nach vorn, brechen, türmen sich ungefügig, lösen sich, daß überall etwas hochspringt, hoch, absackt, um sich schlägt, liegt. Das.alles: zermalmte Pferde, zermalmte Reiter von Loos bis zur Halde. Und noch kein Ende. Noch versucht eine Gruppe, die Pferdehälse herumzureißen, fort, zurück! Und da prescht etwas ab. Und da kriecht etwas mit flatternden Bewegungen.

Fricke, gellend: »Da, Reisiger – sie wollen ausreißen, da –« Und gellender: »Batterie Schnellfeuer, hundert Meter zulegen!« Wie viele Kommandos sind durch die Drähte gejagt: Schnellfeuer! Keinen entkommen lassen!

Schnellfeuer. Wie will auch nur Ein Reiter entfliehen?

Der Irrsinn ist wach, die letzte Angst, das entsetzlichste Entsetzen. Nicht Ein Pferd wendet. Noch das Tote drängt nur nach vorn.

Alle Batterien und jedes Gewehr bleiben ihnen vor der Nase. Hundert brechen immer wieder zusammen, hundert versuchen immer wieder hochzuklettern. Alle Batterien, alle Gewehre dagegen.

Noch das Tote wird immer wieder, immer wieder zerfleischt. Hände heben sich aus dem zähen, blutüberströmten Wall; Gesichter, unkenntlich, heben sich; Gebärden flattern.

Stehend freihändig bringt die deutsche Infanterie ihre Fangschüsse an. Bis Alles reglos im Blutbrei erstickt.

Und die englische Infanterie dahinter, im Graben, nur durch diesen dampfenden Wall von den Deutschen getrennt? Hat sie das ansehen müssen, Untergang ihrer Leute, Tod ihrer Brüder bis zum letzten Mann? Ist sie geflohen?

Die drei auf dem Schornstein, gierig: »Wo ist die englische Infanterie?«

Das Telephon surrt. Aufricht nimmt die Meldung ab. »Unsere Infanterie tritt in vier Minuten zum Sturm auf die verlorene Stellung an. Alle Batterien Vernichtungsfeuer.«

Fricke, ruhig: »Feuer vorverlegen, altes Ziel!«

Wie viele Drähte geben im gleichen Augenblick das gleiche Kommando? – Die gesamte Artillerie des Abschnitts legt Vernichtungsfeuer auf die englische Infanterie.

Fricke: »Wie viele Minuten noch?«

Aufricht: »In einer Minute beginnt der Sturm.«

Der Graben der Engländer wird mit Vernichtung gepflügt. Und jetzt springt die deutsche Infanterie an, vor, sicher, watet durch den Blutsumpf, bis zum Gürtel in glitschigen Leichen. Schießt der Feind?

Da reißen welche das Gewehr an die Backe, auf 10 Meter kaum ein einzelner Mann, und werden von Granaten zerhackt. Kein M.G., Artillerie ganz zaghaft, nur Schrapnells, und die Schüsse viel zu hoch, um den Angreifer zu packen.

Und die Deutschen, da auf die Sekunde ihre Artillerie den Feuervorhang fallen läßt, sicher hinein in den Graben, in die alte Stellung.

Es wird mit dem Bajonett niedergemacht, was den Arm hebt. Mit Handgranaten, was überrascht die Stufen der Unterstände herauf will. »Das Unternehmen«, sagen die Fernsprechleitungen auf dem Abschnitt Loos-Kohlenhalde, »ist befehlsgemäß durchgeführt.« Die drei auf dem Schornstein werden gegen Mittag abgelöst. In den Straßen von Lens und in der Feuerstellung ist Ruhe.

I/96 hat heute vier Stunden gefeuert, ohne selber einen Schuß zu bekommen.

15

... sondern ohne Ruhe Tag und Nacht durchzustoßen, über die zweite und dritte Linie bis in das freie Gelände ... Diese Umstände sichern den Erfolg ...

Achtes Kapitel

1

Der Regimentsbefehl des folgenden Tages, 28. September, gab bekannt, I/96 scheide einstweilen aus dem Verband des Regiments aus und stünde als sogenannte »Fliegende Batterie« zur alleinigen Verfügung des Armee-Ober-Kommandos. Gleichzeitig wurden der Batterie zwei Geschütze mit Bedienung genommen, zur Verwendung bei der Aufstellung neuer Reserveregimenter.

Der Befehl kam überraschend. So etwas war selbst den »alten Kriegern« bisher nicht passiert. Der Klatsch begann, die Latrinengerüchte wurden ganz groß.

Schließlich verdichtete sich alles, kurze Zeit nach der Bekanntgabe des Befehls: Eine schöne Schweinerei! Denn »zur besonderen Verfügung« wird ja bestimmt nicht heißen, daß I/96 grundsätzlich da herausgezogen wird, wo es brenzlig ist; im Gegenteil! Die Klugen erläuterten es ausführlich: wo also in den nächsten Wochen ein Schlamassel ist, sollen wir die Karre aus der Scheiße holen.

Richtig: genau so wurde es.

Der Hauptmann war stolz auf diese Berufung.

Nach der Postverteilung hielt er eine ungewohnt lange Rede: Der Regimentskommandeur habe I/96 ja bereits nach den Maitagen 15 »die Eiserne Batterie« genannt. Hier sei ein neuer Beweis für die Wertschätzung, die I/96 genieße. Darauf müßten alle stolz sein und ihr Letztes dafür hergeben, um sich diesen ruhmvollen Titel stets zu erhalten. – »Ihr wißt, daß hier immer noch einer der lebhaftesten Punkte der Westfront ist. Um so mehr bitte ich mir aus, daß ihr euch anständig benehmt. Das seid ihr euch schuldig und den Kameraden, die wir da vorn gelassen haben. – Die Batterie rückt noch heute abend in ihre neue Stellung vor Souchez ein. – Stillgestanden, wegtreten.«

Souchez? Reisiger dachte an seinen Traum. Souchez, Caren-

173

cy, Givenchy – es stand oft genug in den letzten Wochen im Heeresbericht. Hm.

Der Nachmittag verging ruhig. Die Mannschaft war mit Spannungen geladen, gereizt, gedrückt.

Erst als die Protzen kamen, brachte das Rattern der Geschütze, das Schnauben der Pferde wieder Gleichgewicht in die Stimmung.

Die Batterie fuhr ab. Kein langer Marsch; nach einer Stunde war die neue Stellung erreicht. Ein Kirchhof.

Greifbar davor kochte in einem Kessel ein brodelndes Feuer. Da irgendwo lag Souchez.

Man ging an den Ausbau der Geschützstände. So gut es im Dunkeln möglich war, grub man rechts und links Löcher an die Geschütze. Für die Munition, die angefahren wurde. Grabsteine, die man aus der Erde riß, bildeten, mit Grasnarbe bedeckt, gute Wälle vor den Flinten.

Wohnunterstände gab es nicht.

Man schlief unter freiem Himmel. Mosel und Steuwer blieben die Nacht über bei der Batterie. Fricke bekam den Befehl, sofort in der Infantenestellung eine Beobachtung zu suchen und telephonische Verbindung aufzunehmen. Telephonist: Reisiger.

2

Hier blieb I/96 zehn Tage.

Reisiger führte Tagebuch. Ein kleines Wachstuchheft mit kariertem grauem Papier. Es war zwar verboten, Aufzeichnungen zu machen. Aber Reisiger half sich damit, daß er jede acht Tage die beschriebenen Blätter in die Heimat schickte. So konnten sie auch bei Gefangennahme nicht an den Feind fallen.

Seine letzten Notizen:

Ich kommt aus dem Graben überhaupt nicht mehr heraus. Eigentlich sollen wir Fernsprecher spätestens jede 24 Stunden abgelöst werden, aber Fricke hält sich ja an keine Bestimmungen. Ich glaube manchmal, er ist nicht ganz richtig. Er macht Dinge, die schon nichts mehr mit der sogenannten Tapferkeit zu tun haben, sondern die ich einfach sündhaften Leichtsinn nenne.

Heute früh behauptete er plötzlich, er könne sich über das Gelände hier im Graben niemals ein richtiges Bild machen, er müsse (am hellerlichten Tage) herausklettern. Erst dann würde er sehen, was eigentlich los ist.

Dagegen kann man nichts sagen, wenn man nur Gefreiter ist. Ich hatte eine Stinkwut. Ich glaube, die Infanterie hat uns beide für wahnsinnig gehalten. Er ist wirklich gegen 9 Uhr vormittag über die Grabenwand geklettert. Ich versuchte ihn zurückzuhalten, oder zum mindesten ihm klarzumachen, daß ich am Telephon bleiben müßte, aber es half nichts. Ich mußte mit. Ich habe noch nicht begriffen, wozu das nötig war. Gottseidank, der Feind auch nicht. Es ist für ihn sicherlich ein eigenartiges Bild gewesen, als da plötzlich vor dem ersten Graben in Lebensgröße zwei Mann spazierengingen. Und nicht nur sekundenlang, sondern selbst dann noch, als uns bereits einige Gewehrschüsse um die Ohren flogen und als ein Kompagnieführer unserer Infanterie Fricke flehentlich beschwor, wieder in Deckung zu kommen, weil sonst unweigerlich die feindliche Artillerie aufmerksam gemacht würde. – Nichts zu machen. Fricke stellte sich breitbeinig hin, glotzte durch das Fernglas. Ich blieb hinter ihm, weil ich dachte: Wenn der Feind schießt, dann soll er gefälligst erst den dicken Fricke wegputzen, ich habsja schließlich nicht gewollt.

Und natürlich schoß der Feind wirklich. Ein M. G. Es keifte so unangenehm, als ob es direkt neben meinen Ohren aufgestellt sei. Da endlich bequemte sich der Herr Leutnant dazu, leicht anzutraben. Dann sprang er in den Graben. Als ich hinterher springen wollte, fegte ein Schrapnell wenige Schritte vor mir in die Erde. Ich fiel direkt zwischen zwei Tote, die von der Nacht her noch in einer alte Sappe lagen.

Ich bin wütend mit Fricke in den Unterstand zurückgekehrt. Ich glaube, er hats gemerkt. Er machte dauernd Witze, aber ich konnte nicht darüber lachen.

Am Nachmittag schoß er unsere Batterie ganz unmotiviert ein. Gottseidank ohne Zwischenfälle, der Feind antwortete nicht. Die Infanterie winselte natürlich, daß wir immer mit unserem ver-

fluchten Einschießen die feindliche Artillerie auf sie zögen. Sie hat ja recht.

Ich hörte eine typische Bemerkung: »Das ist immer so, da kommt irgendein Artilleriefritze und schießt sich großpratschig ein und geht dann friedlich nach Hause. Und zehn Minuten später haben wir es auszubaden.«

*

Etwas sehr Unheimliches sind hier im Graben die Minen. Sie sehen aus wie die Fledermäuse. Manchmal wie Riesenfledermäuse; heute zum Beispiel hat der Franzose einige Dinger rübergeschickt, die gut ein Meter lang waren. Man muß es lernen, ihnen auszuweichen. Man kann sie nämlich kommen sehen. Ein Infanterist sagte mir: »Du mußt hier immer ein Auge in der Luft und das andere im nächsten Unterstand haben.« Davon habe ich sehr profitiert. Fricke war in der Batterie. Ich war allein und schlenderte durch den Graben. Schön Wetter. Die Infanterie spielte Frieden. Es stand nur jede 10 Meter ein Posten. Die andern saßen an der Grabenwand, hatten das Hemd ausgezogen und knackten Läuse. Plötzlich fing der Feind mit seinen Minen an. Schwere Brocken, gleich der erste Schuß saß. Der Graben wurde fast eingeebnet, Gottseidank ohne Verluste. Ich wollte mich drücken, da hörte ich schon wieder den kurzen Abschuß und sah, wie das Biest direkt auf mich loskam. Ich rollte in den nächsten Unterstand. Ich hatte nicht darauf aufgepaßt, daß er viele Stufen hatte, und sauste wie ein Sack in die Tiefe. Unten wurde ich furchtbar angeschrien. Ich war ausgerechnet einem Leutnant gegen seinen Tisch gefallen und hatte seinen Kaffeetopf umgekippt. Als ich wieder rauskam, standen mehrere Infanteristen im Halbkreis an einer Brustwehr. Vor ihnen lag ein Kamerad, dem ein fingerdicker Blutstrahl aus dem Hals fuhr. Wir haben ihn verbunden, aber dabei starb er schon.

*

Ich glaube, ich habe gestern die schlimmste Nachricht hier im Felde erlebt. Gegen 9 Uhr abends, als ich mit Rabs in unserem Telephonloch saß, kam ein Infanterieoffizier und verlangte Ver-

bindung mit Mosel. Der Feind sei sehr unruhig. Er bäte unbedingt darum, daß ein Artilleriebeobachter mit Fernsprecher eine
vorgeschobene Sappe bezöge. Die Infanterie wolle Patrouillen bis
an den feindlichen Graben schicken.

Befehl von Mosel: »Rabs bleibt im bisherigen Unterstand. Reisiger steht zur Verfügung der Infanterie. Zwischen ihm und Rabs
muß Verbindung aufrechterhalten bleiben.« Ich kam mir vor, als
sei ich von der Batterie ausgestoßen. Natürlich, auch die Infanteristen sind ja unsere Kameraden, aber es herrscht stets so etwas
wie Feindschaft. Also ich gehörte jetzt dem »Feinde«, der über
mich »verfügte«.

Der erste französische Graben liegt von unserer Linie etwa 80
Meter entfernt. Wir haben hier 3 Sappen vorgeschoben. Ebenso
der Feind. Die Sappenenden von Freund und Feind liegen nur 3
Meter auseinander.

Ich nahm Drahtrolle, Fernsprechgerät, Leuchtpistole, eine Decke, Zigaretten und schob ab. Ein Infanterist führte mich. Zuerst
war die Sappe gut mannshoch. Wir gingen unter unserem breiten
Drahtverhau hindurch. Dann wurde die Annäherung schwieri-
ger. Wir mußten ziemlich auf dem Bauch kriechen. Endlich war
der Sappenkopf erreicht. Das war offenbar ein alter Granattrichter. Zum Feind hin mit einer kleinen Barrikade aus Sandsäcken.
Davor standen einige spanische Reiter. »Hier mußt du natürlich
die Schnauze halten«, flüsterte mir der Infanterist kaum hörbar ins Ohr. »Der Franzmann gegenüber hört jedes Wort, jedes Husten und Niesen. Im allgemeinen tun wir uns ja nichts.
Aber wenn da drüben irgendein verrücktes Aas sitzt, schmeißt er
eine Handgranate über den Balkon und dann ist Schluß.« Der
Infanterist verschwand. Ich saß da. Meine erste Aufgabe mußte
sein, festzustellen, ob der Fernsprecher funktioniert. Das war ein
Kunststück. Wenn der Feind das Husten hört, dachte ich mir,
hört er auch den Telephonsummer und mein Sprechen. Was tun?
Ich kroch mich wie ein Igel zusammen, nahm den Kopf zwischen
die Beine, zog meine Decke über mich und rief an. Rabs meldete
sich. »Verbindung hergestellt. – Mein lieber Rabs, wer weiß, ob
wir uns wiedersehen.« Rabs lachte. Ich wollte meinen Pessimismus
erklären, da hörte ich ein lautes Husten, warf den Apparat hin

und riß die Decke vom Kopf. Ja, es hustete. Mein Herz klopfte. Das war der Posten, der französische Posten, der Feind vor mir. Ich legte mich in den Trichter zurück und stierte vor mich hin. Es ist schon ein Wahnsinn, daß sich zwei Menschen in der Nacht auf drei Meter Entfernung gegenüberliegen und, wenn sie an-ständige Soldaten sein wollen, dürfen sie eigentlich keine andere Sorge haben, als das Gegenüber auf jede nur mögliche Weise und so schnell wie möglich zu töten. Ich hatte das oft überlegt, immer mit dem gleichen verzweifelten Resultat: Wenn, du nicht tötest, wirst du getötet. Oder: Wenn du ihn nicht tötest, kann er einen deiner Kameraden töten.

Hier vorn, mutterseelenallein, deprimierte mich dieser Gedanke ganz besonders. Mir wurde beschämend klar, daß ich kein guter Soldat bin. Ich spielte sogar mit dem Gedanken: Wie einfach wäre es, jetzt aufzustehen und »Monsieur« zu rufen. Und dann ginge jeder von uns einundeinenhalben Meter und wir schüttel-ten uns die Hand.

Krach, flog seitwärts von mir eine Handgranate gegen unsere Drahtverhaue. Alle Gedanken waren verscheucht. Gewehrfeuer-aus unserem Graben. Ach ja, wir haben ja Patrouillen vorge-schickt. Vielleicht hat der Feind sie bemerkt und schießt sie ab. Es ist ja Krieg.

Da hustete der Franzose wieder. Eine Leuchtkugel ging hoch. Ob sie von ihm kam? Sie schwebte gerade über meinem Loch an einem Fallschirm. Es war ein ekelhafte Helle. Ich sah meinen Schatten tiefschwarz mit dunkelrotem Rand an der Wand des Lochs. Die Leuchtkugel schwebte immer niedriger. Als sie manns-hoch über der Erde war, spürte ich, daß ich schmerzhaft beide Lider aufriß. Greifbar vor mir lag ein Mensch..Ganz deutlich sah ich seine Augen, die ziemlich starr auf mich gerichtet wa-ren, dann sah ich einen Stahlhelm. Die Leuchtkugel erlosch. Ich war geblendet und die Dunkelheit war infolgedessen noch un-durchdringlicher, aber ich wußte es ganz genau, vor mir lag ein Mensch. Was tun? Ich kann doch nicht die Batterie anrufen oder Rabs. Ich kann doch aber auch nicht meine Pistole abschießen; denn dann wirft der Sappenposten da gegenüber doch bestimmt mit einer Handgranate.

Soll ich ausrücken? Ausrücken kann ich nicht. Soll ich meine

Decke über mich ziehen? Vielleicht, daß der lauernde Mensch mich bei der nächsten Leuchtkugel dann nicht erkennt und an mir vorüberschleicht? Aber die Vorstellung, selber nicht sehen zu können, erscheint mir unerträglich. – Soll ich selber eine Leuchtkugel schießen, um Klarheit zu schaffen? Nein, das geht auch nicht, denn ich habe nur zwei rote; sie bedeuten Sperrfeuer. Und da wir Patrouillen im Vorgelände haben, würde unser Sperrfeuer unter den eigenen Leuten Unheil anrichten.

Kreuz und quer schossen mir die Gedanken durch den Schädel. Schließlich, da ich keine Lösung wußte, lahmten sie mich. Ich legte mich hintenüber und dachte, also mit Gott, dann soll er mir die Pistole zwischen die Augen drücken.

Aber diese Vorstellung machte mich wieder wach. Ich ertappte mich dabei, daß ich die Rockärmel bis zum Ellbogen aufkrempelte. Bei der nächsten Leuchtkugel springe ich ihm an den Hals und drücke ihm die Gurgel zu.

Ich konnte nicht. Die nächste Leuchtkugel pfiff hoch. Ja, da lag er. Vielleicht, dachte ich, erschrickt er, wenn er mich bemerkt, und läuft einfach davon. Also will ich versuchen, mich ein wenig über den Trichterrand zu heben und ihn mit einem Ruck ansehen.

Die Leuchtkugel war schon wieder halb zur Erde. Da tat ich es. Ich ruckte hoch und starrte ihn an. So nahe, daß ich glaubte, unsere Köpfe müßten gleich zusammenschlagen.

Er rührte sich nicht. Die Leuchtkugel war aus. Mir wurde entsetzlich übel. Ich kroch ins Loch zurück, wußte: der ist tot.

Ich habe nun inzwischen viele Tote gesehen, auch viele Kameraden. Aber dies hier war unerträglich grauenhaft. Immer wieder Leuchtkugeln und immer wieder das Gesicht. Und jedesmal wurde es mir bekannter und jedesmal hafteten mehr Einzelheiten. Schließlich kam ich auf den irrsinnigen Gedanken: Der Tote da neben mir sieht ja genauso aus wie ich.

Jetzt war ich soweit am Ende meiner Nerven, daß ich aufspringen und einfach losbrüllen und zurücklaufen wollte.

Gottseidank rief in diesem Augenblick das Telephon. Rabs: er verbände mit der Batterie. Dort war Leutnant Fricke am Apparat. Besoffen. Er hatte eine ölige Stimme und war voll von einem schmierigen Wohlwollen. »Na, Reisiger, wie geht es denn? Sie sind wohl stolz, da oben an der Spitze der Batterie unter dem schönen Sternenhimmel zu wachen. Was gibts denn Neues? Gar nichts. Na, denn ist gut. Bei Morgengrauen gehen Sie in den Eernsprech unterstand zurück. Tüchtiger Kerl, was?« Er hängte ab.

Tüchtiger Kerl. Bestimmt kein tüchtiger Kerl. Aber ich war etwas gefaßter. Schließlich zwang ich mich dazu, das Gesicht des Toten ganz ruhig zu betrachten. Ja, er sah wirklich aus wie ich. Ich hatte mich gestern rasiert und mir war aufgefallen, wie hart ein Gesicht im Krieg allmählich wird. Große Flächen um die Backenknochen, tiefliegende Augen und die merkwürdigen Falten, die von der Nase an den zugekniffenen Mund führen. Da, finde ich, hört eigentlich der Krieg auf, wo es so eindeutig klar wird, daß der Mensch, der einzelne Mensch den einzelnen Menschen tötet. Denn er konnte ich sein, ich konnte er sein, gibt es da noch irgendeinen Sinn und irgendeine »Feindschaft«?

Immerhin, ich war ruhig jetzt, es kamen die üblichen Gedanken: Vielleicht hat es besser als ich, jedenfalls wird er sich heute nacht vor mir nicht gefürchtet haben, und er wird sich auch die nächsten Nächte nicht vor denen fürchten, die nach mir hier sitzen.

Eine neue Leuchtkugel. Hinter mir höre ich einen Schritt. Oder vielleicht keinen Schritt, vielleicht klirrt das Drahtverhau? Trotzdem rucke ich zur Seite. Da sehe ich, wie ein schwarzer Schatten auf die Erde gleitet. Ist das wieder ein Toter?

Die Leuchtkugel geht tiefer, geht noch tiefer, fällt direkt auf den schwarzen Schatten, will eben erlöschen –: der Schatten bewegt sich, schlägt mit der Hand auf die glühenden Reste der Leuchtkugel. Das ist nun aber ... ohne Zweifel ein Mensch!

Ich vergesse, daß drei Meter vor mir der Sappenposten steht, daß greifbar neben mir der Tote liegt, springe auf. Ich weiß, daß ich auf einer Kiste sitze, in der Handgranaten sind. Ich reiße im Hochspringen den Deckel ab und habe eine Granate in der Hand. Zum erstenmal in meinem Leben. Eine kleine Keule, unten am Stiel hat sie einen Faden mit einer dicken Glasperle. Was man damit tut, weiß ich nur vom Hörensagen.

Meine Augen brennen sich gegen den schwarzen Schatten. Freund oder Feind? Was tun? Wenn ich ihn anrufe, kann es zu spät sein, dann sitzt mir sein Bajonett oder sein Messer im Hals. Wenn ich ihn nicht anrufe? Das Losungswort, weiß ich, heißt

heute nacht: »Henthen«. Zufällig nach dem Namen meiner Va-
terstadt, weil in unserem Abschnitt Landsleute liegen. Ich packe
die Handgranate fester in der rechten Hand. Die Perle zwischen
Daumen und Zeigefinger der Linken. Ich richte mich auf, sage
leise fragend »Henthen«. Da hebt sich der Schatten in die Knie,
und ich sehe deutlich, daß er eine Wendung zum feindlichen
Drahtverhau hin macht. Ich reiße die Perle aus dem Stiel, werfe
sie ihm hinterher. »Zwei, drei.« Es gibt einen breiten Krach, ein
blaues Feuer, ich höre so etwas wie einen Schrei, nehme Telephon
und Decke unter den Arm, Leuchtsignalpistole in die Hand und
gehe mit langen Sprüngen auf den Graben zurück. Hinter mir
kracht es. Aus dem Loch, in dem ich eben saß, schießt ein blauer
Blitz. Infanteriegewehrfeuer auf beiden Seiten. Vor mir spritzt
alles in den Boden. Ich springe weiter, 20 Schritt, 10 Schritt, bin
im Graben. Ein Kompagnieführer stürzt auf mich los. Ich er-
zähle wirr, was sich ereignet hat. Er schreit »Sperrfeuer«. Ich
jage zwei rote Leuchtkugeln aus meiner Pistole gegen den Himmel. Unsere Batterie beginnt. Ich springe zu Rabs in den Bunker.
Telephonsummen: Meldung an Hauptmann Mosel. Um uns ist
die Hölle los. Ich höre trotzdem Mosels ruhige Stimme: »Anständig benommen«.
Die Infanterie hatte ganz wenig Verluste. Morgens gegen 1/2 5
Uhr wurden Rabs und ich abgelöst. Ich mußte dem Hauptmann
noch einmal alles erzählen, dann durfte ich mich ausruhen. Sie
hatten vor der Feuerstellung aus Denksteinen, unter dem Dach
eines Familiengrabes, einen anständigen Unterschlupf gebaut.
Ich habe herrlich geschlafen.

*

Zwei Tage später: Der Hauptmann läßt in der Feuerstellung die
Batterie zusammentreten. Er schmunzelt mich an und holt aus
seiner Rocktasche einen Gegenstand in blauem Packpapier. Er
wickelt ihn aus: Das E. K. II. Er zieht es mir an einem viel zu
langen Bändchen durch das Knopfloch. Dann sagt er ein paar
freundliche Worte, von feindlicher Patrouille abgewiesen, oder
so ähnlichen Zinnober. Ich bin ganz vergnügt. Vater wird stolz
sein. Am Abend übrigens dieses Tages werde ich auch noch Unteroffizier. Das ist schon sympathischer. Ich denke, daß nun doch

manche körperliche Schinderei aufhören wird. *Wachtmeister Burghardt holt ans seiner Tasche eine schmierige gelbe Litze, die wie ein Zigarrenband aussieht. Ich nähe sie mir höchst eigenhändig an die Kragenecken. Zu mehr langt es nicht. »Sie sehen richtig neugemacht aus«, sagte Burghardt. Aber dann schlägt er mir auf die Schulter und sagt sogar »Kamerad« zu mir. Gott, bin ich stolz.*

3

Die Kämpfe um Souchez waren schwer. Es vergingen niemals vierundzwanzig Stunden, ohne daß der Feind mit starker Übermacht den Durchbruch versuchte. Es glückte nicht. Aber die Abwehr riß die Adern der Verteidiger auf; der Abschnitt ersoff unter Blut.

Neben dem Überfall von Graben zu Graben, die Hand an der Gurgel des Gegners, neben dem Wüten der Artillerie, Batterie auf Batterie, kam ein neuer Schrecken: der Schwarm der Flieger. Sechs Franzosen gegen einen Deutschen. Bisher hatte man gelacht, gespöttelt über jedes Flugzeug. Jetzt wurde es Verhängnis.

Wie Aasgeier hielten die grauen Vögel Ausschau nach Opfern. Arme Artillerie. Es wurde schwer, verborgen zu bleiben, leicht, zertrommelt zu werden.

I/96. – Die Batterie hatte täglich Verluste durch Zufallstreffer. Nun, als sie eines Nachts Sperrfeuer schießen mußte, weil der Infanterie das Bajonett des Gegenübers am Halse saß, wurde aus Zufall korrekteste Berechnung. Ein Flieger leitete das unsichtbare Kommando. Und zwei schwere französische Batterien deckten I/96 zu.

Mosel war in der Stellung. Er versuchte zu antworten.

Es lagen bereits sieben Tote und vier Verwundete zwischen seinen Geschützen. Er kam nicht zum Schuß.

Die Bedienungsmannschaften gingen an der Kirchhofsmauer in Deckung. Da hockten sie, an die Wand gepreßt, das Gesicht blau gegen die brennende Nacht gedreht.

Der Feind pflügte die Gräber. Sie taten sich auf. Tote erwachten zum Leben, Skelette sprangen empor, mußten Verzerrungen machen und Verrenkungen unter dem Druck der Geschosse. Furchtbare Stunde!

Mosel versuchte eine Verbindung zum A.O.K. zu bekommen: hier weiter bleiben ist Unsinn. Die Leitungen waren zerschossen.

Verbindung mit Fricke, der sich vorn im Graben aufhielt. Die Leitungen waren zerschossen.

Warten also, bis zum Morgen.

Und dann: Befehl: Die Batterie bleibt unter allen Umständen am Platz!

Täglich dasselbe. Täglich Tote.

Einmal Materialschaden: zwei Geschütze durch Volltreffer unbrauchbar.

A.O.K.: Batterie bleibt am Platz. Es sind sogleich zwei neue Lafetten in Empfang zu nehmen.

Immer wieder, immer wieder Mosels Abendmeldung: »Tödliche Verluste.«

A.O.K.: Schade um jeden Mann. Aber da kann man nichts machen. Guten Abend.

Endlich, eines Morgens, im Dämmern, ein Meldereiter: »Stellungswechsel. Zurück Gegend Loos.«

Wie die Batterie durch Lens fährt, durch rauchende, zertrümmerte Straßen, vorbei an der schiefliegenden aufgerissenen Kathedrale, muß Reisiger wieder an seinen Traum denken: Stoß: Souchez! Stoß: Loos. »Ich will dir diese Namen einbleuen, daß du sie dein Leben lang nicht wieder vergißt. Das wäre ja noch schöner!«

Und die glühenden Pfeile wandern wieder über die Landkarte.

4

Wenn es nur nicht immer das gleiche wäre –! Souchez oder Loos – der Krieg ist zur Maschine geworden, zur automatischen Maschine. Infanterieangriff: Sperrfeuer. Artilleriekampf: Antwort.

Und Antwort heißt: Verluste. (Und noch das Schweigen heißt: Verluste.) Bei allen Kanonieren gibt es nur noch einen Gedanken: Wann kommen wir endlich aus dieser Hölle heraus.

Aus dem Kanonier Reisiger ist der Unteroffizier Reisiger geworden. Es war das gleiche: Fernsprecher im Graben. Oder Fernsprecher in der Batterie.

Und der Heeresbericht, je mehr es dem Winter zuging und je mehr es kalt wurde und regnete: »Starker Nebel behinderte die Operationen« oder: »Im allgemeinen muß das merkliche Nachlassen, das man hinsichtlich der Aktivität unserer Offensive feststellen kann, den unaufhörlichen Regengüssen zugeschrieben werden, die alles aufweichen und Operationen fast unmöglich machen.«

Man las das, man hörte das täglich, wenn es abends von Stellung zu Stellung durch Fernsprecher weitergegeben wurde. Das Lachen wurde immer härter, immer bitterer, schließlich selbstverständlich: Aber ja, es gibt ja auch wirklich keine ›Operationen‹ von Belang. Daß allein unsere Batterie jeden Abend mit dem Essenwagen drei oder vier Tote nach hinten schickt, ist in der Tat ohne Belang. Daß die Infanterie Tag und Nacht jede Stunde zwei bis drei Menschen im Abschnitt verliert, ist auch keine Neuigkeit für den Heeresbericht. Wir habens ja dazu, wir haben ja genügend Menschenmaterial.

Nur Ein Gedanke bot Halt: Weihnachten kommt.

Und es gibt so viele kindliche Gemüter und so viel Glauben an Weihnachten, daß plötzlich das Gerücht aufgeht und weitergeraunt wird, von den Sappen vor der Infanteriestellung durch alles Gewirr der Gräben, durch alle Annäherungswege bis zu den Feldartilleriebatterien, bis zu den schweren Geschützen dahinter – vielleicht sogar bis zu den Stäben: Paßt auf, Weihnachten ist Frieden!

5

In den letzten Monaten machen sich in Deutschland mehrfach wehrbrüderliche Friedensbestrebungen bemerkbar, die scharfe

Überwachung erfordern. Die Träger und Förderer dieser Bewegung sind zwar meist Persönlichkeiten von geringem politischem Einfluß. Sie bleiben im allgemeinen auf die Kreise von »Pazifisten« beschränkt, die schon vor dem Kriege einem verschwommenen Weltbürgertum nachgingen. – Bei der entschlossenen, vaterländischen Haltung des deutschen Volkes ist kaum zu erwarten, daß die Bewegung in breite Schichten eindringen und zu ausschlaggebender Bedeutung gelangen wird. Ihre Duldung in jetziger Zeit muß aber mit Recht in weiten Kreisen Mißstimmung und Widerspruch hervorrufen und kann schließlich den festen, unbeirrten Willen zum Durchhalten beeinträchtigen. Es wird nicht verstanden, daß die Erörterung praktischer, vaterländischer Kriegsziele verboten ist, während eine Stimmungsmache für theoretisch unklare weltbürgerliche Friedensgedanken erlaubt sein soll. Besonders unseren kämpfenden Truppen müssen alle Gedankengänge und Bestrebungen solcher Art ferngehalten werden ... Besonders gefährlich muß es erscheinen, daß die anfangs mehr wissenschaftlich auftretende Bewegung neuerdings mit scharf international gerichteten Sozialistengruppen aller Länder Fühlung zu nehmen sucht. Schließlich ist ein derartiges Auftreten von Leuten, die sich als Vertreter der deutschen Intelligenz im Auslande aufspielen, geeignet, die Achtung vor deutschem Wesen und deutscher Tüchtigkeit, die uns das Volk in Waffen errungen hat, zu beeinträchtigen.

(Kriegsministerium, 7. II. 15. Nr. 3740/15 geheim.)

6

... Im Westen haben die mit größter Todesverachtung unternommenen Angriffe der Franzosen und Engländer zwar unsere Front an einzelnen Stellen eingedrückt, aber der Durchbruch, der unter allen Umständen erzwungen werden sollte, ist wie alle früheren Versuche mißglückt. Von dem Umfang des gewaltigen Ringens, meine Herren, gewinnt man eine Vorstellung, wenn man bedenkt, daß Frankreich allein in der Champagne nicht sehr viel weniger Truppen eingesetzt hat, als die waren, mit denen Deutschland in den Krieg von 1870 gezogen ist. Es gibt

kein Wort, meine Herren, das tief genug empfunden wäre, um die Dankesschuld des Vaterlands gegen unsere Krieger abzutragen, gegen unsere Krieger, die trotz eines unerhörten feindlichen Trommelfeuers, trotz einer vielfachen zahlenmäßigen Unterlegenheit mit ihren Leibern dem Feind einen Wall entgegengesetzt haben, den er nicht hat durchbrechen können. Unvergängliche Ehre dem Andenken aller, die dort ihr Leben für ihre Freunde gelassen haben ... Das deutsche Volk, unerschütterlich im Vertrauen auf seine Kraft, ist unbesiegbar. Es heißt, uns beleidigen, wenn man glauben machen will, daß wir, die wir von Sieg zu Sieg geschritten sind, weit in Feindesland stehen, unseren Feinden, die noch vom Siege träumen, an Ausdauer, an Zähigkeit, an innerer moralischer Kraft, nachstehen sollten. Nein, meine Herren, wir lassen uns durch Worte nicht beugen. Wir kämpfen den von unseren Feinden gewollten Kampf entschlossen weiter, um zu vollenden, was Deutschlands Zukunft von uns fordert.
(Rede des Reichskanzlers, 9.12.1915.)

7

Einfaches Abwarten in der Defensive, das an sich wohl denkbar wäre, entspricht dem Zweck auf die Dauer nicht. Den Gegnern strömen aus ihrer Überlegenheit an Menschen und Material erheblich mehr Kräfte zu als uns. Es müßte bei diesem Verfahren einmal der Augenblick eintreten, wo das rohe Stärkeverhältnis Deutschland nicht viel Hoffnung mehr ließe. Das Vermögen zum Durchhalten ist bei unseren Verbündeten begrenzt, das unsrige immerhin nicht unbeschränkt ... In Flandern, nördlich des Lorettorückens, verhindert die Bodenbeschaffenheit bis in das mittlere Frühjahr hinein weitzielende Unternehmungen. Südlich davon sollen für sie nach Meinung der örtlichen Führer etwa 30 Divisionen erforderlich sein. Der gleichen Zahl würde auch eine Offensive im Nordabschnitt bedürfen. Es ist uns aber unmöglich, diese Stärke an einer Stelle unserer Front zu vereinigen.
(General v. Falkenhayn, Vortrag vor Kaiser Wilhelm, Weihnachten 1915.)

Kanzler:

... es heißt, uns beleidigen, wenn man glauben machen will, daß wir ... an Ausdauer, an Zähigkeit, an innerer moralischer Kraft, nachstehen sollten.

General:

... einmal der Augenblick eintreten, wo ... nicht viel Hoffnung mehr ließe.

Kanzler:

... deutsche Volk unbesiegbar.

General:

... Vermögen zum Durchhalten ... immerhin nicht unbeschränkt.

Größter Schlager der Gegenwart!
Deutsch sei Dein Gruß!
Künstlerisch ausgefertigte Grußtäfelchen, gesetzlich geschützt, 15 x 11 cm, zum Anheften an Türen, Geschäftsräume, Gastwirtschaften usw. zum 10-Pfennig-Verkauf.

An das deutsche Heer, die Marine und die Schutztruppen: Kameraden! Ein Jahr schweren Ringens ist abgelaufen. Wo immer die Überzahl der Feinde gegen unsere Linien anstürmte, ist sie an Eurer Treue und Tapferkeit zerschellt. Überall, wo Ich Euch zum Schlagen ansetzte, habt Ihr den Sieg glorreich errungen.

Dankbar erinnern wir uns heute vor allem der Brüder, die ihr Blut freudig dahingaben, um Sicherheit für unsere Lieben in der Heimat und unvergänglichen Ruhm für das Vaterland zu erstreiten.

Was sie begonnen, werden wir mit Gottes gnädiger Hilfe vollenden.

Noch strecken die Feinde von West und Ost, von Nord und Süd in ohnmächtiger Wut ihre Hände nach allem aus, was uns das

Leben lebenswert macht. Die Hoffnung, uns im ehrlichen Kampf überwinden zu können, haben sie längst begraben müssen. Nur auf das Gewicht ihrer Masse, auf die Aushungerung unseres ganzen Volkes und auf die Wirkungen ihres ebenso frevelhaften wie heimtückischen Verleumdungsfeldzuges auf die Welt glauben sie noch bauen zu dürfen.

Ihre Pläne werden ihnen nicht gelingen. An dem Geist und dem Willen, der Heer und Heimat unerschütterlich eint, werden sie elend zuschanden werden: Dem Geist der Pflichterfüllung für das Vaterland bis zum letzten Atemzug und dem Willen zum Siege.

So schreiten wir denn in das Neue Jahr. Vorwärts mit Gott zum Schutz der Heimat und für Deutschlands Größe!

Großes Hauptquartier, den 31. Dezember 1915.

Wilhelm

11

Auf bevorstehende Erfolge nicht zu sehr hinweisen, da die Freude über unsere Siege dadurch herabgesetzt oder bei ihrem Ausbleiben Enttäuschung erregt wird.

(Presse-Besprechung der Oberzensurstelle des Kriegspresseamts, 20.8.15.)

12

Tagebuchaufzeichnung des Unteroffiziers Reisiger:

In der Nacht vom 31.12. zum 1.1.16 feuerten Punkt 12 Uhr sämtliche deutschen Batterien, soweit ich hören konnte, drei Salven gegen den Feind. – Der Feind antwortete nicht.

Ich möchte wissen, wer den Befehl dazu gegeben hat. In der Batterie herrscht eine Wut gegen diesen Hund, wie ich sie nie zuvor erlebt hatte. Das ist eine glatte Schweinerei. Uns haben die Tränen in den Augen gestanden. Wir sind ja allmählich alle keine Kinder mehr und Schießen ist ganz gewiß unser Beruf, wenn wir im Krieg sind. Aber daß wir das neue Jahr so anfangen mußten, ist gemein. Warum haben wir gefeuert? Gegen wen um Gottes willen? Wenn das so weiter geht, daß aus purer Lust am Knallen, ohne »Zweck, ohne »Feind«, ohne (soll ich mich schämen »Berechtigung« zu sagen?) ... einfach geballert wird, weil irgendein Etappenhengst sich das als Neujahrsgruß besonders apart ausgedacht hat – dann wird die Sache über kurz oder lang ein Ende nehmen, das uns allen keinen Spaß macht. – Aber ich bin ja Soldat und muß die Schnauze halten.

Zweiter Teil

Erstes Kapitel

1

Seit Jesu Tod ist der Beweis erbracht, daß man sterben kann und nicht nur sterben muß. – Die häufigste Frage, die man heute hört, lautet: Wie lange dauert der Krieg noch? – Man schelte mich nicht leichtfertig, wenn ich mit einem Wort, das sich nach Scherz anhört, aber von mir bitter ernst gemeint ist, antworte: bis er zu Ende ist.
(Berliner Lokalanzeiger, 21.4.16, Hofprediger Lic. Doehring)

2

Gott hat sichtbar geholfen. Er wird ferner mit uns sein.
(11. 1.16; Wilhelm an Franz Josef)
Gottes Beistand wird uns zu gutem Ende unseres gemeinsamen Kämpfern geleiten.
(11.1.16; Franz Joseph an Wilhelm)
Ich bete, daß der allmächtige Gott uns seinen Segen gebe.
(27.1.16; englische Thronrede)
Anflehend die Hilfe des Allerhöchsten für eure Arbeiten.
(14.1.16; Tagesbefehl, Nikolaus)
So wie Mein seliger Großvater und wie Ich Uns unter der höchsten Obhut und dem höchsten Auftrage Unseres Herrn und Gottes arbeitend dargestellt haben, so nehme Ich das von einem jeden ehrlichen Christen an, wer es auch sei. Wer in dieser Gesinnung arbeitet, dem wird es aber klar, daß das Kreuz auch verpflichtet! Wir sollen in brüderlicher Liebe zusammenhalten ...
(Kaiser Wilhelm, 29.8.1910)

3

Februar 16. Urlaub. Nach siebzehn Monaten, nach fünfhundert Tagen, durfte Unteroffizier Reisiger zehn Tage in Deutschland zubringen. Wie sehr ersehnt! Wie brennend, immer wieder, immer lauter, immer drängender gewünscht! Zweimal bereits war der Tag festgelegt gewesen. »Reisiger – nächste Woche – parti Deutschland – Mensch, hast dus gut!« – Dann war der einzige Gedanke hochgegangen: jetzt nicht noch, in letzter Sekunde, sich vor den Kopf schießen lassen! Angst hatte eingesetzt.

Zweimal: Urlaubssperre! Man hatte sich geduckt unter dieses verfluchte Wort. Bis Reisiger endlich im Urlaubzug saß.

Und dann? Dann zerrannen zehn Tage, zweihundertvierzig Stunden.

Meldung: »Unteroffizier Reisiger von Heimaturlaub zurück.« – »Gut, lösen Sie sofort die Grabenbeobachtung ab.«

Reisiger saß im Bunker. Es regnete, wurde eine schmierige Nacht unter schmierigem Himmel.

Vorgestern Deutschland, am weißgedeckten Tisch zwischen Vater und Mutter, verlegen um irgendein Wort, Gespräch. – Gestern im Zug, unter schweigenden Soldaten. – Jetzt hier.

Urlaub war gewesen? Was wußte Reisiger davon? Es blieb nicht mehr als ein Film, zu schnell gedreht, ungeschickt geschnitten, überhetzt, überhitzt, zu Bildchen, zu Fetzen zerrissen. Schlagwortzeilen, zusammenhanglos, unbegründbar, Wirrwarr ohne Ordnung und Gesetz.

Titel: Hunger!

Bekanntmachung:

Für die laufende Woche werden auf den Kopf der Bevölkerung folgende Lebensmittel verausgabt: 10 Pfund Kartoffeln, 210 Gramm Zucker, 100 Gramm Butter, 100 Gramm Schmalz oder Speck, 80 Gramm Margarine oder Kunstspeisefett, 125 Gramm Hülsenfrüchte oder Gegräupe, täglich 1/2 Liter Milch, 25 Gramm

Feinseife, 125 Gramm andere Seife. Zuteilung von Frischfleisch
erfolgt nach Maßgabe der verfügbaren Gesamtmenge.
Die Menschen stehen vor den Geschäften. Jetzt, im Winter, frühmorgens ab 6 Uhr, in zwei Reihen, die ganz Alten
und die ganz Jungen. Von einem Bein aufs andere – »Jaja,
der Krieg«, »Na, unsere Braven draußen werden es schon machen«, »Mit 80 Gramm Margarine kann ich nicht auskom-
men«, »Und wenn ich Ihnen sage, daß mein Sohn geschrieben hat, daß sie draußen jetzt tagelang nicht einen Bissen Fett
gesehen haben?«, »Natürlich, wir habens ja auch immer noch
gut und dürfen nicht klagen«, »Mein Kind wird nun sechs
Jahre; wissen Sie, was es wiegt: sage und schreibe dreidddrei-
ßig Pfund«. – Der Kaufmann schiebt die Rolläden hoch: »Es
gibt heute nur Seife und Zucker. Die anderen Sachen sollen
am Nachmittag kommen. Tja, da müssen Sie alle sich schon
noch gedulden.« – Die Menschen holen Seife und Zucker. Sie
stehen am frühen Nachmittag wieder drei Stunden. Abends,
mit zitternden Knien, sehen sie dankbar und liebevoll auf
Kunstspeisefett, Gegräupe, verfrorene Kartoffeln und auf 100
Gramm Butter.
Vertrauliche Mitteilung vom Oberkommando i. d. Marken
an alle Zeitungen:
Veröffentlichungen über heute abend stattgefundene Ruhestö-
rungen vor der Markthalle Invalidenstraße (Berlin) dürfen vor
der amtlichen Aufklärung und entsprechender Mitteilung an die
Presse nicht gemacht werden. (2. II. 1916) Weitere Mitteilungen
über den Vorfall in der Markthalle als die von WTB gegebene
Meldung sind unzulässig.
(Oberkommando i. d.M. 3. II. 1916)
WTB:
In der Markthalle an der Invaliden- und Ackerstraße wurde
heute beim Andrang des Publikums zum Schmalzverkauf ein ei-
serner Ofen umgeworfen; Personen wurden dabei nicht verletzt.
Dieser Vorfall veranlagte Gerüchte von Krawallen und Waffen-
gebrauch der Schutzmannschaft, welche jedoch vollständig un-
begründet sind.
Dieses und sehr vieles andere enthält das neue Gartenlehr-

buch der Blumengärtnerei Peterseim-Erfurt, Lieferanten für
Se. Maj. den Deutschen Kaiser:
Im Nachttopf spiegelt sich der gesundheitliche Zustand eines
Menschen, in der Jauche der gesunde oder ungesunde landwirt-
schaftliche Zustand eines Volkes. An seiner Kloakenwirtschaft ist
das stolze römische Reich zugrunde gegangen. Nicht der Krieg
zerstört ein Volk, sondern nur der Zustand der Felder ist es, was
eine Nation letzten Endes zugrunde richtet oder mächtig macht.
Die Anzahl der Ehen und Kinder sind durchaus abhängig von
den Kornpreisen. – Die jährliche Fäkalmenge eines Menschen
genügt, um auf einem Morgen sieben Zentner Roggenkorn zu
erzeugen. Mit Millionen Zentnern Brotgetreide zu bewertende
Fäkalien gehen jährlich verloren und werden durch Wasserspül-
anlagen in die Flußläufe geführt. – Fleißige Hand wird herr-
schen, die aber lässig ist, wird müssen zinsen, Spr. 12, 24.
Der Film reißt.
Blendend die weiße Wand, daß man die Augen schließen
muß. Aber der Motor surrt, Motor surrt, surrt. Und dann,
auf der weißen Wand, ungeheuer vergrößert, verzerrt, gigan-
tisch zwei Hände, Finger, baumdick, die tasten und suchen.
Der Operateur will flicken. Der Motor surrt, Motor surrt, die
Finger drücken und suchen und greifen. Endlich:
Titel: Die Frau!
Wie war das doch? Die vielen Frauen, auf den Straßen, in den
Ämtern, auf so vielen Posten? Wie war das doch?
Da stehen sie, Frau neben Frau, drehen Granaten. Lederho-
sen, die Brüste weggeleugnet im Lederwams; das Haar, blond
vielleicht, dünn und wehend vielleicht, weggelogen in der
Lederkappe.
Und das Herz? –
... Viele, viele Frauen habe ich gesprochen: zahme, die ich bisher
für beschränkt hielt, und sie waren klar und stark im Haß; zar-
te, die nur mit sich beschäftigt waren, und der Haß ließ sie nun
sich selbst vergessen; kinderlose, die längst ergeben waren, und
die nun klagten: Hätte ich doch einen Sohn, uns an England zu
rächen; Mütter, die kein Glück in der Welt haben als das durch
ihre Söhne; sie gaben sie freudig, und sie konnten nicht mehr
deutlich sagen: Für das Vaterland oder aus Haß gegen England.

(Ida Boy-Ed, am Tage der englischen Kriegserklärung.)
Da kommen sie nun: Lokomotivführer und Chauffeur, Postbote und Kellner, Vollzugsbeamter und Kassierer. Frauen, unbegreifbar, weiblichen Geschlechtes!
Weiblichen Geschlechtes?
Wie war das doch, als man auf Urlaub war?
Brach nicht doch zuweilen eine Regung durch? Konnte es dir
nicht geschehen, Reisiger, daß die Augen der jungen Frau,
die in zerschlissenen Männerhosen erschien, die Kohlenkiepe
auf den durchgebogenen Schultern, daß diese Augen plötzlich flackernd wurden? Daß der Mund, schwarz verstaubt,
plötzlich die Winkel zu einem weichen Bogen hob? Daß die
Hand, breit, dreckig, zitterte? Daß aus der Brust, keuchend,
die Hügel wuchsen? Daß nichts mehr Lüge war, daß kein
Krieg die Frau zum Mann schänden konnte?
Wie war das doch, auf Urlaub?
Die vielen Frauen, ohne Mann? Kriegstrauung, des Nachmittags, Umarmung, die den Leib zersprengte, des Nachts, Abschied, Trennung, in der ersten Frühe. Und dann, Tag um Tag
und Nacht um Nacht und Monat auf Monat ohne Mann?
Der Film rollt: Offene Arme. Ein Kissen des Nachts kühlend
gegen den Schoß gerissen. Und warten. Wann kommt mein
Mann? Offene Arme. Den Leib verhungert, abgeschuftet,
entblößt zwischen den Laken hin und her geworfen:
Wann kommt – ein Mann? Tag um Tag und Nacht um Nacht:
wann kommt ein Mann?
Ehen brachen, Herzen stürzten in Verwirrung – der Mann in
Uniform, jeder Mann in Uniform: das ist mein Mann.
Brief einer Kriegerfrau, Veröffentlichung verboten:
Da sich bei den meisten Frauen das Resultat zeigt, das die Ur
lauber hinterlassen haben und dieselben sich jetzt schon auf den
kommenden Kriegsjungen freuen, so will ich auch nicht zurück
stehen und verlacht werden. Ich will auch den Patriotismus un
terstützen. Will aber auch nicht auf Abwege geraten, und deut
sche Treue üben, denn mein Mann steht auch schon seit Kriegs
beginn im Felde. Aber auch die Natur verlangt ihre Rechte. Ich
hoffe auch, daß mein Vorhaben in Erfüllung geht und was unser
Resultat bringen wird, das wird die Zukunft sagen. Denn unser

Kaiser braucht auch Soldaten. Es muß mit dem Urlaubsgesuch auch nicht zu lange dauern, denn sonst ist der Krieg zu Ende und unser Vorhaben vom Kriegsjungen vereitelt. – Hochachtungsvoll ...

Aber kam denn der Mann? Und wenn er erschossen war, draußen lag, zerfetzt? Was war sonst im Land, wenn nicht Greise, Krüppel, Kinder? – Gitter, Käfige, Mauern. Dahinter: gefangene Feinde. Es dunstete aus, es roch: hier ist der Mann. Das Stadtpolizeiamt in Schwerin i. M. gibt, April 1915, bekannt:

Es ist in letzter Zeit wiederholt vorgekommen, daß die Zivilbevölkerung beim Durchzug von Kriegsgefangenen ein außerordentlich taktloses Benehmen gezeigt hat. Nicht nur haben sich große Scharen von Neugierigen gesammelt, sondern viele Zuschauer – namentlich der weibliche Teil – haben sich auch nicht enthalten, Mitleid mit den Gefangenen durch Weinen, durch Beschenken und durch Hilfeleistung beim Tragen von Gepäck usw. zu zeigen. Die Zivilbevölkerung wird darauf hingewiesen, daß Maßnahmen getroffen sind, damit ein derartiges Verhalten künftig unter allen Umständen verhindert wird.

Kreuzzeitung, April 1915:
Wegen brieflichen Verkehrs mit Gefangenen wurde die Tapezierehefrau M. S. vom Landgericht Eichstädt zu einem Monat Gefängnis verurteilt. Sie hatte mit in M. gefangen gehaltenen französischen Offizieren Briefverkehr unterhalten.

Und es lagen, des Abends, trotz den Verboten, im gefrorenen Wald vor der Stadt, in der verlassenen Scheune, im Stall Menschen, die Körper gegen einander gepreßt, verhungert nach einer Zärtlichkeit. Eine deutsche Frau und ein französischer Mann, deutsche Frau und Engländer, Russe, Neger ... Auf Sekunden gab es keinen Krieg! Kein Vaterland! Kein Deutsch und Englisch und Französisch und Russisch und Suaheli! Auf Sekunden stockte die Maschine: Mord. Auf Sekunden: eine deutsche Frau und ein Mann, dessen Sprache sie nicht verstand: nur und nichts als Frau und Mann.

Motor surrt, Motor surrt, Motor surrt – – – Und der Film rollt ab, rollt weiter, rollt –
Und was war noch, Reisiger, auf Urlaub ...?

Es waren Menschen in Zivil, die kamen vertraulich heran, drängten auf den Straßen, folgten ins Zimmer, stierten ums Bett, lachten breit, hoben den Finger, drohten verschmitzt mit der Faust, raschelten mit der Zeitung, prosteten mit dem Bierglas. Der Lehrer aus dem Mathematikunterricht Oberprima: »Na, Reisiger, gehts denn voran? – Mir scheint, ihr seid faul geworden da vorn an der Front, was? Kein Sieg seit Wochen, was?« – Der Postdirektor, pensionierter Offizier von 70/71: »Also Herr Reisiger, damals, wir, vor Gravelotte, bestimmt, es war schlimmer als jetzt, wo man sich überall in Gräben verkriecht.« Der Pastor, Spucke auf den Lippen: »Nun lieber Adolf, die Herzen zu Gott, Sie erinnern sich, und die Fäuste auf den Feind!« – Und die vielen: »Nun erzählen Sie doch mal ein bißchen aus dem Krieg.«

Wie war das doch, Adolf Reisiger? Erzählen, ein bißchen, aus dem Krieg. Angefangen, nach langer Qual: »Also der Feind schoß mit Granaten –« Und schon abgebrochen die Erzählung: Was wissen sie, was Feind heißt! Was wissen sie, was schießen heißt. Und »Granaten«, was wissen sie, was eine Granate ist? – Gestammelt, geschwiegen: es hat ja gar keinen Sinn.

Fragt der Vater: »Na, Junge, wollen wir heute ein Pülleken Sekt trinken?« Antwortet der Sohn, der Unteroffizier Adolf Reisiger: »Ja, o ja, gern!« – Und denkt: Ob meine Batterie heute abend Wasser holen durfte?

Fragt die Mutter: »Willst du heute ein Hühnchen essen? Onkel Hermann hat eins für dich geschickt?« Antwortet der Sohn: »Hühnchen, na ausgezeichnet.« – Denkt: Bald ist Mittag. Gibt es draußen heute wohl die Erlaubnis, zum Dörrgemüse eine Büchse Rindfleisch zu öffnen?

Der Vater: »Und wenn Friede ist, darfst du in München nach Herzenslust studieren.« Reisiger denkt: Ob ein Mensch lebendig aus dem Felde nach Hause kommt, da wir doch fürs Frühjahr Bewegungskrieg vorbereiten?

Die Mutter: »Ach mein Junge, wer hätte das gedacht. Aber ihr wolltet ja ins Feld. Wir Frauen verstehen wohl nichts davon.« Reisiger, für sich: Nun weint sie auch noch. Wenn ich doch wieder an der Front wäre. – Hättet ihr Frauen euern Männern und Söhnen verboten, mit Inbrunst und Zorn verboten, ein einziges Gewehr anzufassen – Aber was wissen Frauen von Krieg!

Und der Film rollt und rollt und rollt. Und, Großaufnahme, das Coupé III. Klasse, erst zwischen Zivilisten, dann, nach 12 Stunden, nur noch zwischen Militär, Kameraden, schweigsamen.

Fahrt über den Rhein. Schlucken in der Kehle: hier ist eine Grenze. Hüben Deutschland, drüben wir. Hinüber herüber Worte, Worte, Worte. Nur Verstehen gibt es nicht mehr, gibt es nicht mehr. Ihr, drüben, in Deutschland, hinter uns, begreift nichts von uns. Ihr könnt ja nichts von uns begreifen!

Der Film rollt langsamer, langsamer. Der Motor hakt, röchelt, spuckt, setzt aus.

Reisiger sitzt im Bunker, in einer schmierigen Nacht, unter dickem, schleimigem Himmel.

Der Feind schweigt. Wenige Gewehrschüsse schlagen gegen die Brustwehr. Einmal schreit eine Stimme fürchterlich auf. Reisiger schläft, das Telephon an den Ohren, hört, wie im Dämmern: Im Westen keine besonderen Ereignisse.

4

Reisigers Tagebuch, 2.4.16:

Anruf

Ich habe dich geliebt, Gott – aber wo bleibt Halt zu dir?

Machst du uns all die Qualen? Hetzt du uns zum Tier?

Ist es dein Werk, daß unsere Brüder zerrissen auf Bahren bluten?

Wirft deine Hand aus der Geschütze brüllenden Rachen Feuergluten?

Ist es dein Wille, wenn sich deine Söhne zahllos wie vermoderte Bäume fällen?

Läßt du geschehen, daß Gewehre wild auf unsere Leiber bellen?

197

Wirfst du die Flammenbrände heiß auf unsere Hütten?
Daß unterm Sturme deines Atems unsere Städte sich verschütten?
Herr! Großes Irresein an dir krallt mich mit tausend Armen!
Ich habe dich geliebt, Gott! Zeige einmal noch Erbarmen!
Herr! Einmal noch sei gnädig! Sieh die Hände, die wir betend heben!
Vergib uns alle unsere Schuld! Und erlöse uns von dem Leben!

Das Gedicht habe ich vor einigen Tagen geschrieben. Ich male mir immerzu aus, was werden würde, wenn ich es bei der Postausgabe einmal laut vor aller Mannschaft vorläse. Aber dann hält man mich für verrückt und sperrt mich ein. Das lohnt wohl nicht.
Nur: gesagt müßte einmal werden, daß ich den Krieg allmählich für die größte Sauerei halte, die es gibt.
Ich will das Gedicht drucken lassen. Ich schicke es an Redaktionen nach Deutschland. Es ist schlecht, aber es sagt etwas. Vielleicht nützt es also. – Das Leben wird immer unerträglicher. Mosel hätte nicht fallen dürfen. Und vor allem nicht auf so unsinnige Weise. Da er ein guter Soldat war, und es bewußt war, hätte er in der Stellung sterben müssen. Aber Fliegerbombe bei den Protzen? Armer Kerl.
Der neue Chef, Hauptmann Siebert, ist mit Mosel nicht zu vergleichen. Er ist unentschieden. Oder unsicher? Er weiß manchmal nicht ein noch aus. Wenn wir wenigstens Fricke noch hätten. Aber auch dessen Ende war ja vorauszusehen. Man läuft nicht ungestraft an der Front spazieren.
– Wo geht das Leben hin? Wie geht es weiter?

5

Was wir in letzter Zeit erlebt haben, die Zurückweisung der russischen Offensive und die Kämpfe bei Verdun, sind nicht, wie

unsere Gegner zu glauben vorgeben, die äußersten Anstrengun-
gen einer erschöpften und das Letzte hingebenden Nation, son-
dern das sind die Hammerschläge eines mit Menschenreserven
und mit allen Hilfsmitteln versehenen, kräftigen, gesunden und
unüberwindlichen Volksheeres. Die Angriffe werden sich wieder-
holen, bis die anderen mürbe sind, und daß wir alles für diesen
Sieg einsetzen werden, verspreche ich hier vor dem Hause.
(Kriegsminister Wild v. Hohenborn, 10.4.16, Reichstag)

6

Unsere Zeitungen sollen nicht schreiben, was das Volk gerne hört
und was demzufolge den Straßenverkauf ergiebiger macht. Sie
sollen zu den geistigen Führern des Volkes gehören und schreiben,
was ihm nützt. Und darum dürfen sie nicht nur auf Augen-
blickswirkungen hinarbeiten, sondern sie müssen weiter blicken.
Statt gestützt auf mangelnde Sachkenntnis vorauszuahnen, was
draußen unsere Generale und Truppen vollbringen werden, sol-
len sie lieber voraus zu berechnen suchen, wie ihre Veröffentli-
chungen im Inland und Ausland wirken werden. Das ist das
rechte Betätigungsgebiet für den Journalistendrang, in die Zu-
kunft zu sehen.
(Pressebesprechung d. Oberzensurstelle des Kriegspresseamts
22.9.15)

7

... Volk gerne hört ... Hammerschläge ... mit allen Hilfsmitteln
... unüberwindlich ... vorauszuahnen ... bis die anderen mürbe
sind ... das ist das rechte Betätigungsgebiet für den Journalis-
tendrang ...

8

F.A.R. 96 ist herausgezogen worden. Die Batterien liegen in
einigen Dörfern nahe Courtrai. Drei Wochen Ruhe.

Gerichtsverhandlung im Stabsquartier der I. Abteilung F.A.R. 96.

Anwesend: Führer von I/96 Major Klemper als Vorsitzender, Hauptmann Siebert I/96 als erster, Leutnant Stiller 5/96 als zweiter Beisitzer.

Protokollführer: Reisiger (seit 3 Tagen Vizewachtmeister)

Angeklagt: Kanonier Rodnik, I/96.

Major Kl.: Erzählen Sie den Vorgang.

Angeklagter schweigt.

Major Kl.: Na, stimmt es, daß Sie mit diesem Frauenzimmer gevögelt haben, obwohl Sie wußten, daß die Person geschlechtskrank ist?

Angeklagter: Zu Befehl, Herr Major: nein.

Major Kl.: Was heißt Nein? Haben Sie nicht – oder wußten Sie nicht?

Angeklagter: Ich kenne das Mädchen nicht, Herr Major.

Hauptmann S.: Rodnik, wenn Sie noch lügen, sperre ich Sie sofort ein. Hier, Herr Major, ist noch ein Attest vom Abteilungsarzt, daß der Mann schweren Tripper hat.

Major Kl.: Kerl, wollen Sie mir erzählen, daß das vom Pinkeln gekommen ist? (Brüllt) Sie kommen ins Zuchthaus, wenn Sie nicht die Wahrheit sagen. Also wo haben Sie den Tripper her?

Angeklagter: Aus dem Lazarett –

Hauptmann S.: Das ist Lüge. Sie waren ja nie im Lazarett!

Angeklagter: Nein, Herr Hauptmann – aber hier aus dem Ort –

Hauptmann S.: Rodnik, nun reden Sie mal keinen Unsinn. Nun seien Sie mal vernünftig. So weit solltet Ihr mich doch schon kennen, daß man mit mir reden kann. Ich will nicht belogen werden, also nun erzählen Sie. In Ihrem Interesse.

Angeklagter: Ich habs gekauft ...

Major Kl.: Was gekauft? Das Mädel?

Angeklagter: Nein, Herr Major. Den Tripper. Von einem Infanteristen. Aber das haben andere auch getan. Der ist tripperkrank – und wenn man ihm eine Mark gibt, gibt er einem ein bißchen – ein bißchen Eiter. Und wenn man den gleich sich anschmiert ...

Hauptmann S.: Das haben andere auch? Wie viele von der Batterie?

Angeklagter: Wie ich da war, noch fünf ...

10

Selbstmorde 1914/15 in Feld- und Besatzungsheer; unbedingte Zahl: 621. Selbstmorde 1915/16 in Feld – und Besatzungsheer; unbedingte Zahl: 1210.
(Seesselberg, Stellungskrieg S. 454)

11

Wegen Sittlichkeitsvergehens im Sinne des § 184,1 des Strafgesetz-buchs (Verbreitung unsittlicher Schriften) hat das Landgericht Duisburg am 7. Januar den Uhrmacher Max Ranspieß zu drei Monaten Gefängnis verurteilt. Der Angeklagte, der verheiratet ist, aber von seiner Frau getrennt lebt, hatte, wie ihm zur Last gelegt worden ist, unter der Maske eines Wohltäters die jetzige Kriegszeit dazu benutzt, auf verbotene Liebesabenteuer auszu-gehen, indem er folgendes Manöver vollführte: Am 19. Septem-ber v.J. erließ er im »Duisburger Generalanzeiger« ein Inserat, das lautet: »Junger Uhrmacher übernimmt bei Frauen, deren Männer im Felde stehen, unentgeltlich Reparaturen an Ort und Stelle.« Unter diesem Text stand eine Ziffer, unter der sich, wie er hoffte, Reflektantinnen melden würden. Jedoch hatte das Inse-rat eine für ihn ganz unerhoffte Wirkung, in dem er sich wegen Sittlichkeitsvergehens zu verantworten hatte. Das Gericht ist der Ansicht gewesen, daß es dem Angeklagten nur darum zu tun ge-wesen ist, auf das Inserat hin mit Frauen, deren Männer im Fel-de stehen, in unerlaubte Beziehungen treten zu können. Dafür spreche die ganze Fassung des Inserats, nämlich einmal die Her-vorhebung des Wortes »Junger Uhrmacher«, sodann die »unent-geltliche« Ausführung der Reparaturen und endlich die Vornah-

*me der Reparaturen »an Ort und Stelle«, also in den Wohnungen
der Frauen. Die gegenteilige Behauptung des Angeklagten, daß
er keinerlei unsaubere Hintergedanken bei Aufgabe des Inserats
gehabt habe, habe das Gericht keinen Glauben geschenkt. Die
Revision des Angeklagten wurde vom Reichsgericht verworfen.*
(Leipziger Volkszeitung, 11.5.1915)

12

Das interessanteste Buch der Gegenwart!
Die deutsche Frau und die Kriegsgefangenen
Aus dem Inhalt:
Iros: Was lockte die Frau zu den Kriegsgefangenen. Tlucher:
Suggestion des Fremdartigen. Dr. Sterzinger: Psychologische
Analysen. Anna Haushofer – Merk: Ist der Gefangene noch
Feind? Frau Professor Henni Lehmann: Wir Mütter! Was
ich erlebte und wie ich mich strafbar machte. Amtsanwalt
Laufer: Schuldig? Valentine Gebhard: Der Roman der För-
stertochter zu ... Ida Wagner: Die arbeitende Frau und die
Kriegsgefangenen. Ida Wagner: Die arbeitgebende Frau und
die Kriegsgefangenen. Valentine Gebhard: Die schönen Grie-
chen von Görlitz usw. usw. usw. – Das Buch deckt offen und
frei die sittlichen Verfehlungen der »Gefangenenliebchen«
auf, sucht die Ursachen zu ergründen und träufelt heilenden
Balsam auf die Wunden des deutschen sittlichen Ansehens.
Preis geheftet M. 2,–, Porto und Verpackung 20 Pf. Auf
Wunsch in geschloss. neutralem Umschlag M. 2,30 frco. Jeder deutsche Mann, jede deutsche Frau lese das Buch.
(Nürnberger Bücherei und Verlagsgesellschaft, Döllinger u.
Co., Nürnberg 11, Königstorgraben. – Generalvertreter über-
all gesucht!)

13

Die Angehörigen von Gefangenen sollen vorsichtig in der Aus-

wahl der Lektüre sein, die sie den Gefangenen in Feindesland zusenden; aus Minderwertigkeit des Lesestoffes wird auf niedrigen Kulturstand unserer Nation geschlossen.
(Pressebesprechung der Oberzensurstelle, 4.8.15)

14

F.A.R. 96 bekam Ende Juni, eines Nachmittags, den Befehl für den Einsatz. Er war für alle Batterien ungewöhnlich eindeutig: Jetzt gehts ins tiefste Schlamassel. Man hatte völlig neue Geschütze bekommen, man war mit neuem Gasschutzgerät, Masken aus Gummistoff, die man wie einen Maulkorb trug, ausgebildet. Es gab Stahlhelme.
Ein Blick in die Heeresberichte der letzten Tage: wohin wird es gehen? Genaue Ordre, steht im Regimentsbefehl, über das Marschziel folgt für die einzelnen Batterien erst im letzten Bereitschaftsquartier der Infanterie.
Als Oberleutnant Linnemann den Befehl telephonisch an die Batterien gab, fügte er hinzu: der Herr Regimentskommandeur wünsche im Regimentsstabsquartier heute abend 8 Uhr sämtliche Offiziere und die offizierdiensttuenden Vizewachtmeister zu einem Bierabend bei sich zu sehen.
Für I/96 war ein Abteilungsbefehl angefügt: Oberleutnant Rossdorf 2/96 und Leutnant Stiller 5/96 seien mit sofortiger Wirkung zu I/96 versetzt.
Die beiden Herren meldeten sich gegen 1/2 8 Uhr abends bei Hauptmann Siebert. Reisiger wurde ihnen vorgestellt. Sie ritten gemeinsam zum Regiment.
Das Quartier war in einem prächtigen französischen Schloß. Man hatte in sämtliche Fenster Kerzen gesetzt. Man hatte auf dem Rasen vor dem Gebäude lange Holztafeln aufgeschlagen und darüber Lampions angebracht, rote, grüne und gelbe.
Sehr schön. Dazu eine warme Luft, und zur Nacht hin ein unendlich weicher sternenübersäter Himmel.
Der Bierabend war »ungezwungen«. Die Vizewachtmeister der einzelnen Batterien saßen zwar an einer besonderen Tafel, aber es wurde ihnen bereits zu Anfang zu verstehen ge-

geben, daß man militärische Formen heute nicht wünsche. Linnemann lächelte: »Jeder einzelne von Ihnen kann ja in den nächsten Tagen in die Verlegenheit kommen, die Batterie selbständig zu führen. Sie wissen ja –«

Der Oberst erschien friedensmäßig in langen Hosen mit Lackschuhen, in kleinem Rock ohne Mütze.

Von einem Pionierkommando hatte man sich eine Musik entliehen. Auf einem Balkon des Schlosses saßen sechs Mann mit Blasinstrumenten und spielten. Walzer, Märsche, später Soldatenlieder, geschmacklos genug »Morgenrot ...« und »Ich hatt einen Kameraden ...« Zwei Melodien, die wenig in die Stimmung paßten, die man im Feld nicht gern hört.

Was konnte man also anderes tun, als aufkommende Sentimentalitäten in Bier zu ersaufen? Man besorgte es gründlich. Nach ganz kurzer Zeit bereits gab es an allen Tischen Offiziere, die den Kopf in die Hände gestützt hatten, stur ins Glas sahen und zur Musik mitsummten.

Unter den Vizewachtmeistern waren wenige, die Reisiger kannte. Die meisten waren erst kürzlich gekommen; ihre Vorgänger, aus seinem Transport, waren tot, oder verwundet in Deutschland.

Bier trinken war für Reisiger eine Strafe. Hier geschah es befehlsmäßig: Es genügte, daß irgend ein Offizier, und sei es der jüngste Leutnant, einem zunickte, dann mußte man sich den Suff in die Kehle schütten. Reisigers Stimmung rutschte immer mehr ab. Er begriff nicht, fühlte sich fremd, mußte lachen, und wußte eigentlich nicht warum.

Im Turm des Schlosses war eine Uhr. Als sie zwölf wimmerte, stand der Oberst auf und schlug ans Glas. Er sagte Worte, wie sie niemand bei ihm vermutete. War die Nacht daran Schuld? Er sprach sehr straff, abgehackt, aber man merkte, daß hinter seinen Worten eine Erregung war: »Meine Herren! Offiziere des Regiments 96! Sie wissen alle, wohin es morgen geht. Ein Soldat redet nicht über das, was ihm befohlen ist. Ein Soldat, ein Offizier, tut seine Pflicht. Und, meine Herren, ich weiß, daß auch die von Ihnen, die nicht Offiziere von Beruf sind, diese Pflicht erfüllen werden. Der Feind, meine Herren, macht die letzten Anstrengungen. Es wird ihm nichts helfen.

Und wenn der Sieg unser ist, erwarte ich, meine Herren, daß ich für mein Regiment stolz und ehrlich sagen kann: wir, Sie alle haben dazu beigetragen. Wollen wir uns nichts vormachen: Wir haben in den letzten Monaten mehr bluten müssen als sonst ein Feldartillerieregiment. Meine Herren, vor den Lorettohöhen liegen 13 Offiziere und über 500 Unteroffiziere und Mannschaften. Daran, meine Herren, wollen wir denken. Wir wollen auch sterben, aber wir wollen siegen. – Ich danke Ihnen, meine Herren – gute Nacht.«

15

Großes Hauptquartier 2. Juli 1916
Westlicher Kriegsschauplatz
In einer Breite von etwa 40 Kilometern begann gestern der seit vielen Monaten rmit unbeschränkten Mitteln vorbereitete große englisch-französische Massenangriff nach siebentägiger stärkster Artillerie- und Gasvorwirkung auf beiden Seiten der Somme sowie des Ancre-Baches. Von Gommecourt bis in die Gegend von La Boiselle errang der Feind keine nennenswerten Vorteile, erlitt aber sehr schwere Verluste. Dagegen gelang es ihm, in die vordersten Linien der beiden an die Somme stoßenden Divisionsabschnitte an einzelnen Stellen einzudringen, so daß vorgezogen wurde, diese Divisionen aus den völlig zerschossenen vordersten Gräben in die zwischen erster und zweiter Stellung liegende Riegelstellung zurückzunehmen. Das in der vordersten Linie fest eingebaute, übrigens unbrauchbar gemachte Material ging hierbei, wie stets in solchem Falle, verloren ... Der gegnerische Flugdienst entwickelte große Tätigkeit.

16

Nach einem Marsch, der mit einer vierstündigen Ruhepause 26 1/2 Stunden dauerte, stand die 1. Batterie 96 an einem regnerischen Morgen zwischen den rauchenden Trümmern einiger Dorfreste.

Das Kommando hatte Leutnant Stiller. Siebert und Rossdorf waren zurückgeblieben, um in der Division Näheres über den endgültigen Einsatz zu erfahren.

Die Mannschaften waren nach dem langen Marsch so müde, daß sie sich hinter die Geschütze in den Regen legten, Zeltbahnen über sich zogen, schliefen.

Die Pferde blieben angespannt. Man hatte ihnen Futtersäcke umgehängt; sie kauten erschöpft das trockene Laubheu.

Das Dorf war verlassen. Kein Mensch, nicht Zivil, nicht Militär. Es gab kein Haus, das man noch als Wohnung hätte benutzen können. Kein Dach, keine Mauer. Überall nur Stümpfe, die in den Regen starrten. Grau, zerfetzt, zermahlen. Die Dorfstraße war so durchwühlt, daß man die Geschütze nur bewegen konnte, wenn alle Kanoniere in die Speichen griffen und wenn man die Pferde schlug.

Lag der Ort noch unter feindlichem Feuer?

Weit konnte die Front nicht sein. Man hörte das ungeheure Getöse des Artilleriekampfes. Als gegen Mittag die Batterie aus dem Erschöpfungsschlaf erwachte, trotz der Wärme frierend, weil der Regen alle bis auf die Haut durchnäßt hatte, kam ihnen automatisch der Gedanke: Ist das Feuer da vorn nahe oder weit? Und als zweites: Ob es nah oder weit ist, kann uns schließlich gleichgültig sein: wir müssen ja doch hinein!

Sie schüttelten sich, froren stärker. Aber dann, Gottseidank, sehr einmütig, wurde alle Besorgnis verschoben durch ein anderes, wichtigeres Denken: Hunger.

Sie schlichen immer wieder, einer nach dem andern, zur dampfenden Gulaschkanone. Was gibt es? – Was soll es schon geben – Dörrgemüse und Klippfisch.

Ausgerechnet! Aber wichtig ist, daß es heiß ist.

Man aß. Die Mannschaften wieder um ihre Geschütze gruppiert, bei ihnen die Unteroffiziere. Man hatte die Zeltbahnen jetzt zwischen den Bäumen aufgespannt. Es war ganz gemütlich.

Reisiger stand bei Hollert. Leutnant Stiller, fremd und unsicher, hockte allein neben seinem Burschen; er sah stumpfsinnig vor sich hin.

Schließlich wollte er demonstrieren, daß er immerhin auch

noch da ist. Er gab den Befehl, die Munitionswagen, die bis jetzt dicht neben den Geschützen standen, ein paar hundert Meter vorzuziehen. Er sah dabei zum Himmel, der grau und regnerisch war: »Wenn auch keine Flieger kommen – weiß man denn, ob der Feind nicht bis hierher schießt.«

Kommando und Sorge für die Munitionswagen hatte Kollert. Er stieg aufs Pferd, ritt zwischen den Trümmern entlang, fand schließlich ein paar hundert Meter weiter, feindwärts, außerhalb des Ortes, einen eingeschossenen Ziegelofen. Dorthin führte er die vier Munitionswagen, Feldküche und einen zweirädrigen Karren, auf dem das Offiziersgepäck lag.

Die Munitionswagen standen bereits. Als die Feldküche auf halbem Weg war, ließ der Verpflegungsunteroffizier sie halten: »Herr Leutnant, der Tee ist fertig, können wir den nicht gleich noch ausgeben?«

»Ja! Geschützweise!« Die Bedienung des linken Flügelgeschützes eilte mit Feldflaschen und Kochgeschirren durch den aufgeweichten Lehmboden auf die Feldküche los.

Der nächste Augenblick: Ein kurzer, belangloser Knall, Sekunden später ein scharfes Schütteln in der Luft, Sekunden später an der Stelle, wo die Feldküche mit den Kanonieren stand, eine schwarze Rauchwolke, die jäh über die Baumkronen schoß. Hatte man auch nur einen Schrei gehört?

Die Kanoniere an den Geschützen zogen die Köpfe ein, preßten sich auf die Erde. Reisiger wollte irgend etwas sagen, stürzte vorwärts, prallte fast mit Leutnant Stiller zusammen.

Die Rauchwolke hatte sich verzogen. Man sah: die Feldküche, zusammengedrückt, ein Rad meterweit seitwärts geschleudert, bis zur Unkenntlichkeit zerfetzt sieben Soldaten, den Verpflegungsunteroffizier, die beiden Pferde der Feldküche, die beiden Pferde des Offiziersgepäckwagens.

Fahrer und Kanoniere rannten gehetzt durcheinander.

Fassungslos Leutnant Stiller. »Wie ist das nur möglich?« Hilflos.

Aber dann schrie er plötzlich mit überschnappender Stimme: »Steht doch hier nicht herum und gafft«, und zu Reisiger gewendet: »Reisiger, wir müssen selbstverständlich sofort einen anderen Platz finden.«

»Zu Befehl, Herr Leutnant. – Wenn ich vorschlagen darf, wohl am besten mitten auf dem freien Feld. Denn daß der Feind uns gesehen hat, ist ja unwahrscheinlich. Wenn er also weiterschießt, meint er bestimmt das Dorf.«

»Batterie aufgesessen!« Unter Führung von Stiller feindwärts Galopp querfeldein. Die Geschütze wurden weit auseinandergezogen. In unregelmäßigen Abständen hielten sie auf einem Kornfeld. Es war Roggen gesät. Die Halme waren sehr hoch; sie boten zur Not sogar Schutz gegen Fliegersicht. Außerdem konnten die Pferde endlich einmal wieder fressen soviel sie wollten.

Am rechten Flügel der Batterie, genau so verteilt, hielt die Munitionskolonne.

Der Leutnant stand mit den Wachtmeistern abseits.

Die Kanoniere hatten nur einen Gedanken: Verflucht noch mal, jetzt haben wir keine Feldküche mehr.

Stiller: »Wachtmeister, was machen wir mit den Toten?«

Die Toten zu begraben, war schwer. Man konnte ja nicht einmal feststellen, wer da lag, unkenntlich! Hollen ging an Hand seiner Batterieliste erst von Geschütz zu Geschütz, und endlich hatte er so weit Ordnung, daß er hinter einige Namen ein Kreuz machen konnte. – Die Angehörigen werden wir erst in den nächsten Tagen benachrichtigen, dachte er. Hat ja keine Eile mehr.

Dann ließ er durch einige Fahrer alles in den Sprengtrichter schieben und Erde darauf schütten.

Gegen Abend kamen der Hauptmann und Rossdorf. »Die Batterie bleibt unter allen Umständen angespannt. Abmarschbefehl kann jede Stunde kommen.«

17

Mit der Nacht wird das Leben wach. Es hat aufgehört zu regnen. Der Samt des Himmels hängt unwahrscheinlich tief, wieder mit Sternen besät. Das Gewölbe des Himmels ist in zwei Teile geteilt. Hell. Und Dunkel. Wo die beiden Teile zusammenstoßen, da etwa liegt, wartend, I/96.

Die Nasen der Pferde, die Blicke der Kanoniere gehen femd-
wärts über den westlichen Teil des Gewölbes. Vom Zenit aus
hat er seinen Samt verloren, ist erst leicht weißlich abgetönt,
bekommt dann gelblichere Schattierung, fällt ins Rote, tiefer ins Blutrote, endlich in Flammen. Da ist die Front. Da
liegt, eine einzige unaufhörliche, niemals abgeschwächte, unaufhaltsam gleichmäßige donnernde Wolke. Ohne Details.
Ohne Crescendo. Ohne Steigerung und Gefälle. Zuweilen
freilich will ein machtvoller Ton ausbrechen, sich selbst behaupten, geschwollen von seiner überragenden Stärke. Aber
die Woge duldet so etwas nicht. Hier gibt es kein einzelnes
Aufbrüllen. Hier gilt kein einzelner Schuß. Hier arbeitet kein
Kolben einer Maschine gesondert! Der Horizont feindwärts
ist eine einzige rollende Feuerwalze.
Und der andere Teil des Himmelsgewölbes? – Samt noch
über den Wartenden, blaugrau mit Sternen sparsam durch-
setzt, dann schnell abfallend in ein tiefes Schwarz. Zackig
dazwischen gestellt die Silhouette des zerschundenen und
skelettierten Dorfes.
Ununterbrochen hinter der Batterie Stimmen, müde Füße,
Poltern von Wagen, Pferdehufe, die mühsam durch Lehm
gleiten. Verstärkungen.
Kann man da schlafen?
Die meisten sind wach, sehen umher, reden zuweilen.
Für den Hauptmann und für Rossdorf ist ein Zelt gebaut.
Von dorther hört man nichts. – Hinter dem dritten Geschütz
ist eine Zeltbahn über das Rohr gelegt, rechts und links am
Boden angepflockt. Darin liegen die Wachtmeister Hollen
und Reisiger.
Hollert schläft. Reisiger hat die Augen geschlossen. Aber jedesmal, wenn er dicht vorm Einschlafen ist, schrickt er wieder
hoch. Einmal steht sein Pferd mit den Vorderbeinen in der
Zeltbahn, ein andermal spürt er plötzlich das weiche Maul
des Tieres an seiner Schulter. Wenig später hört er irgendwo
einen Schrei.
Es wird schon hell am Himmel. Er kommt immer noch nicht
zur Ruhe. Dann hört er, wie jemand leise nach ihm ruft. Er
springt auf, sieht aus der Zeltöffnung heraus. Dort steht Leut-

nant Stiller. Reisiger knöpft sich den Rockkragen zu, setzt seine Mütze auf und kriecht leise ins Freie.

Der Leutnant raucht eine Zigarette. »Reisiger, tut mir leid, wenn ich Sie geweckt habe. Es ist mir unmöglich zu schlafen.« Entschuldigend setzt er hinzu: »Es ist eine unerträgliche Hitze bei uns im Zelt. – Stehen Sie doch bequem. – Oder kommen Sie, wir gehen ein wenig auf und ab –«

Reisiger sieht dem Leutnant zum erstenmal ins Gesicht. Jünger als ich, denkt er. Sehr jung. Macht nicht den Eindruck, als ob er aktiver Offizier ist.

»Sie sind auch Student, Reisiger.«

»Befehl! – Herr Leutnant auch?«

Sie gehen langsam an der schlafenden Batterie entlang. Es stehen nur einigen Posten, die Pfeife im Mund, übernächtigt, frierend.

Es stellt sich heraus, daß der Leutnant nur wenig jünger ist als Reisiger. Sie haben gleichzeitig die Mobilmachung in München erlebt.

»Schade, daß wir uns nicht kennengelernt haben. So groß ist doch München eigentlich nicht. – Wir haben sicher oft im selben Hörsaal gesessen. – Bei Kutscher, nicht wahr?«

Auf Sekunden poltern einige Gedanken bei Reisiger durcheinander. Ein Unsinn! Trommelfeuer – das nennt man jetzt Trommelfeuer – und hier redet man vom Frieden. Und es ist Ende Juni. Und vor zwei Jahren –: »Dann waren Herr Leutnant vielleicht sogar auf dem Ausflug mit, damals nach Salzburg?«

Stiller packt Reisiger an der Hand: »Aber selbstverständlich, Menschenskind. Das ist ja geradezu lächerlich. Das Freilichttheater damals? Und nachher – das war schön.«

Der Leutnant Stiller und der Vizewachtmeister Reisiger laufen hinter der Batterie hin und her und reden vom Frieden, als wenn der Student Stiller mit seinem Kommilitonen Reisiger die Erlebnisse der letzten Tage vor Schluß eines Semesters tauschten.

Aber schließlich winkt Stiller ab, halb lachend, halb ernst, beinahe dienstlich: »Inter arma tacent musae.«

Reisiger greift in seine Brusttasche und reißt eine Postkarte heraus: »Zufällig schreibt mir mein Geschichtslehrer, mein ehemaliger, eine Postkarte. Aber er sagt nicht ›tacent‹, sondern er sagt ›taceant‹.«

Beide lachen. – »Es ist schon ein beschissenes Dasein«, sagt Stiller und sieht nach der Uhr. »Fünf. Da muß ich den Hauptmann wecken.«

18

Die Batterie hat Kochlöcher ausgehoben und geschützweise Tee gekocht. Alles sitzt auf der Erde herum. Irgend jemand kommt auf den Gedanken, an dem Brunnen, den man in den Trümmern des Dorfes vorhin entdeckt hat, auch noch eine morgendliche Wäsche zu veranstalten. Der Hauptmann ist einverstanden. Ein Teil der Mannschaften geht also in den Ort.

Plötzlich erscheint ein Meldereiter. »Batterieführer Erste Batterie?« Es ist ein junger Leutnant, Ordonnanzoffizier des Regiments. Siebert liest die Meldung, die ihm überbracht wird, zeigt sie Rossdorf. »Herr Oberleutnant, Sie führen die Batterie nach. Ich reite vor, gleich durch bis in die Stellung. Sie folgen, bis Wachtmeister Reisiger Sie holt.«

Die Batterie setzt sich im Schritt in Marsch. Im Trab reiten nach vorn: Hauptmann Siebert, Reisiger und der Telephonunteroffizier Kern. Der Abstand zwischen Batterie und diesem Trupp ist bald so groß, daß sie einander nicht mehr sehen können.

Siebert reitet mit seinen Begleitern querfeldein. Eine Karte ist nicht notwendig. Einstweilen wenigstens. Es gibt keinen besseren Wegweiser als das Trommeln an der Front. Auch keinen Irrtum. Der Weg muß der richtige sein: das Trommeln wird immer stärker. Das eintönige Geräusch zerlegt sich immer mehr in einzelne Schüsse. In unzählige einzelne Schüsse, die unaufhörlich nacheinander abrollen. – Die Trümmer eines Dorfes liegen unter schwerem Artilleriefeuer. Umgehen kann man sie nicht. Durch! Die drei Reiter setzen die Sporen ein, der Hauptmann vorweg, die beiden anderen hinterher. Brust und Kopf liegen auf dem Hals des Pferdes.

Zwischen den Trümmern ist reges Leben. Wie der Schlag der Hufe an die Steine trifft, gehen rechts und links der verwüsteten Straße viele neugierige Köpfe in die Höhe: Infanterie, wartende Infanterie.

Nach dem Dorf eine Allee, recht gut erhalten. Sehr hohe Pappeln zu beiden Seiten. Nur selten ist ein Stamm zerfasert, liegen Äste über die Straße. Trab, zuweilen Galopp, wenn die Fontänen feindlicher Granaten allzu dicht aus der Erde schlagen.

Die Pferde werden schneller, den Hals gestreckt, die Nüstern aufgerissen, tiefe rote Gruben. Vorweg der Hauptmann, dem das Fernglas zuweilen um die Ohren schlägt, hinterher Reisiger, danach Kern. – Die Allee macht einen scharfen Knick. Im Winkel liegt trotz starkem Artilleriefeuer, das von Zeit zu Zeit einschlägt und fast mit jedem Schuß einige Tote bringt, abermals wartende Infanterie. Neugierig und schadenfroh sieht man auf die Reiter, die gestreckten Galopps um die Ecke preschen.

Weiter! Linker Hand eine Anhöhe.

Siebert: »Hier herauf, höchstens ein Kilometer, das wird die Stellung sein!«

Man versteht nicht ganz, was er sagt, aber man kann es deuten. Reisiger fällt auf, daß der Hauptmann schneeweiß im Gesicht ist, mit schneeweißen Lippen.

Man läßt die Zügel locker: Die Pferde machen einige Sätze; dann steht man auf einem unbegrenzten flachen Terrain.

Ein furchtbarer Anblick!

Es gibt kaum einen Quadratmeter auf diesem unübersehbaren Terrain, der nicht durchwühlt und zerbissen ist von feindlichen Geschossen. Trommelfeuer!

Der Hauptmann macht mit dem gehobenen linken Arm eine Bewegung. Sie will besagen, welche Richtung man einschlagen muß. Reisiger stockt einen Augenblick. Schon trennt ihn, wenige Meter vor dem Kopf seines Pferdes hochfauchend, ein schwarzer Vesuv vom Hauptmann, und von Kern, der an ihm vorbeiprallt.

Die Sporen im Leib des Pferdes, um Gottes willen, sie nicht mehr herausnehmen, nichts weiter als vorwärts! Besser ein Ende mit Schrecken, als dieser Schrecken ohne Ende!

Galopp! Galopp! Unübersehbar dieses Feld mit den flammenden schwarzen Sträuchern, die Meter an Meter emporwachsen. Dem Hauptmann folgen! Er ist 50 Meter vorweg. Aha, da vorn steht eine Weide. Rechts davon ist eine kleine Bodenerhebung. Das ist sicher die Stellung. Nanu, das Pferd lahmt ja. Ja, lieber Heubauch, das hilft ja nichts. Der Hauptmann reitet ja, als ob ers bezahlt kriegt. Wenn wir lebend nach vorn kommen, freß ich einen Besen. Donnerwetter, wenn der Gaul jetzt nicht beiseite gesprungen wäre! Tiere haben doch Instinkt. – Das nennt man also Trommelfeuer.

Alle Gedanken werden in ein Nichts zerblasen durch einen Krach und einen Stoß, die Reisiger vor die Brust schlagen. Er verschwindet in einer stinkenden weißen Wolke, merkt im selben Augenblick, daß ein Ruck durch das Pferd geht. Er haut mit dem Kopf nach vorn, die Stirn beinahe an den Stiefelspitzen. Ihm wird einen Augenblick schwarz vor den Augen, er spürt eine entsetzliche Last auf sich, schlägt mit den Armen hoch. Das Pferd wälzt sich auf ihm, über seine Schenkel. Er will sich herausreißen. Ein neuer Schuß saust ihm am Kopf vorbei, so daß er sich dicht an das wälzende Pferd heranschiebt. Er versucht abermals, mit den Beinen sich zu befreien, kommt unter den Hals des Tieres, springt auf, kniet nieder. Das Pferd schlägt mit dem Kopf. Eine Lunge hängt ihm aus der Brust, keuchend aufgepustet. Reisiger wird klar, daß das Pferd getroffen ist. Im Knien sieht er nach vorn. Aha, das ist der Hauptmann richtig an der Weide, bereits abgesessen auch der Unteroffizier, die beiden Gäule am Zügel.

Sein Pferd liegt auf dem Rücken, den Hals unnatürlich weit nach oben geschoben, das Zahnfleisch hochgerissen, große gelbe Zähne entblößt, mit einem Blutstrahl aus der Brust und aus den Winkeln des Mauls. »Armer Heubauch!«

Am liebsten möchte Reisiger sich zu seinem Pferd legen. Er hat ein intensives Bedürfnis, nichts weiter zu tun, als zu weinen. Aber wie er merkt, daß ihm Tränen über die Backen laufen, reißt er sich hoch, nimmt die Pistole, setzt sie hinter das Ohr des Tieres. Drückt ab. Sieht noch, daß das Pferd friedlich auf die Seite fällt. Rennt nach vorn.

Den Weg, zu dem man im Frieden zwei Minuten benötigt, legt er in einer halben Stunde zurück. Endlich erscheint er, die linke Seite seiner Uniform vom Blut seines Pferdes durchtränkt, Gesicht und Hände verdreckt, beim Hauptmann.

Mein Gott, ist das eine Stellung! Wie soll man hier eine Batterie auffahren lassen, wie soll sie zum Schuß kommen!

Aber es gibt nichts zu bedenken.

»Nehmen Sie unsere Pferde«, schreit Siebert, »lassen Sie sie meinetwegen laufen, aber holen Sie die Batterie!«

Lieber Gott, wie soll man jetzt auf ein Pferd steigen!

Die beiden Tiere stehen, dicht aneinandergepreßt, Kopf zwischen den Beinen, an einer Weide, versuchen, sich zu decken. Reisiger erhebt sich, richtet sich in die Knie: »Befehl, Herr Hauptmann, Batterie geht sofort hier in Stellung.«

Er kriecht an die Pferde heran. Dann gibt er sich einen Ruck, steht kerzengerade, steigt auf Siebert Gaul, nimmt den andern an die Trense, galoppiert ab.

Derselbe Weg. Das gleiche Feuer. Hier kann nur noch eins helfen: dem Pferd nicht befehlen, sondern ihm vertrauen. Die Zügel locker lassen. Das Tier weiß ja mehr als der Mensch.

Also nur eine Hand am Halfter, Kandare los, mit der andern Hand am Sattelknopf festgeklammert, ab im Galopp!

Da liegt der arme Heubauch. Da liegt ein Infanterist ohne Beine. Das Pferd springt zur Seite, das zweite scheut und will stehen bleiben. Endlich galoppieren beide weiter.

Da liegt wieder ein Infanterist. Da liegt eine Gruppe, sieben Mann. Da liegt ein Pionieroffizier. Man sieht an den Achselstücken die Regimentsnummer. Da liegt ein Infanterist. Da liegt ein Geschütz inklusive Mannschaft, inklusive Pferde, inklusive einem Leutnant. Galopp, Galopp, Galopp! Ohne zu bedenken! Auf jeden Quadratmeter einen Schuß? Das vielleicht nicht. Aber vielleicht auf manchen Quadratmeter in gleicher Zeit zehn Schuß. Und man muß eben sehen, wie man da hindurchwischt. Jetzt kommt die Anhöhe mit dem Hohlweg. Hineingesprungen.

Jetzt kommt der Weg, die Allee mit den Pappeln.

Da, die Infanterie.

Jetzt der Knick.

Weiter die Allee, Galopp, immer das zweite Pferd hinter sich, neben sich, vor sich – ein ausgezeichneter Regulator für die Nähe des Einschlags.

Immer noch die Allee.

Jetzt geht es bergab.

Das freie Feld: Dort kommt die Batterie.

An Oberleutnant Rossdorf im Galopp, nein: im Trab, nein: im Schritt von links herangeritten: »Zur Stelle.«

19

Hauptmann Siebert hockt mit Unteroffizier Kern hinter dem kleinen Abhang rechts von der Weide. Kern hat seinen Feldspaten abgeschnallt und wühlt ein Loch. Die Grasnarbe ist zäh, läßt sich schwer losreißen; aber der Boden ist Gottseidank nicht kalkig, sondern fetter Lehm, aus dem der scharfe Spaten eine Scheibe nach der andern herausschneidet.

Siebert kann das nicht mit ansehen: das Feuer, das sie von allen Seiten umhüpft, drängt ihn nach Beschäftigung. Er reißt Kern den Spaten aus der Hand und buddelt selber weiter.

Das Loch ist nach halbstündiger Arbeit so tief, daß zwei Menschen, eng aneinander gepreßt, darin knien können.

Die beiden knien wie in einem Gebetsstuhl. Den Bauch gegen die Vorderwand geschoben, die Ellbogen an den Körper gerissen, den Kopf tief eingesenkt. So tief, daß ein Schuß, auch ein Schrapnell, über sie hinwegfahren muß.

Sich in dieser Situation bewegen ist schwer. Sie sitzen stier und stumm. Seitlich der Deckung liegt das Scherenfernrohr, noch im Lederfutteral. Wer soll es holen?

Sie fühlen sich dem Erdboden einverleibt, fühlen sich wie festgewachsen. Aber es hilft nichts. Siebert versucht das Futteral zu angeln. Er kriecht schließlich und zerrt es heran.

Das Fernrohr wird zwischen ihnen aufgestellt. Die Gläser zentimeterhoch über dem Rand des Walles.

Siebert blickt hindurch. Er murmelt irgend etwas, nimmt die Augen wieder weg, sagt: »Es ist vollkommen unsinnig, man sieht nichts. Nur Feuer und Rauch. Da wird sowieso keiner mehr leben. Ich verstehe nicht, wer um Gottes willen befohlen hat, hier am hellerlichten Tag aufzufahren.«

»Fraglich ist wohl auch, Herr Hauptmann, ob überhaupt ein Geschütz nach vorn kommt.«

Siebert lacht: »Das heißt also, wir beide sollen dann die ganze Batterie ersetzen ...«

Kern sieht sich um: »Es ist schon gleich. Wir kommen nicht mehr nach vorwärts und nach rückwärts –«

Siebert versucht abermals einen Blick durch das Scherenfernrohr: »Wenn man wenigstens wüßte, wie weit vor uns unsere Infanterie liegt. Wir können sonst nicht schießen. Wir richten nur Unheil im eigenen Graben an.«

Er hebt sich dabei etwas aus den Knien und sieht über den Rand der Böschung. Da hat er das Gefühl, daß das Feuer im Vorgelände ein wenig nachläßt. Die Mehrzahl der Schüsse liegt jetzt gute 100 bis 150 Meter vor ihnen. – Schlimmer ist es rückwärts: alle Sicht bleibt durch eine dicke weiße von schwarzen Streifen durchzogene Wolke gesperrt. Unheimlicher Anblick: die Sonne platzt gerade durch die Wand, zerschneidet das Weiß und macht das Schwarz noch schwärzer.

Sie drehen sich aus der Deckung, bestaunen die drohenden Schwaden. Und dann schlägt eine ungeheure Erschütterung gegen ihr Blut ...

Die Wand reißt plötzlich an vier Stellen breit auseinander, klafft aufdampfend.

Siebert springt auf, geht wieder in die Knie: »Donnerwetter, da kommt unsere Batterie!«

Ein elementares Pferderennen ist gestartet. Die Arena öffnet sich, römisches Kampfspiel, modernisiert, Typ 1916: vorstoßen auf das befohlene Ziel mit Wucht, die ausschließlich der Tod brechen kann.

Die Wand klafft auf, schließt sich, die Tücher der Vorhänge sind wieder herabgelassen. Die Kampfwagen stehen in der Arena. Das Zeichen zum Beginn der Wettfahrt scheint gegeben.

In der ganzen Arena an Zuschauern nur zwei Menschen: Ein Hauptmann Siebert, ein Unteroffizier Kern. Die Augen hin- und hergerissen von einem Gespann zum nächsten. Die Körper vorgebeugt. Die Arme gestikulierend. Die Gedanken zusammenschießend: Wer macht das Rennen? Wer siegt? Wer bleibt am Platze?

Erster Blick: Pferde. Auf vier Bahnen der Arena werden schwarze und braune Flecken hochgeschleudert, pressen sich zur Erde, rücken ab von der Bahn, lenken ein, prallen aufeinander, lösen sich, fliegen wieder voreinander her.

Vier Gespanne auf gleicher Höhe.

Rechts und links von ihnen steigen gewaltige Ehrenpforten gegen den Himmel, immer wieder, schwarze Säulen, flammende Kandelaber. Durch solche Tore jagen die Gespanne nach vorn.

Die beiden Zuschauer sagen kein Wort.

Die schwarzen und braunen Punkte kommen näher, näher, näher. Jetzt hinter ihnen die vier Kampfwagen. Vier Geschütze des Preußischen Feldartillerieregiments 96. Die Protzen hart hinter den Pferden; geschleudert, taumelnd und unsicher die vier Lafetten.

Und deutlicher, nun, die Führer. Rechts oder links heraus, mit dem Körper festgeklebt an Pferdehals und Pferderücken. Die beiden Zuschauer lehnen sich einen Augenblick rückwärts gegen ihre Loge. Der eine sagt zum andern: »Unteroffizier, es ist nicht zu glauben.« Der andere antwortet nicht. Er denkt gerade: Daß da Menschen mitfahren ...

Dann beide: daß da Menschen mitfahren! Unsere Leute.

Siebert sucht Rossdorf. Aha, er ist da vorn, vor allen. Und, ja, zwischen dem dritten und vierten Geschütz der Leutnant Stiller und Wachtmeister Reisiger.

Dann packt seine Hand plötzlich fest auf Kerns Knie. Mit unnatürlich hoher Stimme schreit er: »Aus!« Kern sieht zwischen den Vorderpferden des linken Flügelgeschützes eine schwarze Wolke hochschlagen. Auf einen Schlag kippen die Tiere übereinander. Die beiden nächsten klatschen darauf. Die beiden

Stangenpferde dahinter wollen ausweichen; zu spät, auch sie stürzen über dem schwarzen Klumpen zusammen.

Die Kanoniere springen vom Geschütz.

Man sieht, wie sie die Seitengewehre ziehen und in den Tauen der Geschirre herumschlagen. Man sieht den Geschützführer, abgesessen. Er wühlt sich in die Masse der Pferde ein und zerrt Menschen heraus, die Fahrer. Den ersten legt er zur Seite. Nach einer Weile auch den zweiten. Sie bleiben beide unbeweglich liegen.

Da springen die Stangenpferde hoch. Mit ihnen, noch im Sattel, der dritte Fahrer. Und zweispännig ist das Geschütz wieder im Galopp.

Siebert und Kern stehen inzwischen aufrecht: Das Rennen ist beendet. Drei Geschütze sind da! Kurz vor der Stellung fallen sie in Trab und wenden. Noch im Fahren springen die Kanoniere zwischen Protze und Lafette. Lafetten abgehängt! Aus den Protzkästen die Munition gerissen! Das vierte Gespann ist heran! Nach Sekunden stehen die Geschütze ordnungsgemäß hinter der Anhöhe in Stellung.

Zurück die Protzen! Befehl: Am Knick der Anmarschchaussee in Ruhe gehen! Am Abend muß unbedingt Munition und Verpflegung in die Stellung!

Zweites Kapitel

1

Nach wenigen Minuten interessiert sich kein Mensch in der Batterie mehr für die vergangenen Stunden. Es gibt keine Überlegung: wie ist es möglich, daß wir noch leben nach dieser Jagd durch tausend Tode. Es gibt kein Zittern mehr in den Nerven, kein Knirschen in den Zähnen.

Es gibt, statt dessen, belebende Neugier: Was ist hier eigentlich los? –

Das feindliche Feuer liegt in einer gewaltigen Sperrkette jetzt vorn auf der Höhe des Sichtfeldes. Es gilt also wohl der Infanterie. Sehr schön: so ist man gleich über die Stellung orientiert. Dort kommen zuweilen aus den Rauchwolken mannshohe schwarze Gebilde hervor. Man kennt das: das war also früher einmal ein Wald. Um ihn wird sich vermutlich der Kampf hier drehen. Wer die Höhe hat, beherrscht die Gegend. Aufgabe der Infanterie muß demnach sein: dort oben auszuhalten. Das bedenkt man und bespricht man. Allerdings, man schlägt sich gleichzeitig vor den Kopf: daß in dem Feuer da oben selbst bei tiefen Unterständen noch viele leben, ist zweifelhaft.

Nach kurzem werden auch solche Bedenken abgeschoben. Es gibt Arbeit. Die wichtigste: so schnell wie möglich die Stellung der Fliegersicht entziehen! »Holt euch Zweige und bindet sie an Rädern und Rohren fest. Ihr könnt ruhig Pfingstochsen aus den Flinten machen«, sagt Oberleutnant Rossdorf. – Das geschieht. Nach kurzer Zeit ist hinter der Anhöhe ein kleines Wäldchen entstanden.

Zweite Arbeit: Munitionslöcher auswerfen! Auch das geschieht. Eine Grube neben jedem Geschütz, zwei Meter tief, so daß die Körbe wirklich gedeckt sind.

Dritte Arbeit: Unterstände! Aber woraus soll man auf freiem Felde Unterstände bauen, auf die auch nur einigermaßen Verlaß ist? Die Weide am linken Flügel ist der einzige Baum in der ganzen Gegend. Sie kommt nicht in Frage. Sie ist krumm, der Stamm ist verwittert. Es bleibt also nichts, als auch für die Menschen Löcher zu graben. Der Hauptmann ordnet eins unmittelbar hinter jedem Geschütz an; dort bleiben auf alle Fälle je drei Kanoniere. Alles andere darf sich in einigen weiteren schmalen Gräben aufhalten, die ein paar Meter rechts seitwärts der Batteriestellung liegen.

Nach der Arbeit, die mehrere Stunden dauert, kann gegessen werden. Feldzwiebäcke werden verteilt, pro Mann eine Viertelportion.

Nun liegt man neben den Geschützen und läßt sich von der Sonne braten.

Das Feuer auf der Höhe macht gar keinen Eindruck, wird nicht beachtet. Wenn ab und zu einige Lagen über die Stellung hinwegsausen, rührt sich auch kein Mensch, hebt sich auch kein Gesicht mehr. Man ist von heute morgen her schwierigere Dinge gewohnt. »Daß wir nur vier Pferde verloren haben und die beiden Fahrer – mein Lieber, solch Schwein haben wir lange nicht gehabt!«

Hauptmann Siebert sitzt mit Rossdorf und Stiller hinter der Weide. Sie knabbern auch ihren Feldzwieback.

Siebert: »Meine Herren, ich halte es doch für unumgänglich notwendig, daß wir Verbindung mit der Infanterie aufnehmen; wir kriegen sonst nie ein klares Bild über das Gelände.« Die drei Offiziere sehen nach vorn. Rossdorf zuckt die Schultern: »Telephonverbindung wird sich da nicht machen lassen.«

Siebert: »Dann müssen wir Melder haben. Die Infanterie hats ja auch nicht anders. Und ich übernehme nicht die Verantwortung, auch nur einen Schuß abzugeben, ohne genau zu wissen, wo unsere vorderste Stellung liegt.«

Stiller hakt den offenen Kragen zu: »Wenn Herr Hauptmann gestatten, würde ich selber gehen.«

»Wen nehmen Sie mit?«

»Ich schlage den Vizewachtmeister Reisiger vor. Der hat ja lange genug Telephondienst gemacht. Wenn Herr Hauptmann meinen, gehen wir beide erst in den Graben und können dann ja nachher, wenn wir wieder hier sind, mit Herrn Hauptmann besprechen, wo eine endgültige Beobachtungsstelle mit Telephon hingelegt werden kann. – Reisiger!«

2

Stiller und Reisiger irren im Vorgelände umher. Sie suchen irgendeinen Annäherungsgraben. Es ist nichts zu finden. Sie sehen an einigen Stellen meterbreite weißliche Wege, die plötzlich irgendwo beginnen und in der Richtung auf den

Feind hin flach verlaufen. Ob das jemals Gräben waren, läßt sich nicht entscheiden.

Das feindliche Feuer liegt, ungeheuer konzentriert, vor ihnen am Rand der Höhe. So scharf abgegrenzt, daß kaum ein einziger Schuß aus dem kompakten Massiv der unzählbaren Einschläge herausspringt. Ein dicker schwarzer Wall, für das Auge undurchdringlich.

Sie geben schließlich den Versuch auf, einen Laufgraben zu finden. Stiller sieht sich nach der Batterie hin um, sieht dann wieder auf das Feuer: »Ja, es hilft nichts, wenn wir nicht hineingehen, kommen wir nicht nach vorn. Also was meinen Sie, Reisiger?«

Nichts zu meinen. Reisiger sagt sachlich: »Zu Befehl, Herr Leutnant.« Stiller: »Ob wir die Gasmaske brauchen?« Er antwortet sich selber: »Na, so schlimm wirds ja nicht gleich werden.«

Aber dann nehmen beide doch die Maske aus der Bereitschaftsbüchse und hängen sie vor die Brust.

Sie sind näher am Feuer. Das Krachen ist so laut, daß man sich nur noch brüllend verständigen kann.

»Es genügt«, schreit der Leutnant, »wenn wir einen einzigen Infanteristen zu fassen kriegen. Irgendwo müssen sie doch hocken.«

Er macht einen Sprung. Reisiger hinterher. Beide liegen in einem Geschoßtrichter. Zwei Granaten hacken hinter ihnen in die Erde. Wie der Dreck hochspritzt, nehmen sie Anlauf, springen weiter. Fallen wieder in einen Granattrichter. Einschläge rechts und links von ihnen.

»Ganz praktisch, die Erfindung mit den Trichtern«, schreit der Leutnant, »wenn man hier hinfällt, fällt man immer gleich in Deckung.«

Er will grinsen, da haut ein Schuß vor ihm auf den Rand. Gute zehn Schaufeln Erde fliegen ihnen über den Rücken. Sie springen auf, laufen gebückt, liegen auf dem Bauch, springen, wie es über ihnen kreischt, gebückt wieder auf. Sitzen beide bis über die Knie in einem großen Loch, das mit braunem Wasser gefüllt ist.

Stiller will als erster am schmierigen Rand hochkriechen, um nach vorn weiter zu laufen. Er rutscht ab, sitzt bis zum Nabel im Schlammgrund. Er muß dabei auf irgend etwas getreten haben: Reisiger sieht, daß sich etwas aus dem Wasser aufbläht, gedunsen – ein Leib, ein Arm, eine schmale Hand. Ohne auf den Leutnant zu achten, springt Reisiger mit einem Satz davon. Ein Druck schleudert ihn sofort wieder zur Erde. In ein Loch daneben. Aus dem Qualm hinter ihm stößt Stiller vor. Sie hocken beieinander. – Weiterkriechen ist im Augenblick unmöglich. Der Trichter ist so tief, daß beide aufrecht darin stehen könnten, ohne mit dem Kopf hinauszuragen. Aber sie kauern am Boden, sehen nicht nach oben. An den Erschütterungen, und an den Lehmklumpen, die ihnen vor die Füße prasseln, spüren sie, daß um sie überall Feuer aufschlägt.

Nach Minuten bemerkt Stiller eine Lücke im Rauch vor sich. Er springt hoch, hindurch; Reisiger hinterher.

Der nächste Trichter ist mehr als einen Sprung weit von hier entfernt. Sie schieben sich auf dem Bauch vor. Endlich sind sie an seinem Rand. Sie sehen zwei Stahlhelme darin: Infanterie!

Ja, zwei Infanteristen der vordersten Stellung. Schwarze Gesichter. Bis zur Unkenntlichkeit verschmierte Uniformen. Schwarze verklebte Hände. Zwischen den Beinen das Gewehr. Um sich einen Haufen Handgranaten. – Beide zucken zusammen, als Stiller und Reisiger zu ihnen springen. Dann erkennen sie den Offizier: sie rucken den Kopf ein wenig hoch.

Die Verständigung ist schwierig.

Selbst wenn man dem Nachbar ins Ohr brüllt, werden alle Worte zerfetzt.

Aber was ist auch viel zu reden? Die Infanteristen scheinen nicht zu begreifen, daß man es überhaupt muß.

»Wo ist eure Stellung?« Der eine sieht Stiller mit halben Augen an, zeigt mit dem Daumen auf den Dreck unter sich: »Hier, Herr Leutnant.«

»Ja, ihr müßt doch einen Graben haben«, schreit Stiller.

Der Infanterist schüttelt den Kopf. »Nein, Herr Leutnant, den hatten wir mal.«

Stiller: »Wer liegt denn hier vorn?«

Der zweite Infanterist: »Vier Kompagnien. Bis zum Wald. Aber viel werden das heute nicht mehr sein.«

Stiller sieht Reisiger an. Die Auskunft genügt nicht.

»Wir müssen weiter!« Dann noch einmal zu den Infanteristen: »Wo liegt euer Kompagnieführer?« – Sie deuten nach links: »Da irgendwo. Mehr wissen wir auch nicht.«

Also los! Auf!

Jetzt sind ungefähr in jedem Granattrichter ein oder zwei Infanteristen. Das ist etwas wie eine Beruhigung. Aber man springt in viele Löcher, in denen die Besatzung tot ist. Man stößt auf Verwundete. Es hilft nichts, weiter! Es wird langsam dunkel! Die Batterie muß sich noch vor dem Abend einschießen! Wegen des Mündungsfeuers; sonst ist sie sofort verraten. Sprung auf. Sprung auf.

Ein Trichter, davor ein Loch: hier ist ein Unterstand! Stiller und Reisiger werden von einem Schuß direkt in den Eingang gedrückt. Sie spüren, daß sie Treppenstufen unter sich haben, tappen rücklings hinab. »Infanterie«, ruft Stiller. Sie kriegen Antwort, ein fragendes: »Nanu?«

Bei einer Kerze sitzt ein junger Infanterieoffizier. Er reicht Stiller die Hand, nickt zu Reisiger, schiebt mit dem Bein zwei Handgranatenkisten an die Wand: »Bitte Platz zu nehmen.« Mit Hilfe einer Karte erklärt er die Situation. Der Kamm der Höhe, also alles auch noch etwa dreißig Meter feindwärts vor diesem Unterstand, ist in seinen Hauptsprengtrichtern von der eigenen Infanterie besetzt. Viel mehr läßt sich nicht sagen, man kann die Kompagnien kaum noch übersehen. Er liegt seit 24 Stunden hier, weiß nur, daß seine Kompagnie bis jetzt ungefähr die Hälfte an Mannschaften verloren hat. »Wie das weitergehen soll, ahnt nur der liebe Gott – aber schön, daß die Artillerie sich mal zeigt. Ein schwacher Trost wenigstens. Schießen Sie nur kräftig heute nacht! Im übrigen – Ja, Herr Kamerad, daß der Feind heute mittag noch hundert Meter hinter der Höhe lag, kann ich versichern. Wie es jetzt ist? Ich glaube, solange sein Feuer so liegt wie jetzt, kann uns nichts passieren. Legt er es mehr zu Ihnen hin, da nach unten ...« Er zuckte die Achseln: »Aber er kann kommen, er solls gut haben.«

Klar war nach dieser Unterhaltung für Stiller, daß die Batterie ohne Gefährdung der Infanterie einstweilen also auf 150 Meter hinter die Höhe schießen konnte. »Wir werden uns nach der Karte im übrigen so einrichten, daß wir sofort Sperrfeuer direkt auf den Höhenkamm legen können, wenn Sie es anfordern. – Einverstanden?«

»Sehr gut!« Der Infanterist stand auf, sah zur Treppe hinauf. »Hoffentlich kommen Sie gut zur Batterie zurück«, sagte er dann. »Ja – Meldungen kann ich Ihnen nicht schicken. Telephon ist auch sinnlos. Aber Sie wissen ja, vier rote Leuchtkugeln heißt: Angriff. – Ich würde Ihnen gern eine Zigarette anbieten –«

Er holte aus seiner Rocktasche ein zerknülltes weißes Würstchen: »Das ist alles.«

Verabschiedung. Die beiden krochen nach oben. Auf der halben Treppe schlug ihnen eine Flamme in das Dunkel entgegen. Die Stufen hoben sich, es polterte. Sie blieben wartend liegen. Nach kurzem schoben sie sich weiter. So schnell wie möglich zur Batterie! –

3

Ich glaube, daß wir sowohl im III. Armeekorps wie in der gesamten Armee wissen, daß darüber nur eine Stimme sein kann, daß wir lieber unsre gesamten 18 Armeekorps und 42 Millionen Einwohner auf der Walstatt liegen lassen, als daß wir einen einzigen Stein von dem, was Mein Vater und der Prinz Friedrich Karl errungen haben, abtreten. In diesem Sinne erhebe ich mein Glas ...
(Wilhelm II., 16.8.1888, Frankfurt/Oder)

4

Als I/96 gegen 10 Uhr abends durch das plötzliche Auftauchen von sechs Munitionswagen der L.M.K. überrascht worden war, hatte das Feuer des Feindes nach einer langen Pause wieder das Hintergelände ergriffen. Die Wagen der L.M. K. waren trotz dienstlichen Befehlen, trotz Brüllen und Fluchen, nicht zu bewegen gewesen, bis an die Stellung heranzufahren. Die Mannschaften hatten während der Anfahrt die Körbe aus den Wagen gerissen und sie planlos im Gelände zerstreut. Dann waren die Gespanne auseinandergespritzt und verschwunden.

Die Batterie hockte in ihren Löchern. An der Weide am linken Flügel Hauptmann Siebert, am zweiten Geschütz außer der Bedienung Reisiger, am dritten Rossdorf, am vierten Stiller.

Vor und hinter der Batterie trommelte der Feind.

Ein Gewitter, ein unaufhörliches Blitzen. Das Feuer stieß bei jedem Einschlag mehrere Meter hoch mit roten und gelblichen Flammen gegen den Himmel. An ihm hing ein bläulicher Vollmond. Er war fett und behäbig und hatte ein fahles unheimliches Licht. Alle Menschen bekamen weißlichblaue Gesichter, sahen nach Irrsinn aus.

Zwischen dem zweiten und dritten Geschütz lag frei hinter der Anhöhe ein Kanonier als Leuchtkugelposten. Er hatte die Stirn mit Stahlhelm fast auf den Boden gedrückt, ließ nur einen schmalen Sehschlitz offen.

Plötzlich brüllte er auf, schlug nach hinten, rollte den Abhang hinab, blieb liegen.

Man hatte den Schrei gehört: Das zweite Geschütz stellte als Ablösung einen neuen Mann, der sich an dieselbe Stelle legte. Kurz vor 11 Uhr, der Mond stand senkrecht über der Batterie, schrie er: »Sperrfeuer.«

Die Batterie war eingeschossen. Die Geschütze standen auf die Entfernung 1700 Meter. Der Alarmruf war kaum ausgeschrien, da ging die erste Salve zum Feind.

Nun war alles vergessen, das Hocken im Loch, das Ducken vor feindlichen Geschossen; Offiziere, Unteroffiziere und Kanoniere bedienten die Geschütze. In die Blitze der feindlichen Aufschläge hinein stachen jetzt die waagerechten Feuerschlünde von I/96.

Der Hauptmann gab Kommandos, die sehr sachlich weitergegeben wurden. Mit Wut. Mit Haß, sich zuweilen auch jetzt noch vor etwas Sinnlosem auf den Bauch legen zu müssen.

Als Siebert dann, bei weiteren roten Leuchtkugeln, das langsame Sperrfeuer zum Schnellfeuer erlöste, glühten die Mannschaften.

Korb nach Korb wurde aus den Löchern herausgerissen, flog entleert nach hinten.

Das fraß Munition. Es war klar, daß so nur weitergefeuert werden konnte, wenn man an die Haufen der Ersatzmunition gelangte, die die Kolonne dort hinter der Batterie verstreut hatte.

Siebert griff ein: Zwei Kanoniere jedes Geschützes mußten freigemacht werden, um die Munition zu holen. Statt dessen setzten sich die Offiziere an den Richtsitz. An das letzte Geschütz sprang Reisiger.

Aber wie den Ruck aufbringen, sich aus der Deckung der Anhöhe loszureißen? Die acht Kanoniere klebten übereinander neben dem linken Flügelgeschütz. Niemand fand den ersten Entschluß.

Schließlich sprang der Hauptmann auf, stieß einem mit dem Fuß ins Kreuz, beugte sich zu ihm, die Hände am Mund, brüllte: »Lümmels, schert euch jetzt endlich Munition holen!«

Die acht Kanoniere rissen sich hoch, einen Augenblick gerade, dann mit krummen Knien, das Kinn auf der Brust. Schüsse des Feindes lagen dicht vor der Batterie. Güsse von Schrapnellkugeln pfiffen über die Anhöhe.

Sekunden. Der Kanonier Wehrstedt sprang nach hinten ab, legte sich nach dem Sprung auf den Bauch, kroch auf allen vieren. Er war 3 Meter hinter dem Geschütz, da folgte der zweite. Der dritte. Die übrigen. Die acht bildeten eine Kette. Wehrstedt lag vor den größten der drei Munitionsberge. Er griff mit der Hand nach einem Korb, zerrte ihn herunter, schob ihn, schleuderte ihn zum Hintermann. Der gab ihn weiter. Weiter. Die Munitionszufuhr für die Batterie lief.

Schnellfeuer!

Der Berg war fast leer.

Da rissen plötzlich die Mannschaften an den Geschützen die

Gesichter nach hinten: Eine breite blaue Flamme schoß gegen den Himmel, höher als ein dreistöckiges Haus. Schwarze Brocken flogen zwischen dem Feuer herum. Von der Kette der acht Kanoniere sprangen fünf auf die Füße, jagten zur Batterie.

Aus allem Krachen hob sich überlaut ein tiefes Brüllen ab: einer der Munitionshügel hatte einen Volltreffer bekommen. Wehrstedt und die beiden Hinterleute waren zu Fetzen zerrissen.

Munition! Wie weit reicht die Munition?

Am dritten Geschütz kniete Stiller; er sprang zum zweiten, zum ersten, zum Hauptmann: »Herr Hauptmann, wenn wir weiterfeuern sollen, muß unbedingt versucht werden, auch die übrige Munition heranzuschaffen.«

Da, neue rote Leuchtkugeln auf der Höhe!

»Schnellfeuer!« schreit Siebert. Der Ruf erreicht schwach das zweite Geschütz, dort winkt Rossdorf mit gehobenen Fäusten dem dritten und vierten; das Schnellfeuer rollt wieder.

Dann wendet sich der Hauptmann zu Stiller: »Nehmen Sie selbst die Führung für ein neues Relais. Zwei Mann von jedem Geschütz. Weiter!«

Ein Einschlag in der Weide. Sie zerspringt in zwei Hälften: die eine bleibt stehen, brennt an der Spitze, die andere schlägt schwarz nach vorn.

Stiller stößt zwei Kanoniere des ersten Geschützes zwischen die Rippen: »Mitkommen«, springt mit ihnen zum zweiten. Weiter geht es nicht.

Die Batterie ist plötzlich in ein grelles weißes Licht getaucht, in eine brennend kalte Helligkeit.

Alles reißt die Gesichter nach oben.

Über der Stellung, 10 Meter hoch vielleicht, schweben zwei große gelbliche Fallschirme, an denen Magnesiumfackeln aufgeflammt sind. Zwischen den Fackeln taucht im nächsten Augenblick ein Flugzeug auf. Ein Raubvogel von ungekannten Ausmaßen saust er über die Batterie hinweg, macht einen scharfen Bogen, stößt bis auf 6, 7 Meter herunter.

Sein Maschinengewehr spritzt zwischen die Kanoniere.

Man kann jede Kugel erkennen. Er schießt mit Leuchtspurmunition. Kleine gelbliche Wespen, aufglühend mit winzigem sprühendem Schweif, zischen umher.

Alles liegt auf dem Bauch. Irgendwo schreit jemand »Deckung!«. Aber wie kann es hier Deckung gegen den Feind aus der Luft geben? Und schon schnellt am zweiten Geschütz ein Mensch auf, den Körper nach oben durchgebogen, klatscht wieder hin. Schon brüllt am vierten ein anderer, kniet, preßt die Hände vor den Bauch. Gibt es Rettung? Man schielt nach oben. Die Leuchtkugeln erlöschen. Das Flugzeug verschwindet.

Darauf war niemand gefaßt gewesen. Fliegerangriff des Nachts, bis auf 5 Meter herabgestoßen, mit M. G. – das war neu!

Lähmung liegt über der Batterie.

Schließlich kontrolliert Siebert die Stellung. Da, am zweiten Geschütz, liegt neben Reisiger der Kanonier Kolpe, der vorhin hochgeschnellt war. Das Gesicht ist immer noch zur Erde gekehrt. Siebert hebt ihm leise den Kopf. Blut tropft aus dem Scheitel. »Keinen Zweck mehr«, sagt Siebert zu Reisiger.

Und zum vierten Geschütz.

Da windet sich noch immer, die Arme in den Bauch gepreßt, kniend nach rückwärts gelegt, der Kanonier Seelow. Um ihn hocken die Kameraden des Geschützes, der Sanitätsunteroffizier, Rossdorf.

Aber was soll man tun? Sie haben ihm Rock und Hose aufgerissen: Bauchschuß.

Der Sanitätsunteroffizier ist hilflos. Wie soll man so etwas verbinden? Schob er Watte in die Einschußöffnung, trieb sie sofort wieder heraus.

Siebert will einen Rat geben.

Da saust es, als wenn ein Wirbel die Stellung zusammenfegt, erneut in der Luft. Ist schon wieder hell, spritzt schon wieder. Der Flieger ist zurückgekehrt!

Alles drängt sich übereinander, liegt dicht an den Grund des Abhangs geschoben.

Wie Reisiger auf einen Augenblick den Kopf hebt, sieht er

gerade, daß aus dem Flugzeug himmelwärts drei gelbe Kugeln hochschießen.

Er steckt den Kopf sofort wieder nach unten.

Sekunden später fliegen die Mannschaften durcheinander: Vier Einschläge einer feindlichen Batterie sitzen direkt auf der Deckung!

Den vier Schüssen folgen wenige Augenblicke später vier neue, drei auf dieselbe Stelle, der vierte ein wenig davor.

Wo ist der Hauptmann? Reisiger springt zum dritten Geschütz, schiebt sich zum vierten: »Herr Hauptmann, der Flieger hat uns verraten! Gelbe Leuchtkugeln! – Jetzt hat der Feind uns weg.«

Siebert will antworten. Da kracht es wieder. Vier Rauchsäulen, feuergefüllt. Vier Schüsse unmittelbar hinter der Stellung.

Siebert schreit: »Alles in Deckung.« Er springt gleichzeitig rechts heraus in eines der größeren Löcher. Die Kanoniere des vierten Geschützes hinterher.

Blaue Flammen: Zwei Einschläge auf der Anhöhe, zwei gegen den Stumpf der Weide.

»Alles in die Löcher!«

Der Feind trommelt auf die Stellung von I/96.

5

Die 7,5 Zentimeter-Granaten der leichten Feldartillerie, die ein Gewicht von 5,6 Kilogramm und eine Sprengladung von 0,608 Kilogramm haben, dringen 1,80 Meter in Erde, 12 Zentimeter in Beton ein, haben eine Gesamtwucht aus Aufschlag und Explosion von 230 Meter und schleudern 508 Splitter umher. – Die Eindringungstiefe eines aufschlagenden 15 Zentimeter-Geschosses in Erde beträgt 4,10 Meter, in Beton 39 Zentimeter, die Sprengladung wiegt 4,86 Kilogramm, die Kraft der Explosionsladung 1900 Meter, die Splitterzahl beträgt 2030. – Ein 30,5 Zentimeter-Geschoß hat ein Gewicht von 324 Kilogramm, entfaltet eine Explosionswucht, die vergleichbar ist mit einem D-Zug von 10/50 Tonnen-Wagen bei 85 Kilometer Stundengeschwindigkeit,

schleudert 8110 Splitter umher und dringt 8,80 Meter tief in Erde und 90 Zentimeter in Beton ein.
(Friedrich Seesselberg, Der Stellungskrieg, S. 260)

6

Im Loch hinter dem linken Flügelgeschütz von I/96 sitzen Vizewachtmeister Reisiger und Kanonier Winkelmann.
Der Feind trommelt.
Das Loch ist so breit, daß die beiden sich gegenübersitzen können. Sie haben die Beine gegen den Leib gezogen, die Knie ineinandergeschoben, die Ellbogen darauf gestützt. Ihre Hände halten ihr Gesicht. Sie sehen nach unten.
Der Feind trommelt.
– Die 7,5 Zentimeter-Granaten der leichten Feldartillerie dringen 1,80 Meter in Erde ein –
Zuweilen regt sich der eine von ihnen, zuckt mit dem Knie, zieht das Kinn fester an die Brust. Ein Zeichen für den anderen: Ich lebe noch – und was machst du?
Der Feind trommelt.
– Die lebendige Kraft eines 15 Zentimeter-Geschosses ist gleich der Marschwucht von zwei Infanteriedivisionen –
Nach einer Weile der andere. Sprechen kann er nicht. Sein Nachbar würde ihn ja doch nicht verstehen. Er zuckt also mit den Knien. Oder zieht das Kinn fester an die Brust. Das heißt: Ich lebe noch – na und wie geht es dir?
Der Feind trommelt.
– Ein 30,5 Zentimeter-Geschoß schleudert 8110 Splitter umher –
Der Kopf wird nur gehoben, ruckartig auf einen blitzschnellen Augenblick, wenn eine Feuersäule so dicht am Rand des Loches hochzischt, daß man die Glut spürt. Dann senkt man die Augenlider: Schuß ging daneben.
Der Feind trommelt.
7,5 Zentimeter-Granaten, 15 Zentimeter-Granaten, 30,5 Zentimeter-Granaten.
Zuweilen werden die beiden Körper der Menschen im Loch

mit hartem Schlag gegen die Wand geschleudert. Der Erdboden hat sich gewaltsam gehoben, bäumt sich unter einem Stoß. Der Stoß teilt sich den Menschen mit. Die Schulter kracht gegen den Lehm, der Stahlhelm.
Der Feind trommelt.
Reisiger schießt vornüber, sein Gesicht haut hart gegen die Kante von Winkelmanns Stahlhelm. Sein Zahnfleisch blutet. Er spuckt aus, richtet sich wieder hoch.
Der Feind trommelt.
Beide geben zuweilen blitzschnell die Hockstellung auf. Es gibt einen Wettbewerb, wer oben, wer unten liegt, wenn sie sich mit dem Rücken an der Lehmwand entlang schmieren, die Nase tief auf die Sohle des Loches drücken. Das geschieht dann, wenn ein Feuerstrahl direkt über ihnen steht –
Der Feind trommelt.
Einmal schlägt es hart gegen Reisigers Koppelschloß. Er spürt den Schlag schmerzhaft auf dem Magen. Etwas rollt zwischen seine Füße, er faßt danach, es ist glühend heiß, ein Splitter.
Der Feind trommelt.
Die beiden Menschen starren nach unten. Es ist eine dämmrige Helle geworden. Reisiger sieht die Stiefel von Winkelmann, Winkelmann sieht die verdreckten Gamaschen von Reisiger. Reisiger hebt eine Handfläche nach oben, stiert hinein. Winkelmann macht die Haken am Kragen auf und zwei Knöpfe vom Uniformrock.
Der Feind trommelt.
Hunger? Nein. Durst? Nein. Rauchen? Ja. – Reisiger langt in die Tasche, in der das Verbandszeug ist, zieht zwei Zigaretten heraus. Eine bekommt Winkelmann. Er versucht, ein Streichholz anzustecken. Das verlöscht. Dasselbe zwei-, dreimal. Die beiden rauchen. Sie reißen den Rauch in die Lungen, sie blasen ihn zwischen ihren Knien hindurch an die Erde.
Der Feind trommelt.
Reisiger sieht Winkelmann in die Augen, lächelt, zeigt auf die Zigarette, nickt. Winkelmann lächelt auch, nickt wieder.
Der Feind trommelt.
Es beginnt zu regnen. Der Regen ist dicht wie Nebel. Die bei-

den nehmen ihre Zigaretten in die Höhlung zwischen beide Hände, daß sie nicht feucht werden.

Feuer am Rand des Loches. Die beiden rutschen auf den Boden, müssen beim Fall die Zigaretten in die Lehmschmiere stecken. Aus.

Der Feind trommelt.

Der Regen wird dichter. Nicht mehr Nebel; dicke Fäden; es prasselt auf die Stahlhelme. Sie rücken näher aneinander. Reisigers Knie unter Winkelmanns Kinn. Winkelmanns Knie gegen Reisigers Brust. Der Regen ist ein Bach, gießt am Stahlhelm entlang, übergießt die gekrümmten Rücken, saugt sich zwischen den Kragenrand, schüttet in die Stiefel.

Der Feind trommelt.

Der Lehmboden ist widerlich wie Kunsthonig. Die Menschen im Loch können keine normale Bewegung mehr ausführen, alle Glieder rutschen auf glibbriger Sauce hin und her. Es ist fast nicht mehr möglich, zu sitzen. Schon eine Kopfbewegung genügt, um den Körper aus dem Gleichgewicht zu bringen. Sie stemmen sich mit beiden Händen auf den Grund, um sich zu stützen.

Der Feind trommelt.

Der Regen gießt.

Das Wasser im Loch steigt langsam.

Reisiger faßt in die Rocktasche, holt ein Notizbuch hervor; es ist schon halb naß, er schiebt es durch Rock und Hemd gegen die Brust. Winkelmann will das Verbandszeug retten. Er zerrt es heraus; es ist dick und schmierig wie ein verbrauchter Schwamm. Er läßt es zu Boden fallen. Und beide sehen, es schwimmt, ein kleines Schifflein, es sinkt.

Der Feind trommelt.

Der Regen gießt.

Sie sind naß bis auf die Haut. Das Wasser im Loch ist so hoch gestiegen, daß es die Ellbogen der aufgestemmten Arme umspült.

Der Feind trommelt.

Wie spät?

Als der Flieger das zweitemal kam, war es gegen 12 Uhr nachts gewesen. Reisiger zieht eine Hand aus dem Wasser, streift den

Ärmel hoch, die Armbanduhr geht noch. Er zeigt sie Winkelmann. 7 Uhr früh.
Seit sieben Stunden trommelt der Feind.
Die 7,5 Zentimeter-Granate schleudert 508 Splitter umher,
die 15 Zentimeter-Granate 2030, die 30,5 Zentimeter-Granate
8110. Eindringungstiefen in Erde 1,80 Meter, 4,10 Meter, 8,80
Meter.
Der Feind trommelt.
Der Regen gießt.
Hunger? Reisiger kippt gegen Winkelmann: »Haben Sie was
zu essen?« Winkelmann zerrt eine Hand aus dem Schlamm,
wühlt hinter sich in der Rocktasche, zieht einen Leinenbeu-
tel hervor, schwarz. Er braucht ihn nicht zu öffnen, es fließt,
wie er ihn anfaßt, eine dicke gelbe Brühe heraus. Das waren
Feldzwiebäcke. Reisiger nickt. Der schmierige Beutel versinkt
im Schlamm.
Der Feind trommelt.
Müde?
Entsetzlich müde. Es wäre schon das beste, den Kopf noch 10
Zentimeter tiefer hängen zu lassen, daß die Schnauze in der
dicken Brühe steckt. Dann könnte man schlafen.
Aber dazu ist es zu kalt.
Sie sitzen fast bis an die Schultern im Wasser.
Der Feind trommelt.
Sie wissen, daß es keine Rettung gibt. Es sei denn: Der Regen
hört auf oder der Feind beruhigt sich.
Der Feind trommelt.
Der Regen gießt.
Wie spät? Reisiger zerrt die Hand aus dem Dreck, die Brü-
he kriecht bis zum Ellbogen, pladdert dann nach unten. Der
Ärmel läßt sich nur schwer aufkrempeln. Das Uhrglas ist
verschlammt. Es wird mit dem Kinn abgewischt. – Die Uhr
steht.
Der Feind trommelt.
Es gibt in der Batterie I/96 hinter jedem Geschütz ein Loch.
In jedem sitzen zwei oder drei Mann. Es gibt weiter vier Mu-
nitionslöcher, wohl noch halb gefüllt. Darin werden auch

noch je zwei oder drei Mann sitzen. Außerdem sind am rechten Flügel zwei etwas größere Löcher. Darin sitzt der Rest.

Der Feind trommelt.

Der Regen gießt.

Das Wasser geht Reisiger und Winkelmann bis an das Kinn. Es ist unmöglich, sitzen zu bleiben. Man muß aufstehen. Sie zerren ihre Glieder aus dem Lehm. Der ganze Körper ist bereits der Erde einverleibt. Es kostet Anstrengung, ihn zu befreien. Beide stehen, die Knie aneinander, Rücken frei, die Arme auf der Brust verschränkt, ganz gekrümmt. Die Stahlhelme liegen Rand an Rand, bilden die einzige Stütze.

Der Feind trommelt.

Zuweilen muß man doch wieder in die Knie sacken. Auf Sekunden wenigstens. Dann sieht man, daß der Wasserspiegel Wellen schlägt. Der Grund wühlt sich auf, daß es einem fast die Beine unter dem Leib wegreißt ...

... Dann hört der Regen auf. Wie weggeweht.

Trommelt der Feind noch?

Als einen Augenblick die Wände nicht wackeln, hebt sich Reisiger, stützt sich mit den Händen auf Winkelmanns Schulter, sieht über den Rand des Loches.

Es ist unvorstellbar: Vor ihm liegt das Leben. Da ist Himmel, sichtbar bis an den Rand des Horizontes. Aus manchen Löchern sieht er die Kuppen der Stahlhelme. Da bewegt es sich geheimnisvoll hin und her. Ein neugieriges Gesicht hier und da.

Ein Schuß! Rauchwolke vor dem dritten Geschütz. Ducken! Wieder hochsehen: der Rauch ist verzogen. Reisiger wartet einen Augenblick auf den nächsten Schuß. Es kommt keiner. Er schiebt sich aus dem Loch, bleibt noch etwas in den Knien. Dann steht er auf. Winkelmann kommt hinterher.

Nach kurzer Zeit ist alles an den Geschützen versammelt.

Man stampft mit den Füßen auf, um den Dreck abzuschütteln. Man fährt mit den schmierigen Händen an den Armen entlang, um die braune Sauce aus den Ärmeln zu pressen. Man geht hin und her. Zuerst redet man nicht. Das Trommelfeuer liegt wie Betäubung noch in den Ohren. Aber dann lacht schon einer. Und dann lachen ein paar, kurz, verlegen.

Und dann, Hände in den triefenden Hosentaschen, stehen Gruppen zusammen. »Ach, es war ja gar nicht so schlimm.« War ja gar nicht so schlimm. Höchstens das Wasser. Im Wasser sitzen, stundenlang – das ist wie in einer verfluchten Hölle. Dagegen ist Trommelfeuer ein Dreck.

Und wieder wird gelacht. Weil Witze gemacht werden. Über den Aufwand, den der Feind getrieben hat ... ohne nennenswertes Resultat.

Der Hauptmann schlendert durch die Stellung. Hinter ihm die andern Offiziere. Die Einschläge werden inspiziert.

Die ganze Gegend sieht aus, als bestünde sie aus klaffenden Geschwüren. Aus ekelhaft zerfressenen Wunden. Die Ränder dieser Wunden sind gelblich und haben brandige Risse. Aber das ist eigentlich alles. Hier, haarscharf am Deckungsloch neben dem zweiten Geschütz, sitzen drei Dinger übereinander. Unvorstellbar, daß jemand leben geblieben ist. Und die Geschütze? Das Schutzschild am Dritten ist aufgerissen, sieht aus wie ein Papierstreifen, durch den soeben ein dressierter Hund gesprungen ist. Etwas zerfetzt. Das vierte hat an der Mündung eine tiefe Kerbe, armlang. Da muß ein Sprengstück entlang gerutscht sein. Aber die Batterie ist durchaus gefechtsfähig. Die paar Toten rechnen nicht.

7

... daß darüber nur eine Stimme sein kann, daß wir lieber unsre gesamten 18 Armeekorps und 42 Millionen Einwohner auf der Wallstatt liegen lassen, als daß wir ... In diesem Sinne erhebe ich mein Glas ...

8

Nach einer Stunde setzt das Trommelfeuer wieder ein. Es konzentriert sich auf das Hintergelände. Unzählige Geschosse jagen pfeifend, fauchend, singend, röchelnd über die Batteriestellung hinweg, hageln dort nieder, wo I/96 gestern von der Straße abging, auf das Feld galoppierte. Erste Sorge des Hauptmanns: Wie wird das mit Munition und Verpflegung? Wie kann man die Protzen benachrichtigen? – Meldegänger kommen durch den Feuerwall nicht hindurch. Es bleibt also nichts übrig, als sich auf den Wachtmeister zu verlassen.

Die Geschützführer sollen feststellen, was noch an Verpflegung in der Stellung ist: Meldung: insgesamt 5 Beutel mit Feldzwieback, 3 Büchsen mit Fleisch. Alles übrige ist durch den Regen versaut. Es langt also im Höchstfall für die Bedienung eines Geschützes. Aber gegessen haben ja alle gleich wenig, alle fast nichts seit 24 Stunden.

Einer kommt auf einen guten Gedanken, bei den Toten zu suchen. Vielleicht ist da noch etwas zu finden. Sie werden zwar auch durchnäßt sein, aber da sie nicht in den Löchern bis zum Hals im Wasser sitzen mußten, gibt es Chancen.

Ja, neben dem zweiten Geschütz liegen die beiden Leuchtkugelposten, am vierten der mit dem Bauchschuß, der auch tot ist: jeder von ihnen hat in den Rocktaschen zwei Beutel mit Zwieback.

Der Sanitätsunteroffizier geht zu dem verbrannten Munitionsstapel. Aber da ist nichts zu holen; alles in Stücke gerissen. In Summa hat jetzt immerhin jeder Mann vier bis fünf Zwiebäckchen und eine Messerspitze voll Rindfleisch. Das hebt die Laune. Außerdem: irgendwann wird schon mehr kommen.

Schlimmer als Hunger ist jetzt die Müdigkeit.

Einer nach dem andern legt sich mit dem Rücken gegen die Anhöhe. Der Boden ist sehr naß, der Dreck der Sprengtrichter ist fußhohe braune Brühe. Trotzdem: viele schlafen ein.

Immer über ihnen der sirrende und kreischende Bogen der Geschosse in der Luft. Hinter ihnen das brüllende rauschende Feld.

An der Weide, von der nur noch Splitter stehen, sitzen auf Munitionskörben die Offiziere und Reisiger. Müde, müde. Stiller schläft. Reisiger hat Mühe, den Kopf hoch zu halten.

Siebert und Rossdorf besprechen die Situation. Irgend etwas muß geschehen! Zum mindesten notwendig ist eine Meldung an die Abteilung. Am Ende steht I/96 mutterseelenallein hier auf weiter Flur und das Regiment ist Gott weiß wohin abgerückt. Ist alles schon dagewesen. Vielleicht glaubt man auch, daß von der Batterie keiner mehr lebt.

»Wenn der Himmelhund von Wachtmeister sich nur endlich dazu bequem wollte, Verpflegung und Munition zuschicken«, knurrt der Hauptmann. »Außerdem finde ich es selbstverständlich, daß er sich selber hier sehen läßt.«

Er dreht sich nach hinten. Dort trommelt der Feind. Er nimmt das Glas an die Augen, sagt nach einer Weile: »Ich habe das Gefühl, Rossdorf, daß die eine richtige Feuerwalze inszenieren. Sehen Sie. – Und diese Walze rollt ohne Zweifel jetzt schon wieder näher an uns heran.«

Rossdorf: »Meinen Herr Hauptmann nicht, daß wir Stellungswechsel vornehmen sollten? Wenn die Batterie den ersten Schuß abgibt, haut uns der Feind, der uns bestimmt weg hat, in fünf Minuten kurz und klein.«

Die Feuerwalze kommt näher.

Stellungswechsel? Die Anhöhe, hinter der die Batterie jetzt steht, verläuft nach rechts noch etwa 300 Meter weiter. Das wäre die einzige Möglichkeit, die Stellung zu andern. Andere Deckung gibt es nicht.

Ja, die Feuerwalze kommt näher.

Wenn man die Geschütze hier herauszieht und sie 300 Meter weiter rechts aufstellt, gibt es wenigstens die Möglichkeit, dem Zielfeuer bis auf weiteres zu entgehen.

»Batterie Stellungswechsel! Schiebt die Flinten nach rechts heraus, bis dahin, wo die Höhe zu Ende ist!«

Die Kanoniere schrecken aus dem Schlaf.

Die Feuerwalze kommt näher.

Die Geschütze werden durch den Schlamm 300 Meter weitergeschoben. Es werden neue Deckungslöcher ausgehoben. Das ist schwierig, der Lehm wiegt wie Zentnergewichte.

Jeder einzelne Munitionskorb wird aus der versoffenen Stellung herausgezerrt. Jedes Geschoß wird mit Zeltbahn und Mantel getrocknet und abgerieben.

Die Feuerwalze näher, näher.

Gegen Mittag ist sie da.

I/96 kommt zu keinem Schuß. Es sitzt alles in den neuen

Löchern. Hungrig, müde, bei jedem Einzelnen das Gefühl, rettungslos verlassen zu sein.

Der Feind trommelt und trommelt.

Gegen fünf Uhr nachmittags sitzt ein Volltreffer im dritten Geschütz. Ein schweres Kaliber. Nicht eine Schraube bleibt ganz. Ein Haufen Alteisen.

9

Deutscher Schmuck
aus echter Geschoß-Bronze vom Kriegsschauplatz.
Das vornehmste Andenken an Deutschlands große Zeit.
Jedes Stück künstlerisch in fein ziselierter Handarbeit
aus den bekannten Kunstwerkstätten der »Schule Reimann«
Berlin.
(Inserat.)

10

Gegen 8 Uhr abends tauchen in der Batterie plötzlich Infanteristen auf. Drei Mann. Stiefel und Uniform triefen vor Schlamm. Die Gesichter sind schwarz. Einer blutet stark an der Backe. Das Blut läuft über seine Brust. Mit einem Satz sind sie über die Böschung gekommen, schreien »Batterieführer«, springen ins Loch, in dem Reisiger und Siebert hocken. Es ist so eng, daß die fünf Menschen aufeinander liegen.

Was ist los?

»Herr Hauptmann, wir schießen seit einer Stunde rote Leuchtkugeln ab. Der Feind sitzt überall zwischen unseren Linien. Die Batterie muß feuern.«

Siebert aufgerichtet, so gut es geht: »Habt ihr Entfernungen?«

Der mit der blutenden Backe: »Unser Feldwebel läßt bestellen, die Batterie soll auf den Rand der Höhe schießen. Von uns ist da oben bestimmt niemand mehr.« Er wendet sich zu den beiden Kameraden: »Also ich bleibe hier. Ihr haut ab, weiter nach rückwärts. Vielleicht faßt ihr das Bataillon, holt Verstärkung. Sonst ists aus.«

Die beiden schieben sich aus dem Loch, verschwinden.

Der mit der blutenden Backe sackt plötzlich zusammen, fällt schwer auf Reisiger.

»Soll der wenigstens ein bißchen verschnaufen«, sagt der Hauptmann.

Ein Schuß saust neben das Loch; die halbe Wand fällt ein. Siebert duckt sich. Dann richtet er sich auf. Kerzengerade. »Los, Reisiger, Batterie an die Geschütze, Schnellfeuer 1000.«

Reisiger steigt dem Infanteristen auf die Schulter, springt ab, steht zwischen den beiden rechten Geschützen. Denkt, wir kommen ja doch zu keinem Schuß. Wir werden auch kein Aas aus den Löchern kriegen. Da haut eine Granate vor ihm in den Boden. Er fällt um, fühlt seinen Kopf; alles in Ordnung. Er brüllt rechts und links in die Löcher: »Batterie Schnellfeuer 1000!«

Die beiden rechten Geschütze feuern. Reisiger springt weiter. Das zweite von links ist nicht mehr zu sehen. Der Haufen Alteisen ist inzwischen zu Dreck geworden. Um so besser, dann reichen die Mannschaften desto länger. Er schreit: »Erstes Schnellfeuer 1000!«

Jetzt feuern die drei Geschütze. Es geht wie geölt. Es ist allerdings unbequem. Die vorschriftsmäßigen Haltungen sind aufgegeben. Alles klemmt sich dicht an die Schilde. Die Munitionskanoniere hocken am Rand der Löcher.

Nach ein paar Minuten setzt das rechte Flügelgeschütz aus. Reisiger, der am linken Flügel steht, sieht, daß Geschützführer und Richtkanoniere tot daliegen. Statt dessen richtet jetzt Rossdorf. – So, schon in Ordnung. Geschützführer ist einstweilen nicht nötig. Das besorgt der Hauptmann.

Batterie schießt und schießt und schießt auf 1000.

Der Feind trommelt.

Es wird langsam dunkler.

Ja, um Gottes willen, da vor uns kommen schon wieder ihrer eigenen Infanteristen. Reisiger sieht deutlich, daß sich da vorn Menschen bewegen. Er springt zum Hauptmann, zeigt mit der Hand. »Feuer stoppen!«

Siebert reißt das Glas an die Augen: »Das sind Engländer!«
Der Feind trommelt.

Über die Schutzschilde der drei Geschütze glotzen die Kanoniere der Batterie: zehn Meter vor ihnen erscheinen Engländer.

Wie viele?

Es ist schwer zu taxieren. An verschiedenen Stellen sind Bewegungen. »Karabiner!« Am mittelsten Geschütz knattern schon einige. Das Trommelfeuer ist vergessen. Die Kanoniere sind hinter dem Schild herausgesprungen, liegen auf der Anhöhe, schießen.

Da heben die Engländer die Hände!

Der Feind trommelt.

Vor dem dritten fährt ein Volltreffer in eine Gruppe, die schnell näher kommt: ein halbes Dutzend fliegt in die Luft.

Um so schneller die andern. Über die Anhöhe kriechen zehn, zwanzig, dreißig. Sie haben keine Waffen mehr. So gut es bei dem Trommelfeuer geht, heben sie immer wieder die Hände in die Höhe.

Gefangene? Ja, sind das Gefangene?

Was mit ihnen tun?

Es gibt keine Zeit zu verlieren, der Feind trommelt, die Batterie muß Schnellfeuer schießen. »Schnellfeuer!« brüllt der Hauptmann.

Dann überlegt er einen Augenblick, was man machen soll. Die Feinde hier in die Stellung lassen, das ist vielleicht doch nicht das Richtige. Was weiß man, was noch kommt. Nachher fallen sie der Batterie in den Rücken.

»Rossdorf, die Kerls da müssen aus der Stellung. Sorgen Sie dafür, daß sie schnellstens verschwinden.«

Rossdorf sieht sie sich an. Sie tun ihm leid. Sie liegen unmittelbar unter den Rohren, erschöpft, verdreckt, angstvoll. – Es hilft nichts. Er muß sie weiter nach rückwärts jagen, ins Feuer ihrer eigenen Batterien hinein. Da sie nicht wollen, da sie ihn flehend ansehen, setzt es Fußtritte. Es hilft nichts.

Und einer nach dem andern springt nach hinten, verschwindet. Irgendwo wird man das, was heil ankommt, schon sammeln und nach Zossen abtransportieren.

Der Feind trommelt.

Siebert sieht an der Stellung entlang: Bald muß die Munition aus sein! Befehl, durchgeschrien von Geschütz zu Geschütz: »Halt, Feuerpause, alles in Deckung.«

Zusammen hocken jetzt der Hauptmann, Rossdorf, Stiller und Reisiger.

Der Feind trommelt.

Wo kamen bloß die Gefangenen her? Ist das ein gutes oder ein böses Zeichen? Wenn man, verflucht noch mal, nur wüßte, ob die Batterie auf 1000 Meter richtig schießt. Oder was los ist? Und, ja, Munition! Munition! Blick zum Himmel: In spätestens einer Stunde muß es dunkel sein. Können wir dann Meldegänger nach hinten schicken? Oder wird der Wachtmeister, dieser gottverdammte Idiot, endlich von sich aus die Freundlichkeit haben? Siebert steckt den Kopf aus der Deckung, zieht ihn wieder ein: »Meine Herren, mir kommt das alles höchst mies vor. Kein Mensch kann von hinten bis zu uns vordringen. Sehen Sie sich das bloß an.«

Alles sieht zum Loch hinaus. Der Feind trommelt.

Stiller: »Ja, Herr Hauptmann, ich bin gern bereit, es zu versuchen.«

»Was?«

»Zu versuchen, bis zu den Protzen zu laufen.«

Reisiger hört das. Stiller will loslaufen? Ach, Stiller will freiwillig loslaufen? Nanu – sollte ich da nicht – wäre es nicht Pflicht–?

Er denkt das und schiebt es im gleichen Augenblick ab. Nein. Man soll nicht freiwillig, ach was, ich will nicht mehr freiwillig.

Da hört er Rossdorfs Stimme: »Munition kommt, Herr Hauptmann.«

Alle Köpfe gehen in die Höhe! Ja, Munition!

Angerast kommen drei Wagen. Einer hat nur noch zwei Pferde und außer dem Fahrer keinen Mann. Einer hat zwar sechs Pferde, aber nur auf dem Vorderpferd sitzt ein Reiter. Der Mittelfahrer hängt im Bügel, Bauch aufgerissen, und schleift mit dem Kopf im Dreck.

Schon springen die Kanoniere aus den Löchern. Her die Körbe!

Nach ein paar Minuten hat die Batterie genügend Granaten, um ein Schnellfeuer noch einige Zeit gut aushaken zu können.

Die Munitionswagen sind verschwunden.

Gott sei Dank gibt es keinen neuen Feuerbefehl. Die Batterie darf also in Deckung bleiben. Siebert überlegt einstweilen, wie man feststellen kann, ob eine Entfernung von 1000 Metern zu viel oder zu wenig ist.

Der Feind trommelt. Nur I/96 verschont er jetzt einigermaßen.

Das Abladen der Muniton hat Stiller überwacht. Reisiger steht neben ihm. Sie gehen auf und ab.

Es ist fast dunkel. Ein schöner warmer Himmel. Ein paar Sterne. Über der Stellung sind keine Wolken. Es ist fast tiefblau.

Stiller nimmt ein Gespräch wieder da auf, wo er es vor Tagen abgebrochen hat. »Jaja, Reisiger, München. Bitte, stellen Sie sich vor, Sommernacht an der Isar; das Künstlerfest; ob wir das noch einmal erleben?« – Sie sind am rechten Flügel, machen kehrt, gehen auf den linken zu, bleiben da stehen, wo das zweite Geschütz von links stand. Stiller stößt ein Stück Eisen an. Das war der Lafettenschwanz.

Vor ihnen liegen die beiden toten Leuchtkugelposten. Die Erkennungsmarken sollte man ihnen wenigstens abnehmen, denkt Reisiger, und bückt sich.

Da wird es hell. Ein Krach schlägt ihm um die Ohren. Er fällt fast zurück. Dann steht er aber gerade: »Donnerwetter, war der nahe, haben Herr Leutnant ...«

Er merkt, daß Stiller schwankt. Er sieht ihn an. Ist denn das –? Neben ihm steht ein Mensch, schwankt hin und her. Der Mensch hat keinen Kopf mehr. Da, wo der Kopf saß, schießt ein schwarzer Strahl nach vorn.

Um Gottes willen, der Körper steht immer noch, steht immer noch, fällt nach vorn, fällt nach hinten, ja um Gottes willen ...

Der Körper schlägt auf die Erde.

Reisiger will irgend etwas rufen: Leutnant oder Herr Leutnant Stiller –

Er reißt sich den Stahlhelm vom Kopf. Das kann doch gar nicht der Stiller sein?

Er schwenkt den Stahlhelm in der Hand. Er merkt, daß sein Gesicht verregnet ist von Tränen. Er will ins nächste Loch springen. Er sieht ein Gesicht darin: das ist der Kanonier Ziese, der bläst vergnügt den Rauch seiner Zigarette ihm entgegen. Er wendet sich zum andern Loch. Ach so, die schlafen wohl? Er jagt davon. Er springt dem Hauptmann beinahe auf die Hand. Er weint noch immer. Will irgend etwas sagen. Ja, der Leutnant Stiller hat ja keinen Kopf mehr. Er schlägt einfach vornüber. Dem Hauptmann in den Schoß. Sagt:›Leutnant Stiller ist gefallen‹ Schüttelt sich im Weinen. Er spürt die Hand des Hauptmanns auf seinem Haar: »Aber Reisiger, seien Sie doch kein Kind. Tut mir ja auch leid. Das ist eben der Krieg – Ja, Reisiger, das beste wird sein, ich habe das eben mit Oberleutnant Rossdorf besprochen, wir beide gehen mal nach vorn. Wir können ja noch einen Kanonier mitnehmen. Lassen uns ein Loch graben. Daß man endlich mal sieht, was da los ist. Es ist ja Quatsch, immer auf 1000 Meter zu schießen. – Aber Reisiger, beruhigen Sie sich doch. Also ehrlich gesagt: mir tuts natürlich auch leid um den kleinen Stiller. – Rossdorf, Sie übernehmen die Batterie. Wenn wir vorn sind: zwei weiße Leuchtkugeln: dann wissen Sie, wo wir stehen. Und dann legen Sie Telephon oder Relais.«

»Zu Befehl, Herr Hauptmann.« –

Reisiger setzt seinen Stahlhelm wieder auf: Mir ist das alles ganz egal. Stiller haben sie den Kopf abgerissen. Also – sie sollen schon – –

11

In enger Zusammenarbeit mit dem Volksbund Deutsche Kriegsgräber-Fürsorge, E. V., Berlin, hat das Mitteleuropäische Reisebüro G.m.b.H. (MER), Berlin, in den Jahren 1926 und 1927 und die Organisation für Einzel-Pauschalreisen zu den Kriegergrä-

bern in Frankreich und Belgien durchgeführt. Eine große Anzahl von Anfragen der Angehörigen unserer gefallenen Soldaten sowie viele Hunderte von ausgeführten Reisen legen ein beredtes Zeugnis dafür ab, wie groß das Interesse für derartige Reisen ist. Die Reisen können jetzt ohne Schwierigkeiten ausgeführt werden, und zwar derart, daß der Reisende am Zielort in einem eigens zu diesem Zweck ausgesuchten Hotel freundliche Aufnahme findet, daß ihm zum Besuch des Friedhofes ein Auto zur Verfügung steht und die ganze Reise zu einem mäßigen Preise durchgeführt werden kann, den er bereits im voraus einschließlich sämtlicher Nebenkosten wie: Steuern, Trinkgelder etc. entrichten kann. Bei Benutzung der MER-Pauschalreisen zu den Kriegergräbern ergeben sich infolge der sorgfältigen Vorbereitungen keinerlei Schwierigkeiten für den Reisenden, auch dann nicht, wenn der einzelne über keine oder nur geringe Kenntnisse der französischen Sprache verfügt.

Es ist z. B. möglich, einen Friedhof, der etwa 20 km von St. Quentin entfernt ist, von Köln aus in 3tägiger Reise – in Deutschland III. Klasse, in Belgien und Frankreich II. Klasse – einschließlich Unterkunft, Verpflegung, Autofahrten und aller Nebenausgaben zum Preise von RM. 80.- zu besuchen. Dieser Preis gilt für eine Person, für zwei oder mehr Personen würde er 75.- RM. pro Person betragen. Die Preise geben einen ungefähren Anhalt, mit welchen Kosten zu rechnen ist.

12

Der Feind trommelt.

Die Batterie hat ein Relais zur Beobachtungsstelle, die ungefähr 300 Meter vor der Feuerstellung liegt. Ein Loch, 2 Meter lang, 50 Zentimeter breit, 2 Meter hoch, gegraben von Hauptmann Siebert, Reisiger und Kanonier Merkel.

Merkel ist gefallen, als das Loch ausgehoben ist. Er liegt am Rand der Grube, zusammengekrümmt, gute Deckung gegen den Feind. Über seinen Hüften glotzen die Augen des Scherenfernrohrs.

Was sieht Siebert? – Die Nacht ist zerrissen, unaufhörlich, erbarmungslos zerrissen von hunderttausend nahen und fernen Flammen, die aus der Erde stechen.

Eine Beobachtungsstelle? – Außer diesen Flammen ist nichts zu beobachten. Kein Feind, kein Freund.

Das Relais: jede dreißig Meter liegt in einem Granattrichter ein Mann. Kommt eine Meldung von der Be-Stelle zur Batterie oder von der Batterie zur Be-Stelle, dann springt der Mann aus dem einen Loch, so gut es geht, zum nächsten, gibt die Meldung weiter, springt zurück. Der zweite zum dritten und zurück. Und der dritte zum vierten. Eine lebendige Telephonleitung, schwer zu flicken, wenn die Verbindung irgendwo durch einen Volltreffer zerrissen ist.

Die lebendige Telephonleitung gibt von Mann zu Mann eine Meldung an Hauptmann Siebert: »I/96 feuert nur noch mit zwei Geschützen. Das linke Flügelgeschütz hat Volltreffer bekommen. Kanoniere und Geschützführer tot.«

Der Feind trommelt.

Es gehen Leuchtkugeln hoch, am ganzen Horizont Leuchtkugeln, himbeerrote Leuchtkugeln.

Befehl von Hauptmann Siebert, weitergegeben durch die lebendige Telephonleitung an Oberleutnant Rossdorf: »Batterie Schnellfeuer. Ein Geschütz auf 1000, ein Geschütz auf 800 Meter.«

Die Nachricht braucht lange Zeit, bis sie zur Batterie trifft. Reisiger sieht nach hinten, wartet, wartet. – Gott sei Dank, die Batterie feuert!

Der Feind trommelt.

Es gehen Leuchtkugeln hoch, so weit das Scherenfernrohr sich drehen läßt: himbeerrote Leuchtkugeln.

Nun gut. Die Batterie feuert.

Der Feind trommelt.

Aber immerhin, mit zwei Geschützen macht die Batterie das ausgezeichnet. Wenn der Hauptmann einmal nach hinten schielt, blenden ihn die Mündungsfeuer. Fabelhaft, daß zwei Geschütze überhaupt noch eine solche Schnelligkeit erreichen.

»So, Reisiger, jetzt sehen Sie durchs Scherenfernrohr. Ich ruhe mich einen Augenblick aus. Das ist schon eine Hölle hier, was?«

Da stürzt ein Mann der lebendigen Telephonleitung gegen die Beobachtung: »Meldung von Oberleutnant Rossdorf: Die Batterie hat nur noch ein Geschütz. Das rechte Flügelgeschütz hat Volltreffer bekommen. Geschützführer und Kanoniere sind tot. – Oberleutnant Rossdorf fragt an, ob er Stellung räumen kann. Er meint, das dritte Geschütz könne ja ruhig stehen bleiben. Man könne es morgen früh holen. Und ob Herr Hauptmann nicht auch zurückkommen könnten?«

Da stürzt ein zweiter Mann des lebendigen Telephons gegen die Beobachtungsstelle, schreit: »Oberleutnant Rossdorf soeben gefallen, läßt Unteroffizier Schulz sagen. Es leben –«

Die Beobachtungsstelle wird hell, bäumt sich auf. Der Hauptmann und Reisiger werden auf die Erde gedrückt. Wie sie wieder aufstehen, liegen die beiden Relaisposten tot hinter ihnen.

Jetzt ist es zu Ende.

Kommt da noch eine dritte Meldung?

Der Feind trommelt.

Es ist so hell, als sei Tag. Das liegt daran, daß unmittelbar an der Beobachtungsstelle unaufhörlich Flammen hochschlagen.

Ja, wirklich, da kommt noch jemand.

Reisiger faßt den Hauptmann am Ärmel.

Mit einem furchtbaren Brüllen, unmenschlich, tierisch, jagt durch das Trommelfeuer ein Mensch. Stößt die Toten beiseite. Eine Flamme schießt hoch. Reisiger sieht das schneeweiße Gesicht von Winkelmann. Er kennt es ganz genau. Sieben Stunden der letzten Nacht war es vor ihm.

Es ist verzerrt.

Winkelmann stürzt vor.

Es blitzt.

Man sieht, daß Winkelmann von oben bis unten aufgerissen ist. Die Uniform flattert zu den Seiten, die Brust liegt frei, der Bauch klafft, über seinen Händen trägt er seine Gedärme.

Er brüllt und brüllt.

Reisiger schreit ihn an: »Winkelmann – Karl!«

Es blitzt auf.

Winkelmann stolpert.

Er schlägt direkt über dem Beobachtungsloch zu Boden, fällt auf Reisiger. Reisiger wird von einem warmen Bach übergossen.

Er hört, daß der Hauptmann irgend etwas sagt.

Der Feind trommelt.

Reisiger versucht mit Kopf und Schultern, Winkelmann beiseite zu schieben. Es rinnt ihm etwas feucht und weich über das Gesicht.

Ein entsetzlicher Krach!

Reisiger spürt, daß von allen Seiten die Erde gegen den Himmel steigt. Dann liegt eine Last auf ihm. Unerträglich schwer. Er will rufen. Es ist unmöglich. Er will sich bewegen. Es ist unmöglich. Er will die Augen aufmachen. Er will irgend etwas tun.

Er ist eiskalt. Aber er kann ganz klar denken: Volltreffer. Verschüttet. Das Leben ist zu Ende.

Ein sehr schönes Gefühl. Das singt und surrt. Alle möglichen Klänge im Ohr. Wie leicht die Erde ist. Die Erde soll dir leicht sein. Das Leben ist zu Ende. Schade. Gott sei Dank. Gott sei Dank. Der Krieg ist aus. Wir gehen zwar nicht nach Hause, aber der Dank des Vaterlandes ist uns gewiß. Darauf kann man allerdings jetzt scheißen. Gut, das ist zu Ende –

Zu Ende? Zu Ende? Ja, das ist ja unmöglich. Es darf nicht aus sein. Ich will leben. Leben! Leben!!

Hellwach: Ich muß leben.

Er merkt, daß er mit dem Kopf unter der Höhlung des einen Knies liegt. Aha, hier ist Luft.

Er versucht, sich zu bewegen. – Unmöglich.

Ich muß den Kopf erst einmal zwischen den Beinen herauskriegen. Unmöglich.

Er versucht, das Knie zu beugen. – Nein. Er versucht, den Fuß zu drehen. – Nein! Wenn nur auf dem Genick nicht diese Zentnerlast wäre.

Und wie ist das mit der Luft? – Er versucht, tief Atem zu holen. – Aber der Brustkorb ist so sehr zusammengedrückt.

Jetzt wird ihm heiß. Also ersticken? Also verschüttet? Lebendig begraben und ersticken.

Er dreht den Fuß. Der gibt etwas Raum. Dreht unentwegt hin und her den Fuß. Raum. Raum. Der Kopf wird freier, wird noch freier. Ist bereits zwischen den Knien. Jetzt ein Knie nach rechts stemmen. – So, das geht schon. – Jetzt die Knie zusammenschlagen. Es ist ja ein Hohlraum da. – So, das geht ausgezeichnet. – Er hört, daß an seinen Ohren die Erde herunterrasselt. Genick hoch, fest mit dem Kopf gegen die Deckung. Immer noch einmal. – Jetzt mit der Hand, stoßen, heftig stoßen.

– Die Hand spürt Luft. – Schnell zurückziehen, atmen: Ja, das Loch hat Luft.

Die eine Hand durch, die zweite hinterher und nun wühlen und die Hände drehen. Und mit dem Kopf schlagen. Und versuchen aufzustehen. Fest das Genick gegen die Last drücken, zurück, und einen Ruck. Zurück, und einen Ruck. Noch einmal, schneller, immer schneller.

Die Erde bricht auf. Reisiger ist mit dem Gesicht im Freien.

Der Feind trommelt.

Vor ihm schlägt eine Flamme hoch.

Aber das ist so uninteressant. Er zieht tief den Atem ein. Ich lebe, jetzt Stahlhelm auf. Und Galopp, marsch, marsch, ausrücken.

Da blitzts von neuem und schleudert ihn zur Erde. Und er bemerkt neben sich einen Stahlhelm. Er ergreift ihn, sieht ihn an. Nein, das ist nicht meiner.

Herrgott, unten liegt ja noch der Hauptmann. Der Stahlhelm gehört dem Hauptmann.

Schuß. Er fliegt einige Meter zur Seite. Steht halbgebückt auf, hält die Hände mit gewinkelten Ellbogen an den Kopf. So schnell wie möglich ausrücken!

Ach nein, das kann man nicht. Der Hauptmann!

Also im nächsten Satz zurück. Hier liegt der Stahlhelm. Hier ist der Sprengtrichter. An dem einen Rand ist die Erde aufgeworfen; da lag ich. Hier neben muß der Hauptmann –

Seine Hände reißen rechts und links die Schollen zur Seite, wühlen sich tiefer. Die Arme stecken bis zum Ellbogen im Loch, die Finger fassen plötzlich fest zu: Gott sei Dank, das ist der Hauptmann.

Vor allem muß ein Schacht freigemacht werden, damit der Hauptmann atmen kann.

Wie der nächste Schuß fällt, dicht neben ihm, und wie die Dunkelheit zerrissen wird, sieht er Sieberts Gesicht. Ja, es ist frei. Wenn er überhaupt noch lebt, kann er atmen.

Die Hände wühlen weiter, legen den Kopf bloß, die Haare, fassen schließlich am Rücken entlang unter die Achseln.

»Herr Hauptmann!« Er zerrt ihn und versucht, den Körper herauszuziehen. Es gelingt schwer. Immer wieder, wenn er sich aufrichtet, muß er die Last fallen lassen, weil Feuer und Sprengstücke über ihn hinwegfauchen.

Endlich ein Ruck: heraus den Oberkörper!

Schuß: Reisiger liegt, die Arme vor sich gestreckt, die Hände über der Brust des Hauptmanns gefaltet. Er kriecht auf dem Bauch rückwärts, zieht den Körper hinter sich her. Das ist sehr schwer. Es vergeht viel Zeit, bis er ihn auf ebener Erde hat.

Reisiger achtet nicht mehr auf die Schüsse. Seine Angst geht andere Bahnen. Das Gefühl, hier gegen den dämmernden Morgen völlig verlassen als einziger lebender Mensch auf einem Feld zu liegen, jagt ihm den Schrecken hoch: Der Hauptmann ist tot.

Er brüllt, erfleht: »Herr Hauptmann.« Und immer wieder beschwörend: »Herr Hauptmann.«

Der rührt sich nicht. Liegt wie ein nasser Sack, schwer, schlapp.

Reisiger versucht, ihn an den Händen zu fassen, versucht, einen Arm zu heben: Alles klatscht immer wieder zur Erde.

Der Feind trommelt.

Jetzt ist ein grauer Morgenhimmel. Wieviel besser war die Dunkelheit: Jetzt sieht man alles Entsetzen viel deutlicher, überdeutlich durch das fahle Licht verzerrt und in allen Grenzen übernatürlich vergrößert.

Reisiger überlegt: Wie gut muß es sein, mit ausgebreiteten Armen dem nächsten Schuß entgegenzulaufen, seinen ganzen Körper hinzuhalten, sich einfach zerfetzen zu lassen.

Überlegt: Die ganze Batterie ist tot. Es ist nur anständig,

wenn ich mich neben meinen toten Hauptmann lege und warte, daß es mich endlich auch trifft.

Aber wie ein Schuß herunterfährt und den vielmals zerrissenen Körper vom armen Winkelmann in die Luft wirbelt, packt ihn doch wieder die Angst. Und der Wunsch, der Ruf, der Befehl, der ihn plötzlich höchster Befehl dünkt: Leben.

Er stürzt rasend auf Siebert los, kniet dicht neben ihm, schlägt ihm mit beiden Fäusten rasend auf die Brust. Seine Fäuste prasseln sinnlos, und er schreit immer lauter, immer gellender: »Herr Hauptmann! – Hauptmann Siebert! – Herr Hauptmann! Herr Hauptmann!«

Dann setzt er sich rittlings auf den Körper, packt Sieberts Arme fest an den Handgelenken, beugt sie, streckt sie. Er weiß, daß man Ertrunkene auf diese Weise zum Leben bringt. Er muß es auch hier zwingen.

Sieberts Gesicht ist angeschwollen, blaurot. Der Mund ist von Erde verkrustet. Die Augen – sind die Augen geschlossen? Hat nicht eben das eine Lid auf- und niedergeschlagen? Reisiger beugt sich hinab. Ja, es ist bestimmt ein Zittern in den Lidern.

Er reißt Siebert den Rock auf, reißt das Hemd auf, fühlt mit beiden Händen: Ja, es ist Wärme im Körper. Preßt das Ohr gegen den Brustkorb: Eine Welt für sich, noch nicht erstickt, von keinem Trommelfeuer zu übertönen, schlägt das Herz ... Ruckartig, sehr unregelmäßig, gewaltsam.

Der Hauptmann lebt.

Reisiger schreit lauter, immer wieder.

Er merkt, wie ihm der Schweiß über das Gesicht brennt.

Ein Schuß, ganz nahe, und noch ein Schuß: Die haben Siebert geweckt! Ganz unvermittelt schlägt er die Augen auf, richtet sich im selben Moment empor. Ein neuer Schuß. Wie merkwürdig ein Mensch funktioniert: der eben erwachte Hauptmann duckt sich, geht vorschriftsmäßig, gewohnheitsmäßig in Deckung. Und als die Splitter vorbeigesurrt sind, hebt er sich vorsichtig und sagt dann: »Reisiger, ich glaube, es wird Zeit, daß wir die Stellung wechseln.« Dabei lächelt er, ein Lächeln, sehr verlegen, ein wenig müde.

»Tut es Herrn Hauptmann irgendwo weh?«

»Aber wo wird es denn. – Sie sehen ja, Reisiger: noch leben wir.« – Wieder das verlegene Lächeln, das dann jäh umschlägt. Das Gesicht ist verzerrt, verzweifelt: »Reisiger, wo ist unsere Batterie? – Los, los, wir müssen in die Feuerstellung!«

In das Artilleriefeuer des Feindes prasseln jetzt Maschinengewehre. Der Weg vom Beobachtungsloch bis zur Feuerstellung ist nicht weit. Aber der Sprung von Trichter zu Trichter hält auf, man muß nicht nur das Surren der Granatsplitter abwarten, sondern auch darauf achten, nicht von Kugeln zersägt zu werden.

Und lagen nicht noch vor kurzer Zeit einige Zentner Lehm auf Siebert und Reisiger? Alle Knochen schmerzen, die Brust ist eingeengt, als seien die Rippen in die Lunge gepreßt. Das Atmen ist schwer. Es genügt ein Lauf von zehn Schritten, und schon fallen ihnen rote Schleier über die Augen. Springt Siebert vor, ist bereits im nächsten Trichter, will Reisiger folgen, taumelt, sackt zurück, verliert die Besinnung, wacht erst auf, als der Hauptmann umkehrt und ihn ruft.

So geht das mehrmals hin und her.

Der Tag ist hell jetzt, Morgenluft. Beide haben die Röcke aufgeknöpft, die Brust frei; ein wenig Kühlung.

Ein Sprung, hinlegen, ein Sprung, durcheinandergeschleudert werden. Und viele Sprünge. Und kein einziger Schuß mehr zu hören, der gegen den Feind geht.

Und zwischen Sprung und Sprung immer neu die Gewißheit, allein zu sein, vorn der Feind, hinten nichts.

Und dann stehen beide da, wo einmal die Weide war. Kriechen durch die ehemalige Feuerstellung. Gott sei Dank, ein wenig gedeckt durch die Anhöhe.

Aber auch das Kriechen ist eine Qual. Siebert richtet sich auf, läuft los, daß Reisiger ihm kaum folgen kann.

Und dann: I/96.

Hier gibt es gar keine Möglichkeit mehr, auch nur sekundenlang auszuruhen. Hier ist es schlimmer, als allein zwischen Trichtern und Schüssen auf freiem Feld zu liegen.

Am linken Flügel kommen sie an. Sie durchrasen die Stellung, wagen kaum aufzusehen, hüpfen nur vorsichtig, um nicht auf die Toten zu treten.

Vorweg Siebert, Reisiger hinterher.

Überall die bekannten Gesichter. Der dicke Herbst, Gott, war der komisch, besonders wenn er besoffen war. Dann grinste er bis hinter die Ohren. – Jetzt ist das Gesicht seltsam weiß und die Augen sehen verzweifelt in den Himmel. Da, noch einmal, Reisiger läuft mit geschlossenen Augen und zusammengebissenen Zähnen im Bogen vorbei, Leutnant Stiller. Er muß es wohl sein, man sieht die Achselstücke. – Und weiter, weiter. Nun schon am dritten Geschütz, und kein Mensch lebt mehr. Wenn doch irgendeiner verwundet wäre, wenn doch irgendeiner die Hand höbe oder mit dem Bein ruckte. Wenn man doch irgendeine Stimme hören könnte.

Vorbei am Oberleutnant Rossdorf, kurz vor dem vierten Geschütz. Tief ist die Stirn aufgespalten, er hat eine Leuchtkugelpistole in der Hand.

Und am vierten Unteroffizier Schulz. Das Kreuz durchgebogen, sehr korrekt und schneidig, die rechte Hand am Abzug, das Geschütz könnte jeden Augenblick losfeuern. Aber der Rock ist links aufgerissen. Noch immer tropft das Blut. Das Geschütz wird in diesem Krieg keinen Schuß mehr abgeben. Der Hauptmann ist schon vorbei. Und Reisiger hinterher.

Die Deckung ist zu Ende. Jetzt kommt wieder das unendliche verlassene freie Feld. Weiter, weiter, weiter.

Wohin? Der Hauptmann scheint es selber nicht zu wissen. Es ist schwer, die Richtung festzulegen. Er steht einen Augenblick, springt noch ein paar Schritte, wirft sich hin.

Hinter ihm, durch die Rauchsäule eines schweren Schusses getrennt, liegt Reisiger.

Gott sei Dank, denkt er, jetzt ist der Hauptmann tot!

Jetzt habe ich keine Verpflichtung mehr, auch nur einen Schritt weiterzulaufen.

Es ist merkwürdig heiß in seiner Brust, so als stiege etwas Brennendes in ihm hoch. Wie er mit dem Handrücken über Mund und Nase fährt, sieht er, daß er aus Mund und Nase blutet.

Auch gut. Auf welche Weise man hier stirbt, ist gleichgültig. Die Lungen streiken wohl. Also doch die Verschüttung.

Der Rauch ist verschwunden. Der Hauptmann steht auf, winkt, läuft weiter.

Reisiger, Blut aus Mund und Nase, läuft weiter.

Eine Zone, die vom Artilleriefeuer verschont ist. Vielleicht 100 Meter, nicht auszudenken, ohne Rauch. Eine regelrechte Wiese, tief durchwühlt, aber um so schöner, zwischen den Sprengtrichtern weißer Klee, ach, und Wiesenschaumkraut. Nett, daß Sommer ist.

In der Luft ein Surren, Donnerwetter, das kennen wir doch. Reisiger springt weiter, prallt gegen den Hauptmann, beide fallen in einen Trichter: »Ruhig, Reisiger, bloß nicht bewegen, wieder ein Flieger.«

Aber sie nehmen doch den Kopf ein wenig hoch. Der Flieger über ihnen ist fast mit den Händen zu langen. Lächerlich niedrig. Sie sehen, daß sich hinter dem Führersitz ein breites lachendes Gesicht herausbeugt, sehen, daß zwei Hände am Maschinengewehr zerren. Und wie das Ungeheuer vorbeistößt, klatschen ihnen einige Kugeln vor die Füße.

»Verfluchte Schweine«, sagt Siebert, »die scheinens ja dicke zu haben, wenn sie sich erlauben können, auf jeden einzelnen Menschen mit Fliegern zu schießen. Wenn der Hund bloß nicht wiederkommt.«

Sie stürmen weiter.

Diesmal ist Reisiger voran. Wohin? Nur am Einschlag der Geschosse kann man ungefähr festlegen, daß man nicht gerade dem Feind in die Arme läuft.

Nein, es geht bestimmt nach rückwärts. Das Trommelfeuer läßt hier hinten doch einigermaßen nach. Vielleicht kommen endlich Reserven, vielleicht stößt man irgendwo auf deutsche Soldaten.

Reisiger hört seinen Namen rufen. Siebert winkt ihm und geht im rechten Winkel ab.

Aus der Erde etwas herausgehoben liegt da ein Hügel. Nach ein paar Schritten erkennt man ihn deutlich. Eine Betonkuppe: das muß ein Bunker sein. Ob da Infanterie ist?

Ein Schuß fährt über ihre Köpfe weg. Sie fallen zu Boden, sehen, daß das Biest direkt auf den Betonblock haut und dort abprallt, weil es die Deckung nicht zerdrücken kann.

Nach ein paar Sprüngen stehen sie vor einer Treppe, die tief in die Erde führt. Siebert ruft. Es antwortet eine Stimme von unten: »Hallo, wer ist denn da? Hier ist das Stabsquartier vom 2. Bataillon Infanterie 18.«

Aus Reisigers Mund und Nase fließt das Blut stärker. Rock und Hose sind vollkommen durchnäßt. Das Gesicht rot und die Hände.

Ein Schuß! Sie fliegen beide ein Dutzend Treppenstufen abwärts, rollen übereinander, liegen auf einem gedielten Fußboden, verstört und erstaunt: Vor ihnen sitzt ein Infanteriemajor, Zigarre im Mund, daneben zwei jüngere Offiziere.

Siebert steht auf, will die Hand an den Helm legen, merkt, daß er keinen auf hat, murmelt irgend etwas und meldet: »Hauptmann Siebert, Batterieführer i. FA.R. 96. Herr Major, wir beide sind die einzig Überlebenden der Batterie.«

Er zeigt auf Reisiger. Reisiger will sich auch erheben. Aber wenn er sich nur ein wenig rührt, schießt ihm das Blut wie ein Bad aus der Nase, und er muß liegenbleiben.

Der Major: »Nanu, was haben Sie denn?«

Siebert: »Wir waren verschüttet, Herr Major.«

Reisiger hört das nur noch sehr schwach. Ihm scheint, er ist durch einen dicken Vorhang von der Umwelt abgesperrt. Der Vorhang schlägt dicht zusammen. Er spürt nur noch, daß er ins Dunkle geschoben wird.

Eine Weile, dann schlägt er die Augen auf, weil er seinen Namen hört. Neben ihm kniet der Hauptmann: »Reisiger, Sie bleiben hier. Ich habe mit Herrn Major gesprochen. Sie werden weggeschafft, sobald es geht. Ich suche das Regiment. Und auf Wiedersehen. Für Sie wird der Krieg ja zu Ende sein.«

Reisiger richtet sich auf: Krieg zu Ende? Nein, nein, so einfach ist das doch nicht. Selbstverständlich gehe ich mit. – Er richtet sich auf, sitzt, kniet, steht; ausgezeichnet! Das Blut aus der Nase ist ja gar nicht so unangenehm. Wenn es nur nicht immerzu in der Kehle hochstiege und den Mund füllte. Er sagt mühsam: »Ich gehe mit, Herr Hauptmann.«

Der Major winkt ab, sehr unwirsch.

Der Hauptmann schüttelt den Kopf. Er gibt dem Major die

Hand, den beiden andern Offizieren, Reisiger. Dann springt er die Treppe hinauf.

Reisiger will folgen. Unmöglich. Er bleibt am Türrahmen stehen. Er sieht dem Hauptmann nach, noch die Knie, die Gamaschen, noch die Stiefelabsätze. – Fort.

Da, Gott sei Dank, noch einmal seine Stimme: »Reisiger, geben Sie mir doch Ihren Stahlhelm. Ich habe meinen liegenlassen. Sie brauchen ihn ja doch nicht mehr. Warten Sie, ich komme.« Reisiger reißt sich den Helm vom Kopf. O nein, die Treppe werde ich schon noch schaffen. Er geht Stufe um Stufe nach oben.

Wunderschön: die Sonne scheint.

Er reicht Siebert den Stahlhelm. Der faßt zu.

Ein Schuß kracht, daß der ganze Bunker sich hebt. Ein Schrei. An Reisiger vorbei fliegt in die Tiefe der Stahlhelm. An dem Lederriemen hängt festgekrampft die abgerissene rechte Hand des Hauptmanns.

Der Hauptmann saust an Reisiger vorbei, dem Helm, seiner Hand nach, die Treppe herunter.

Dann? – Dann ist wieder der schwarze Vorhang da. Wie heftig er zusammenschlägt. Über der Sonne und über dem blauen Himmel.

Die Gedanken wirbeln durch Reisiger: die abgerissene Hand meines Hauptmanns gibt mir meinen Stahlhelm zurück. Haha, ein Gruß! Helm ab, Hand ab zum Gebet ... Kann dir die Hand nicht geben ... guter Kamerad ... ein prächtiger Cantus ex est ...

Dann ist alles dunkel.

13

Von den in den Lazaretten des gesamten deutschen Heimatgebiets behandelten Angehörigen des deutschen Feldheeres wurden nach der letzten vorliegenden Statistik 90,2 v.H. wieder dienstfähig, 1,4 v.H. starben, 8,4 v.H. blieben dienstunbrauchbar oder wurden beurlaubt. (W.T.B.)

Großes Hauptquartier. Kriegsberichte Mai/Juni:
In den beiden letzten Monaten hat die allgemeine Kriegslage in
beständiger Steigerung eine derartige Verschärfung erfahren, daß
die Wende vom Juni zum Juli weniger als je zu einem zusam-
menfassenden Rückblick geeignet erscheinen möchte. — Es ist ja
nicht das erstemal, daß uns ein vollkommener Umschwung der
Lage zu unseren Ungunsten lange vor dem Einsetzen der Er-
eignisse, die ihn herbeiführen sollten, von der gesamten Presse
unserer Gegner angekündigt worden ist.
Weder diese Ankündigungen noch die ihnen folgenden Taten ha-
ben es je vermocht, uns die Ruhe zu nehmen.

15

Das Lebensalter von Offizieren kann bei Todesanzeigen unbe-
denklich angegeben werden, sofern im übrigen Nr. 23 O.Z. be-
achtet wird. Unzulässig: 18-jähriger Leutnant als Kompagnie-
führer.
(Oberzensurstelle Nr. 375. O.Z. 5.7.15)
Todesanzeigen: 1. Lange Sammelnachrufe der Truppenteile sind
verboten; höchstens 5 bis 6 Namen.
2. Sammelnachrufe von Vereinen etc. sind gestattet.
(Nr. 23. O.Z. 4.12.14)

Drittes Kapitel

1

Das Kriegsernährungsamt schreibt:
Bei der Knappheit an Fett, Seife und Lichtern ist in diesem Jahre
eine freiwillige Einschränkung im Gebrauch von Weihnachts-

kerzen dringend geboten. Am schönsten wäre es, wenn jedem Weihnachtsbaum nur eine einzige Kerze aufgesteckt würde. Die Bedeutung und die Feierlichkeit des Vorgangs würde dadurch in keiner Weise beeinträchtigt. Den Kindern aber, für die ja die Weihnachtsbäume hauptsächlich bestimmt sind, wird es eine wertvolle Erinnerung für ihr ganzes Leben bleiben, daß im Kriegsjahr 1916 nur eine einzige Kerze an ihrem Baum brennen durfte.
(Vossische Zeitung, Berlin, 7.12.1916)

2

Zwischen den Leitern der Deutschen Kartoffelkulturstation, die dem Institut für Gärungsgewerbe angegliedert ist, fand dieser Tage ein anregender Depeschenwechsel statt. Es hatte nämlich bei der Prüfung der diesjährigen Ergebnisse der Deutschen Kartoffelkultur Station die Sorte »Hindenburg« den Sieg davongetragen. Darauf wurde an Generalfeldmarschall Hindenburg folgendes Telegramm gerichtet: »Eurer Exzellenz melden wir gehorsamst, daß die neu gezüchtete Kartoffelserie des Herrn Kamecke-Streckenthin ›Hindenburg‹ den Sieg errungen hat gegenüber 19 anderen Sorten im Durchschnitt der 30 über das Deutsche Reich verteilten Versuchsfelder mit dem glänzenden Ertrage von 279,1 Doppelzentner und darin 50 Doppelzentner Stärke für das Hektar. Die Heimarbeit der deutschen Landwirtschaft hat nicht geruht, die Unterführung ›Hindenburgs‹ wieder steigende Kartoffelernte sichert die Ernährung für Volk und Heer. Für die Deutsche Kartoffelkulturstation des Vereins für Spiritusfabrikanten in Deutschland am Institut für Gärungszwecke, gez. A. Säuberlich, M. Delbrück, C. v. Eckenbrecher.« – Der Generalfeldmarschall v. Hindenburg sandte darauf folgende Antwort: »Vielen Dank für die gütige und mich doch erfreuende Nachricht von der neu gezüchteten Kartoffelsorte ›Hindenburg‹. Ich weiß, was wir der erfolgreichen Heimarbeit der deutschen Landwirtschaft zu verdanken haben.«
(Hamburger Tageblatt, 19.2.1917)

3

»... doch erfreuende ...«

4

Den großartigen Vorgang der Ablösung meilenweiter Strecken unserer bisherigen Stellungsfront vom Feinde habe ich hier an der Aisnefront seit geraumer Zeit in allen seinen Vorbereitungen beobachten können und habe nun in den letzten Tagen der völlig verlustlosen Zurücknahme gewaltiger Heereskörper von der vordersten Linie bis in die letzten Aufnahmestellungen beigewohnt. – ... Die Zerstörung aller hinterlassenen Stellungen, der Straßen, Brücken, Eisenbahnen, Drahtleitungen, die Niederlegung aller Deckungen und Unterkünfte ist von den Zerstörungskommandos mit großer Gründlichkeit ausgeführt worden ... Um malerische Denkmäler des Feindeslandes, die dabei mit vernichtet worden sind, ist jetzt nicht zu jammern, wo der Feind erneut den Willen zum Ausdruck gebracht hat, Deutschland zu vernichten, und wo kein vergängliches Gut der Welt ein Recht hat, zu bestehen, wenn es dem deutschen Siege als Hindernis im Wege steht.
(W. Scheuermann, An der Aisne, 19. 3. Deutsche Tageszeitung, Berlin, 20.3.1917)

5

Jede Gelegenheit ist zu benutzen, um zu beweisen, daß die deutsche Kriegsführung alle unnötigen Härten vermeidet. In feindlichen Ortschaften sind die wichtigsten Baudenkmäler so zu photographieren, daß ihre Unversehrtheit nachgewiesen werden kann. Stets einige deutsche Soldaten mitphotographieren. Feindliche Verwüstungen und Grausamkeiten sind durch Bilder zu beweisen.
(Generalstab, 28.12.1914. III. C.3094. Pr. Auszug aus der Anweisung für Kriegsphotographen und Kinematographen)

10 Sinnsprüche zur Kriegsanleihe:
1. Mit helfen muß jeder im deutschen Volke,
Damit sich zerstreue die Kriegswetterwolke.
2. Willst du helfen zum Siege im blutigen Ringen,
Mußt deinen Kämpfern die Mittel du bringen.
3. Dem braver Junge da draußen im Feld
Ist mehr wert als all dein Gut und dein Geld.
4. Gib frei und willig dem Vaterland jetzt,
Sonst gibst du gezwungen dem Feinde zuletzt.
5. Ist der Feind im Lande, in dem du geboren,
Dann ist auch dein letzter Pfennig verloren.
6. Laß betören dich nicht durch nörgelnden Sinn;
Du bringst gar kein Opfer; du schaffst dir Gewinn.
7. Wer spart sein Habe zur unrechten Stund,
Der schleppt sich zum Grabe mit hungerndem Mund.
8. Hier gibts keine Wahl, hier gibts keine Qual,
Mit Lust und Liebe zeichne und zahl!
9. Sangst: »Herz an Herz und Hand in Hand!«:
Nun zeig deine Liebe zum Vaterland!
10. Laßt glühen die Herzen und öffnet die Hände!
Ihr helft dann alle zum siegreichen Ende!
(H. Weinert, Neueste Nachr., Braunschweig, 31.3.17)

7

Reisiger ist bis Mitte November 1916 in einem Lazarett im
Harz. Er wird dann zur Ersatzabteilung seines Regiments
versetzt und Anfang Dezember felddienstfähig geschrieben.
Beförderung zum Offizier-Stellvertreter am 23.12.

8

Leutnant Römer, der Batterieführer der 9. Batterie des Re-
serve-Feld-Artillerie-Regiments 253, erhält den Befehl, dem
Regimentsstab einen Bericht über die Eignung des Offi-

zier-Stellvertreters Reisiger 9/253 zum Reserveoffizier einzureichen.

Er schreibt:

Offizier-Stellvertreter Reisiger ist der 9. Batterie von der Ersatz-Abteilung am 31. Dezember 1916 überwiesen. R. tut seit dieser Zeit bis heute Offiziersdienst. Er war während der Monate Juni und Juli 1917 zur Schießschule Rembertow bei Warschau abkommandiert. Gute Zeugnisse darüber liegen dem Regiment vor.

Ich halte R. für einen fähigen, energischen Vorgesetzten, der es versteht, Disziplin bei seinen Untergebenen zu halten.

R.'s Schießkenntnisse sind gut. Er tut abwechselnd mit Leutnant Sauer Dienst auf der Beobachtung und hat dort mehrmals Gelegenheit gehabt, mit der Batterie selbständig zu schießen.

Die Wahlzettel ergaben bei sämtlichen Offizieren der Abteilung ein Plus.

Über seine politischen Ansichten habe ich R. persönlich vernommen. (Ich beziehe mich dabei auf die Besprechung, die der Herr Regimentskommandeur mit mir hatte und die die angebliche Mitarbeit R.'s an einer sozialdemokratischen Zeitung oder Zeitschrift betraf.) R. betont ausdrücklich, daß er der Ansicht ist, diese Mitarbeit könne nur als künstlerisch aufgefaßt werden. Er gab mir zwei in einer Berliner Wochenschrift erschienene Gedichte, die als Anlage beigefügt sind.

Ich möchte trotz allem die Beförderung zum Leutnant der Reserve auf das Wärmste befürworten.

gez. Römer, Ltn. u. Bttführer.

Anlage: Zwei Gedichte des Offizier-Stellvertreters Reisiger, erschienen Ende 1916 in der Zeitschrift »Aktion«.

Träumen

Träumen:
Mein Gewehr ist versteint – wie deines, mein Bruder,
Wir zielen nicht mehr aufeinander.
Blumen wachsen auf Schaft und Lauf,
rote Blumen.
(oh! daß sie doch an Morden noch erinnern!)
Die Gräben, die uns in Bangen fraßen

heben sich. Und werden sanft und Ebene.
Wir sehen Licht – Land – Uns.
Wir fühlen: Mensch.
Und küssen uns.
Oh!!
Traum!!

*

Loretto (Für H. K.)
Einen Tag lang in Stille untergehen!
Einen Tag lang den Kopf in Blumen kühlen
und die Hände fallen lassen
und träumen: diesen schwarzsamtnen, singenden Traum:
Einen Tag lang nicht töten.

9

Die Feuerstellung 9/253 befindet sich seit vielen Monaten
nicht weit von Postawy, nordwestlich Wilna. Die Geschütze
in einem Wäldchen hinter dicken Palisaden aus Baumstämmen, die Mannschaften und die Offiziere in geräumigen
Blockhäusern. Reisiger bewohnt mit dem Vizewachtmeister Spilcker eine kleine Hütte. Seine Mahlzeiten muß er im
Wohnhaus des Batterieführers einnehmen. Mit ihnen beiden
ißt noch Leutnant Sauer, der einzige Batterieoffizier.
Am Abend, als Römer den Bericht an das Regiment abgesandt hat, wird statt des üblichen Skatspielens, an dem sich
Reisiger täglich von 9 Uhr bis gegen 12 Uhr nachts beteiligen
muß, wenn er nicht gerade auf der Beobachtung sitzt, Leutnant Sauer gebeten, noch ein Weilchen das Lokal zu räumen;
Römer habe mit Reisiger zu sprechen.
Reisiger sitzt am Tisch, Römer geht vor ihm hin und her,
pafft aus einer Pfeife, redet nicht. Schließlich stellt er sich
gegen den Ofen und nimmt aus seiner Rocktasche die beiden

261

Gedichte, die Reisiger ihm vor einigen Tagen aushändigen mußte.

Er beginnt ein Gespräch.

»Reisiger, Sie wissen, daß ich es gut mit Ihnen meine; Sie werden sich nicht darüber beklagen können, solange Sie hier in der Batterie sind, daß ich Sie jemals schlecht behandelt habe. Im Gegenteil, ich habe mir stets Mühe gegeben, nie zu vergessen, daß wir vom Frieden her ja gewissermaßen Kommilitonen sind –« Der Leutnant stockt, geht hin und her.

Reisiger weiß nicht recht, worauf das Gespräch abzielt. Er erkennt schließlich die Zeitungsausschnitte, die Römer in der Hand hält: »Herr Leutnant wollen von meinen Gedichten sprechen?«

»Ja.« Der Leutnant schiebt sich einen Stuhl unter, legt die Gedichte auf den Tisch, stützt die Ellbogen: »Wenn das man gut geht.«

Reisiger weiß nichts darauf zu sagen. Pause. Nach einer Weile tippt der Leutnant mit dem Finger auf den einen der beiden Zettel und sagt: »Einen Tag lang nicht töten? Sie sind wohl Pazifist?«

Reisiger, sehr ehrlich: »Das habe ich mir noch nicht überlegt, Herr Leutnant.« Pazifist, denkt er, ich glaube nicht mal, daß ich Pazifist bin. »Ich glaube nur–«

Der Leutnant unterbricht ihn: »Also selbst wenn Sie mir sagen wollen, daß Ihre Gedichte nichts mit Politik zu tun haben – ich bezweifle, daß man das auch höheren Orts glauben wird. – Reisiger, machen wir uns doch nichts vor, Sie können doch ehrlich mit mir sprechen – was ist denn los? Was haben Sie sich denn gedacht? Sie sind doch kein Kind mehr– es muß doch irgendeinen Sinn haben, wenn Sie so einen Satz hinschreiben wie ›Einen Tag lang nicht töten‹ oder –« dabei tippt er mit der Pfeife auf das andere Blatt – »hier: ›Wir zielen nicht mehr aufeinander‹ Was denken Sie sich dabei?«

Im selben Augenblick, wo Reisiger spricht, merkt er, daß es falsch ist zu sprechen. Er sagt trotzdem: »Herr Leutnant – vielleicht – vielleicht – kann ich nicht mehr – oder ich mag nicht mehr.«

So, jetzt ist es heraus.

Wie ruhig das im Zimmer ist. Der Leutnant saugt an seiner Pfeife. Das gibt jedesmal einen fiependen Ton. Klingt sehr drollig. Er pafft aber auch so heftig wie selten. Immer Reisiger die Rauchwolken ins Gesicht. Das stinkt.

Dann steht er auf, stellt sich breitbeinig hin, die Arme mit breiten Händen auf die Tischplatte gegrätscht, stiert in die Luft, sagt: »Hm – Reisiger, ich glaube, Sie hat der liebe Gott verlassen. Sind sind, scheint mir, bereits vollkommen verrückt. Aber Menschenskind, wie können Sie sich denn einbilden, daß Sie je Offizier werden, wenn Sie sagen: ich kann nicht mehr oder ich mag nicht mehr. Das ist Quatsch, sinnloser Quatsch! Und wenns auch Ihr Ernst ist – Reisiger, so etwas kann man nicht sagen. Ehrlich: hat Ihnen denn, ich meine, Ihnen privat, schon irgendeinmal jemand zugemutet zu töten? Also ich meine: Wir Artilleristen haben es doch gerade in dieser Hinsicht besonders gut. Wir schießen doch meistens, ohne überhaupt zu sehen, wo es trifft und wen es trifft. Stimmts? Na also, dann kann es Ihnen auch schnuppe sein. Und im übrigen: Wer nicht selber tötet, wird eben getötet. Na, möchten Sie das etwa lieber?«

Da ist wieder die Frage. Das hat Reisiger tausendmal überlegt. Wer nicht tötet, wird getötet. Möchte ich das etwa lieber? Nein. – Das ist die entsetzlichste Frage im Krieg: Möchtest du lieber, wenn ein Feind vor dir steht und sein Bajonett vor dir ist, daß er es dir in den Bauch rennt, oder lieber: Ihm auf den Schädel schlagen. Und leben.

»Verzeihen, Herr Leutnant – ich weiß es nicht.«

Hinzusetzen möchte er: Vielleicht ist es besser, ich verzichte darauf, Offizier zu werden. Denn ich denke es mir bis zum Wahnsinn schrecklich, verantworten zu müssen, ob die hundert Menschen, die blindlings auf meinen Befehl gehorchen, töten oder getötet werden. Und nur darauf kommt es ja hinaus.

Da nimmt der Leutnant die beiden Zeitungsausschnitte, reißt sie langsam mitten durch und sagt, mit einem kleinen Lächeln: »Reisiger, Sie sind zwar verrückt, aber jetzt tun Sie mir den Gefallen und stürzen Sie sich nicht selber ins Unglück. Lassen Sie doch den Unsinn. Was müssen Sie dichten.

Haben Sie zu leiden hier? Sie müssen mir zugeben, ich rede weiß Gott nicht dienstlich zu Ihnen. Weil ich genau weiß, daß Sie ein anständiger Soldat sind. Machen Sie sich keine Schwierigkeiten, und machen Sie mir keine Schwierigkeiten. Unter vier Augen kann ich Ihnen sagen, daß sämtliche Herren der Abteilung Ihre Wahl zum Leutnant befürwortet haben. Also wozu dieses Gefasele? Es kann ja auch sein, daß der Krieg schnell vorbei ist. Na also. Zu Hause können Sie dann dichten soviel Sie wollen. – Und jetzt spreche ich dienstlich mit Ihnen: Ich wünsche, daß der Unsinn aufhört, haben Sie mich verstanden?«

Reisiger steht auf, steht stramm: »Zu Befehl, Herr Leutnant.«

»Blamieren Sie mich nicht. Sie sind doch auch seit 14 draußen. Das ist nicht anständig, wenn ein alter Frontsoldat nach so langer Zeit plötzlich schlapp macht.«

Römers Stimme wird hart und wütend: »Im übrigen vergessen Sie nicht, daß unter Umständen so eine dämliche Ausrede, wie Sie sie vorhin gebraucht haben, vollkommen genügt, daß man Sie an die Wand stellt oder ins Zuchthaus bringt.«

Er streckt Reisiger die Hand hin: »Also Sie versprechen mir, diese kindischen Gedichte zu lassen.«

Reisiger nach einer Weile, die Hand in der Hand des Leutnants: »Zu Befehl, Herr Leutnant.«

Römer: »Na, ich denke, Reisiger, daß Ihre Beförderung in vierzehn Tagen kommen wird. Und dann haben Sies ja sowieso leichter.«

Reisiger, den Blick in Römers Augen: »Danke gehorsamst, Herr Leutnant.«

Der Leutnant lacht: »Herrgott, wie feierlich. Ich komme mir geradezu komisch vor, daß ich Ihnen wie einem kranken Gaul zureden muß, Offizier zu werden. – Wissen Sie übrigens, daß man das Band vom Eisernen Kreuz im zweiten Knopfloch trägt. Sie habens im dritten. Sieht aus wie ein Vereinsabzeichen. Bitte, haben Sie die Güte, das auch zu ändern. – Also wir verstehen uns?«

Er ruft in die Küche zum Burschen: »Urban, bringen Sie drei Flaschen Bier und rufen Sie Leutnant Sauer.«

Dann wendet er sich wieder zu Reisiger: »Es gibt nichts Blödsinnigeres als Dichter. – Los, los, Reisiger, mischen, mischen. Der Skat muß steigen, sonst kommen wir heute abend alle zu kurz.« Reisiger mischt die Karten. Der Bursche Urban bringt drei Flaschen Bier. Leutnant Sauer tritt ein, zieht sich den Rock aus, sitzt in Hosen mit schwarz-weiß-roten Hosenträgern über einem klebrigen Lahmannhemd. Man spielt Skat, mit Pro und Contra. Reisiger gewinnt, bis gegen 1/2 2 Uhr morgens, 7 Mark 30. Dann geht er schlafen.

10

Verwandelt Euer Geld in U-Boote, in Stacheldraht, in Geschütze und Granaten, in Maschinengewehre und Patronen, und Ihr erhaltet dadurch das Leben unserer Helden an der Front. Es gilt, unsern Feinden durch das Anleihe-Ergebnis zu beweisen, daß Deutschlands wirtschaftliche Kraft ungeschwächt ist, damit sie den Mut und die Hoffnung verlieren, uns jemals niederzwingen zu können.
(Warschauer Zeitung, 15.3.1917)

11

Vatikan, 1. August 1917
An die Staatsoberhäupter der kriegführenden Völker: ... gegen Ende des ersten Kriegsjahres richteten Wir an die im Streite befindlichen Nationen die lebhaftesten Ermahnungen und gaben überdies den Weg an, dem man folgen müsse, um zu einem beständigen und für alle ehrenvollen Frieden zu kommen. Leider wurde Unser Ruf nicht gehört und der Krieg ging noch während zweier Jahre mit allen seinen Schrecken erbittert weiter; er wurde sogar grausamer und breitete sich zu Lande und zu Wasser aus, ja bis in die Lüfte; Verheerungen und Tod sah man hereinbrechen, über unverteidigte Städte, über ruhige Dörfer, über ihre unschuldige Bevölkerung. Und jetzt kann niemand sich vorstellen, um wieviel sich die Leiden aller vermehren und erschweren würden,

wenn weitere Monate, oder schlimmer noch, weitere Jahre sich diesen blutigen drei Jahren anreihten. Soll die zivilisierte Welt denn ganz zu einem Feld des Todes werden? Will das so ruhmvolle und blühende Europa, wie von einem allgemeinen Wahnsinn hingerissen, dem Abgrund entgegeneilen und zu seiner Selbstvernichtung die Hand bieten?

gez. *Benedictus PPXV.*

12

... wir fechten und schlagen so lange, bis der Gegner genug hat ...
(Wilhelm II., nach G. Queri, Berliner Tageblatt, 23.8.1917)
Kein Volk hat daher mehr als das deutsche Anlaß zu wünschen, daß an die Stelle des allgemeinen Hasses und Kampfes ein versöhnlicher und brüderlicher Geist zwischen den Nationen zur Geltung kommt.
(Antwort an den Papst, Berlin, 19.9.1917)
... verwandelt Euer Geld in U-Boote ...

13

Wenn starke Männer, wie es die Mittelmächte gottlob sind, von einer Räuberbande überfallen werden, die sie erwürgen wollen, dann wehren sie sich eben und schlagen, wenn sie können, die Gegner gänzlich nieder – aber sie verhandeln nicht mit ihnen, das würde auch gänzlich nutzlos sein. So aber liegt doch unser Fall und darum: keine Verständigung, keine Verhandlung, keine Friedenskonferenz, sondern nur völliger Sieg, völliges Niederschlagen aller Gegner und dann: jedem einzelnen den Frieden diktieren, den wir bewilligen können und – wollen.
(Generalleutnant z. D. v. Roon, Alldeutsche Korrespondenz, nach Berliner Tageblatt v. 25.8.1917)

14

Die Friedensresolution der sogenannten Reichstagsmehrheit be-

trachte ich als einen Verrat am Vaterland. Und wenn es zu einer
Volksabstimmung kommen sollte, so würde das Resultat wohl
ganz anders aussehen.
(Brief eines Arbeiters, Deutsche Tageszeitung, 9.8.1917)

15

... Wir müssen einige neue Beweise für die Absichten der großen
Völker der Mittelmächte abwarten. Gott gebe, daß diese bald
und dergestalt gegeben werden, daß sie das Vertrauen aller Völker
auf den guten Glauben der Nationen und die Möglichkeit eines
vertraglich geschlossenen Friedens wieder vorstellen.
gez. Robert Lansing,
Staatssekretär

16

... Lassen Sie uns durch diese Stunde mit dem alten Charakter
unserer Rasse gehen und im nächsten Frühjahr werden wir, wird
die Welt beginnen, die Früchte unserer Tapferkeit zu ernten.
(Lloyd George, Unterhaus, 16.8.1917)

17

Es ist natürlich unmöglich, zu verhindern, daß selbst durchaus
vernünftige und unbedenkliche Artikel der deutschen Presse von
der feindlichen verdreht und entstellt werden. Wir müssen uns
aber immer vor Augen halten, daß unsere Gegner nach diesem
Rezept handeln. Es ist bemerkenswert, daß uns sämtliche auf
Friedenssehnsucht gestimmte Artikel im Auslande außerordent-
lich schaden. Die Gegner sind durch Verhetzung und Lüge geistig
so irregeführt, daß sie trotz aller Mißerfolge immer noch an ih-
ren Sieg glauben und alles, was bei uns nach Friedenshoffnung
aussieht, als Kriegsmüdigkeit, Schwäche und Erschöpfung deu-

ten. Durch Friedensartikel wird die moralische Wirkung unserer Waffenerfolge nur abgeschwächt.
(Zensurbuch für die deutsche Presse, März 1917, cf. Friedensfrage)

18

... Die päpstliche Kundgebung hat die Völker Europas noch einmal an den Scheideweg gestellt. Noch einmal vor dem entscheidungsvollen Winterfeldzug ist ihnen die Möglichkeit gegeben, zwar aus tiefen Wunden blutend, aber mit blankem Schilde den Wiederaufbau Europas zu beginnen. An Deutschlands Gegnern ist es nun, zu beweisen, ob auch sie einen Hauch des neuen Geistes verspürt haben ... So steht denn das deutsche Volk in dieser entscheidungsvollen Schicksalsstunde stark, aber still, mächtig, aber gemäßigt, bereit zum Kampfe, wie nur je, aber auch bereit, mitzuarbeiten zur Verwirklichung des Wortes vom Frieden auf Erden.
(v. Kühlmann, Reichstag, 23.10.1917)

19

Die durch die Revolution vom 6. und 7. November geschaffene Regierung der Arbeiter und Bauern, die sich auf den Arbeiter- und Soldatenrat stützt, schlägt allen Regierungen der Kriegführenden vor, alsbald Besprechungen über einen gerecht demokratischen Frieden zu beginnen ... Die Regierung schlägt den Regierenden aller kriegführenden Länder vor, sogleich einen Waffenstillstand zu schließen. Sie glaubt ihrerseits, daß dieser Waffenstillstand für drei Monate geschlossen werden muß ...
(Der Sowjet an alle kriegführenden Staaten)

*

Berlin, 23. n. (Nicht amtlich):
Die Anweisung der Maximalistischen Machthaber in Petersburg, einen Waffenstillstand einzuleiten, ist nach an der Front aufge-

fangenem Funkspruch vom Oberbefehlshaber des russischen Heeres abgelehnt worden.

*

An die kriegsführenden Länder!

... Wir, der Rat der Volkskommissäre, wenden uns mit dieser Frage an die Regierungen unserer Verbündeten: Frankreich, Groß-Britannien, Italien, Vereinigte Staaten, Belgien, Serbien, Rumänien, Japan und China. Wir fragen sie vor dem Angesicht ihrer eigenen Völker, vor dem Angesicht der ganzen Welt, ob sie einverstanden sind, an die Friedensverhandlungen heranzutreten ... Wir fragen die Völker, ob die reaktionäre Diplomatie ihre Gedanken und Bestrebungen zum Ausdruck bringt, ob die Völker der Diplomatie erlauben, die große Friedensmöglichkeit, die durch die russische Revolution eröffnet wurde, fallenzulassen. Die Antwort auf diese Frage ... (Störung) ... nieder mit dem Winterfeldzug! Es lebe der Frieden und die Völkerverbrüderung! Der Volkskommissar für auswärtige Angelegenheiten:

Trotzki

(Verstümmelter Funkspruch, Zarskoje Sselo, 28.11.)

20

... Meine Herren! Unsere Blicke sind in diesem Zeitpunkt vor allem nach Osten gerichtet. Rußland, das die Kriegsfackel in die Welt geschleudert hat, Rußland, in dem eine bis ins Mark der Knochen faule Rotte von Bürokraten und Schmarotzern unter Beiseiteschiebung eines vielleicht manchmal wohlmeinenden, aber schwachen und mißleiteten Selbstherrschers die Mobilisierung erschlich, welche die eigentliche und unmittelbare Ursache dieser gewaltigen Völkerkatastrophe geworden ist, hat die Schuldigen weggefegt und ringt nun in schweren Wehen danach, durch Waffenstillstand und Frieden Raum für seinen Wiederaufbau zu gewinnen.

(v. Kühlmann, Reichstag, 30.11.1917)

Viertes Kapitel

1

Großes Hauptquartier 3.12.1917
Östlicher Kriegsschauplatz.
In zahlreichen Abschnitten der russischen Front ist von Division zu Division örtliche Waffenruhe vereinbart worden.

2

Brief des Leutnants Reisiger an seine Eltern:
Feuerstellung 9/253, 6.12.1917.
Liebe Eltern!
Wenn Ihr diesen Brief erhaltet, werdet Ihr inzwischen erfahren haben, daß hier jetzt der Waffenstillstand »ausgebrochen« ist. Wir haben vorhin eine telephonische Meldung erhalten, nach der wir verpflichtet sind, keinen Schuß mehr abzugeben. Das war ja seit Tagen zu erwarten, aber es hat bis zum letzten Augenblick doch kein Mensch glauben wollen.
Es ist jetzt drei Uhr nachmittags, eine irrsinnige Kälte. Ich sitze mit meinem Unteroffizier und einem Telephonisten auf der Beobachtung dicht hinter unserem ersten Graben. Wenn ich durch das Scherenfernrohr sehe, begreife ich erst, was Waffenstillstand heißt. Die Gräben der Deutschen und der Russen liegen etwa 200 Meter auseinander. Aus allen Stellungen sind die Soldaten herausgekrochen. Wohin man auch blickt, stehen die deutschen Infanteristen mit den russischen Soldaten zusammen auf freiem Feld. Kein Mensch hat mehr Waffen bei sich. Ich hörte vorhin, daß statt dessen ein lebhafter Tauschhandel eingesetzt hat. Unsere Infanteristen geben Zigaretten gegen Seife und russischen Tee ab. Ich bin fast neidisch, wenn ich das sehe. Am liebsten würde ich hier aus der Beobachtung auskratzen und selber versuchen, mit einem Russen zu sprechen. Das Gefühl, daß die »Feinde« nun

plötzlich Menschen geworden sind, weil es irgendeiner der hohen Herren so gewünscht hat, ist herrlich.

Ich muß nun heute nacht noch hier oben bleiben, weiß zwar nicht wozu. Morgen früh werde ich aber bestimmt mit den In-fanteristen zwischen den Gräben herumstrolchen. Es ist ein un-vorstellbarer Gedanke, daß man richtig auf zwei Beinen aufrecht und hoch auf der blanken Erde Spazierengehen kann, ohne das Gefühl, daß der Feind einem zwischen die Augen schießt.

Lebt wohl.

Gestern vor einem Vierteljahr bin ich Offizier geworden. Ein wichtiger Tag; ob Mutter daran denkt? (Es war übrigens doch schöner: richtiggehender »gemeiner« Soldat zu sein. Weniger we-gen Skatspielen, als weil man so furchtbar fein sein muß. Ich sch... auf die Feinheit.) Und was macht Frankreich? Ach du lie-ber Gott! Ich habe es verflucht dicke, aber ein Offizier darf so was nicht sagen.

Die Postsperre, die irgendein freundlicher Herr über mich ver-hängt hatte (vermutlich wegen meiner Kriegsgedichte), scheint huldvollst aufgehoben zu sein. Ich erhielt gestern einen Brief von Mutter, der nicht »behördlicherseits geöffnet« war. Ihr habt also doch einen braven Sohn.

Euer Adolf

3

Zwischen Russen und Deutschen bilden sich feste »Be-suchszeiten« heraus, zu denen die Soldaten einander vor den Gräben begegnen. Wie schnell man sich daran gewöhnt, im »Feind« keinen Feind mehr zu sehen! Der Tauschhandel blüht; aber auch ohne Waren stehen die Männer zusammen, radebrechen freundliche Worte und versuchen, den Krieg zu vergessen, zu negieren. Und noch nachts, wenn alle wieder in ihren Löchern sind, werden Lieder gesungen, die bei aller Sentimentalität etwas wie Glück über die begrabenen Feind-seligkeiten aussagen.

Bis kurz vor Weihnachten in die deutschen Stellungen ein Divisionsbefehl gelangt, daß für die Zukunft alle Unterhaltungen und jedes Zusammentreffen mit den Russen auf das Strengste verboten sind.

Reisiger erfährt davon auf der Beobachtungsstelle, die immer noch ordnungsgemäß Tag um Tag mit einem Offizier, einem Unteroffizier und einem Telephonisten besetzt sein muß.

Er sitzt am Scherenfernrohr, es ist beinahe Mittag. Über dem Gelände liegt ein leiser Nebel, gegen den die Sonne nicht ankann. Es sind 27° Kälte.

Die Fernsicht ist schlecht. Aber das Scherenfernrohr ist seit Tagen auf eine Baumgruppe etwa in der Mitte zwischen den Stellungen eingerichtet. Hier finden die Augen trotz der diesigen Luft das, was sie suchen: Die Russen, die zur gewohnten Zeit sich einstellen. Es kommen erst vier bärtige Männer in grünen Kitteln, ohne Kopfbedeckung, mit langem zottigem Haar. Sie sehen sich um, reden miteinander, hocken sich schließlich trotz der Kälte zwischen die Baumstämme. Warten. Nach einer Weile kommen mehr; große, junge Menschen, mit breiten Ledergürteln, weichen Stiefeln, die beinahe bis an den Bauch gehen, grauen Mützen oder hohen Helmen aus Pelz. Auch sie sehen gegen den deutschen Graben. Warten.

Warten, wie man wohl nur in Rußland warten kann. Treten von einem aufs andere Bein, hocken sich hin, stehen auf, sprechen erst. Dann verstummen sie.

Das Scherenfernrohr gibt ihre Gesichter fast in natürlicher Größe.

Reisiger sieht, wie die Bärtigen und die Glatten mehr und mehr unbeweglich werden.

Dann vergehen viele Minuten, in denen sich kein Mund mehr öffnet. Die Gesichter sehen auch einander nicht mehr an, stieren auf den Boden.

Um zwölf Uhr mittags war bisher die übliche Treffzeit, jetzt ist es beinahe drei.

Reisiger vergißt, daß er im Beobachtungsstand seiner Batterie am Scherenfernrohr sitzt. Er fühlt sich dort unter der Gruppe. Das ist auch alles so greifbar nahe. Das verführt fast dazu, irgendein Wort zu sagen oder aufzuklären, zu entschuldigen,

sich überhaupt verständlich zu machen. Den Russen klarzumachen: nicht die Soldaten sind schuld. Der Befehl –

Es fängt zu schneien an. Noch immer saßen die Bärtigen auf
der Erde, die Hände über den Knien gefaltet, stierten.

Endlich beginnt wieder Bewegung. Die Bärtigen stehen auf,
sprechen mit den jüngeren Kameraden. Einer deutet mit der
Hand, ein anderer legt beide Hände an den Mund und ruft
gegen die deutsche Stellung. Niemand meldet sich. Es beginnt erneut ein Gespräch unter der Gruppe. Dann gehen
zwei von den Jüngeren weiter nach vorn, zögernd, gegen den
deutschen Graben.

Reisiger bekommt Herzklopfen. Was wird geschehen? Jede
Annäherung, jeder Verkehr mit den Russen ist auf das
Strengste verboten.

Was kann geschehen! Im deutschen Graben stehen wie bisher
die Posten, liegt wie bisher das Gewehr in der Schießscharte.
Ob es geladen ist?

Das Herzklopfen wächst. Eine kindische Vorstellung steigt in
Reisiger hoch: Es könne jetzt mit einem irrsinnigen Gewehrschuß der Waffenstillstand zerrissen werden.

Die beiden Russen kommen näher und näher. Reisiger folgt
ihnen. Noch zehn Schritt, acht Schritt, fünf Schritt vor der
deutschen Stellung.

Das Scherenfernrohr zurück auf die große Gruppe: da stehen
sie, die Bärtigen und die Jungen, die Augen auf die beiden
Kameraden gebannt.

Und wieder zu denen, fünf Schritt vor der deutschen Stellung: Nichts rührt sich. Das Schneetreiben wird stärker, die
Dämmerung dunkler. Man sieht, wie der eine der beiden seine hohe Pelzmütze abnimmt, sie in den Händen dreht. Man
sieht, wie er ruft. Es bleibt alles ruhig, unbeweglich.

Die beiden Russen drehen langsam um, gehen zur Gruppe
zurück.

Die Gruppe entfernt sich. Geordnet zwei und zwei, merkwürdig feierlich, wie hinter einem Begräbnis. Die Gruppe
verschwindet.

Reisigers Herz jagt durch den Hals. Er dreht das Fernrohr auf
die deutsche Stellung. Und? Da stehen im Schneetreiben die

Posten, haben die Ellbogen auf die Brustwehr gestützt, bohren die Augen den abziehenden Russen nach.

Reisiger steigt eine Wut in den Kopf. Spürt man nicht aus der Haltung der Infanteristen die ganze Trostlosigkeit? Wie geduckt sie sind? Wie gelähmt sie sind? Wie sie den Russen nachsehen. Als ob eine Hoffnung von ihnen ginge. Aber sie dürfen sie ja nicht halten. Divisionsbefehl. Waffenstillstand mit Divisionsbefehl: Sprechen mit dem Feind ist verboten.

Er dreht das Scherenfernrohr mit den Gläsern in den Beobachtungsstand. Er sieht noch einmal hindurch: alles ist schwarz.

Und zurück: Kein Russe mehr zu sehen.

4

Aus Bayreuth wird uns gemeldet: Der Kohlenmangel übt auch in der Villa Wahnfried seine Wirkungen aus. Frau Cosima Wagner, die sich übrigens einer erstaunlichen Rüstigkeit erfreut, und die man auch bei schlechtestem Wetter täglich ihre Spaziergänge machen sehen kann, feiert am 2. Weihnachtsfeiertage ihren 80. Geburtstag. In der letzten Nummer der »Oberfränkischen Zeitung« veröffentlicht nun Siegfried Wagner folgende Bitte: »Da wegen Kohlenmangels die Empfangsräume in Wahnfried nicht geheizt werden können, müssen wir zu unserem lebhaften Bedauern die Freunde unseres Hauses bitten, von persönlichen Glückwünschen zum 80. Geburtstage unserer Mutter gütigst absehen zu wollen. Siegfried Wagner und Familie.«
(Vossische Zeitung, Berlin, 21.12.1917)

5

Der Waffenstillstand ist schnell alltäglich geworden.

Wenn man abends durch die Quartiere geht, gewiß, ab und zu fällt das Wort »Waffenstillstand«. Aber es scheint, als ob seine Leuchtkraft nicht mehr lebt. Man stößt es durch die

Zähne, wütend, spöttisch. Man winkt ab: »Genau son Dreck wie der Krieg. – Aber mit uns können sies ja machen.«

Am Heiligabend versammelt Leutnant Römer die Batterie mit dem Eintritt der Dunkelheit und hält eine Ansprache: »Es hilft nichts, wir müssen aushaken. Ich gebe zu, daß das hier langsam zum Wahnsinn führt. Ihr wißt, Jungens, ich bin kein Redner, aber wenn wir hier im Felde schon Weihnachten feiern, dann laßt mich eins sagen: Der anständige Soldat tut überall da seine Pflicht, wo er hingestellt wird. Wir werden den Waffenstillstand schon überstehen und dann – Friede auf Erden.« – Man trinkt Glühwein.

Es gibt aus einer Liebesgabensendung des Roten Kreuzes pro Kopf fünf Zigarren, zehn Zigaretten, Schokolade. Es gibt pro Geschütz ein großes Stück Schweinefleisch. In allen Blockhäusern brennen an kleinen Tannenbäumen die Kerzen.

In der Offizierswohnung sitzen Römer, Sauer, Reisiger und Wachtmeister Spilcker. Schweinebraten, Glühwein, eine Flasche Sekt. Dann wird Skat gespielt. Ein Festskat, der bis gegen vier Uhr morgens dauert.

Am ersten Weihnachtstag früh kommt der telephonische Regimentsbefehl: Leutnant Reisiger wird als Ordonnanzoffizier zum Stab der Dritten Abteilung versetzt. Meldung 1 Uhr mittags.

6

Der Führer der Dritten Abteilung war der gefürchtetste Offizier des Regiments. Hauptmann Brett, Reserveoffizier. So grob, daß selbst der Regimentskommandeur nur in den notwendigsten Fällen persönlich mit ihm sprach. Aber wohl auch der beste Offizier des Regiments. Zuverlässigster Fachmann in allen schießtechnischen Angelegenheiten, taktisch gescheit, organisatorisch ein Muster.

Es war Reisiger völlig unerfindlich, warum man gerade ihn als Ordonnanzoffizier ausgewählt hatte. Ihm war nicht sehr wohl zumute, als er sich am ersten Feiertag 1 Uhr mittags im Stabsquartier meldete. Die Herren vom Stab waren beim

Essen. Sehr fein: als Reisiger ins Zimmer trat, stand ein Gän-
sebraten auf dem Tisch. Hauptmann Brett hörte ihm seine
Meldung ab, erhob sich dann sogar, eine riesige Serviette um
den Hals, schüttelte ihm die Hand, stellte vor: »Hier der Ad-
jutant Leutnant Weller, hier der Abteilungsarzt Feldunterarzt
Winkel. Schon gegessen? Also nehmen Sie Platz.«
Dann schwiegen alle.
Der Hauptmann aß unendliche Portionen, stützte die eine
Hand dabei auf den Tisch, blätterte mit der andern ab und zu
in einem Buch, das neben ihm lag.
Adjutant und Arzt, die sich gegenüber saßen, grinsten sich
zuweilen lautlos an. Seltsame Gesellschaft.
Als der Hauptmann den letzten Bissen in den Mund gestopft
hatte, stand er, noch kauend, auf, machte so etwas wie eine
Verbeugung, verschwand, knallte die Tür hinter sich zu.
Adjutant und Arzt seufzten laut. Dann besannen sie sich, daß
Reisiger bei ihnen saß, lachten, klärten auf. Der Adjutant,
wohl nur wenig älter als Reisiger, bot ihm eine Zigarette an:
»Sie brauchen nicht zu erschrecken, Herr Kamerad. An diesen Ton müssen Sie sich gewöhnen. Er ist übrigens halb so
schlimm. Brett ist ein feiner Kerl –«
Der Arzt fiel ein: »Nur schade, daß er es sich so selten merken
läßt.«
Was soll man darauf antworten. Reisiger lächelte. Dann sagte er: »Ich bin übrigens in meinem Leben noch nicht Ordonnanzoffizier gewesen. Vielleicht haben Sie die Güte, mir
ein bißchen zu zeigen, was ich zu tun habe.«
Der Adjutant: »Sehr gern. Das heißt, es läßt sich nicht ganz
leicht alles aufzählen. Der Tageslauf wird ungefähr folgendermaßen sein: 8 Uhr morgens Wetterberichte für sämtliche
Batterien durchgeben. 9,15 Uhr Befehlsausgabe für sämtliche Batterien. 10–2 Uhr Ritt durch die Stellungen mit dem
Hauptmann. 2,30 Uhr Meldung über Mannschaftsbestand.
2,40 Uhr Meldung über Pferdebestand. 3,10 Uhr Weitergabe
aller Nachrichten vom Feind. 4 Uhr telephonische Rückspra-
che mit sämtlichen Batterieführern über ihre Wünsche. 5–7
Uhr Arbeiten mit dem Hauptmann, neue Schießvorschrift
und sonstige technische Fragen. Gegen 8 Uhr abends Ma-

terialbeschaffung für den Ausbau der Batterien. Gegen 9 Uhr Befehlsausgabe. Gegen 10 Uhr Entgegennahme der Divisions- und Regimentsbefehle. – Ja – und dann pflegt der Hauptmann meistens bis 12 oder 1 Uhr entweder Karten zu spielen oder mit einem von uns ins nächste Kasino zu fahren und dort zu saufen. – Außerdem müssen Sie sich daraufgefaßt machen, daß mindestens zwanzigmal in der Nacht irgend jemand von Ihnen etwas am Telephon will.« – Er lachte: »Na, Sie werdens schon sehen. Auf alle Fälle ist mehr zu tun, als uns allen lieb ist.«

»Warum«, fragte Reisiger, »ist der Hauptmann eigentlich auf mich verfallen?«

Der Adjutant schien sich etwas zu winden. Schließlich sagte er: »Also, Herr Kamerad, wenn ich ganz ehrlich sein soll, deshalb, weil Sie beim Regiment keine gute Nummer haben. Der Hauptmann kann zahme Offiziere nicht leiden. Er muß, wenn ich das sagen darf, immer Herren haben, bei denen irgend etwas nicht stimmt.«

Eine merkwürdige Begründung. Reisiger war bekniffen. Er wußte nicht recht, ob er nun deprimiert oder stolz auf seine Ernennung sein sollte. Schließlich entschied er sich doch lieber für Stolz. Meinetwegen, dachte er, ich weiß zwar nicht, wie ich das verdient habe. Aber wenn man mich für einen Schwerverbrecher hält, läßt sich das hier beim Stab wohl am besten ertragen.

7

Reisiger verstand sich gut mit dem Hauptmann. Er wurde von ihm an jedem Tag rund zwei dutzendmal so angebrüllt, wie man heutzutage sicherlich keinen Rekruten mehr anbrüllen darf, aber das trübte das gute Einvernehmen durchaus nicht, im Gegenteil, auf Regen folgt Sonnenschein, nach jedem Krach war Brett von bestrickender Liebenswürdigkeit. Ja, es geschah sogar mehrmals ein Wunder, das Weller bisher für unmöglich hielt: Brett bekam fast täglich aus der Heimat Schmalz oder Butter, und es war bereits zweimal passiert, daß er aus freien Stücken beim Morgenkaffee seinem Ordonnanzoffizier mit der abgebrochenen Spitze seines Taschenmessers einen Fingerhut voll Fett auf die Untertasse schmierte.

Gut, sehr gut war das Verhältnis von Reisiger und Weller. Zuweilen des nachts nach der Arbeit, wenn ausnahmsweise der Hauptmann sie beide vom Saufen im Kasino verschont hatte, saßen sie zusammen, vergaßen Krieg und Uniform, diskutierten, lasen einander vor. Oder machten Unfug. Weller hatte ein Grammophon. Dessen Feder hatte Reisiger aus dem Gehäuse genommen und sie umgedreht wieder eingesetzt. Ein herrliches Vergnügen: Manche einsame Stunde wurde dazu benutzt, um die fünf verfügbaren Platten, vom Lieben Augustin bis zum Tannhäuser von hinten nach vorn zu spielen. Dazu immer Alkohol, reichlich Kirschwasser aus Wellers Heimat. Es war erträglich. Und kam schließlich der Arzt hinzu, auch Student wie die beiden andern, so wurden Orgien des Unfugs gefeiert.

Jetzt war Februar. Februar? Fasching! Und mehrmals machten die drei ein reguläres Maskenfest. Sie erschienen in Pyjama, mit umgekrempelten Uniformröcken, Papiermützen auf dem Kopf, mit Tinte bemalt, grölten und tanzten.

Herrlicher Unfug, der ein wenig die Trostlosigkeit vergessen machte, in die Reisiger zuweilen versank.

Und war diese Trostlosigkeit nicht begründet?

Unsinnige Arbeit! Telephongespräch nach Telephongespräch. Meldung nach Meldung. Listen schreiben, Akten füllen, Berichte, Urlaubsgenehmigungen. Akten, Akten, Papier, Papier. – Nichts vom Krieg, nichts vom Militär (außer auf Papier). Nichts von Kameraden und Soldaten (außer auf Papier).

Das wurde schlimmer und schlimmer. Das wurde verdächtig schlimm: »Es ist sofort zu melden, wieviel Pferde ...« »Es ist sofort zu melden, wieviel Offiziere und Mannschaften ...« – »Es ist sofort zu melden, wieviel Munition ...«

Munition?

Es ist doch Waffenstillstand.

»Sofort zu melden, wieviel Munition, getrennt nach Granaten und Schrapnells ...«

Und neuer Fernspruch vom Regiment: »Sämtliche Batterien

der Dritten Abteilung empfangen heute nacht pro Geschütz 300 Schrapnells.«

Heute nacht? Es ist bereits 2 Uhr. Bis jetzt hat Reisiger Pferdebestandslisten schreiben müssen. Todmüde. Erläßt die Batterieführer wecken, an den Apparat rufen, gibt jedem einzelnen den Befehl persönlich durch. Hört manche Verwunderung, manches Oho, manches Warum.

Er sinkt gegen drei Uhr ins Bett.

Nach kurzer Zeit schlägt jemand gegen seine Zimmertür, brüllt dazu. Reisiger macht Licht. Da fliegt ihm die Tür vor die Füße. Vor ihm steht schwankend, ohne Mütze, der Hauptmann, in jeder Hand eine Flasche Sekt. Lacht, schreit ihn an: »Los, los aufstehen, Reisiger. Oberleutnant Karl von der 8. Batterie ist auch hier. Den Weller lassen wir schlafen. Sie sind unser dritter Mann beim Skat!« Dann wird sein Lachen ganz roh und ganz laut. »Los, Reisiger, ich habe auch was mitgebracht. Hier – Heeresbericht. Hier ist er. Also kommen Sie schon.«

Und als Reisiger verstört, bebend vor Wut, halb angezogen erscheint, legt sich der Hauptmann über den Tisch und liest von einem Meldeblock grölend: »Hier – östlicher Kriegsschauplatz – also das sind wir, verstanden, Reisiger – sehen Sie mich gefälligst nicht so dumm an – was steht hier – also passen Sie mal auf – na, das Aas liegt ja auf dem Kopf – so, also hier: ›Der Waffenstillstand läuft am 18. Februar 12 Uhr mittags ab.‹ – Unterschrift – na, wer wohl – Reisiger Sie sind zu dumm – da steht deutlich, und das sage ich Ihnen, das ist mein Mann, verstanden: Ludendorff.«

... Waffenstillstand läuft ab? Soso, läuft ab. – »Null ouvert«-Waffenstillstand läuft ab – aha, also die Russen dürfen nicht mehr zu unseren Gräben – danke, ich passe – läuft ab, ist aus, ist zu Ende. Ja, Herr Hauptmann geben – ja, danke – Waffenstillstand – also beginnt der Mord wieder – herrlichen Zeiten werden wir wieder entgegengeführt – Ludendorff – Nein, Herr Hauptmann, ich habe nichts – ich passe – läuft ab – Coeur ist Trumpf – Waffenstillstand läuft ab, ist aus. Reisiger darf um halb sieben morgens auf eine kurze Stunde ins Bett gehen. »Haushoch verloren, Reisiger«, lallt der Hauptmann.

Am 18. Februar 1918 10 Uhr vormittags erhalten die Abteilungen des Feld-Artillerie-Regiments 253 den Befehl, dafür zu sorgen, daß sämtliche Batterien feuerbereit gemacht werden, sämtliche Protzen alarmbereit. Es kann noch heute der Befehl zum Vormarsch kommen.

Am Apparat der Regimentsadjutant: »Herr Leutnant Reisiger? – Bitte vergleichen Sie genaue Uhrzeit: Es ist 10 Uhr 7 Minuten. – Sie erhalten noch schriftlichen Befehl durch Meldereiter – wollen Sie bitte dafür sorgen, daß sämtliche Batterien Ihrer Abteilung Punkt 12 Uhr mittag das Feuer auf die russischen Stellungen eröffnen. – Der Regimentskommandeur legt Wert darauf, daß der Feuerüberfall nicht nur eine Demonstration ist, sondern er bittet, darauf zu achten, daß der feindliche Graben unbedingt unter Wirkungsfeuer genommen wird. Es stehen jeder Batterie achtzig Schuß zur Verfügung.«

Reisiger läutet die Telephonzentrale an: »Ich bitte, sämtliche Batterieführer an den Apparat.«

Nach einer Weile: »Hier Batterieführer 7., 8., 9. Batterie 253.«

»Guten Tag, meine Herren – bitte vergleichen Sie – genaue Uhrzeit – alle Batterien schießen Punkt 12 Uhr.«

Wenige Minuten vor zwölf steht Hauptmann Brett mit Adjutant und Ordonnanzoffizier auf der Dorfstraße vor dem Stabsquartier. Vor allen Häusern haben sich Soldaten versammelt.

Kein Mensch redet.

12 Uhr. Ein Donnern an der Front, so weit man hören kann. Der Hauptmann schlägt mit der Reitpeitsche gegen die Gamaschen: »Na, Gott sei Dank, jetzt ist endlich wieder Krieg. Wir haben unsere Ehre wieder. Meine Herren, ich spendiere eine Flasche Sekt.«

Wie Reisiger ins Haus geht, spürt er, daß er an Tränen

schluckt. Ja, ja, jetzt haben wir unsere Ehre wieder. – Er setzt sich stumm an den Tisch. Er sieht Weller an, der stumm mit einem Bleistift spielt. Er versucht, sich auszumalen, wie ihm zumute wäre, wenn er vorhin Richtkanonier hätte sein müssen. – Ich glaube, denkt er, ich hätte gestreikt. – Er zerbeißt sich die Unterlippe: was heißt streiken? – Die Mannschaften fühlen sicher so wie ich. Daß es gemein ist, plötzlich wieder zu schießen. Und sie müssen es doch tun. Wir alle müssen ja doch tun, was befohlen wird.

Er redet plötzlich Weller scharf an: »Sagen Sie mal, wer befiehlt eigentlich so etwas?«

Weller zuckt die Achseln, spielt weiter.

Reisiger denkt an Silvester 15. Wie da aus heiterem Himmel plötzlich ohne jede Veranlassung in die Nacht hineingeknallt werden mußte. – Er sieht gegen die Wand –: Wir werden uns noch totsiegen mit unserer Schneidigkeit.

Da kommt Brett, schwingt die Sektflaschen: »Urban, schnell die Gläser: Meine Herren, es lebe Seine Majestät und der Krieg!«

9

Das Regiment 253 war wenige Tage nach Ablauf des Waffenstillstandes vorgerückt. Schußbereit gegen einen Feind, der nicht da war. Was war der Krieg geworden? Hier im Osten? Anrücken gegen einen Feind, den es nicht mehr gab, der es vorgezogen hatte, nicht mehr Feind zu sein, der jetzt ohne Uniform in den Dörfern lag, bis zur Erschöpfung ermüdet, wehrlos. Die Deutschen? Nun gut: Sie sollen kommen. Rußland ist groß. Sie sollen marschieren. Feind? Wir sind kein Feind. Sie werden keinen Feind finden.

So geht das Regiment 253 in einem großen Detachement weiter und weiter, Tag und Tag, nach Rußland hinein.

Was nützen Kanonen, was nützen Offiziere, was nützen Soldaten, wenn kein Feind da ist?

Die ersten Tage nimmt man das alles mit geheimnisvoller Wichtigkeit. Die Ohren sind gespitzt, die Sinne sind angespannt: Da ist ein Wald: Ob da der Feind ist? Geschütze laden und sichern, vor jeder Batterie ein gespannter Spitzentrupp, hinein in das Gestrüpp. Tagemärsche ohne Wege, noch tief im Schnee, noch unter großer Kälte, hindurch durch den Wald. Biwack des nachts mit kleinen Feuern. Patrouillen, Schutzposten: Wenn uns nur kein Feind überrumpelt.

Rußland ist groß. Es gibt keinen Feind.

Die Stimmung wird gefährlich. Herrgott, was sollen wir hier, Soldaten, Offiziere, Kanonen ohne Feind.

Weiter nach Rußland hinein. Es gibt ungeheuer viel zu essen, weil man in jedem Dorf, das man nach vielstündigem Marsche erreicht, Hammel oder fette Schweine schießen kann. Aber ist der Beruf des Soldaten: Hammel und fette Schweine schießen?

Die Mannschaften werden müde. Die Pferde können kaum noch ziehen. Das Wetter ist so schlecht, daß die Geschütze einzurosten drohen. Vorwärts, vorwärts! Und unter den Offizieren die Unruhe: Wenn doch bloß so etwas wie Feind käme! Endlich einmal, Gott sei Dank, stößt der Stab, der vor der Abteilung reitet, in einem Dorf auf ein verbranntes, zerstörtes Schloß. Der Himmel sei gepriesen: Hier muß der Feind sein. Dolmetscher heran! Der Feind? Die Dorfbewohner lachen beruhigt und vergnügt: Ja, gewiß, das waren die Bolschewiki. Da endlich hat der Vormarsch der Deutschen eine hinreichende Parole: Achtung, wir stoßen bald auf die Rote Armee. Kein Mensch weiß, was das ist. Aber es klingt gut, geheimnisvoll, erwünscht. Es macht die Soldaten wieder kampfbereit, nimmt den Kanonen den Rost, gibt den Offizieren ein schneidiges Rückgrat. Ha, Rote Armee!

Nach 48 Stunden abermals ein verbranntes Schloß, nach zwei Tagemärschen noch eine Brandruine. Man schießt immer wieder auf Hammel und fette Schweine, frißt und hört mit Gier Gerüchte, die über das weite Rußland kommen: Einmal hat ein Trupp der Roten Armee eine deutsche Abteilung niedergemacht. Einmal hat eine deutsche Abteilung einige Bolschewiken kurzerhand an die Wand gestellt.

Es gibt fast wieder so etwas wie Begeisterung: Hurra, es lebe der Krieg.

Aber diese Begeisterung hält nicht, da es immer bei den Hammeln und fetten Schweinen bleibt. Wieder sind die Soldaten müde, rosten die Geschütze, langweilen sich die Offiziere.
Es geht durch das weite Rußland ein seltsames Sprüchlein!
»Im Westen kämpft ein tapferes Heer.
Im Osten kämpft die Feuerwehr.«
Der Soldatenmund bringt grinsend diese schönen Verse in Töne. Tag und Nacht singt man das Lied.
Das Detachement mit III/253 steht eines Morgens am Ufer der Düna. Kampflos erobert. Die Offiziere schimpfen, die Mannschaften schimpfen, die Geschütze schweigen, Hammel und fette Schweine scheinen hier ausgestorben zu sein.
Es hilft nur noch eins. Das trifft ein! Ein Befehl: Das Reserve-Feld-Artillerie-Regiment 253 wird nach dem Westen verladen.

10

Meine Herren, als ich zum erstenmal an dieser Stelle zum Reichstag zu sprechen die Ehre hatte, am 29. November vorigen Jahres, konnte ich dem Hause die Mitteilung machen, daß die russische Regierung an sämtliche kriegführenden Mächte den Vorschlag habe gelangen lassen, in Verhandlungen wegen eines Waffenstillstandes und eines allgemeinen Friedens einzutreten. Wir und unsere Verbündeten sind auf den Vorschlag eingegangen und haben alsbald Delegierte nach Brest-Litowsk abgesandt. Die bis dahin mit Rußland verbündeten Mächte sind der Einladung nicht gefolgt.
Der Gang der Verhandlungen ist den Herren bekannt ... Sie erinnern sich der wiederholten Unterbrechungen, des Abbruches und der Wiederaufnahme der Verhandlungen. Man war an einem Punkt angelangt, wo ein Entweder-Oder gesprochen werden mußte. Am 3. März ist in Brest-Litowsk der Friede unterzeichnet worden, am 16. dieses Monats ist in Moskau von der zuständigen Versammlung der Friede ratifiziert worden ... Aber, meine Herren, wir dürfen uns keinen Täuschungen hingeben: Der Weltfriede ist noch nicht da! Noch zeigt sich leider in den Staaten

der Entente nicht die geringste Neigung, von dem furchtbaren Kriegshandwerk abzustehen, noch immer scheinen sie den Willen zu verfolgen, den Krieg bis aufs Äußerste fortzusetzen, bis zu unserer Vernichtung. Wir werden darüber den Mut nicht verlieren. Wir sind auf alles gefaßt. Wir sind bereit, weitere schwere Opfer zu bringen. Gott, der uns bisher geholfen hat, wird uns auch weiter helfen. Wir vertrauen auf unsere gerechte Sache, wir vertrauen auf unser heldenmütiges Heer, seine herrlichen Führer, seine heldenmütigen Kämpfer, wir vertrauen auf unser tapferes, standhaftes Volk. Die Verantwortung aber, meine Herren, für all das Blutvergießen wird auf die Häupter derer fallen, die in frivoler Verstocktheit der Stimme des Friedens nicht Gehör geben.
(Dr. Graf v. Hertling, Reichstag, 18.3.1918)

Fünftes Kapitel

1

Auf der Fahrt von Russland nach Frankreich verlor das Regiment 253 sieben Offiziere ... Alle erkrankten, wie sie sagten, an Magenleiden. Kein Arzt konnte sie halten.

2

Die Transporte hatten in Berlin einen Aufenthalt von 7 Stunden. Den Mannschaften war verboten, die Bahnhöfe zu verlassen. Die Offiziere erhielten Stadturlaub.
An den Bahnsteigen wurde ein Merkblatt verteilt.
Berlin, 1.11.1917.
Ein Wort an die Herren Kameraden!
Die Disziplin in einer Stadt wie Berlin, zu einer Zeit, wie wir sie jetzt durchleben, aufrechtzuerhalten, ist eine ernste Aufgabe. An jeden einzelnen von Ihnen richte ich die Bitte: »Helfen Sie

mir, diese Aufgabe zu lösen.« Die Armee ist durch die Disziplin groß und stark geworden, ihr haben wir zu gutem Teil die Erfolge zu verdanken, welche wir bisher gegen zahlenmäßig überlegene Feinde davongetragen haben. Diese Manneszucht unter den Mannschaften auch hier in der Heimat zu erhalten und zu fördern ist unser aller Pflicht, um ferner siegreich in dem großen Kampfe zu bestehen, den zu glücklichem Ende für uns durchzuführen die Mehrzahl der hier weilenden Soldaten noch oder wieder berufen ist. Das gute Beispiel, welches die Offiziere hierin geben, wird diesem hohen Zweck am förderlichsten sein. Mag auch dem einzelnen, der aus dem Felde kommt, die eine oder andre Vorschrift oder Einrichtung, die im besonderen für Berlin getroffen ist, lästig sein oder überflüssig erscheinen, seien Sie überzeugt, daß diese Vorschriften eine bestimmte Veranlassung haben und nur dem Wohle des Ganzen dienen sollen.

Üben Sie Selbstzucht in Ihrem Benehmen auf der Straße, in Lokalen, in dem Verkehr untereinander und mit Untergebenen. Weisen Sie Offiziere, die gegen unsere guten Standessitten verstoßen, kameradschaftlich zurecht und melden Sie mir dieselben ohne Ansehen der Person bei Vergehen, die unsere Standesehre berühren.

Meine Erfahrungen der letzten Zeit veranlassen mich, auf folgende Punkte besonders hinzuweisen: ...

Offener Paletot, Spazierstock – sofern die Verwundung einen solchen nicht dringend erfordert –, keine Waffe, keine Handschuhe vertragen sich nicht mit den Anschauungen über einen ordentlichen Straßenanzug. Ein Sichgehenlassen in dieser Beziehung wird nur zu rasch von den Mannschaften nachgeahmt.

Es ist unmännlich und ungehörig, wenn der gesunde Offizier an einer Dame Halt sucht, sich also von ihr führen läßt.

Es entspricht nicht den Gepflogenheiten, wenn bei dem Gruß unter Kameraden die eine Hand in der Palettottasche versenkt bleibt, oder wenn Offiziere bei Betreten eines öffentlichen Lokals die Mütze auf dem Kopf behalten ... Haben die Herren Fensterplätze in größeren Kaffees eingenommen, so ist es ungehörig, wenn sie von vorbeigehenden Kameraden keine Notiz nehmen.

... Ich warne im besonderen die jüngeren Offiziere, da, wo sie auf der Straße oder in Lokalen einzuschreiten Gelegenheit haben, vor einem gar zu schroffen Ton, der Mißfallen im Publikum hervorzurufen geeignet ist. Es ist zu berücksichtigen, daß alte Wehrmänner und junge Mannschaften unter den Leuten sich befinden, die freiwillig zur Fahne geeilt sind und einer gründlichen militärischen Durchbildung noch entbehren. Da wird häufig eine ernste, auch gewissen kameradschaftlichen Wohlwollens nicht entbehrende Vermahnung oft am Platze sein.

Die einmütige Begeisterung, der absolute Wille zum Durchhalten in unerschütterlicher Siegeszuversicht, die Opferfreudigkeit in allen Schichten unseres Volkes können leicht ins Wanken kommen, wenn der Offizier, wo immer er sich zeigt, nicht die Haltung bewahrt, die dem Ernst unserer Zeit entspricht. Das Ansehen unseres Standes, das durch die glänzenden Erfolge unserer Waffen auf den Schlachtfeldern auch in den Volksschichten, die vor dem Krieg mit Mißgunst auf den Offizier blickten, seinen vollen Wert besiegelt hat, ist ein hohes Gut, das zu erhalten ein jeder bestrebt sein muß. Es ist deshalb von der höchsten Bedeutung, daß der Offizier überall mit Würde auftritt, die unserem Stande entspricht. Daß Verfehlungen einzelner leider schon mehrmals gerechten Unwillen in weiten Kreisen der Bevölkerung hervorgerufen haben, ist eine sehr bedauerliche Tatsache, die mich nötigt, zum Schluß die Punkte noch hervorzuheben, welche hierzu Veranlassung gegeben haben. – Es ist eines Offiziers unwürdig, sich in Uniform mit zweifelhaften Frauenspersonen auf der Straße oder in Lokalen zu zeigen; er ermangelt des Taktes, wenn er in derartiger Begleitung Wirtschaften aufsucht, in denen er damit rechnen kann, Kameraden mit ihren Damen zu treffen. – Kabaretts, Bars, Nachtkaffees und ähnliche Lokale in Uniform zu betreten, ist eine Verunglimpfung unseres Ehrenkleides. – Vor überreichlichen Alkoholgenuß, der den Heilverlauf einer Wunde nur verzögern kann, muß der Offizier sich hüten, wie er in seinem ganzen Lebenswandel vor allem darauf bedacht sein muß, hier den Körper zu schonen, um vor dem Feinde wieder seinen Mann zu stehen. Wer dies sich nicht vor Augen hält, versündigt sich an sich selbst und an dem Vaterlande, das heute mehr wie je dringend gesunde Offiziere in der Front gebraucht.

Der Kommandant
v. Bonin, Generalleutnant

3

... keine Waffe, keine Handschuhe, vertragen sich nicht ... wenn der gesunde Offizier an einer Dame Halt sucht ... wenn die eine Hand in der Paletottasche versenkt bleibt ... die dem Ernst unserer Zeit entspricht ... auch in den Volksschichten, die vor dem Krieg mit Mißgunst auf den Offizier blickten ...

4

Die Sozialdemokratie betrachte Ich als eine vorübergehende Erscheinung; sie wird sich austoben.
(Wilhelm II., 9.1.1900)

5

F.A.R. 253 landete nach der langen Fahrt auf einem Truppenübungsplatz nahe Valenciennes.
Hier bekam man die erste Berührung mit vielen neuen Kampfmitteln, von denen man in Rußland nur sagenhaft hatte läuten hören. Gasmunition, Tankabwehrgeschosse. Wozu? Es wurde exerziert. Und es wurden, für die Offiziere aller Stäbe und Batterien, Kurse abgehalten.
Nach jedem Vortrag wurde es klar: der Kampf der Maschinen wird immer entscheidender sein, die Artillerie wird das letzte Wort haben. Man lernte um. Man lernte neu. Alle alten Reglements wurden ersetzt. Jeder Offizier lief mit Büchern unter dem Arm herum, Ausbildungsvorschriften, Schießanleitungen, Gefechtsparagraphen.
Eine unangenehme Stimmung griff weit um sich. Das alles war zu wenig geheuer, man witterte –
Hinzukam das Fehlen guter Offiziere, der Ausfall durch die Krankmeldungen während des Transportes. Es sah nach Verabredung aus, nach Drückerei. Man wollte es nicht wahr haben. Aber man spottete darüber. Und man ließ sich davon deprimieren. Sollte der Aufenthalt in Rußland genügt haben, so zu demoralisieren? Wenn es die Mannschaften merkten?

Und, vor allem, woher neue Offiziere nehmen?
Die III. Abteilung 253 brauchte vier. – Nachfrage bei der Ersatzabteilung in der Garnison: kein Kriegsverwendungsfähi-
ger ist verfügbar.
Besprechungen: vier Vizewachtmeister wurden innerhalb weniger Tage befördert. – Aber was konnte man mit diesen jungen Offizieren anfangen? Keiner von ihnen kannte überhaupt
den Westen. Es war sehr fraglich, wie sie sich benehmen würden.
Neue Besprechung: wer denn vom Regiment war überhaupt
schon in Frankreich gewesen? – Die Meldung der III. Abteilung ergab kein gutes Resultat: fast 99 Prozent aller Mannschaften stand seit 1914 in Rußland. Ebenfalls 80 Prozent der
Offiziere. – Vom Stab kannte keiner westliche Verhältnisse
außer Reisiger.

6

*Die Lage in Rußland und Italien wird es voraussichtlich ermög-
lichen, im neuen Jahr einen Schlag auf dem Westkriegsschauplatz
zuführen. Das beiderseitige Kräfteverhältnis wird etwa gleich
sein. Es können für eine Offensive etwa 35 Divisionen und 1000
schwere Geschütze verfügbar gemacht werden. Sie werden zu einer Offensive ausreichen, eine zweite größere gleichzeitige Offensive, etwa zur Ablenkung, wird nicht möglich sein, – Unsere
Gesamtlage fordert, möglichst früh zu schlagen, möglichst Ende
Februar oder Anfang März, ehe die Amerikaner starke Kräfte
in die Waagschale werfen können. – Wir müssen die Engländer
schlagen. – Auf diesen drei Leitsätzen sind die Operationen auf-
zubauen.*
(Richtlinien der O.H.L. für die Vorbereitungen der Früh-
jahrsoffensive 1918, Grundlegende Besprechung Ludendorffs
mit den Heeresgruppenchefs, Mons, 11.11.1917)

7

WTB meldet 6.6.18: Vernichtung der stolzen Manövrierarmee der Entente. – Amerikanische Truppen im Westen sind von 200000 anfangs 1918 auf 700000 angewachsen.
(Leop. Schwarzschild, Tagebuch, 3.11.1918)

8

An der Front tobte die große Schlacht. Man verfolgte Tag um Tag die Heeresberichte. Ging es vorwärts? Kam nun endlich, von allen ersehnt, der Bewegungskrieg? Brachte er das endliche Ende?

Man verfolgte die Heeresberichte. Aber man wurde bei den Phrasen nicht glücklicher, nicht mutiger. Der Regimentskommandeur befahl des öfteren abends seine Offiziere zu sich, und dann wurde an Hand von Karten der deutsche Angriff erörtert, soweit sich Unterlagen dafür finden ließen. Dann eine Juninacht: »Meine Herren, soweit ich die Lage übersehe, ist in den letzten Monaten zwar viel geleistet, nur – es fehlt Reims. – Unser Angriff scheint einstweilen zu Ende zu sein. Aber denken Sie an das Wort vom General Ludendorff: Es darf nicht geglaubt werden, daß wir eine Offensive haben werden, wie in Galizien oder in Italien; es wird ein gewaltiges Ringen, das an der einen Stelle beginnt, sich an der andern fortsetzt und lange Zeit in Anspruch nehmen wird, das schwer ist, aber siegreich sein wird. – Meine Herren, ich wünsche uns allen, daß unser Regiment bald dabei ist.«

Zwei Tage später Abmarsch! Alle Befehle, die eintrafen, waren erregend geheimnisvoll. Man wußte nichts, erfuhr nichts, konnte kaum weiter denken und diskutieren als über einige Marschstunden. Drei Nächte, immer zwölf Stunden auf dem Pferde, durch Dörfer und Städte. Die Formationen auseinandergerissen.

Der Stab der III. Abteilung ritt allein, bei ihm nur einige Meldereiter der unterstellten drei Batterien. Und immer nach drei oder vier Stunden stand ein Offizier am Wege, Ordonnanzoffizier der Division, mit versiegeltem Brief in der Hand: Marschziel für die nächsten Stunden.

Eines Morgens: Laon. Hier sollte längere Ruhe sein. Die Batterien wurden in kleinen Dörfern in der Nähe der Stadt untergebracht oder in Stücken des großen Waldes, der überall stand.

Von der Front war nichts zu sehen. Man war ihr näher: In der Luft lag der unaufhörliche Donner. Am Himmel erschienen trotz den Abwehrbatterien Scharen von feindlichen Fliegern, die Laon und die Dörfer bombardierten. Aber sonst war Ruhe. Man nutzte sie aus.

Am Hang eines Hügels standen einige Bretterbuden, vielleicht vor Monaten von der Infanterie gezimmert. Sie wurden Quartiere des Abteilungsstabes.

Es gab nichts zu arbeiten. Es wurden nicht einmal Telephonleitungen zum Regimentsstabsquartier gelegt. Zwar kam jeden Abend ein Befehl, man zitterte jeden Abend seinem Inhalt entgegen: Wann geht es nach vorn? Doch es blieb Ruhe. Mehr als das: Es wurde ausdrücklich befohlen, den Pferden und den Mannschaften nach Möglichkeit uneingeschränkte Erholung zu gönnen. Dazu gab es reichliche Verpflegung, viel Brot, viel Klippfisch. Zuweilen pro Kopf ein Viertelliter Branntwein.

Weller und Reisiger spielten fast den ganzen Tag Schach. Der Hauptmann hatte in der Umgebung eine recht gute Kantine eines Reiterregiments entdeckt. Dort hielt er sich eigentlich immer auf.

Dort war er auch, als eines Abends kurz vor Eintritt der Dunkelheit Weller und Reisiger ihn erreichten, um ihm den Befehl vorzulesen, der dem Frieden ein Ende machte.

Etappeninspektion VII, l a, 365 geheim.

Gemäß A.O.K. 7, la Gen. Art. 4431/18 vom 26.6.18 ist in zwei Nachtmärschen, beginnend in der Nacht vom 1.7.18 abends Gegend Longneval erreichen. Es marschieren ab a) L.M.K. in Nacht vom 1.7. abends, b) Regiments- und Abteilungsstäbe mit Kommandeuren, sowie von jeder Batterie ein Offizier mit Begleiter in Nacht vom 7.7. abends, c) Batterien ohne große Bagage in Nacht vom 2.7. abends. Marschstraße Presles, Lierval, Grandelain, Bray-En-Laonnois, Soupir, Chavonne, St. Mard,

Vauxtin. – Marschleistung jede Nacht etwa 20 Kilometer. –
Marschrichtung Fismes, wo jeweils durch einen am letzten Tag
vorauszusendenden Offizier weiteres Marschquartier bei dortiger
Ortskommandantur zu erfragen ist. Ein besonderer Offizier vom
A.O.K. wird dort die erforderliche Auskunft erteilen. – Es dürfen
grundsätzlich nur Nachtmärsche ausgeführt werden, und zwar
so, daß erst bei Eintreten der Dunkelheit abmarschiert wird und
bei beginnender Morgendämmerung schon die neuen Biwaks
erreicht sind. – Bei allen Formationen ist mit größter Strenge
darauf hinzuweisen, daß beim Marsch in der Nacht beim Nahen
feindlicher Flieger alle Fahrzeuge usw. soweit wie möglich unter
Chausseebäumen halten, auf freier Strecke jede Bewegung sofort
eingestellt wird. Und daß ferner bei Tag jedes Biwak feindlicher
Sicht entzogen wird. Unterstellen der Pferde und Fahrzeuge un-
ter Bäumen, Häuserresten; auch in Dörfern muß beim Nahen
feindlicher Flieger Deckung gegen Sicht aufgenommen werden.
Lagerfeuer verboten. Rauch muß vermieden werden. Auf Unter-
kunft ist nicht zu rechnen. – Sämtliche Formationen haben sich
bei Etappenmagazinen Athis oder Laon so mit Verpflegung zu
versehen, daß sie nach Überschreiten der Linie Piermand – Laon
– Sissonne noch für zwei Tage mit Verpflegung ausgerüstet sind.
– Große Bagage nicht mitnehmen! Es wird darauf hingewiesen,
daß diese Maßnahmen überwacht werden. Lebensmittel-, Fut-
terwagen mitnehmen, desgleichen Wasserwagen. Auf schlechte
Wasserversorgung beim Marsch über Chemin des Dames wird
hingewiesen.
Zusatz des Regiments: Marschroute und Ziel darf jeweils nur an
Offiziere bekanntgegeben werden. Mannschaften über Verhalten
auf Marsch, in Biwak und bei Fliegergefahr eingehend beleh-
ren. Auf Marsch Vorsicht mit Taschenlampen und Anzünden von
Streichhölzern! – Achselklappen und Nummern auf Fahrzeugen
verdecken.

Hauptmann Brett las den Befehl, schob ihn an Weller zurück:
»Meine Herren, ich denke, das ist das endgültige Todesurteil.«

9

»Auf Unterkunft nicht zu rechnen.« – »Auf schlechte Wasserversorgung beim Marsch über Chemin des Dames wird
hingewiesen.«

Das Regiment marschiert.

Voran die Trupps, die Kommandeure mit ihren Stäben.

Reisiger jede Nacht neben Weller.

Es geht fast immer im Trab. Gegen Morgen teilt sich der
Trupp, die Abteilungsführer lassen ihre Batterien vorkommen
und Biwak beziehen.

Die trostloseste, grauenhafteste Gegend, die Reisiger je erlebt
hat.

Unmöglich, wenn er neben Weller reitet, sich zu unterhalten.
Wo das Pferd auch hintritt, wo der Blick auch hinfällt: es ist
nichts als die letzte Vernichtung. Die Fahrzeuge, ist befohlen,
sollen nach Möglichkeit unter Bäumen aufgestellt werden: Es
gibt nichts, als die letzten Reste zersplitterter und zerschlage-
ner Stämme. Man soll Deckung nehmen unter Häuserresten:
Es gibt nichts als Kalkfelder, in Atome zerstaubt. – Darauf
stehen Schilder, immer wieder Schilder: »Hier war das Dorf
X« »... Hier lag das Dorf Z«.

Die Nächte sind dunkel. Um so erschreckender ist es gegen die
Morgendämmerung hin, wenn die Schleier gehoben werden:
Verlassenste, kälteste, entsetzlichste Kraterlandschaft. Kein
Gras, keine Blume, kein Stein neben oder auf dem andern.
Nichts als tiefe Löcher, zum Teil mit grünlichem, stinken-
dem Wasser gefüllt. Unsägliche Anstrengung. Oft über halbe
Stunden steigt man vom Pferd, nimmt das Tier am Halfter,
stolpert mit ihm in die vorgeschriebene Richtung. Oft gegen
Morgen kommt statt der Batterie, deren vier Geschütze man
erwartet, nur ein einziges. Die andern sind liegengeblieben,
irgendwo im Dreck. Es mag Stunden dauern, bis sie folgen.
Kein Wasser außer in den kümmerlichen Fässern, die man
bei sich führt. Niemand kann sich waschen. Nach acht Tagen
Marsch sind die Mannschaften und Offiziere dick verkrustet,
haben Bärte.

Da nicht gekocht werden darf, nährt man sich von Brot und
Brot und kaltem Büchsenfleisch.

Und immer, wenn man ein Ende, ein Ziel erhofft, taucht wieder der Offizier auf mit dem versiegelten Befehl. Und man schleicht weiter. Unvorstellbar, daß diese Truppe, die den Eindruck macht, als bestünde sie nur noch aus kranken Menschen, in die Schlacht soll.

Nach 10 Tagen bessert sich die Gegend. Jetzt wachsen Bäume, jetzt gibt es Häuserreste. Jetzt gibt es ein Dorf. Da steht wieder der Offizier. Der Befehl wird entsiegelt: Der Stab der III. Abteilung bezieht hier im Dorf Quartier. Die Batterien der Abteilung gehen in der nächsten Nacht in die festgelegten Feuerstellungen. Und die Front? »Ja, die Front ist nahe.«

Es ist seltsam ruhig. Über Tag fällt nicht ein einziger Schuß. Der Hauptmann sitzt mit seinen beiden Offizieren und Winkel in einer großen Stube des Stabsquartiers. Herein kommen die drei Batterieführer, um sich zur Feuerstellung abzumelden.

Mit fragenden Blicken: Was wird?

Niemand weiß etwas. Auch der Hauptmann nicht. Der Regimentsbefehl ist inzwischen eingegangen, mit belanglosen Kleinigkeiten. Der Hauptmann schüttelt den Offizieren jovial die Hand: »Aber meine Herren, was soll schon werden. Wir haben sicher wieder Schwein gehabt. Der ganze Zinnober scheint sich in einer andern Gegend abzuspielen. Sie hören ja: völlige Ruhe an der Front.« Er unterbricht sich. Ein Ordonnanzoffizier des Regiments ist eingetreten. »Neuer Befehl für die III. Abteilung.«

Der Hauptmann öffnet das Schreiben: »Kinder, Ihr seid wohl nervös? Ihr macht einen ja ganz verrückt mit Eurer Geheimniskrämerei. Was ist denn los?«

Der Ordonnanzoffizier zuckt die Achseln: »Ich weiß auch nichts, Herr Hauptmann.«

Befehl, geheim, nur durch Offizier zu schreiben und zu übermitteln: Der Einsatz der Batterien geschieht folgendermaßen: es geht, ab heute abend 10 Uhr, stündlich von jeder Batterie nur ein Geschütz in Stellung. Nach einer Stunde das nächste und so fort. Es muß auf das allerstrengste daraufgesehen werden, daß das Einrücken völlig geräuschlos erfolgt. Räder von Lafetten und Protzen sind mit Stroh zu umwickeln. Die Mannschaften sind darauf hinzuweisen, daß jeder Gebrauch von Taschenlampen oder Streichhölzern und das Rauchen auf das strengste bestraft werden! – Es darf unter keinen Umständen Telephon benutzt werden. Jedes Leitunglegen wird verboten! – Statt dessen hält sich Tag und Nacht ein Offizier jeder Batterie mit Pferd bei seinem Abteilungsstab auf. –

Alle Stellungen sind bereits reichlich mit Munition versehen. Sobald das letzte Geschütz jeder Batterie postiert ist, verlassen sämtliche Offiziere und Mannschaften die Stellung bis auf eine Wache von je zwei Mann, die unter Androhung strengster Bestrafung darauf hinzuweisen sind, daß bei Tagesanbruch unter keinen Umständen auch nur die geringste Bewegung innerhalb der Stellung gezeigt werden darf. – Die herausgezogenen Offiziere und Mannschaften hegen bis auf weiteres in den auf anliegender Skizze bezeichneten Höhlen etwa 3 Kilometer hinter ihren Batterien. Auch für sie gilt völlige Bewegungslosigkeit von morgens bis nachts. – Ab morgen früh 3 Uhr darf kein Gespann oder Reiter mehr das Gelände passieren. Verpflegung wird nachts durch Fußgänger in die Stellung und in die Bereitschaft gebracht. Auf Post ist in den nächsten Tagen nicht zu rechnen. Auch die Absendung von Feldpost ist verboten.

Der Hauptmann legt den Befehl auf den Tisch. Der Ordonnanzoffizier des Regiments verbeugt sich, geht. Der Hauptmann: »Alles klar, meine Herren! Nicht wahr, Sie verstehen: alles, was geschieht, unter allen Umständen so geheim, daß auch die Mannschaften absolut im unklaren bleiben. Schicken Sie mir Ihren jüngsten Herrn als Meldeoffizier. – Ich danke Ihnen. Hals- und Bauchschuß!«

Der Ordonnanzoffizier des Regiments kommt in dieser Nacht noch dreimal. Der Hauptmann hat sich längst in das Bett gelegt, das in der oberen Etage des Hauses steht. Oben, im Zimmer neben ihm, liegen auch die Batterieoffiziere.

Weller und Reisiger sitzen allein mit einigen Schreibern und Zeichnern unten und bearbeiten die neuen Befehle.

An Schlaf ist nicht zu denken. Hier wird, das spürt man, eine Maschine in Gang gesetzt, die trotz ungeheurem Ausmaß der von ihr geforderten Leistung diffizilste Präzision als wichtigste Voraussetzung haben muß.

Die Genauigkeit der Ziffer kann allein diese Präzision gewährleisten! Und der Rausch der Zahl ist so groß, daß Weller und Reisiger längst darüber vergessen haben, wie jede Zahl einen, hundert, hunderttausend Menschen bedeutet. Wie ein Millimeter auf den Karten, die vor ihnen liegen, Tod einer Batterie bestimmt, wie ein roter Tintenkreis einen Hagel von Gasgeschossen, ein schwarzes Quadrat einen Regen von Granatsplittern befiehlt.

Mit neuen Meldereitern kommen neue Karten, Fliegeraufnahmen, Aufklärungsberichte. Immer klarer ergibt sich das Bild der Front, festgelegt für jede Fußbreite. Und es gibt endlich bis auf etwa 40 Kilometer rechts und links von Reims, dem ersehnten, ersehnten Ziel, nicht Eine Sappe, nicht Einen Graben, nicht Eine Bereitschaftsstellung, nicht Eine einzige leichte oder schwere Batterie beim Feind, die nicht auf Meter genau in die immer mehr vervollkommneten Kartengebilde eingezeichnet sind.

Jedes feindliche Geschütz, jede im einzelnen lächerlich unerhebliche Position erhält eine Nummer.

Jede dieser hundert Nummern wird verteilt auf die geballte Masse der deutschen Artillerie.

Für jede Nummer liegen seit Tagen Berge von Munition bereit.

Aber wird das alles klappen? Wird wirklich, wenn der große Befehl kommt, jeder einzelne Schuß dort einschlagen, wo allein er nötig ist? – Über den Berechnungen gehen die Nächte hin.

Zuerst schlägt die Arbeit, Zahlen, Zahlen, Messungen, dieses Einkreisen des Feindes, dieses Umzirkeln: hier müssen hundert Schuß liegen, hier zwanzig, hier achtzig, hier muß getrommelt werden – schlägt das alles immer wieder als Rausch in Reisiger hoch. Ist immer neuer Taumel: »Sehen Sie, hier, Weller, hinter der Bodensenke, steht, das neue Fliegerbild zeichnet das haarscharf, eine ausgezeichnet gedeckte Batterie. Die wir flankieren sollen. Was meinen Sie – dreihundert, na, fünfhundert Schuß drauf, wie, das kann unsere 8. Batterie noch übernehmen, nicht wahr? – Also gut. Notieren, auf Ziel 318 e schießt 8/253 von X plus 80 Minuten 500 Schuß Bunt.« Aber dann, wenn die beiden Offiziere morgens dem Hauptmann die Listen und Pläne vorgelegt haben, wenn alles zum drittenmal durchgerechnet, notiert ist, wenn die beiden schlafen dürfen: dann ist der Rausch verjagt.

Dann kommt lähmende Erschöpfung und ist so groß, daß an Schlaf nicht zu denken ist.

Dann wälzen sich die beiden, auf eine Seite, auf die andere Seite. Vor den krampfhaft geschlossenen, brennenden Augen zittern die Bilder der Karten. »Herrgott, Reisiger, haben wir das Wegekreuz im Quadrat 17 über Graben 107 auch nicht vergessen.« – »Sagen Sie, Weller, ich fürchte, unsere 9. Batterie hat noch nicht die genaue Angabe für die Stellung der Batterie 33 Caesar.« – »Was, Reisiger, macht die Siebente um X plus 20 Minuten?«

Und, ganz wirr, endlich in Halbschlaf gezerrt: »X plus 20 Minuten? X plus, wie meinten Sie, Weller – X plus 20 Minuten, X plus X, X –« Und schon wieder wach, hochgerichtet von der Matratze: X, X? Was wird X sein?

Wann ist X? An welchem Tag ist X? Welche Stunde heißt X? – Nach der Uhr gesehen: Zwei Uhr mittags. – Die Hand fallen gelassen: ist in 12 Stunden die große Stunde X?

Und wenn diese große Stunde X schlägt: ist dann wirklich alles in Ordnung? Wird die Maschine auch nicht Eine Sekunde, von X bis X plus 60 Minuten und noch mal plus 60 Minuten und bis zu X plus Unendlich auch nicht Eine Sekunde den Gleichtakt verlieren?

Aufstehen. Aha, Weller schläft wirklich. Etwas trocken Brot kauen. »Guten Tag, Herr Hauptmann.« Der sitzt jetzt über den Karten, blättert in angehäuften Akten, liest in der neuen Gefechtsvorschrift, blättert, wie man Bibelstellen sucht, hier ein paar Zeilen, dort. »Reisiger, das ist das beste Buch, das es gibt. Ausgezeichnet geschrieben.«

Reisiger kennt den Satz schon. Die alte Marotte seit dem Übungsplatz. Der Papa im Kreise der Seinen, vorlesend. »Ich muß mich wohl um die Wetterberichte kümmern, Herr Hauptmann.«

Der Hauptmann blättert schneller. »Hören Sie doch erstmal zu. Passen Sie mal auf, hier, wie das gesagt ist, hier, Ziffer

53: ›*Völlige und dauernde Niederkämpfung der feindlichen Artillerie gelingt selten. Je nach der Gefechtslage ist daher zu unterscheiden, ob es darauf ankommt, die feindliche Artillerie für kurze Zeit lahmzulegen oder sie wenigstens zu dämpfen oder ob Zerstörung ihres Geräts, ihrer Munition und ihrer Unterstände beabsichtigt ist.*

Im ersteren Falle ist besonders Gasmunition wirksam. Beschießung mit Brisanzmunition verspricht bei nicht allzu hohem Munitionseinsatz nur Erfolg, wenn mit Beobachtung geschossen werden kann oder wenn es wenigstens gelingt, die Streugrenzen in engen Grenzen zu halten. Ob hierbei schlagartiges Vernichtungsfeuer oder langsames Störungsfeuer abzugeben ist, ist je nach der Gefechts- und Munitionslage zu entscheiden.

Ist dagegen Zerstörung des Geräts usw. beabsichtigt, so erfolgt die Bekämpfung der feindlichen Artillerie im sorgfältig geleiteten, bis zur Erledigung des betreffenden Einzelzieles durchgeführten Zerstörungsfeuer. Der Erfolg hängt neben dem Einsatz ausreichender Munition in besonderem Maße von der Beobachtung ab, die bis zum Ende des Schießens durchgeführt werden soll. Fehlt Beobachtung, so müssen wenigstens genügend sichere Schießgrundlagen vorhanden sein.‹ – Na ja, das haben wir ja Gott sei Dank.« Er blättert weiter, leckt dabei am Finger. Reisiger will zur Tür gehen. »Augenblick noch, warten Sie doch mal – sehen Sie hier, für unsere Situation, wohlgemerkt: Ziffer 54, hier unten: ›*Die artilleristische Vorbereitung des eigenen Infanterieangriffs erfolgt meist in ruhigem Zerstörungsfeuer, bis die Wahrscheinlichkeit besteht, daß die Angriffsziele gut und gleichmäßig unter Feuer liegen und erkannte besonders wichtige Ziele (Nahkampfgeschütze, Maschinengewehre, Unterstände usw.) in größerem Umfang zerstört sind.*‹« Er sieht auf: »Das wird bei uns unter Garantie um X Uhr plus 90 Minuten restlos geschehen sein.« Dann liest er schmunzelnd weiter: »*Das Feuer steigert sich dann zum Vernichtungsfeuer, das jedoch zur Schonung des Geräts mit Zerstörungsfeuer noch abwechseln muß. Der Infanterieangriff wird durch das Vernichtungsfeuer bis unmittelbar zum Einbrechen in die feindliche Linie begleitet. Alsdann verlegt die Artillerie das Feuer in Sprüngen nach vorwärts. Das weitere Verfahren hängt von den eigenen Absichten ab und muß daher genau geregelt sein!*«

Er klappt das Heft zu. Lacht: »Von den eigenen Absichten, das weitere, ha, na ja. Reisiger, wir machen das Rennen.« Das war am 13.7.1918.

10

Bereits am 7. Juli konnte der Führer der 4. französischen Armee, gegen die sich der Angriff in erster Linie richtete, seinen Truppen sagen: »Ihr wißt alle, daß niemals eine Verteidigungsschlacht unter günstigeren Bedingungen stattfinden wird. Wir sind vorbereitet und auf der Hut. Ihr kämpft in dem Gelände, das ihr durch eure Arbeit und Standhaftigkeit in eine mächtige Festung verwandelt habt.«
(Der Große Krieg, 1914–1918, Kurzgefaßte Darstellung auf Grund der amtlichen Quellen des Reichsarchivs von Erich Otto Volkmann, Berlin, 1922, S. 178)

11

Der Nachrichtenoffizier der Heeresgruppe Rupprecht (von Bayern) und unabhängig von ihm ich als Nachrichtenoffizier der Heeresgruppe Kronprinz, konnten auf Grund von Ermittlungen aus Gefangenenaussagen, erbeutetem Schriftmaterial, Spionage und endlich sogar noch Überläuferverrat frühzeitig melden, wann ungefähr und wo genau die erste Foch-Gegenoffensive erfolgen würde.
Am 11. Juli, also genau 8 Tage vor dem großen Wendetag, sandte ich an die Oberste Heeresleitung und sämtliche höheren Führerstellen der Westfront einen ausführlichen Bericht über die seit 3 Wochen erfolgende Versammlung von etwa 20 der besten französischen Kampf- und Angriffsdivisionen im Walde von Villers Cotterêts und westlich davon. Jede französische sowie jede der fünf dabei beteiligten amerikanischen Divisionen konnte mit ihrer Nummer angegeben werden und laut Überläuferaussage sollte diese Kampfreserve Fochs »um den 17. Juli herum« mit dem rechten Flügel an der Ourqc, mit dem linken auf Soissons zu in

20 Kilometer Breite die dort nur sehr schwach besetzte deutsche Front angreifen.

Besonders glückliche Umstände und Zufälle hatten also diesmal eine vorherige Kenntnis der feindlichen Absichten ermöglicht, wie man sie im Kriege sonst nur äußerst selten hat.

Aber diese Meldung und ebenso die ähnlich lautenden anderer Nachrichtenoffiziere der Westfrontarmeen machten wenig Eindruck auf die deutsche oberste Führung. Warum, das ergibt sich vielleicht aus einem Telephongespräch, das ich am 11. Juli mit einem höheren Offizier des Nachrichtendienstes im Großen Hauptquartier hatte. Ich fragte ihn besorgt und unruhig, ob auf meine Meldung vom 11. Juli hin denn gar nichts weiter geschehen würde und meinte damit vor allem eine Verstärkung des bedrohten Frontabschnittes. Die Kräfte dazu waren vorhanden, standen doch in jenen Tagen in Belgien noch etwa 20 deutsche Kampfdivisionen in Bereitschaft für einen dort geplanten deutschen Großangriff gegen die englische Front. Ich hatte geglaubt, man würde jetzt von dort wenigstens einige Divisionen hinter unseren bedrohten Frontabschnitt schicken, der in einer Breite von etwa 20 Kilometern von nur 9, noch dazu stark abgekämpften Divisionen besetzt war. Aber meine nervösen Fragen wurden von dem Herrn der Obersten Heeresleitung mit dem kurzen Bescheid abgefertigt: »Lassen Sie Foch nur versammeln, was er will, und planen, was er will. Ehe er den von Ihnen so schön gewitterten Angriff macht, werden wir ihm diktieren, wo er zu kämpfen hat, und zwar als Verteidiger, nicht als Angreifer!«

(Major a. D. Kurt Anker, Berliner Tageblatt, 20.7.1929)

12

Am 13.7.1918 kamen von der Front Meldungen, daß die Mannschaften z. T. an heftiger Grippe erkrankt seien. Befehl: alles bleibt möglichst in den Stellungen!

Grippe, Blitzkatarrh, Influenza, meist epidemisch auftretende, sehr ansteckende, durch das Influenzabakterium verursachte Infektionskrankheit. (Der Kleine Brockhaus, 1915)

Am 13.7.1918 kamen Meldungen, daß an manchen Stellen der Front heftige Ruhranfälle zu verzeichnen seien. Befehl: die Sanitätsstationen und Feldlazarette sorgen für die Unterbringung der Kranken. Es ist nach Möglichkeit darauf zu achten, daß die Truppenteile schnellstens wieder auf die normale Stärke gebracht werden.

Ruhr, Dysenterie, epidemisch auftretende, diphtheritische Entzündung der Dickdarmschleimhäute; Fieber, Leibschmerz, quälender Stuhldrang und Durchfall, wobei schleimige oder blutige Stühle unter großen Schmerzen entleert werden; kann chronisch werden, aber auch durch Entkräftung tödlich ausgehen. (Der Kleine Brockhaus, 1915)

Leutnant Reisiger sitzt, gegen 10 Uhr Abends, neben Leutnant Weller, über Karten und Listen gebeugt. So gebeugt, daß sich das Kinn gegen die Tischkante preßt. Er kann kaum sprechen, hat rote Schleier vor den Augen, hat Feuer in seinem Leib. Hat Schmerzen, unter denen er jede Zahl, jede Angabe stöhnend herauspreßt.

Der Arzt, Winkel, kommt ins Zimmer. Er sieht Reisiger, faßt ihm über die Stirn: »Sie haben Fieber.«

Reisiger: »Kunststück – ich scheiße seit heute mittag nur noch pures Blut.«

Winkel: »Aber Herr Reisiger, Sie gehören ins Lazarett. Sie haben die Ruhr.«

Weller: »In Planquadrat 18 steht auf Kleinquadrat 8 Schrägstrich 11 ...«

Reisiger, brüllend: »Doktor, das ist ja zum Wahnsinnigwerden.«

Weller: »Wir sind bald fertig, Reisiger –«

Reisiger springt auf, stürzt zur Tür hinaus. Kommt nach einer Weile zurück: »Ich habe ja überhaupt nichts mehr in mir. Dabei drängt es so entsetzlich in den Gedärmen.«

Der Arzt fühlt seinen Puls: »Herr Weller, ich mache dem Hauptmann die dienstliche Meldung, daß Herr Reisiger absolut krank –«

Da tritt der Ordonnanzoffizier des Regimentes ins Zimmer. »Morgen, meine Herren. Bitte sorgen Sie dafür, daß sämtliche Offiziere der Abteilung heute nacht 3 Uhr sich im Divi-

sionsstabsquartier in der Kirche des Ortes einfinden. Dazu
natürlich der Abteilungskommandeur und Sie alle. Jetzt ist
es –« er sieht zur Uhr – »dreiviertel zwölf. Also gute Zeit.
Höchstens eine Stunde Ritt.« Er kratzt sich die Schläfe: »Meine Herren, der Laden brummt, glaube ich. Vielleicht geht's
los. – Morgen!«
Weller, zur Tür hinaus: »Die Pferde satteln.«
Reisiger, hinauf zum Hauptmann, der fest schläft: »Herr
Hauptmann, wir müssen heute nacht zur Division.«
Der Arzt: »Aber Herr Reisiger, Sie dürfen nicht. Es ist doch
glatter Irrsinn. Sie fallen ja vom Pferde.« Reisiger, müde, ab-
winkend: »Totgeschossen oder totgeschissen, lieber Doktor –
es ist schon ganz egal.«

13

Drei Uhr nachts, vom 13. zum 14.7., ist die Kirche des Dorfes, in dem sich das Stabsquartier befindet, von Artillerieof-
fizieren aller Dienstgrade überfüllt. Auf allen Emporen, allen
Gängen, im Mittelschiff steht Offizier neben Offizier. Majore
und die jüngsten Leutnants.
Der Raum ist mit Kerzen schwach beleuchtet. Am Altar
stehen große schwarze Kandelaber mit brennenden Kerzen-
bündeln. Das Altarbild, Jesus am Kreuz, rührend gemalt, ist
dunkel. Man sieht nur merkwürdig kalkig das Gesicht des
Christus. Zwei schlecht gezeichnete, sehr langfingrige, weiße,
durchbohrte Hände.
Auf Sekunden hat die Versammlung vergessen, daß sie nicht
in einer Kirche, sondern zu einem Kriegsrat versammelt ist:
Es wird nur sehr leise geflüstert.
Die Kirchturmglocke schlägt drei.
Die Feldgendarmerieposten reißen das Kirchtor auf. Es erscheint mit hallenden Schritten ein kleiner Offizier, Haken-
nase. Unter dem Arm einen blauen Aktendeckel. Er behält
die Mütze auf dem Kopf, nimmt von der Versammlung keine
Notiz, geht auf die Altarstufen.
Den Rücken gegen das Christusbild.

Es ist der artilleristische Berater der Heeresgruppe.

Er öffnet den Aktendeckel, beginnt zu sprechen. Mit schneidender Stimme, kalt, sachlich, haargenau. Sagt, man habe sich abgewöhnt, irgendwelche Voraussagen zu machen. Man müsse, bis zum äußersten, auf dem Boden der Tatsachen stehen. Hebt die Stimme etwas: »Meine Herren, es ist gleichgültig, ob das, was wir planen, die endgültige Entscheidung bringt oder nicht. Ich hoffe, Sie alle haben das Menschenmögliche getan. Ich wünsche, und übermittle dabei den eindeutigen Willen der Obersten Heeresleitung, Sie haben mehr getan. Phrasen überlassen wir dem Feind. Wir handeln. Wir siegen. Oder wir sterben. – Und nun zur Sache: Meine Herren, wir arbeiten, oder vielmehr Sie arbeiten zum erstenmal in diesem Feldzug mit zwei Unbekannten: Niemand weiß, an welchem Tag und zu welcher Stunde unser Unternehmen beginnen wird. Unter gar keinen Umständen darf das zur Lässigkeit führen. Wir erwarten, meine Herren, daß Sie im Gegenteil zu jeder Sekunde bereit sind und daß diese Bereitschaft, auch wenn sie noch tagelang dauert, nicht zur Nachlässigkeit werden darf. Das Unternehmen heißt: Anna. Die Uhrzeit heißt X. Weitere Sorgen brauchen wir uns nicht zu machen. Auf das Stichwort Anna werden sämtliche Stellungen besetzt. Folgt diesem Stichwort der Befehl, X ist gleich 11 Uhr, oder was weiß ich, so beginnen zur angegebenen Zeit die Geschütze das festgelegte Feuer.

Das muß klappen. Und, meine Herren, alles weitere ergibt sich dann von selbst.

Wir sind nicht dazu da, festzustellen, ob die Zeit ernst ist, ob der Gegner stark oder schwach ist. Wir sind nur dazu da, zu handeln.

Und meine Herren, und das ist wichtig, schweigend zu handeln. Unsere Unternehmung verspricht allen Erfolg. Unbedingte Notwendigkeit ist es aber, daß der Feind auf keinen Fall Nachrichten darüber erhält.«

Der Major klappt seinen Pappdeckel zu, legt die Hand an die Mütze. Die Anwesenden verbeugen sich. Der Major geht steif durch den Mittelgang ab.

Die Kirche leert sich.

Die zwei Unbekannten, Datum und Stunde des Unternehmens »Anna«, werden jetzt zu einer Qual.

Man hat bis jetzt gearbeitet, aber nun, wo bis auf Millimeter und Sekunden alles auf dem Papier steht, wo es nichts mehr zu tun gibt, als zu warten, wandelt sich das normale Denken in das sinnlose Kreisen eines Karussells. Man ist allein, oder man ist mit andern zusammen, man sitzt und stiert vor sich hin, oder man versucht eine Unterhaltung, man kaut an dem entsetzlich trockenen, bröckligen Brot, oder man raucht: Immer kreist es sinnlos nach sinnlosen Melodien, plärrend, zischend – Anna, X, X, Anna.

Das setzt bereits ein, als die Offiziere auf den Pferden durch die Dämmerung ins Quartier zurückreiten. Der Hauptmann, mißtrauisch gegen den Morgenhimmel: »Na, Weller, was meinen Sie, wenn uns nur ›Anna‹ nicht verregnet.«

Die Pferde im Trab.

Nach einer Weile Weller: »X plus vier Stunden. Vielleicht sitzen wir dann wieder auf dem Gaul und reiten nach Paris.«

Die Pferde im Trab.

Reisiger, vor Schmerzen so gekrümmt, daß ihm einmal das Kinn auf den Sattelknopf aufschlägt, halblaut mehr zu sich oder zum Pferd: »Das verfluchte X!« Und nun noch leiser, ganz in sich hinein: Wie gut das gemacht ist – und wenn man jede Stunde im Leben nach der Uhr fixieren kann – eine Stunde X gibt es bestimmt – die große Unbekannte – wo man abkratzt.

Trab. Reisiger kann sich nicht mehr halten. Hinter ihm reitet sein Bursche. Der sieht, wie der Leutnant links über den Hals des Pferdes abrutscht. Fängt ihn auf, legt ihn auf den Boden. Das Pferd bleibt stehen. »Herr Feldunterarzt!«

Aber die sind schon weit vorweg, hören nicht.

Was bleibt übrig? Reisiger läßt sich wieder aufs Pferd heben, reitet nach.

Die Sonne scheint. Das Quartier ist recht freundlich. Am langen Tisch unten im Arbeitszimmer sitzen wieder die Schreiber und Zeichner.

Als Reisiger eintritt, ist Dr. Winkel schon im Zimmer, geht ihm entgegen: »Hören Sie, Herr Reisiger, das ist doch glatter Wahnsinn. Sie sehen aus wie Käse. Wenn Sie nicht hören wollen, muß ich dem Hauptmann Meldung machen.«

Reisiger setzt sich an den Tisch: »Der Hauptmann schläft schon. Im übrigen, lieber Doktor, haben wir andere Sorgen als ihr hohe Sanitätsbeamte.« Und da Weller eintritt: »Herr Weller, ich glaube, wir schreiben jetzt die endgültigen Befehle, nur von Offizieren geschrieben, lassen ›Annas‹ Datum und das ›X‹ aus.«

Das geschieht.

Am Nachmittag dieses Tages gegen 3/4 5 Uhr reißt der Ordonnanzoffizier des Regiments unhöflich und unbekümmert die Tür auf. Der Hauptmann macht ein ungnädiges Gesicht. Er kommt aber nicht dazu, die Ungnade zu äußern. Der Ordonnanzoffizier, aufgeregt, mit breitem Lächeln, sagt: »Regimentsbefehl: Anna 15. Juli, X gleich 2 Uhr morgens.«

Es ist schwer, den Bleistift zu halten. Weller und Reisiger malen in die ausgeschriebenen Befehle: »Anna gleich 15. Juli, X gleich 2 Uhr morgens.«

Es ist kaum dämmerig draußen, da galoppieren die Meldeoffiziere zu den Bereitschaftsstellungen der Batterien.

Wenig später reiten Hauptmann Brett, Leutnant Weller, Leutnant Reisiger, Feldunterarzt Winkel zur Stellung. Im Quartier wird Anweisung gegeben, sofort alle Sachen zu packen und den Bagagewagen die Nacht über angespannt in Bereitschaft zu halten. Alles Gepäck kommt auf den Wagen. Die Offiziere haben nichts bei sich als Karten und Gasmaske.

15

15.7.1918, 1.30 Uhr vormittags. Was an der Front geschieht, ist ein ungeheuerliches Kostümfest des Krieges. Wenn du dem Hauptmann Brett und seinem Stab gefolgt bist, wenn du dich ihnen angeschlossen hast, als sie abstiegen und ihre Pferde mit den Burschen wieder nach hinten schickten, wenn du nun mit ihnen durch die Nacht die Anhöhe vor dir hinaufsteigst, mühsam, da überall ein dickes Gewucher von Brombeeren steht, wenn du nun oben bist, auf dem Rücken der Höhe: Du wirst es nicht begreifen, du kannst es nicht begreifen.

Ungeheuerlichstes Kostümfest des Krieges. Da wimmelt es von Menschen. Da stehen mehr Menschen nach rechts und nach links und vor dir und hinter dir, als du zählen kannst. Da schwirrt es von Stimmen, geflüstert halblaut, aber laut genug, um wie das Auf und Nieder von Wellen immer neu an dein Ohr zu schlagen.

Sieh dir die Menschen an. – Sind das Soldaten? Keine Uniformen, keine Mützen, kein Stahlhelm. Gewiß, hohe Stiefel über feldgrauen Hosen. Aber nackte Arme, nackter Hals, die Brust frei. Sind das Soldaten?

Das schlendert durcheinander, das pfeift leise vor sich hin, das scherzt, macht Witze.

Ja, es sieht aus, als seien das alles Kinder, die hin und her springen, die Versteck spielen und sich fangen, die hin und her huschen zwischen den Kulissen dieses Kostümfestes.

Du mußt sagen: Das Fest ist gut dekoriert. Verschwendet hat der Festleiter.

Als ob er zeigen wollte, wie viel er hat.

Geh quer über den Höhenrücken, zähle deine Schritte, miß die Entfernung: 100, 200, 300 Schritt. Hier mußt du halten, hier ist sorgfältig gezogen ein Drahtzaun: Ende des Festsaals. Und nun geh, zum Spaß, zwischen den hüpfenden Kindern hindurch, diese 300 Schritt noch einmal zurück. Und beginne, Schritt nach Schritt, die Kulissen zu zählen, kleine Lauben, kleine Separes – und in jedem eine Kanone. – Ein Schritt, zwei Schritt: Die erste Reihe mit einem Meter Zwischenraum, so weit du sehen kannst, nach rechts und links. Und, wenn es heller wird: Weiter, viel weiter als du sehen kannst.

Neue Schritte, eins, zwei, drei, vier, fünf: Die nächste Reihe. Gut gemacht, sorgfältig erwogen. Die zweite Reihe steht, so sagte man doch im Turnunterricht, auf Lücke.

Neue Schritte. Eine dritte Reihe, eine vierte Reihe, eine fünfte Reihe. Und wenn du müde wirst, und wenn du den Festleiter fragen könntest: Glaub mir, er wird lachend sagen: Aber das ist ja noch gar nichts. Und er wird die Arme ausbreiten, stolz und protzig: Wir haben ja viel, viel, viel mehr. Und er wird den Daumen heben und wird dir vorrechnen: Bitte, wie groß ist Ihr Wohnzimmer?

Du denkst nach, sagst, schätzungsweise, 6 mal 8 Meter. Da lacht er noch mehr: »Sehen Sie, in einem Raum von der Größe Ihres Wohnzimmers stehen hier, wo wir beide jetzt sind, na sagen wir drei bis vier Geschütze. – Das heißt«, dabei macht er ein etwas weinerliches Gesicht, »allerdings kleine. – Wir haben natürlich auch große.« Und er kommt in Wärme: »Ach, was denken Sie, wir haben sogar ganz große. So große, daß eins von ihnen schon zu groß wäre, um in Ihrem Wohnzimmer, das ich dabei beileibe nicht schlecht machen will, Platz zu finden – kurz und gut: Wir sind ein Warenhaus.« Und dann will er einen Witz machen und klopft dir auf die Schulter wie ein allzu vertraulicher Rayonchef, und sagt: »Es gibt kein Geschütz, was Sie sich auch denken, von 7,5 bis 38 Centimeter Durchmesser, das nicht hier oben heute morgen greifbar wäre.« Und dann zieht er den Kopf etwas zwischen die Achseln, wieder etwas weinerlich, und fährt fort: »Allerdings – wir können Ihnen zur Zeit keins ablassen. Wir brauchen nämlich alles selber.« Das erschrickt ihn, er sieht nach seiner Armbanduhr, murmelt nervös: »Sie müssen mich bitte entschuldigen – es ist ja bereits 10 Minuten vor zwei.«

Schon ist er weg.

Die wimmelnden Menschen in Hemdsärmeln sind inzwischen an die Separes herangekrochen.

Immer ein Geschütz mit den hockenden, flüsternden Gestalten. Daneben, höher als ein Mensch, sorgfältig gestapelt, ein Berg von Munition, Geschütz, Munition, Geschütz, Munition – nicht abzusehen wieviel.

Kostümfest? Kostümfest? Kostümfest?

Irgendwo am Festplatz steht hoch aufgerichtet ein Mast.

An seinem Wipfel schaukeln einige Drähte. Am Boden neben ihm sitzen zwei Menschen, haben Telephonhörer um die Ohren, sind regungslos.

Du trittst zu ihnen.

Plötzlich ruckt der eine mit dem Kopf, sagt zum andern: »Jetzt höre ich den Summerton, lang, lang, kurz, lang, lang.« Sagt der andere: »Das heißt Punkt 1 Uhr 55.«

Sie vergleichen die Uhren. Sie spritzen auseinander. Nach rechts der eine, nach links der andere. Du hörst, weitergegeben durch alle Reihen der Geschütze: »Genaue Zeit 1 Uhr 55 und 10 Sekunden.«

Kostümfest?

Aber die spielenden Kinder sind ganz still geworden.

Das Flüstern hat aufgehört.

Ab und zu halberstickt eine Stimme: – 1 Uhr 57. Nach einer Weile: 1 Uhr 58.

Kostümfest? Dieses Herausstoßen der Zahlen macht fast wahnsinnig.

Wie ein Fetzen durch die Luft: »Neun-und-fünfzig –«

Dann! – Dann gibt es keine Nacht mehr, keine Höhe, keinen Wald, kein Geschütz, keinen Menschen. Dann ist das Ganze aufgelöst in das furchtbarste Gebrüll, das jemals aus der Erde gebrochen ist. Du siehst nur noch eine einzige, Hunderte von Metern lange und Hunderte von Metern breite Feuergarbe.

Das ist: Unternehmung Anna, am 15.7.1918, 2 Uhr morgens.

16

Da wir nunmehr vor einem Abschluß der gegenwärtigen großen Kämpfe im Westen stehen, deren Verlauf einen bedeutenden Erfolg und großen Sieg für uns zeitigte, haben wir nunmehr keine etwaigen Überraschungen Fachs mehr zu fürchten, zumal wir bereits durch unsere Märzerfolge die Initiative der Entente aus den Händen gerissen und die Operationsarmee des Generals Fach lahmgelegt haben. Der wichtigste Erfolg ist nun der, daß wir die Pläne des Feindes für das Jahr 1918 zunichte gemacht haben und der Feind keine Möglichkeit mehr besitzt, die Initiative zu ergreifen.

(Pressekonferenz, Berlin, 8.6.1918 / Kurt Mühsam, »Wie wir belogen wurden«, S. 113)

17

Vor der ersten Linie der Geschütze von III/253 sitzen in einem Loch Brett und Reisiger. 10 Minuten vor 2 sind sie hineingestiegen. Seit 2 ist das Loch ununterbrochen von einem rötlichen Feuer erhellt. Das Mündungsfeuer der ersten Geschütze schlägt höchstens 5 Meter hinter ihnen empor.

Beide wissen: Es ist zwecklos, hier zu sein. Diese gigantische Maschine, die jetzt in Bewegung ist, läßt sich nicht mehr korrigieren, läßt sich durch keine Macht der Welt mehr aufhalten.

Das Krachen ist so laut, daß man kein Wort versteht, auch nicht, wenn man sich auf Zentimeternähe in die Ohren brüllt. Also sitzen sie beide stumm, schauen vor sich hin. Sie haben Listen bei sich, vergleichen diese Listen ab und zu mit der Uhr. Jetzt, wissen sie, schießt die 9. Batterie auf die französische Batterie 217; das wird noch 15 Minuten dauern, dann wird die französische Batterie ein Haufen Dreck und Blut sein. Jetzt, zur gleichen Zeit, trommelt die 8. auf den französischen Maschinengewehrstand »Leopold«, nur 5 Minuten, das genügt, und sie kann weiter feuern, drei Teilstriche nach links, 4 Minuten auf die Sappe »Senta«, dann weiter, noch 2 Teilstriche links, auf die Kuppe des großen Unterstandes »Emil«, den die Fliegerbilder so deutlich zeigten. Sehen zur Uhr, aha, jetzt ist das Feuer aller drei Batterien auf die feindliche schwere Batterie »11 Ludwig« vereinigt. Das dauert nach der Liste 12 Minuten. Hier nützt nur Gas. Hoffentlich vergessen die Batterieführer nicht, die Grünkreuzmunition vorher abzuzählen.

Reisiger krümmt sich immer noch in Ruhrschmerzen. Ab und zu läßt er die Liste fallen, legt sich um. Der Hauptmann nimmt keine Notiz davon. Also wieder aufrichten, weiter verfolgen.

Das Schießen der Batterien ist die beste Hilfe, sich selber ganz zu vergessen. Und wenn man schon Fieber hat: dieses Blitzen und dieses Brüllen machen das Blut noch heißer. Das ist ein Zustand, wirklich: Fieber vervielfacht. Daß man ganz leicht wird, fast zu schweben scheint. Bis der verfluchte Schmerz allzu stechend wird und einen immer wieder an die Erde drückt. Liste vergleichen. Nach der Uhr sehen: Jetzt geschieht dies, jetzt geschieht das, immer auf den Feind genau festgelegt. Kein Aas wird entrinnen. Es ist völlig undenkbar, daß ein einziges Wesen dort drüben leben bleiben kann.

Die Batterien schießen erst seit einer Stunde. Aber, ohne Übertreibung: Schon jetzt kann kein Feind mehr leben.

Reisiger sieht Brett an. Der schlägt sich gerade lachend auf das Knie. Reisiger weiß, was er denkt: Ein fabelhafter Krieg. Die Infanterie nachher ist zu beneiden. Die können sicher spazieren gehen, so weit der Himmel blau ist. Denen wird bestimmt kein einziger Mensch mehr begegnen.

Also nur weiter, noch drei Stunden.

Also noch drei Stunden. – Das setzt sich um, schmerzhaft: Dreimal sechzig Minuten sind hundertundachtzig Minuten. Hundertundachtzig Minuten dieses entsetzliche Krachen und Brüllen und Toben. Nicht nur die Ohren tun weh. Man wird allmählich differenzierter. Man kann sich schon einbilden, daß der Luftdruck jedes einzelnen Schusses einem gegen die Brust schlägt. Hundertundachtzig Minuten, in denen pro Minute – ja wieviel Schuß fallen? Das ist nicht auszurechnen. Das ist nicht zu schätzen. Wenn man noch so genau hinhört: Unterscheiden kann man eigentlich gar nichts. Hier schießt ja nicht hundert– oder tausendmal ein Geschütz, sondern hier brüllt unaufhörlich, unaufhörlich der endlose Wall. Wann schweigt er?

Die Schmerzen im Ohr werden stärker. Man tut sich Watte hinein. Aber man reißt sie schnell wieder heraus, weil man das Gefühl hat, daß sie einem direkt ins Gehirn gejagt wird. Dazu Schmerzen in der Brust.

Und nun, als träfen unaufhörlich winzige Kugeln den ganzen Körper, Schmerzen auf der ganzen Haut. Nadelstiche, ein brennendes Prickeln. Nicht zu erklären. Als sei die Luft zertrümmert und riesele auf einen nieder.

Und bei Reisiger immer wieder und immer neu die Ruhranfälle, dieses furchtbare Brennen im Leib. Er hat seit zwei
Tagen nichts gegessen, durfte nichts trinken.

Ein irrsinniger Durst stellt sich ein.

Es wird um so schlimmer, als man genau weiß, daß es aussichtslos ist, auch nur einen Tropfen Wasser zu bekommen.
Man kann sich ja überhaupt nicht rühren. Es ist für die
nächsten Stunden vollkommen aussichtslos, aus dem Loch
herauszukommen. Noch wenn man auf dem Bauche auf
der ebenen Erde läge, würde man vom Mündungsfeuer der
nächsten Geschütze einfach verbrannt.

Was bleibt also Trost? – Die Uhr und die Liste. Und verfolgen, was tut jetzt die Batterie, wohin schießt das Geschütz.
Und wenn man will, kann man sich ausmalen: Wie wird es
den Mannschaften gehen, wie den Offizieren?

Dabei fällt einem wie ein Schreck ein: Schießt eigentlich der
Feind? Feststellen kann mans nicht. Um so grauenhafter wird
der Gedanke: Wenn er schießt: Wer lebt noch. Denn Deckungen sind nicht vorhanden. Damit hat niemand gerechnet.

Reisiger sieht zum Hauptmann. Der hat sich jetzt endlich
eine Zigarre angesteckt, knautscht sie zwischen den Zähnen.
Ein gutes Zeichen. Er scheint also zufrieden zu sein, fühlt sich
wohl. Reisiger beneidet ihn: Wie viel robuster er ist. Daß er
jetzt rauchen kann.

5 Uhr früh. Herrgott, noch eine Stunde.

Reisiger empfindet die Spannung langsam so unerträglich,
daß er sich Mühe geben muß, um nicht plötzlich aufzusprin-
gen und loszulaufen. Gleichgültig wohin, wozu.

Besser habens doch die, die jetzt die Geschütze bedienen.
Und noch wenn der Feind antwortet: Sie haben wenigstens
etwas zu tun. Dieses untätige Herumsitzen ist entsetzlich.

Reisiger sieht auf die Uhr, sieht auf die Liste. Er weiß, daß
sich allmählich das Feuer aller Batterien auf der gesamten
Front vereinigt. Nur die ganz schweren Kaliber trommeln
weiter auf das feindliche Hintergelände. Alles übrige schließt
sich zusammen, bildet die Feuerwalze.

Die berühmte Feuerwalze. Dieser Vorhang aus Feuer und

Splittern, der jetzt kurz vor dem ersten deutschen Graben aufgerichtet wird. Und der dann, 5 Uhr 28 Minuten, seine Wanderung beginnt. 5 Uhr 28 Minuten 10 Meter vor der deutschen Stellung; 5 Uhr 32 Minuten 20 Meter. Und dann rollt er feindwärts. Hinter ihm, aufrecht, das Gewehr in Anschlag, unsere Infanterie. Feuerwalze, walzt vor. Walzt vor. Viel Leben wird ja nicht mehr sein. Aber vielleicht hat sich doch irgendwo durch einen Zufall ein armseliger Mensch gerettet. Walzt vor – und wird den jetzt in alle Winde zerreißen. Walzt weiter. Hinter ihm, langsam, fast gemütlich, die deutsche Infanterie. Walzt vor, hält noch einmal 10 Minuten auf dem ersten feindlichen Graben, springt 30 Meter weiter, damit die deutsche Infanterie jetzt, im ersten feindlichen Graben zwischen den toten Feinden, ein wenig verschnaufen kann. Rollt weiter. Nun großzügiger 30 Meter und noch mal und 20. Zweite feindliche Stellung. 10 Minuten verharren, bis die deutsche Infanterie heran ist. Weiter, weiter über die dritte Stellung, über die vierte. Die Deutschen immer hinterher. Es muß in der Tat ein Spaziergang sein. Es kann kein Feind mehr leben. 5 Uhr 55 schon weit im Hintergelände, wo sicherlich keine Gräben mehr sind. – 5 Uhr 57; Jetzt springt die Feuerwalze bereits um 100 Meter, wälzt sich gewiß durch die Dörfer hinter der Front, wird die Stäbe erwischen, die Bagagen, die Kolonnen. 5 Uhr 58, 5 Uhr 59.
Der Hauptmann springt auf. Reisiger springt auf. 6 Uhr früh. Es schweigt die ganze Front. Es ist absolute Totenstille.
Reisiger und der Hauptmann gehen ein paar Schritte bis zur ersten Reihe ihrer Batterien. Die Rohre rauchen. Die Berge der leeren Kartuschen rauchen. Erschöpft liegen Mannschaften und Offiziere auf der Erde, Hände und Gesicht schwarz, Hosen und Hemden verbrannt.
Totenstille.
Der Hauptmann hält es für notwendig, irgend etwas zu sagen. Aber er ist so erregt, wie ihn Reisiger noch nie erlebt hat. Er findet nur ein Wort: »Ausgezeichnet.«
Sie gehen zum Loch, in dem Weller und Winkel liegen. »Na, meine Herren, feine Sache, was?«

Sie sehen in einer Ecke Winkel, den Kopf in die Hände gestützt. Er stiert auf die Erde.

Der Hauptmann: »Doktor, was ist denn los?«

Winkel versucht aufzustehen, sackt wieder zusammen, zeigt in die gegenüberliegende Ecke: »Leutnant Weller ist tot.« Er erklärt stammelnd, sie hätten über ihr Loch eine Zeltbahn gedeckt, um nicht dauernd vom Mündungsfeuer belästigt zu werden. – Ein Kanonier, der wohl Munition suchte, hatte das Loch nicht gesehen, war hineingestürzt. Weller hat das offenbar in der Erregung der Nacht für einen Schuß des Feindes gehalten. »Begreifen tu ich das nicht«, sagt Winkel, »Leutnant Weller hat entsetzlich aufgeschrien. – Vermutlich hat ihn der Schreck getötet. – Herzschlag.«

18

Die Offiziere der Batterien 18 III/253 sammeln sich um Hauptmann Brett. Sie stehen in Hemdsärmeln, denn sie haben ja mitgeschossen oder Munition herangetragen.

Ja, und nun? Was ist los? Geredet wird nicht. Ab und zu tritt einer seitwärts an das Loch, wirft einen Blick auf die Zeltbahn, unter der Weller liegt. Einmal sagt einer: »Das dürfte der einzige Tote sein. Wirklich Pech. So kurz vor dem Ende.« Dabei sehen alle fragend den Hauptmann an.

Was der schon wissen kann. Nichts weiß er. Antwortet auch nicht, sieht nur auf die Uhr, trampelt hin und her.

10 Minuten vergehen: irgend etwas müßte nun allmählich geschehen. Es könnte doch wenigstens einer von den hohen Stäben hinter der Front, die angeblich die Nacht über gewacht haben, hier erscheinen, etwas sagen, über das Resultat, über den Fortgang.

Oder vielleicht kommen die Protzen gleich. Sie sollen, das weiß man, automatisch eine Stunde nach dem Schluß des Artilleriefeuers anrücken. Damit man aufprotzen kann – und dann vorwärts marsch, marsch!

Wissen denn die Funker nichts? Sie stehen sicher in drahtloser Verbindung mit der Heeresgruppe. – Ein Offizier wird hingeschickt, dort, wo der Mast mit der Antenne ist. Er kommt zurück: Nichts bekannt. Man kann überhaupt nichts empfangen. Offenbar sendet der Feind Störungswellen.

Hm. Kommt denn keine Infanterie? Es ist doch klar, daß jetzt allmählich die Reserven nach vorn müssen. Denn alles, was vorn lag, wird jetzt viele Kilometer weiter gestürmt sein. Und irgendwie müssen doch Verbindungen zum Hinterland geschaffen werden. – Offiziere werden ausgeschickt. Kommen wieder: Ja, man sieht größere Kolonnen. Das heißt, die liegen auf freiem Feld, haben also wohl noch keinen Befehl, vorzugehen.

6 Uhr 30. Dem Hauptmann wird die Warterei zu dumm. Wie er nach rechts und links sieht, stehen überall andere Stäbe, Gruppen von Offizieren. Unschlüssig gleich ihm und seinen Herren.

Er wendet sich schließlich hart auf dem Hacken um: »Herr Leutnant Reisiger, bitte nehmen Sie sich einen Unteroffizier, gehen Sie nach vorn. Versuchen Sie aufzuklären. Es ist ja lächerlich, daß man uns hier sitzenläßt. Ich wünsche zu wissen, wo ungefähr die erste Linie unserer Infanterie liegt.« Er wendet sich zu den andern Offizieren: »Schließlich fordern die da vorn Feuer an und man schießt in die eigenen Leute. Mir ist das zu albern. Ich mache das Warten nicht länger mit. Begriffen, Herr Leutnant?«

Reisiger holt sich den Unteroffizier Boll, den er aus Rußland her gut kennt. Nicht älter als er, schneidig, ruhig. – »Boll, nehmen Sie die Gasmaske, irgendeinen Karabiner, los.« Grüßt, klappt mit den Hacken, geht nach vorn.

»Ich lege Wert darauf, daß Sie den Unteroffizier zurückschicken, falls Sie glauben, länger als eine Stunde vorn bleiben zu müssen«, ruft ihm der Hauptmann nach.

Nochmals wenden: »Zu Befehl.« Reisiger und Boll verschwinden.

19

Es geht einige 100 Meter weit bergab.

Reisiger fühlt sich etwas wohler. Jetzt, wo die Sonne auf dem

Abhang liegt, wo man das grüne Gras sieht, ziemlich hoch, mit viel Mohnblumen, fühlt er sich sogar recht wohl. Er setzt sich schneller in Bewegung, fängt schließlich an zu laufen. Es macht ihm Spaß, sich wieder bewegen zu können. Boll neben ihm. Die Gasmaske ist noch in der Bereitschaftsbüchse. Die Büchse hängt am Koppelhaken, klappert und trommelt einen vergnügten Takt.

»Macht Spaß, nicht wahr, Boll?«

Boll ist etwas außer Atem: »Jawohl, Herr Leutnant, entschieden besser als in Rußland.«

Reisiger rennt weiter: »Sehen Sie den vielen Mohn. Dieses Fleckchen Erde scheint keine Ahnung davon zu haben, was heute morgen über ihm vor sich gegangen ist. – War ziemlich happig?«

»Befehl, Herr Leutnant.« Boll sagt das stolz und ein wenig grinsend.

Immer noch bergab. Dann geht das Gelände sanft wieder nach oben. Näher kommt ein Birkenwald. Noch junge Bäume, vielleicht 3 Meter hoch. Die Sonne scheint gegen die weißen Stämme. Es sieht schön aus.

Plötzlich stoppt Boll und hält Reisiger am Arm.

»Was ist denn, Boll?«

»Verzeihen, Herr Leutnant, ich halte den Wald nicht für ganz waschecht. Die Blätter sind ja nicht grün, sondern lila.«

Lila Blätter? – Reisiger bleibt stehen. Das sieht allerdings sehr seltsam aus. In der Tat, lila Blätter. Jedenfalls von einer Farbe, wie sie ein Birkenwald bestimmt nicht hat. Überhaupt ohne jede Spur von Grün. »Na und, Boll? – Sie denken an Gas?«

Boll nickt: »Zu Befehl, Herr Leutnant, Gas.« – Sie gehen langsam näher. Gas? überlegt Reisiger. Von uns kann keine Batterie hierher geschossen haben. »Haben Sie denn heute morgen irgendwelche feindlichen Batterien gehört, Boll? Ich meine, der Wald kann doch nur vom Feind vergast sein?«

Noch ein paar Schritte näher. Es sieht grauenhaft aus. Jetzt erkennt man, daß auch die weißen Stämme mit einer lilaroten schmierigen Flüssigkeit bespritzt sind. Und man sieht kleine, flache Sprengtrichter. Frische Erde. Ja, der Feind hat also wohl geschossen, ohne daß man es hörte.

Karte raus. Hindurch müssen wir. Es fragt sich nur, wo ist der kürzeste Weg, um wieder auf das freie Feld zu kommen. Zum einstigen deutschen Graben.

»Boll, das ist gar nicht so schlimm. Das ganze Birkenwäldchen ist höchstens einen Kilometer tief. Das schaffen wir in 10 Minuten.« Also Gasmasken auf und dann hinein.

Das geschieht. Schwer zu entscheiden, wie man sich am besten benimmt. Eins ist klar, so schnell wie möglich hindurch, am liebsten laufen, Galopp. Aber wie kann man das mit der Gasmaske aushaken? – Klar ist weiter: Um des Himmels willen nicht an irgendeinen Baum stoßen. Kein Blatt berühren. Hände in die Hosentaschen. Sich möglichst eng und klein machen. Dann wird es schon gehen.

Sie sind bereits zwischen den Birken, sehen vorne und hinten und zu allen Seiten nichts als den vergasten Wald. Mit den lila Blättern, mit den roten Spritzern auf den weißen Stämmen. Vielleicht wäre es besser, recht langsam zu gehen. Oder noch besser, zu kriechen. Denn das Ganze ist entsetzlich unheimlich. Ist so, als läge alles unter einer schweren Glocke voller Öl.

Reisiger schielt nach oben. Er muß stehen bleiben. Dieses ist, denkt er, ein geschändeter Wald. Dieses sind Bäume, Birken, dreijährig oder fünfjährig. Die mit dem Krieg nichts, nichts, nichts zu tun haben. Die sich weder für die Deutschen noch für die Franzosen entscheiden wollen. Die nicht hetzen, nicht morden. Die nur dastehen und in jedem Frühling ihr Laub bekommen und blühen und im Herbst das Laub verlieren und ganz geduldig bis zum nächsten Frühling frieren. Ohne Hast. Von nichts weiter belebt als, vielleicht, von dem Drängen, Sonne zu haben.

Und jetzt? – Jetzt sind die größten Bestien, die es auf der Erde gibt, die Menschen, über diese armseligen Birken hergefallen. Eine Laune hat sich an diesem Wald vergriffen. Und der stirbt so wortlos und so ergeben wie keiner von den Mördern. Gewiß, es ist ein bißchen Wind und deswegen schütteln die Bäume noch ein wenig das Haupt. Aber alle Äste haben sich bereits gestreckt und sich gebeugt. Und die Blätter rieseln und rieseln. Und das dauert keine 24 Stunden mehr, dann stehen hier nackte Pfähle. Und alles bloß, weil die Menschen es so wollten.

Es ist kindisch, hier zu träumen. Boll ist voraus. Viele Schritte. Er dreht sich um und bleibt stehen. Er sagt irgend etwas. Das sieht man daran, daß die Gasmaske sich aufbläht. Verstehen kann Reisiger noch nichts. Aber er nickt mit dem Kopf und folgt. Die beiden Rüssel der Masken klappern gegeneinander. »Was sagen Sie, Boll?« – »Das ist eine Sauerei.« Boll schielt durch die großen Gläser der Gasmaske gegen die Bäume. – »Ja, Boll, bloß erst raus hier.«

Sie gehen weiter. Boll vor Reisiger, sehr behutsam. Endlich, da vorn, lichtet sich der Wald. Man sieht bräunlichen Mahlsand, darüber Fetzen von blauem Himmel.

Reisiger sitzt Boll auf den Hacken. »Schnell, Boll, gleich sind wir aus dieser Schweinerei raus.« – Boll springt an.

Plötzlich bemerkt Reisiger, daß von einer Birke ein Ast weit in die Spur vorstößt. Ja, sieht denn Boll das nicht?–»Boll!« – Da reißt der Ast dem Unteroffizier hinter dem Augenglas über die ganze rechte Backe die Maske auf. Die Gummihaut klappt wie eine große Wunde auseinander. Boll hebt die Hand, deckt sie auf die Wunde. Stürzt weiter. Reisiger hinter ihm her. Noch drei Schritte. Da liegt ja das freie Feld. »Boll!« Da öffnet Boll weit die Arme. Will er die Freiheit nach diesem Gefängnis begrüßen?

Aber er fällt ja in die Knie, ganz langsam. Graziös.

Reisiger springt zu ihm: »Boll, was ist Ihnen denn?«

Das Weiße im Auge von Boll ist plötzlich tiefrot. Am Mund sind viele weiße Bläschen. »Boll!« – Der liegt in den Knien. Der Oberkörper fällt langsam immer weiter nach hinten. Biegt sich, den Kopf endlich hinter den Stiefelabsätzen. »Boll!« – Reisiger schüttelt ihn. Wenn er doch noch ein Wort sagen wollte!

Es gibt kein Mittel, ihm dieses Eine Wort zu erpressen.

Hier muß doch irgendein Mensch in der Nähe sein. Ich weiß doch ganz genau, daß hier Hunderttausende von Infanteristen liegen. Und sicher Sanitäter. Mit Sauerstoffgebläse. Es gibt ja bestimmt für Gaskranke ausgezeichnete Abwehrmittel. Aber soll ich Boll so lange hier allein lassen?

Oder muß ich es doch noch einmal versuchen –: »Boll, soll ich einen Arzt holen?« Reisiger kniet noch immer neben ihm. Sieht immer noch das Rote in den Augen. Aber warum so kompliziert, denkt er. Puls fühlen. »Boll, lassen Sie mich mal Ihren Puls fühlen.«

Er nimmt Bolls Hand. Aber viel schneller, als er sie ergriffen hat, läßt er sie wieder fallen. Das ist ja keine Hand mehr. Das ist ja leblos.

»Dann muß ich eben allein weiter. Schade – Boll.« Reisiger sagt das laut. Dann trabt er nach vorn.

Es ist freies Feld, vielleicht ehemals ein Acker. Mahlsand, und hier ein ganz guter, recht breiter Weg.

Wo ist nur die Infanterie? Und ist es überhaupt möglich, hier aufrecht zu gehen?

Karte heraus, die Gegend verglichen. Richtig, halbrechts liegt eine neue Schonung. Abermals Birken, ganz kleine. Reisiger, wenn du dort hindurch bist, stößt du unfehlbar auf die zweite Linie. Und da sind Laufgräben. Und dann geht es schon weiter.

Herrgott, diese Gasmaske! Sie ist klitschnaß, immer rechts und links sammelt sich das Wasser vom Atmen. Und das spült jetzt beim Laufen gegen das Kinn und schwappt zuweilen in den Mund. Pfui Deibel!

Und dann die Augengläser. Sehen kann man eigentlich nichts mehr. Als sei die ganze Landschaft mit Nebeln verhängt.

Aber wenn man die Maske nicht hat – es ist schon Pech mit dem Boll.

Reisiger hält im Laufen inne. Etwas ist ja sehr merkwürdig, denkt er. Daß man keinen einzigen Schuß hört.

Dieser Gedanke ist sonst recht tröstlich. Aber jetzt, hier, jagt er ihm einen Schrecken ein.

Als alter Krieger pflegt man nur auf den Bauch zu fallen, wenn es schießt. Reisiger ertappt sich dabei, daß er sich hinfallen läßt, weil es nicht schießt.

Er liegt platt wie eine Padde mitten auf freiem Feld. Die Sonne scheint. Der Rüssel der Gasmaske wühlt fast im Sand.

Das ist ihm alles sehr bewußt, kommt ihm einen Augenblick höchst lächerlich vor. »Mensch in der Landschaft«, denkt er spöttisch. Der Krieg ist schon eine ulkige Erfindung. So müßten mich meine Eltern mal sehen. Hier auf französischer Erde. In der Morgensonne, alle viere ausgestreckt, mit dem Rüssel im Dreck.

Es wäre schön, hier liegen zu bleiben. Wenigstens schlafen. Schießen tut ja doch keiner. Wer weiß, wo unsere Infanterie ist. Vielleicht haben die es schon gut, in den Proviantämtern, in den feindlichen Stellungen. Die Engländer haben Whisky. Und im übrigen ist es schon sehr reizvoll, sich wieder einmal davon überzeugen zu können, was Butter ist.

Nein, nein, so geht das doch nicht. Verehrter Reisiger, du bist hier nicht im Sonnenbad. Ja, schiele nur. Da vorne liegt noch ein Wäldchen. Da mußt du durch. Da wird doch verdammt noch mal endlich irgendein Infanterieposten stehen, der den ungefähren Weg nach Paris angeben kann. Also los!

Die paar Minuten waren erholsam. Man muß ab und zu, denkt Reisiger, mit sich selber quatschen. Das erhöht den sogenannten Kampfesmut. – Er steht auf, klopft sich sehr sorgfältig den Sand von Rock und Hose, geht weiter.

Kein Schuß fällt.

Ja, und was ist das? – Wie das Birkenwäldchen, das kleine, erreicht ist: Keine lila Blätter, keine bespritzten Stämme.

Das ist ein richtiger normaler Wald, wie man ihn zu Hause auch hat. Das ist ein Wunder. – Jetzt also hindurch. In 5 Minuten ist die deutsche Infanterie erreicht.

Reisiger nimmt die Gasmaske ab. Er tut es wie eine kleine private Feierlichkeit. Macht gegen die Birken eine leichte Verbeugung, schiebt sich von hinten den Stahlhelm vom Kopf, streift sich langsam und mit den Bewegungen eines amtierenden Priesters die verfluchte Gummihaube vom Gesicht.

Er will sie erst hinschmeißen. – Nein, nein, sie ist schon ausgezeichnet. Er legt sie langsam, feierlich in den Stahlhelm. – So, aber jetzt komme ich dran. Er stemmt die Hände in die Hüften und grätscht die Beine, holt Atem – Eine richtige, anständige, klare Luft. Einen tiefen Schluck. Ein tiefes Ausatmen. Gott sei Dank, noch lebe ich.

Dann wird die Gasmaske mit einem verdreckten Taschentuch abgetrocknet. Vorsichtshalber auf die Brust gehängt. Stahlhelm auf. Galopp durch den Wald.

Hindurch. Richtig: Hochaufgeschüttet der Wall der hintersten deutschen Infanteriestellung.

»Posten!« – Niemand meldet sich.

Aber natürlich, es kann sich ja auch niemand melden. Das wäre ja auch kümmerlich. Die Herrschaften sind ja ausgezogen, wer weiß, wie weit nach vorn.

Reisiger springt in den Graben hinein. Neugierig: Ich bin der erste Artillerist, der die Verbindung mit der braven Infanterie herstellt. Na, werden die sich freuen. Was sie wohl sagen?

So, hier gehts um die Ecke. Durch den Laufgraben, und nun Trab nach vorn! – Das muß man sagen: Eine anständig ausgebaute Stellung.

Fast müßte man singen. Hier ist alles so sauber, mit guten Rosten auf der Erde. Man kann darauf poltern. Das macht Spaß.

Vorwärts. Aha, schon einen Quergraben. Na, ob hier jemand sitzt? »Posten!« – Reisiger sieht nach rechts: Niemand. Nach links. Er läuft ein Stück hinein. Hier ist der erste Bunker. »Hallo!« – Niemand. Also zurück in den Laufgraben. – Donnerwetter, die scheinen ja gut gerannt zu sein. Ja, ja, Unternehmung Anna. So arbeitet die Artillerie. – Und Trab weiter.

Wenn es nur nicht so warm wäre. Aber schließlich laufe ich jetzt bereits gute zwanzig Minuten im Trab durch diese Enge hier. Allmählich wird es öde. Trotzdem, er trabt weiter.

Nach vorn, nach vorn! Und endlich, über einen dritten Quergraben hinaus, sieht er von weitem einen vierten. Eine schwarze hohe Wand. Die Brustwehr besonders hoch. Aha, das wird der frühere erste Graben gewesen sein. Ich werde zwar auch da nur noch einige Posten finden. Aber sie werden mir sagen können, wie weit das Gros vorgestoßen ist.

Natürlich, da bewegt sich ja was. »Hallo!« – Donnerwetter, das ist ein Offizier. Ein älterer Offizier. Der wird nicht sehr entzückt sein, wenn ihn ein junger Leutnant mit Hallo anbrüllt. Also schnell weiter und schnell zu ihm.

Reisiger stolpert fast, so rasch schlagen seine Füße klappernd über die Holzroste.

Er steht zwei Schritt vor einem Offizier mit grauem Bart, mit grauem Haar. – Nanu, ohne Helm?

Er geht noch näher heran und grüßt. – Richtig, ein Major, die Achselklappen sollen zwar umhüllt sein, aber die eine Umhüllung ist etwas verrutscht und man sieht die dicken Raupen.

»Leutnant Reisiger, Ordonnanzoffizier III. Abteilung Feld 253 gehorsamst zur Stelle.«

Der Major rührt sich nicht.

Die Hand noch immer am Helm: »Gestatten, Herr Major, Ordonnanzoffizier Reisiger – von der Feldartillerie.«

Der Major geht einen Schritt auf ihn zu, hebt die Hand, als will er ihn am Kragen packen, läßt sie fallen. Grinst breit. Dann kommt aus seinem Mund ein entsetzliches, kreischendes Gelächter.

Ja, was ist denn um des Himmels willen los? Reisiger ist ratlos. – Ob der mich nicht versteht. Hand am Helm, immer noch vorschriftsmäßig, wenn auch die Stimme etwas zittert: »Mein Kommandant bittet Herrn Major um ungefähre Angabe, wo unsere Infanterie jetzt liegt.«

Der Major hebt die Hand wieder. Aber jetzt greift sie nicht auf Reisiger. Sondern der Arm winkelt sich und der Handrücken fährt jäh über die Augen. Und dann klingt es erst wie ein Lachen. Und dann merkt Reisiger, daß dieses Lachen ein furchtbarer Weinkrampf ist. Unter dem Handrücken gießen die Tränen heraus.

Was soll man um Gottes willen reden? Ob der wahnsinnig geworden ist? Wie kann man sich bloß verständlich machen? Ach Quatsch, militärische Formen.

Reisiger geht dicht an ihn heran, möchte ihm seine Hand auf die Schulter legen. Er getraut sich nicht, sagt aber: »Kann ich Herrn Major irgendwie behilflich sein?«

Die Hand des Majors fällt vom Gesicht ab, fällt nach unten. Große graue Augen sehen Reisiger an. Sehen ihn immerzu an. Sehen ihn immer noch an. Schließlich bewegt sich der Kopf. Dann zuckten die Schultern hoch. Dann dreht sich der Kopf zur Seite in die Richtung des Grabens. Dann drehen sich die Schultern nach. Dann dreht sich schwer der Rumpf. Dann versucht der linke Arm eine hilflose Bewegung, deutet auch in Richtung auf den Graben.

Reisiger tritt etwas vorbei, sieht in die Richtung. »Herr Major!«

Kein Wort mehr. – Da liegt auf der Brustwehr, Knie auf der Sturmleiter, ein Infanterist mit weißem Gesicht. Einer daneben. Der dritte. Der vierte. Der fünfte. Zehn. Hundert. So weit man sehen kann: Ein Mann neben dem andern. Immer den Kopf ziemlich hoch, die Hand am Gewehr. Immer das linke Knie auf der letzten Stufe der kleinen, wackligen Sturmleiter. Und immer ein kleines Loch unter dem Stahlhelm, zwischen den Augen, oder in der Backe, oder neben dem Ohr, oder im Hals.

Es hat gar keinen Sinn, mit dem armen Major zu reden. Reisiger beachtet ihn nicht weiter. Er geht in den Graben hinein. Sein Kopf ist ungefähr in der Höhe dieser merkwürdig versteinerten Knie, die auf der letzten Stufe der Sturmleiter liegen. – Er geht weiter. Verlassene Bunker. Konservenbüchsen. Überall in großen Haufen fein säuberlich zurechtgelegt Handgranaten.

Er geht mit geschlossenen Augen. Er sieht nicht mehr hin, weil er es spürt: Du kannst gehen, so weit du willst: Immer an deiner linken Schulter hakt ein Knie in einer Sturmleiter. Immer in der Höhe deiner linken Hand steht ein Fuß in einem ungeputzten, verdreckten Stiefel.

Aber es muß doch irgendein lebendes Wesen hier im Graben sein!

Er geht weiter. Er möchte laufen. Er hat keinen Mut dazu. Er geht langsam, Schritt vor Schritt, die Augen zu Boden, an der linken Schulter ... Es ist nicht vorzustellen. – Manchmal flüstert er in den Eingang eines Bunkers hinein: »Infanterie.« Auch das Flüstern gibt ein Echo. Aber keine Antwort.

Er ist glücklich, daß endlich quer über dem Graben mit dem Kopf nach unten, die Knie in die Sturmleiter gehakt, ein Unteroffizier hängt. Endlich ein anderes Bild. Der ist auch tot. Aber er ist wenigstens ein Gefühl von Mensch. – Weiter. – Hier kommt eine Sappe. Ob da jemand lebt? – Er zögert hineinzugehen. Dann tut er es doch. Es sind nur wenige Schritte. Ein Maschinengewehr. Der Unteroffizier, Kopf nach unten: Tot. Zwei Mann, auch – Nein, nein, der eine lebt ja! Natürlich lebt der! Er liegt auf der Seite, ohne Stahlhelm. Er hat die Hand, die frei ist, in den aufgerissenen Rock gesteckt. Er atmet.

Reisiger geht langsam näher: »Na, Kamerad?« – Stille. – Das dauert eine Weile. Dann werden die Augen größer. Das ist seine Antwort.

»Was ist denn los, Kamerad?«

Wahrhaftig, das hat er verstanden. Er richtet sich halb auf. Reisiger greift ihm mit dem Arm um den Hals und stützt ihn. »Du kannst mirs glauben – jetzt ist Schluß. – Was überhaupt – aus dem Graben herausgekommen ist – liegt hundert Meter vor uns – natürlicherweise tot. – Und wir andern – na, das siehst du ja. Kannst du mich nicht mitnehmen?«

Reisiger legt ihn wieder hin, streichelt ihm den Kopf: »Ist denn der Feind noch vor uns?«

Antwort: »Muß er wohl sein. Ich habe noch nie – so viel Maschinengewehrfeuer – wie heute früh – nimm mich mit.«

Unternehmung Anna?

»Kamerad, du mußt mich mitnehmen.«

Mitnehmen?

Es rast ein Maschinengewehr los. – Das ist der Feind. Dazu haben wir also fünf Stunden getrommelt? Was heißt mitnehmen? Am besten stellt man sich jetzt breitbeinig hier über das Maschinengewehr – nein, nein, der Hauptmann wartet auf Nachricht.

»Kamerad, ich kann dich schlecht mitnehmen. Soll ich dir einen Sanitäter schicken? – Außerdem ist ja euer Major noch da.«

»Nimm mich mit!«

Also gut. Aber wie? – »Kannst du auf meinen Rücken klettern?« Der Infanterist richtet sich höher auf, sieht auf den toten Unteroffizier, der ihm über den Füßen liegt. Lächelt.

Ach ja! – Reisiger schiebt den toten Unteroffizier beiseite. Der poltert in den Graben. »So, nun wird es gehen.« – Der Infanterist sitzt, macht die Beine breit. Reisiger schiebt sich mit dem Rücken gegen ihn.

Da bellt wieder das Maschinengewehr los. Reisiger duckt sich, weil ihm so scheint, als ob ihm die Kugeln um die Ohren fliegen. Da hört er, wie der Infanterist auf seinem Rücken einen dumpfen Schrei ausstößt und seinen Kopf weit nach vorn wirft. Ein fingerdicker Blutstrahl schießt an Reisigers Backe vorbei. Der Infanterist fällt ganz schwer zur Erde. Das war das Maschinengewehr.

Jetzt vergißt Reisiger alles. Es ist völlig gleichgültig, ob noch irgendwo jemand lebt. Auch die Toten sind völlig uninteressant.

Er rast los. Da kniet der Major und weint und weint. Das ist genau so uninteressant. Und Reisiger dreht ihm den Rücken zu. Und er hört die Schreie hinter sich. Aber das ist ja völlig piepe. Der brüllt wie ein Stier. Piepe! Und aus einem Maschinengewehr, das bis jetzt gebellt hat, scheinen plötzlich hundert geworden zu sein. Auch das ist egal. Um so besser kann man laufen.

Und durch den Laufgraben hindurch und durch das Birkenwäldchen und über den Sand und den Stahlhelm ab und die Gasmaske auf und an Boll vorbei und wie ein Indianer durch den geschändeten Wald geschlichen und mit geblähten Seiten der Gasmaske über das Feld und die Anhöhe hinauf und Gasmaske ab und zum Hauptmann gesprungen, der im Kreise der Offiziere gemütlich auf Geschoßkörben sitzt und seine Zigarette pafft: »Herr Hauptmann, da vorn ist alles tot. Der Angriff ist schiefgegangen.« Und umgefallen. Und erst einmal 10 Minuten den Krieg vergessen und die Welt und das Leben. Mit Salmiak getränkt. Über sich Herrn Winkel, der ein mütterliches Gesicht macht: »Guten Morgen Herr Reisiger, Sie wachen gerade zur rechten Zeit auf.«

Da ist bereits das Kommando: »Batterien aufprotzen.« Da ist bereits der Bursche mit dem Pferd. Da schmettert bereits am hellerlichten Tag aus den Stimmen vieler Offiziere das Kommando: »Batterie marsch!«

Es geht nach rückwärts.

Man hört bereits hinter sich auf allen Seiten das wütende Gebell der Maschinengewehre. Das ist der Feind.
Es schlagen bereits vor einem überall Rauch und Feuer hoch. Das ist der Feind.

20

Unsere Mensuren werden im Publikum vielfach nicht verstanden. Das soll uns aber nicht irre machen. Wir, die wir Corpsstudenten gewesen sind, wie Ich, wir wissen das besser.
(Wilhelm II., 7.5.1891)

21

16. Juli
Westlicher Kriegsschauplatz
Heeresgruppe deutscher Kronprinz:
Südwestlich und östlich von Reims sind wir gestern früh in Teile der französischen Stellungen eingedrungen. An den Vorbereitungen für die artilleristische Kampfführung hatten Vermessungstruppen besonderen Anteil. Artillerie, Minenwerfer und Gaswerfer öffneten durch ihre vernichtende Wirkung im Verein mit Panzerwagen und Flammenwerfern der Infanterie den Weg in den Feind.

22

Schon während des Feuers, das am 15. Juli von 2 bis 6 Uhr stattfand, gingen bei der Artillerie Gerüchte um: Der Plan des Angriffs ist durch einen Offizier-Stellvertreter der Infanterie, der übergelaufen ist, verraten worden.

23

Diesmal wurden die Franzosen nicht überrascht. Seit dem 1.

Juli, also 15 Tage vor Beginn der Offensive wußte Foch, was be-
vorstand. Überläufer und Gefangene verrieten ihm alle Einzel-
heiten. Er führte eilig Reserven heran und befahl, daß sich die
Armeen stärker, als es bisher üblich gewesen war, nach der Tiefe
gliedern sollten. Die erste Stellung wurde geräumt ... Am 15. Juli
zerschlugen die deutsche Artillerie und die Minenwerfer, wie es
auch in früheren Schlachten gewesen war, vor allem die vorders-
ten Gräben, die jedoch dieses Mal fast leer waren.
(»Der Große Krieg«, kurzgefaßte Darstellung auf Grund
der amtlichen Stellen des Reichsarchivs von Erich Otto
Volkmann, Berlin 1922)

Sechstes Kapitel

1

Die am weitesten bis zur Marne vorgeschobenen Truppen der
Armee Boehn sind ungefähr 10–12 Kilometer in neue Stellun-
gen zwischen der Marne und Vesle zurückgenommen worden.
Der Heeresbericht wird die Meldung erst dann bringen, wenn
der Gegner die rückwärtige Bewegung gemerkt hat. Vorher darf
davon nichts verlauten. Wenn die Entente diese Bewegung, wie
voraussichtlich, zu einem großen Erfolg aufbauscht, so liegt die
dringende Notwendigkeit vor, durch die Presse auf eine richtige
Beurteilung einzuwirken und das Publikum zu beruhigen. Wir
hatten beabsichtigt gehabt, den durch unseren Vorstoß bis zur
Marne reichenden Sack durch einen Doppelstoß bei Reims zu
beseitigen und die Verbindung mit unserer Champagnefront her-
zustellen. Diese Absicht konnten wir nicht erreichen. Wir muß-
ten die Offensive, der das Überraschungsmoment fehlte, zur Ver-
meidung von Verlusten einstellen. Der feindliche Durchbruchs-
versuch zwischen Reims und Soissons wurde abgeschlagen, so daß

beide Parteien ihre Operationsabsichten nicht erreicht haben.
Bei der Betrachtung der Lage darf dies aber von den deutschen
Plänen nicht erwähnt werden, wohl aber soll es auf feindlicher
Seite besonders stark betont und hervorgehoben werden. Seit dem
19. Juli hat sich eine ganz neue Lage herausgebildet ... Wir ha-
ben den Vorteil der kürzeren Front, der Truppenersparnis und
der verbesserten rückwärtigen Verbindungen. Jedenfalls muß die
Presse vor einer falschen Bewertung des reinen Geländebesitzes
warnen. Für die Fortführung der Schlacht hat sich unsere Lage
wesentlich gebessert ... In dem allgemeinen Operationsplan, wie
wir ihn im Winter festgelegt hatten, tritt durch die jetzigen Er-
eignisse keine Änderung ein, er wird planmäßig durchgeführt.
(Mühsam, Wie wir belogen wurden, S. 116, Pressekonferenz
29.7.1918)

2

Das Regiment 253 hatte am Morgen des 15. Juli keinen anderen Befehl bekommen, als zurückzugehen. Angaben über
warum und wozu fehlten. Das war vielleicht der Hauptgrund
für die Unsicherheit, die sich bei Offizieren und Mannschaften bemerkbar machte, und die überall aufsprang, peinigend,
verwirrend, lähmend.
Der Marsch am Tage mußte bald gestoppt werden. Der Himmel war klar und ergab gute Fliegersicht. Der Feind stieß mit
Fliegergeschwadern, mit Dutzenden von Maschinen bis zum
Hinterland durch. Das ließ es ratsam erscheinen, die Abteilungen des Regiments, die auf verschiedenen Straßen marschierten, batterieweise auseinanderzuziehen und die Fahrzeuge an Häuserruinen und unter Waldstücken so gut wie
möglich bis zur Dunkelheit zu verbergen.
Die Hitze brütete und legte sich betäubend über die Menschen. Da war schon Müdigkeit, von den Stunden des frühen
Morgens her. Nun steigerte sich dieser Druck und wurde wil-
lenloser Pessimismus bei Mannschaften und Offizieren.
Daß das Unternehmen »Anna« mehr bedeuten sollte als nor-
malen Stellungskampf und übliches Artilleriegeplänkel, das

hatte beim Beginn jeder begriffen. Warum also ging man zurück? Was war schiefgelaufen? Die Maschine hatte doch funktioniert wie auf dem Truppenübungsplatz. Jedes Schußpensum war doch bis zum äußersten absolviert.

So lagen sie jetzt neben den Geschützen, halb dämmernd, und horchten nach vorn: Warum sind wir zurückgegangen?

Und die Wacheren unter ihnen: Die Sache ist mißglückt. Paßt auf, der Feind kommt nach.

Und horchten wieder nach vorn: Es schießt nur wenig. Sind das noch deutsche Batterien? Denn als wir abzogen, blieben ja andere noch stehen.

Und legten sich dann lang: Es ist vollkommen gleichgültig. Wir machen ja doch, was befohlen wird. Die Hauptsache ist, daß wir endlich einmal wieder etwas Vernünftiges zu fressen kriegen.

Geschlagen die Offiziere. Sie sagten nichts. Aber waren sie nicht alle in der Kirche gewesen, wo der Major sprach, der Mann mit der harten Stimme? »Unsere Unternehmung verspricht allen Erfolg.« Und der erste Erfolg, nicht wahr, war jetzt der, daß zum mindesten das Regiment 253 nach rückwärts hatte aufprotzen müssen?

Und beim Stab der III. Abteilung?

Leutnant Weller ist begraben, vorhin an der Chaussee. Da ist noch der Hauptmann Brett und Reisiger und der Feldunterarzt Winkel. Und der Hauptmann, der bisher wortlos gewesen ist, bekommt jetzt seine Sprache. Merkwürdig eigensinnig und irgendwie gekränkt: »Herr Leutnant Reisiger, Sie wissen seit langem, daß ich Gallensteine habe.« – Gallensteine? Keine Ahnung. Blick zu Winkel: Keine Ahnung. Der Hauptmann fährt fort: »Und das ist im Lauf der Nacht da oben in dem Drecksloch so schlimm geworden, daß ich leider noch heute die Kur antreten muß, die mit dem Regiment seit langem verabredet ist.« Und Reisiger und Winkel sehen sich wieder wortlos an. Und der Hauptmann zieht einen Taschenspiegel, untersucht darin sein dickes, rosiges Gesicht und sagt, nun ganz beleidigt: »Ich bin ja schon vollkommen gelb.« Reisiger will etwas antworten, hat nicht den Mut dazu. Das ärgert den Hauptmann offenbar. Er schnarrt: »Herr Leutnant

Reisiger, bitte sorgen Sie dafür, daß mein Bursche sofort den Wagen mit dem Offiziergepäck für mich freimacht. Das heißt – die Herren müssen dann schon sehen, daß ihre Koffer woanders unterkommen. – Ich fahre beim Regimentsstab vorbei und melde mich ab; ich habe solche Schmerzen, daß ich nicht mehr reiten kann. – Und ich sorge dafür, Reisiger, daß Sie Adjutant werden und daß für mich eine Vertretung kommt. Außerdem lasse ich den Leutnant Schlumpe von der 9. einstweilen als Ordonnanzoffizier für uns ernennen. Ich bin in vier Wochen wieder da.« Dabei macht er ein Gesicht, ganz plötzlich, als läge er bereits im Sterben. Das sieht um so komischer aus, weil er ganz dick ist und listige, vergnügte Augen hat.

Ja, was soll man da machen? Noch nie im Kriege hat ein Leutnant einem Hauptmann etwas befehlen können. Reisiger hätte wahrscheinlich auch gar nichts befohlen – vielleicht hat der Hauptmann recht. Vielleicht tut er das Klügste, was man tun kann. Der Krieg ist ja doch –

»Ich meine, ich komme in vier Wochen wieder, wenn der Krieg bis dahin nicht abgeblasen ist.« Der Hauptmann hat Angst vor irgendeiner Gegenrede. Er wendet sich schnell ab, setzt sich gegen einen Baum: »Also, Reisiger, schnell den Wagen, ich ruhe mich noch einen Augenblick aus.«

Nach einer Stunde – ja sagte er eigentlich Adieu oder nicht – fährt der Hauptmann mit dem Burschen ab. Der Bursche, selbstverständlich, muß bis Deutschland mit, um den Koffer zu behüten.

Reisiger und Winkel sehen dem Wagen nach. »Nehmen Sie es mir nicht übel – der Hauptmann ist ein Schwein –« sagt Winkel.

»Aber lieber Doktor, wenn ich Hauptmann wäre – ich weiß nicht, ob ichs nicht ebenso machen würde. – Seien Sie mal ehrlich: Finden Sie noch irgendeinen Sinn in diesem grenzenlosen Quatsch?«

Winkel zuckt mit den Schultern: »Nun zum mindesten den Sinn: Den Feind aufzuhalten. Dafür zu sorgen, daß er nicht weiterkommt.«

Reisiger, müde: »Na ja, Sie waren heute früh nicht vorn. Ich weiß, was geschehen ist. Aus ist es! Ich kann mir denken, daß die hohe Oberste Heeresleitung das ganze Schlamassel einen Sieg nennt. Aber ich fürchte, das ist einer von den Siegen, die uns das Genick brechen. Glauben Sie mir, lieber Doktor, wir werden uns noch totsiegen.«

Winkel kaut an seinen Fingernägeln. »Gut, totsiegen. Mir auch recht. Aber dann ist es wichtig, daß der Feind sich auch totsiegt.«

Reisiger, schnell: »Sie predigen vollendeten Unsinn. Richtig, wenn zwei Parteien sich bekämpfen und beide bleiben tot auf dem Platz: dann ist Frieden. – Doktor, ich kann mir nicht helfen, ich glaube nicht mehr an das Produktive dieser Beschäftigung. Ich zweifle immer mehr daran, daß die Aufgabe eines Menschen darin bestehen soll, die Aufgabe, sage ich, zu sterben. Mir wird immer unklarer, ob der Sinn des Lebens wirklich der Tod ist, oder ob wir Menschen die ungeheuerste Versündigung am Leben begehen, wenn wir so sinnlos sterben.«

»Aber Herr Reisiger, wer redet denn vom sinnlosen Sterben. Wir reden doch vom Tod fürs Vaterland.«

Und Reisiger: »Ich rede eben vom Leben fürs Vaterland. Wie gesagt, ich will nichts entscheiden – denn dann hätte ich mich jetzt zum Hauptmann in den Wagen gesetzt –, aber ich weiß nicht, wie lange ich noch, ich höchst privat, an das ehrenvolle Sterben auf dem Schlachtfeld glauben kann.«

Winkel ist über dem letzten Satz von Reisiger eingeschlafen. Er hat den Mund etwas geöffnet, das Gesicht ist blaß und abgezehrt und tot.

Auch eine Antwort.

3

19. Juli 1918 Westlicher Kriegsschauplatz Heeresgruppe Deutscher Kronprinz:
Zwischen Aisne und Marne ist die Schlacht von neuem entbrannt. Der Franzose hat dort seine lang erwartete Gegenoffensive begonnen. Durch Verwendung stärkster Geschwader von Panzerkraftwagen gelang es ihm zunächst überraschend, an ein-

zelnen Stellen in unsere vorderste Infanterie- und Artillerielinie einzubrechen und unsere Linie zurückzudrücken.

20. Juli Westlicher Kriegsschauplatz
Heeresgruppe Deutscher Kronprinz:
Zwischen Aisne und Marne nimmt die Schlacht ihren Fortgang ... Während der Nacht nahmen wir unsere südlich der Marne stehenden Truppen vom Feinde unbemerkt auf das nördliche Flußufer zurück.

21. Juli
Der gestrige Schlachttag reiht sich in seinen Leistungen von Führung und Truppe und in einem siegreichen Ausgang ebenbürtig den in diesem Kampfgelände früher errungenen, großen Schlachterfolgen an ... In der Nacht legten wir vom Feinde ungestört die Verteidigung in das Gelände nördlich und nordöstlich von Chateau-Thierry zurück.

22. Juli
... Auch der gestrige Kampftag führte wiederum zu einem vollen Erfolg der deutschen Waffen.

29. Juli
Unser vorderes Kampfgelände planmäßig geräumt ... Unsere Vorfeldbesatzung wich befehlsgemäß auf ihre Linien zurück.
An das deutsche Volk:
Das fünfte Kriegsjahr, das heute heraufsteigt, wird dem deutschen Volke auch weitere Entbehrungen und Prüfungen nicht ersparen. Aber was auch kommen mag, wir wissen, daß das Härteste hinter uns liegt ... Heilige Pflicht gebietet, alles zu tun, daß dieses kostbare Blut nicht unnütz fließt. – Gott mit Uns!

31. Juli 1918 Wilhelm I. R.
An das Heer und die deutsche Marine:
... Im Westen wurde der Feind von der Wucht Eures Angriffs empfindlich getroffen. Die gewonnenen Feldschlachten der letzten Monate zählen zu den höchsten Ruhmestaten deutscher Geschichte ... Uns schrecken nicht amerikanische Heere, nicht

zahlenmäßige Übermacht, es ist der Geist, der die Entscheidung
bringt.

> *31. Juli 1918 Wilhelm I. R.*
> *... unsere Linie zurückzudrücken ... nahmen wir unsere Truppen*
> *zurück ... legten wir die Verteidigung zurück ... Zurück, zurück,*
> *zurück: voller Erfolg der deutschen Waffen! Es ist der Geist, der*
> *die Entscheidung bringt! ...*

4

Nein, nein, man überlegt nicht groß, wenn man des Nachts
selber am Fernsprecher sitzt und hört, wie der Heeresbericht
über den Draht geht. Nein, nein, man überlegt nicht groß,
wenn Erlasse kommen, Aufrufe.
Aber irgend etwas setzt sich fest in jeder Nacht, irgend etwas
bröckelt ab. Aus jedem Bericht, aus jedem Aufruf.
Nein, nein, man überlegt nicht. Dazu ist keine Zeit.
Das wäre zu weit gedacht, und hier an der Front denkt man
nur das Nahe, das Tägliche, die Entscheidung und die Für-
sorge für die Minute. Jeder Tag zerlegt sich in das Mosaik der
14 Stunden zu je 60 Minuten: Jede Minute ist das Schlachtfeld. Erfordert das Handeln.
So wenigstens spürt es Reisiger.
Hauptmann Brett ist weg. Der Stellvertreter ist ein Hauptmann der Landwehr. Mit weißem Haar, zerknittertem Gesicht, zittrigen Händen. Er kann einem nur leid tun. So alt
ist er und so unsicher. Wirklich, kümmerliches Bruchstück
der Heimat. Unbegreiflich, daß es jemanden gab, der diesem
alten Mann die Uniform angezogen hat.
Und nun ist es schwer: Der Adjutant Leutnant Reisiger
führt über den Kopf des Führers hinweg die Abteilung. Der
Hauptmann setzt unter jede Meldung seinen Namen, nickt
zu jedem Befehl. Dabei sind seine Augen immer gleichmäßig
hilflos. Er ist dankbar, wenn er wenig zu schreiben und wenig
zu nicken hat.
Mit ihm an der Spitze wird die Abteilung nun hin und her

geschleudert. Stellungswechsel, ein-, zweimal täglich. »Herr Hauptmann, die 7. Batterie meldet heute früh acht Tote.« –»Ja, da muß sich der Reisiger um Ersatz kümmern.« – »Herr Hauptmann, die 9. Batterie kriegt keine Munition heran.« –»Ja, da muß man sich eben mit unserem Ordonnanzoffizier in Verbindung setzen.«

Nachts aus dem Schlaf gerissen: »Herr Hauptmann, eben kommt ein Unteroffizier – die 8. Batterie ist vor einer Stunde von Amerikanern überrannt. Was nicht gefallen ist, ist gefangengenommen.«

»Ja, Herr Leutnant Reisiger, melden Sie das dem Regiment. Sofort. Wir müssen eben schnellstens eine neue Batterie anfordern.«

Reisiger bekommt nach stundenlangen Schwierigkeiten Verbindung mit dem Regimentsstab. Der Regimentsadjutant knurrt ihn an: »Ich kann mir auch keine Geschütze aus den Rippen schneiden. Außerdem kriegen wir seit Tagen kein Menschenmaterial mehr heran. Die III. Abteilung wird gefälligst mit den beiden andern Batterien in Stellung bleiben.« Aber es genügen 48 Stunden. Dann stellt sich heraus, daß es den beiden andern Abteilungen nicht besser gegangen ist. Am selben Tag verliert die I. Abteilung zwei und die II. eine Batterie.

Und das Regiment, in der Kopfzahl um etwa 50 Prozent reduziert, wird herausgezogen.

5

Chef des Generalstabes des Feldheeres,
Ia Nr. 9845 geh. ob.
geheim! Durch Offizier geschrieben!
G.H.QU., 16. August 1918.
An den Kgl. General der Artillerie, Staats- und Kriegsminister
Herrn von Stein. Exzellenz ...
Durch Erlaß des Kriegsministeriums Nr. 1101/7. 18 wird bekannt
gegeben, daß für eine Reihe von Vergehen an Stelle der bisheri-
gen Mindeststrafen von 14 Tagen strengen Arrest eine solche von

14 Tagen mittleren Arrests tritt. Außerdem soll die Wirkung des Gesetzes auch auf die vor seinem Inkrafttreten nicht verbüßten Strafen ausgedehnt werden. Ob dieses Gesetz bereits herausgegeben ist, ist mir nicht bekannt. – Ich kann aber nach Anhören mehrerer Armeeführer nur Verwahrung gegen Inkrafttreten dieses Gesetzes wie gegen jede Milderung im Strafgebrauch einlegen, denn beides entspricht nicht mehr den wahren Interessen des Feldheeres. Aus der Armee kommt immer lauter der Ruf nach Wiedereinführung der Strafe des Anbindens bei Feigheits- oder sonstigen schweren Vergehen, die leider jetzt recht häufig an der Tagesordnung sind. – Dieser Wunsch ist um so berechtigter, da trotz aller Hinweise, trotz des vom Kriegsministerium unter 22. Juli 1918 Nr. 7385/18 C 4 herausgegebenen Erlasses unsere Gerichte nach wie vor zu einer solchen milden Handhabung des Gesetzes geneigt sind, die dem vielfach tatsächlich vorhandenen Grad von Disziplinlosigkeit nicht entspricht. Der Schaden, der durch eine solche nicht zu verstehende Rechtspflege entsteht, ist nicht wieder gutzumachen.

gez. v. Hindenburg

6

Es ist schwer, ein Regiment in eine Ruhestellung zu bringen. Denn wo gibt es Ruhe? Früher, ja, als die Front fest war, als die Artillerie des Feindes eingebaut stand, als man ihre Schußentfernungen erfahren oder errechnen konnte, lag Kilometer hinter den Linien das friedliche Gelände.
Was ist heute Ruhe?
Noch steht eine Formation in einem Wald, der den Frieden hat. Noch kommen Munitionswagen oder Verwundete oder Melder zurück: Oh, der Feind ist weit, die Schüsse seiner Artillerie liegen eine gute halbe Stunde vor dem Wald.
Und man kann nach der Uhr sehen, und man erlebt es immer wieder: Jetzt liegen die Schüsse nur noch eine Viertelstunde davor. Und es dauert nicht lange, da ist der Ruheplatz bereits der Kampfplatz. Zwischen ruhende Batterien brechen rückwärtsgehende Kolonnen ein. Was heißt Ruhe?

Und früher, gewiß, zuweilen kam ein Flieger. Natürlich, eine Bombe von ihm oder zwei oder drei konnten töten und verwirren. Aber man ging in Deckung, so gut es möglich war. Wußte: Was kann schon ein Flieger! Wirft die Bomben ab, zwei oder drei, trifft oder trifft nicht. Dann muß er umkehren und nach Hause fliegen. Und es wird wieder Ruhe.

Aber jetzt und heute? Aus einem Flieger sind Kolonnen von zwanzig geworden. Dicht massiert, Flügel fast neben Flügel. Aus zwei bis drei Bomben sind sechzig bis hundert geworden. Und wenn sie abgeworfen sind, und wenn der Schwarm umkehrt, stößt der nächste vor, Flügel an Flügel. Das geht Tag und Nacht. Wo ist da Ruhe?

Es glückt selten, auch nur 24 Stunden wirklich zu ruhen.

Der Dritten Abteilung scheint es zu gelingen.

Da ist ein Wald. Eine Lichtung in ihm, groß wie ein Marktplatz. Ein Teich darin, der Wasser gibt. Ein ideales Biwak. Die Batterien werden abgeschirrt. An Leinen zwischen den Bäumen stehen die Pferde und kauen Moos und Baumrinde. Längs dem Waldrand, auf ein paar hundert Meter, sind Zelte errichtet für Mannschaften und Offiziere. Aller Fliegersicht gut entzogen, aber mit dem Ausblick auf die Lichtung, auf Sonne. Mit dem Zugang zum See. Also mit der Möglichkeit, vorsichtig zu kochen.

Abseits der Batterien wieder zwei Zelte: Dort liegt der Stab, der Hauptmann mit Reisiger, Schlumpe und Winkel.

Immer der Donner, immer der Donner. Wie gut gewöhnt man sich daran. Er ist fern, tönt wie ein Gewitter.

Die Abteilung hat vor Stunden je einen Wagen der Batterien weiter nach hinten geschickt. Dort, hat man erfahren, ist ein Proviantamt. Also schnell Verpflegung empfangen, soviel nur möglich ist. Die letzten Tage, letzten Wochen bestanden nur aus schmierigem Kartoffelbrot und einer knirschenden Konservenwurst. Vielleicht bekommt man einmal Fleisch? Oder etwas Käse? Oder Fisch?

Aber die Mannschaften warten ungern, bis die Wagen zurück sind. Wozu fallen Pferde? Wo die Batterien an einem toten Tier vorüberkamen – und viele Wege waren eingesäumt davon – sprangen die Kanoniere während des Marsches von den Geschützen, schnitten Pferdefleisch in großen Fetzen ab.

Das bratet jetzt auf kleinen, geheimnisvoll verdeckten Kochlöchern. Wird gefressen, halb roh. Gut so.

Die beiden Wagen kommen zurück: Es gibt nichts als immer wieder das Kartoffelbrot und Zucker, gelbliches, zerfließendes Zeug. Aber – Gebrüll – pro Batterie ein kleines Fäßchen mit Schnaps. Jawohl, das ist ausdrücklicher Befehl: Es soll Schnaps verteilt werden.

Man stürzt auf die Fässer.

Halt! Bei beiden Batterien geschieht dasselbe: das Halt sagt der Batterieführer. Nein, nein, so geht das natürlich nicht. Abzählen. – In dem Fäßchen sind pro Kopf zwei Trinkbecher voll Schnaps. Das ist zuviel. Es kriegt jeder heute abend einen Trinkbecher voll. Und morgen den zweiten. – Wer übrigens verpflegt den Stab? – Er bekommt extra. Vom Wagen der 8. Batterie.

Ja, er bekommt extra. Der Bursche vom Hauptmann zeigt grinsend durch die Öffnung des Zeltes, in dem die Offiziere schweigsam liegen, ein Kochgeschirr: »Herr Hauptmann, heute gibts Arrak.«

»Ist das alles?«

»Herr Hauptmann, es hat noch Brot gegeben. Und Zucker. Wenn es Herrn Hauptmann recht ist, backe ich für die Herren Arme Ritter. Ich habe noch etwas Margarine. – Und wenn die Herren wollen, hinterher Grog. Es wird ja doch schon etwas kalt. – Wie Herr Hauptmann meinen.«

Wird gemacht.

Reisiger füllt aus dem heißen Kochgeschirr die Trinkbecher: »Darf ich mir gestatten, Herr Hauptmann –«

Dann halblaut, mehr zu sich: »Ach ja, schön ist anders.«

Da kommt Leutnant Berger von der 8. Batterie angelaufen. Hand an die Mütze. »Gestatten Herr Hauptmann, daß ich Leutnant Reisiger eben mal spreche.« Reisiger steht auf, nimmt Berger etwas zur Seite: »Wo brennts denn?«

Berger, noch außer Atem: »Reisiger, die Achte meutert.«

Meutert? – »Meutert – nun, nun, lieber Berger, Vorsicht. Mir

scheint, dieses Wort sollte man doch recht mit Vorsicht gebrauchen.«

»Kommen Sie rasch mit, Herr Reisiger.«

Sie gehen weg, ohne dem Hauptmann etwas zu sagen.

7

Je näher die beiden dem Biwakplatz der 8. Batterie sind, desto
lauter wird der Lärm vieler Stimmen und ein Gesang, den
man schon am Zelt des Stabes leise gehört hatte.

Schließlich sieht man den Biwakplatz, und sieht zwischen
den Zelten aufgeregt Soldaten hin- und hertorkeln. Berger
dreht sich zu Reisiger und zeigt mit der Hand: »Da sind die
Schweine.«

Ja, das sieht allerdings bös aus. »Sind Sie denn der einzige
Offizier, Berger?«

Berger, halb wichtig, halb verzweifelt: »Selbstverständlich.
Oberleutnant Ziegel ist heute morgen noch abgeschossen.
Ich bin Batterieführer und Beobachtungsoffizier und was
weiß ich alles. – Aber das ist doch kein Grund. – Die Leute
wollen eben einfach nicht mehr.«

Man ist am Biwakplatz.

Im Wald liegt Infanterie in Bereitschaft. Die Infanteristen
sind durch den Gesang aufgescheucht. Der Platz ist wie ein
Zirkus von ihnen eingesäumt. Sie stehen ohne Gewehr und
Koppel, die Hände in den Hosentaschen, glotzen.

Reisiger und Berger schieben einige der Leute beiseite, treten
in die Arena. Reisiger und Berger, mit überlauter Stimme:
»Was ist denn los hier, seid ihr verrückt geworden.«

Das macht keinen Eindruck.

Auf der Deichsel einer Protze sitzen wie Vögel auf einer Stan-
ge der Wachtmeister, neben ihm ein Vizewachtmeister, neben
dem drei Unteroffiziere. Sie wippen und singen, grölen – man
kann nicht recht entscheiden, welches Lied sie mit diesem
Gesang meinen. Sie haben verglaste Augen. Der Stahlhelm
hängt ihnen im Genick. Ein Unteroffizier hat ihn verloren
und sträubt seine rothaarigen Borsten.

336

Zu Füßen der wippenden Gruppe sitzen und liegen Kanonie-re. Singen mit. Nehmen von Reisiger und Berger nicht mehr Notiz, als daß sie mit schrägem Gesicht nach oben blinzeln und den Mund etwas verziehen. Alles.

Gespannt auf den Ausgang der Szene sind nur die Infanteris-ten. Gerade gegenüber von Reisiger steht ein Offizier-Stell-vertreter. Wie Reisiger ihn ansieht, nimmt er stramme Hal-tung an, klappt mit den Hacken.

Reisiger dreht sich halblinks zu Berger: »Die ganze Bande ist besoffen.«

Gewiß ist die ganze Bande besoffen. Aber was entschuldigt das? Außerdem: Warum ist sie besoffen? Berger fühlt so etwas wie eine Anklage, sagt zu Reisiger: »Ja, die Schuld hat der Wachtmeister. Der hat sich das Schnapsfaß einfach aus den Händen nehmen lassen, und dann hat die ganze Bande eine Balgerei angefangen. Und das Faß ist leer. Da ist die Besche-rung. Und er hat mitgesoffen. – Ich will noch mal mit ihm reden.«

Er geht auf den Wachtmeister zu. Je näher er kommt, desto stärker wird das Gegröle, desto mehr wippt die Deichsel. Die Ketten klirren.

»Wachtmeister!« – Keine Antwort. – Berger tritt bis auf zwei Schritt an den Wachtmeister heran, brüllt so, daß sein ganzer Körper zittert: »Wachtmeister, ich rede mit Ihnen. Stehen Sie gefälligst auf.«

Von den liegenden Kanonieren erheben sich einige, verstum-men, sehen neugierig, was jetzt geschehen wird.

Der Gesang wird ganz laut, die Töne werden doppelt lang gezogen. Der Wachtmeister reagiert nicht. Er legt nur einen Arm um den Hals seines Nachbarn. Die andern haken sich unter. Also eine Mauer. Wie kann man sie durchbrechen?

Reisiger will mit einem Satz neben Berger springen, um auf irgendeine Weise der Situation ein Ende zu machen. Da packt Berger den Wachtmeister am Kragen, reißt ihn gegen sich.

Aha, der Gesang verstummt. Verstummt mit einem Ruck. Der Wachtmeister steht. Er ist einen guten Kopf größer als Berger. Es sieht hilflos aus, wie der junge Offizier diesen we-sentlich älteren Mann mit gestrecktem Arm am Hals hat.

Der Wachtmeister macht eine kleine abwehrende Bewegung nach rückwärts. Der Stahlhelm fällt vom Kopf, schlägt auf die Wagendeichsel, auf die Erde.

Der Wachtmeister nimmt langsam seine beiden Arme, kreuzt sie über der Brust, drückt sie nach oben, drückt sich damit aus Bergers Griff.

Immer noch Totenstille.

Reisiger wird von einer tierischen Wut überfallen. Er steht jetzt neben Berger, brüllt: »Wachtmeister! – Ich sage Ihnen –«

Der rothaarige Unteroffizier an der Deichsel versucht wieder zu wippen, lallt ein paar Töne.

Da fühlt Reisiger, daß er sich nicht mehr beherrschen kann. Er schreit: »Wer noch einen Ton sagt, dem knalle ich vor den Schädel.«

Irgend jemand aus dem Hintergrund sagt verschwommen: »Na, na, na!« Aber es bleibt ruhig.

Reisiger sieht den Wachtmeister an. Sieht, daß er sich nur mühsam auf den Beinen hält: »Wachtmeister, ich gebe Ihnen hiermit den dienstlichen Befehl, dafür zu sorgen, daß die Batterie in einer Minute feldmarschmäßig angetreten ist.«

Im Hintergrund lacht jemand.

Berger sieht zur Seite: »In zwei Gliedern antreten, marsch, marsch!«

Da wird lauter gelacht.

Der Wachtmeister streckt den Arm aus: »Mit Ihnen, Herr Leutnant – also – Befehle von Ihnen – wenn Sie was sagen, hört die Batterie überhaupt nicht.«

Reisiger, vor Wut bebend: »Wachtmeister, jetzt ist Schluß! Wollen Sie mir gefälligst sagen, was diese Sauerei hier bedeutet. Sie sind doch ein alter Unteroffizier, seit 15 Jahren Soldat.«

Da tritt der Rothaarige neben den Wachtmeister: »Wenn Herr Leutnant es wissen wollen – wir machen nicht mehr mit. Wir wollen nach Hause.« Und der Wachtmeister, im selben Ton fort: »Außerdem ist unser Oberleutnant tot und mit Leutnant Berger können wir nicht.«

Von den Mannschaften, die an der Erde hocken, einige Male: »Bravo.«

»Ja, und was sind das für neue Methoden? Ist euch klar, daß ihr alle an die Wand gestellt werdet?«

Niemand antwortet. Es ist ganz still.

Der Kreis der Infanteristen schiebt sich dichter. Reisiger sieht, daß er bereits in drei Gliedern steht. Neugierige Gesichter.

Er wendet sich wieder zum Wachtmeister: »Wachtmeister, ist Ihnen klar, was jetzt geschehen wird?«

Da macht der Wachtmeister plötzlich ein hilfloses Gesicht. Fährt mit der Hand über das Haar. Schlägt die Hand zu Boden: »Dann lassen wir uns eben totschießen. – Es ist ja ganz gleichgültig.«

Er dreht sich ab, setzt sich auf die Fußleiste der Protze, steckt die Hände in die Hosentaschen.

Die Unteroffiziere gruppieren sich schweigsam um ihn.

Reisiger wendet sich zu Berger: »Herr Leutnant Berger, lassen Sie bitte die Waffen der Batterie einsammeln.«

Berger: »Alles herhören! Alle Karabiner und Pistolen werden hier am ersten Geschütz sofort zusammengetragen!«

Der Rothaarige lacht. Einer von den Hockenden sagt laut: »Die Waffen könnt ihr gern haben, aber ihr müßt sie euch holen.«

Diesen mauligen Satz hat ein Infanterieoffizier gehört. Er drängt sich durch die Mannschaften hindurch, geht zu Reisiger: »Herr Kamerad, verzeihen Sie, daß ich mich einmische. Ich halte es für notwendig, hier ein Exempel zu statuieren. Wenn ich Ihnen behilflich sein kann –« Und ehe er eine Antwort bekommt, gibt er ein Kommando: »Zweiter Zug Regiment 58 in zwei Gliedern antreten.« Sein Kommando zersprengt den Kreis der Zuschauer.

Die Infanteristen springen nach rückwärts in den Wald. Sekunden später treten etwa dreißig Mann in zwei Gliedern an, feldmarschmäßig, Gewehr bei Fuß.

Der Infanterieoffizier sagt stolz: »Bitte, Herr Kamerad, verfügen Sie über uns.«

Verfügen? Ja, wie soll denn Reisiger verfügen? Wenn der Hauptmann Brett doch da wäre! »Es geht mir kein Mensch von der 8. Batterie hier vom Platz weg. – Ihr solltet euch schämen vor euren Kameraden. – Aber ihr habt es ja auszubaden.«

Reisiger wendet sich zu Berger und dem Infanterieoffizier:

»Ich werde den Hauptmann benachrichtigen. Wenn die Herren sich bis dahin gedulden wollen.«

8

»... *es kann vorkommen, daß ihr eure eignen Verwandten und Brüder niederschießen oder -stechen müßt.« Dann besiegelt die Treue mit Aufopferung eures Herzblutes ... (oder) ... bei den jetzigen sozialistischen Umtrieben kann es vorkommen, daß Ich euch befehle, eure eigenen Verwandten, Brüder, ja Eltern niederzuschießen – was ja Gott verhüten möge – aber auch dann müßt ihr Meine Befehle ohne Murren befolgen ... (oder) ... und müßte ich euch einst vielleicht – Gott wolle es verhüten – dazu berufen, auf eure eigenen Verwandten, ja Geschwister und Eltern zu schießen, so denkt an euern Eid!*
(Wilhelm II., 23.11.1891)

9

Eine Stunde nach dem Vorfall in der 8. Batterie erscheinen auf Befehl des Regiments einige Lastautos, auf denen die Unteroffiziere und Mannschaften abtransportiert werden. Niemand leistet Widerstand.
Am nächsten Morgen verfügt das Regiment: die gesamte III. Abteilung ist mit sofortiger Wirkung aufgelöst. Der stellvertretende Abteilungsführer und Leutnant Berger werden als garnisondienstfähig in die Heimat versetzt. Offiziere und Mannschaften werden auf die Batterien der I. und II. Abteilung verteilt. Leutnant Schmidt 9/253 und Leutnant Reisiger III/253 übernehmen je eins der Geschütze 9/253 für ein Tankabwehrkommando, das der Infanterie nach besonderem Befehl detachiert wird.

10

Reisiger meldet sich beim Regimentskommandeur ab.

»Herr Leutnant, Sie haben sich skandalös benommen. Man hätte die Saubande unbedingt mit der Waffe zum Gehorsam zwingen müssen. Wissen Sie, daß Sie vors Kriegsgericht gehören? – Aber ich gebe Ihnen noch eine Chance. Wenn ich Sie jetzt zur Tankabwehr stecke, dann beweisen Sie gefälligst, daß Sie Offizier sind ...«

11

9. August Westlicher Kriegsschauplatz
... drang er mit seinen Panzerwagen in unsere Infanterie-Linien ein ...

11. August
... Masseneinsatz von Panzerwagen ... vor einem Divisionsabschnitt liegen allein mehr als 40 zerstörte Panzerwagen ...

12. August
... Artillerie, die den Panzerwagen dicht auffolgte ...

Siebtes Kapitel

1

21. August Westlicher Kriegsschauplatz
... Zwischen Oise und Aisne hat gestern der seit einigen Tagen erwartete, am 18. und 19. August durch starke Angriffe eingeleitete, erneute Durchbruchsversuch des Feindes begonnen. Nach stärkster Feuersteigerung griffen weiße und schwarze Franzosen am frühen Morgen in tiefer Gliederung, unterstützt durch zahlreiche Panzerwagen auf 25 Kilometer breiter Front an. Sie drangen stellenweise in unsere vorderen Linien ein.

2

*Eine besondere Bedeutung kommt bei der Sturmabwehr der Be-
kämpfung der feindlichen Panzerkraftwagen als eines neuen, bis-
lang wenig bekannten Kampfmittels zu. Das auf Mulden, Wegen
und auf den feindlichen Stellungen liegende Vernichtungs- und
Sperrfeuer wird wahrscheinlich durch die Masse des Feuers vielfach die Panzerkraftwagen zum Halten bringen, so daß nur einzelne an und in unsere Linien gelangen werden. – Gegen diese
wird die Bekämpfung durch Geschütze (Infanteriegeschütze oder
Feldkanonen), die mit direktem Schuß auf nahe Entfernungen
feuern, durchgeführt. Sie werden dazu mit einem Sondergeschoß
ausgerüstet. Wichtig ist, daß diese Geschütze nicht vorzeitig ins
Feuer treten, damit sie nicht erkannt werden und im Bedarfs-
falle noch erhalten sind. – Nur ein derartig straff organisiertes
Beschießen von Panzerkraftwagen wird Erfolg haben. Eine allgemeine Bestimmung, daß alle Batterien, die Panzerkraftwagen
erkennen, das Feuer dagegen aufzunehmen haben, führt zu Verwirrung und Mißerfolg.*
(Gefechtsvorschrift für die Artillerie. Berlin 1917, Ziffer 299.
Nur für den Dienstgebrauch)

3

Die furchtbare Waffe
Vor ihren Aisne-Karten,
Das Kampfspiel zu erwarten,
Saß Königin France.
Und um sie die Großen der Krone
Englands. »Was wären wir ohne
Unsre gewaltigen Tanks!«
Und wie sie winkt mit dem Finger,
Anrücken putzige Dinger,
Stahlriesen voll Sturms und Drangs.
Eben die Tanks.
»Die werden«, lacht sie mit Schnalzen,
»Deutschland niederwalzen,
Denn überall ist so ein Tank

Mittenmang.
Der Hindenburg gäbe, ich wette,
Viel drum, wenn er sie hätte!
Er neidet uns den Gedanken
Des Tanken.«
Und zu Ritter Hindenburg spottenderweis
Wendet sich Fräulein Mariann:
»Herr Ritter, glaubt Ihr wirklich daran,
Daß Geist die Maschinenkraft aufheben kann,
Ei, so hebt mir die Tanks da auf!«
Und bums! bums! dröhnt sein Kanonenlauf,
Zerschmettert gleich ohne Menkenke
Sechsundzwanzig Tanke.
»Nun hat er die Tanks, unsre Tanks, geknicht,
Nun wird er mit ihnen siegen!«
Doch Hindenburg leistet lächelnd Verzicht:
»Mir g'nügt das Schwert, das für Deutschland ficht,
Den Tank, Dame, begehr' ich nicht!«
Und läßt ihn im Grabendreck liegen.
(Caliban, Der Tag, 28.4.1918)

4

22. August
... Zwischen Somme und Oise verlief der Tag ruhig. Südwestlich
von Noyon haben wir uns in der Nacht vom 20. bis zum 21.
kampflos vom Gegner etwas abgesetzt ... Zwischen Blerancourt
und der Aisne setzte der Feind seine Angriffe tagsüber fort. Nur
bei Blerancourt konnte er Boden gewinnen.

5

Die Tankabwehrgeschütze von Reisiger und Schmidt standen
nahe an Blerancourt.
Zum Kommando gehörten außer den beiden Offizieren:

343

Feldunterarzt Winkel, zwei Unteroffiziere, zehn Kanoniere und drei Telephonisten.

Die beiden Geschütze waren in einer ruhigen Nacht ohne Verluste in Stellung gegangen. Sie wurden auf freiem Feld postiert. Ein Dach aus Drahtgeflecht mit aufgeschüttetem Laub schützte vor Fliegersicht.

Einschießen der Geschütze war ausdrücklich verboten. Es sollte ausschließlich Überraschungswirkung gegen Panzerwagen in direktem Beschuß erzielt werden.

Offiziere und Mannschaften lagen in einer geräumigen Kalksteinhöhle in Bereitschaft. Sie teilten das Quartier mit der Reserve eines Infanteriebataillons. Der Führer dieser Reserve, Major Sänger, übernahm als Abschnittkommandeur auch den Befehl über die Geschütze.

Die Höhle war ein Quartier, wie man es seit vielen Wochen nicht mehr gehabt hatte. Sie bestand aus einem großen Raum, der die Ausmaße einer Bahnhofshalle von übergewöhnlichen Dimensionen hatte (er war von der Infanterie belegt), und aus einem kleineren Gewölbe, nicht größer als fünf Zimmer einer bürgerlichen Wohnung. Hier lag das Tankabwehrkommando.

Beide Räume waren durch einen unterirdischen Gang miteinander verbunden. Man hatte es tagelang nicht nötig, ins Freie zu gehen. Man war der Fliegersicht unter Garantie entzogen. Man konnte im Gang sogar kochen.

Die Höhle für die Artilleristen muß schon vor ihrem Einzug bewohnt gewesen sein: man fand einen Tisch, ein paar Kisten, und an der einen Wand übereinandergebaute Gestelle mit Stroh: Betten, wie man sie auch seit langem nicht mehr kannte.

Der einzige Raum gab eine neue Gemeinschaft. So hatten bei der Artillerie selten Offiziere mit den Mannschaften zusammengelebt wie hier. Man kochte gemeinsam, aß gemeinsam. Gegen Abend, wenn man zu der tags ständig brennenden Kerze verschwenderisch eine zweite stellte, saß alles am gleichen Tisch.

Es gab nicht Post, nicht Zeitungen: um so weniger man mit

der Außenwelt verbunden war, um so eher löste sich die Zunge.

Was wurde gesprochen?

Nicht viel. Aber immer, schon nach einigen Sätzen, war man beim gleichen Thema: Wann ist der Krieg zu Ende?

Reisiger ertappte sich oft dabei, wie es ihn brannte, von den Tischgenossen mehr zu hören; die Antwort auf die Frage: Wie wird der Krieg zu Ende gehen?

Die Antwort kam auch zuweilen. Vom Sieg redete niemand. Von Verhandlungen mit den Gegnern, von Liquidation sprach man schon öfter. Und sonst: nicht viel mehr Gedanken als das primitive: wir haben alle genug. Wir wollen nach Haus ... Das hatte sich bereits festgesaugt. Das war bereits Gesetz.

Aber: Wie kommen wir nach Haus? Wer bestimmt das? Wer macht das Ende? – Nein, nein, so fragte man nicht.

Und im übrigen: man lebte ja ganz gut. Verpflegung gabs von der Infanterie. Reichlich Dörrgemüse, wenig Brot, wenig Marmelade, sehr wenig Käse. Man erfand einen »Käsekuchen«; Brot in fingerdicken Scheiben wurde mit Marmelade bestrichen, darüber legte man Käsewürfel. Das Ganze hielt man auf dem Seitengewehr ins Feuer, bis der Belag zerlief.

6

Französische Flieger warfen kleine weiße Zettel ab. Es war verboten, sie zu lesen, befohlen, sie auf schnellstem Weg dem nächsten Offizier zu übergeben.

Man las sie trotzdem, man gab sie nicht dem nächsten Offizier, sondern dem nächsten Kameraden. Und man las so Tag für Tag:

Deutsche Kameraden! Sagt an, wann wollen wir ein Ende machen mit diesem ewigen Morden im Interesse des Zollerschen Größenwahns und einiger großer Geldsäcke? Denn warum dieser Krieg ist, weiß ein jeder von euch so gut wie ich, er sei auch aus jedem x-beliebigen Staate Deutschlands. Habt doch nicht solche Angst, Kameraden, und denkt daran, daß wir die Macht in Händen haben, daß die Macht unser ist. Hat euch doch der Preuße im Vertrauen auf euren Knechtessinn und eure Feigheit sogar die Flinte sowie 150 Patronen in die Hand gegeben, um unter der Devise: Mit Gott für König und Vaterland dafür zu kämpfen, daß euch und euren Nachkommen die Sklavenketten noch fester angeschmiedet werden, wie sie vorher schon waren. Darum wache auf, deutscher Michel, und zerbrich die Ketten, werde ein Mann und mache dich frei, damit deine Nachkommen dich nicht verachten und verspotten. Auch ich bin verheiratet und habe Kinder, und dennoch habe ich mich frei gemacht, denn welche Frau kann den Mann noch achten, der nach vier Jahren noch für seine Sklavenhalter kämpft, den Tod während eines Angriffs nicht scheut und dennoch nicht den Mut hat, für seine Rechte, seine Freiheit und die Befreiung seiner Angehörigen den Tod zu erleiden? Wenn ihr dazu nicht den Mut habt, Kameraden, so kommt herüber nach dem schönen Frankreich; hier wird man nicht allein satt und hat gut zu essen, sondern hier wirst du auch wie ein Mensch behandelt und nicht wie ein menschenähnliches Tier.

Ein sich hier wie ein neugeborener Mensch fühlender Kamerad!
Weitergeben!

Rückseite:

Es scheint überhaupt, als sollte der Weltkrieg als Familienangelegenheit Hohenzollern betrachtet werden. »Wilhelm hat angegriffen«, lautete vor kurzem ein Heeresbericht. Wilhelm hat nicht angegriffen, aber Tausende Soldaten haben angreifen müssen, während sich Wilhelm 40 oder 60 Kilometer hinter der Front befunden hatte. Lieber den Frieden ohne Monarchie, als den Krieg mit Monarchie.

(Abg. Dr. Cohn, U. S., Reichstagssitzung vom 14.6.1918)

7

Reisiger und Schmidt meldeten sich jeden Abend nach Dunkelwerden beim Infanteriemajor. Dort lasen sie den Heeresbericht. Unbegreiflich, wie schlimm es überall aussah, wie die

Maschinen der Fronten sich ineinanderwühlten. Unbegreiflich: denn hier war absolute Ruhe.

»Am Ende verschlafen wir hier noch den ganzen Krieg.« Der Major knurrte. »Hier verlieren meine Leute jede Kampftüchtigkeit.«

»Aber Herr Major – was nicht ist, kann noch werden.«

»Wenn wir Glück haben – daß unser Gelände den Feind nicht geradezu zum Angriff animiert ... Sehen Sie doch ...« Auf der Karte wurde Krieg gespielt. Immer wieder wurden alle Chancen durchdacht. »Ja – und Tanks ...?« – Tanks kannte niemand. Hier im Abschnitt war so etwas bisher noch nicht aufgetaucht. Nach der Karte läßt es sich auch schwer ausdenken, wo die Biester ihre Ställe haben sollten. Das Gelände ist eben, steigt flach an. Und diesseits der Höhe, 600 Meter davor, liegt in den Trichtern unsere Infanterie. Was heißt da Tanks?

»Vermutlich hat der Feind Artillerie und Panzerwagen südlich von uns massiert. Und wir gucken in den Mond. – Ein Kotzkrieg. Wozu habe ich mein Bataillon? –«

Also – was soll man anders tun – wird Skat gespielt.

Jeden Abend, bis gegen Mitternacht.

8

Reisiger kommt mit Schmidt vom Major.

In der Höhle schläft alles. Am Fernsprecher sitzt Gorgas, Telephonist. Die Leitung zum Regiment ist in Ordnung: es gibt nichts Neues. Reisiger hat noch Hunger. Er kramt aus dem Sandsack neben dem Bettgestell etwas Brot hervor, setzt sich an den Tisch. Dort liegt ein vertrocknetes Stück Wurst, in eine Zeitung gewickelt. Seine Augen lesen in dieser Zeitung. Zum Sprechen ist er zu faul. Seine Augen kommen auch von der Zeitung nicht los.

Schmidt interessiert sich: »Was lesen Sie denn da so Wichtiges?«

Reisiger brummt verstört: »Ach nichts Besonderes.«

Schmidt merkt, daß es keinen Sinn hat, Reisiger zu einer Unterhaltung zu animieren. »Na denn gute Nacht.« Rock und Stiefel aus, ins Bett.

Reisiger liest immer noch. Er weiß nicht, was er liest. Es kommt nicht ins Bewußtsein. Es wird nur buchstabiert. Was heißt das denn? – »Sagen Sie, Gorgas, gehört Ihnen die Wurst?«

»Jawohl, wenn Herr Leutnant sich bedienen wollen.«

»Nein, danke schön, mich interessiert nur das Papier.« Und schon wickelt er die Wurst aus, legt sie beiseite, glättet den Wisch. Na also, Nachrichten aus der Heimat. Das geht ja noch ganz nett zu. Von Krieg spüren die wirklich nichts. Fettlebe.

Es ist beinahe so, als ob man während der langen Postsperre das Lesen verlernt hat. Jeden Buchstaben muß man einzeln vornehmen, jedes Wort langsam zusammensetzen. Halblaut: *Als der Krieg ausbrach, da dachten wir, es werde ein Krieg auf kurze Zeit sein, aber die Dinge gestalteten sich anders. Auf die Kriegserklärung Rußlands folgte die Frankreichs, und als dann auch noch die Engländer über uns herfielen, da habe ich gesagt, ich freue mich darüber, und ich freue mich deswegen, weil wir jetzt mit unseren Feinden Abrechnung halten können und weil wir jetzt endlich einen direkten Ausgang vom Rhein zum Meere bekommen. Zehn Monate sind seit der Zeit …*

Und ich freue mich darüber und ich freue mich deswegen und ich freue mich – zehn Monate – zehn …

Reisiger will sich zu Gorgas drehen: – Haben Sie schon gehört, daß König Ludwig eine Rede gehalten hat? Aber …

»Zehn Monate« … und er sieht sich den Bericht wieder an: 6. Juni 1915.

Ach so? Am 6. Juni 1915 freute sich der König Ludwig über die Feinde. Ach so? »Viel Feind viel Ehr.« Ach so?

Er wickelt die Wurst wieder ein, fest ins zerknitterte Blatt. Er schiebt sie quer über den Tisch, weit von sich.

Ach so – die Zeiten haben sich geändert. Und wo blieb die Freude?

6. Juni 1915. Kann man das eigentlich heute noch denken?

»Herr Leutnant, ich habe eben ein Gespräch von der Infanterie mitangehört, daß der Feind südlich von uns gegen Abend angegriffen hat. Er ist abgeschlagen. Der Telephonist sagte, daß Berge von Leichen vor den Gräben lägen. – Das ist schon fast kein Krieg mehr –«

Das ist schon fast kein Krieg mehr? Doch! Das ist ja gerade Krieg! – »Gorgas, wann werden Sie abgelöst?«

»Um zwei Uhr, Herr Leutnant.«

»Ich lege mich jetzt auch hin. Wenn was los ist, weckt mich.«

Reisiger findet seine Zeltbahn nicht. Er läßt sich vom Telephonisten eine Kerze geben und leuchtet die einzelnen Lager ab. Vielleicht hat irgend jemand geklaut.

Als er an die schlafenden Menschen herantritt, vergißt er das Suchen.

Er erinnert sich an die Nacht damals vor Arras, als er die ersten Toten sah. Diese ausgelöschten weißen Gesichter.

Jetzt ist das wieder hier. Jetzt ist das so stark, daß man nicht entscheiden kann: leben die Leute, die da weitausgestreckt zwischen den verdreckten Zeltbahnen liegen, oder leben sie nicht.

Diese Gesichter. Wie ausgebrannte Krater. Mit ganz scharfen Wänden. Die Nase steil und schmal, die scharfen Backenknochen, die Augenhöhlen tief eingedrückt, der Mund verkniffen, oder etwas geöffnet und schlaff. Und alles weiß, viel weißer als der Kalk.

Das ist nicht zu verstehen.

Warum muß das sein?

Der alte Kanonier Dietrich läßt die eine Hand auf die Erde hängen. Eine dicke, faltige Hand mit kurzen Fingern. An dem einen ein besonders breiter, rötlicher Ehering.

Warum liegt der Kanonier Dietrich hier?

Neben ihm der Arzt, der Doktor Winkel. Der ist noch erschreckender anzusehen. Der ist vollkommen verfallen. Bestimmt schon tot. Warum muß der tot sein?

Warum?

Da liegen die beiden Unteroffiziere nebeneinander. Der eine hat seine Hand unter die Schulter des Nebenmannes geschoben. Jetzt kommt diese Hand hinter dem Hals hervor. Vielleicht legt sie sich gleich um die Gurgel.

Aber nein, die ist ja auch weiß und starr.

Wenn man bloß begreifen könnte, warum?

Reisiger geht langsam wieder zum Tisch. Er weiß, dahinten, noch weiter im Schwarz der Höhle, da liegen noch mehr! Da liegt der Schmidt und da liegen die beiden jungen Kanoniere, die Neunzehnjährigen, die erst vor kurzem kamen. Das will er nicht mehr sehen. Das schreit ja doch alles nur Warum? Warum, warum, warum!!

Das Telephon summt. Der Telephonist nimmt den Fernsprecher ans Ohr, lauscht einen Augenblick, sagt dann laut: »Warum?«

Was ist denn nun los?!

Es reißt etwas an Reisigers Nerven.

Er läßt die Kerze fallen, tritt schnell neben Gorgas, schreit ihn an: »Warum sagen Sie ›Warum‹?«

Gorgas erschrickt. Er steht auf, macht ein erstauntes Gesicht, stammelt: »Warum ich Warum sage? – Das Regiment hat angerufen, ob wir noch Munition brauchen. – Und da habe ich, Herr Leutnant werden verzeihen, Warum gefragt.« Dabei sieht er Reisiger mit hilflosen Augen an. Darf man nicht Warum fragen?

Reisiger zieht aus seiner Rocktasche eine zerdrückte Zigarette. Er bricht sie in zwei Teile, gibt die eine Hälfte Gorgas. Er drückt ihm auf die Schulter: »Setzen Sie sich wieder. Ich wollte ja bloß wissen, was los ist.«

Sie rauchen. Das dauert vier Züge, dann ist die Zigarette zu Ende.

Reisiger dreht sich wieder ab, wieder zu seinem Lager hin.

Aber dann geht er zum Ausgang der Höhle, tritt ins Freie.

Sternenhimmel. Über dem Eingang hocken die beiden Posten, pfeifen. Vorn an der Front blitzt es manchmal auf. Aber im Gelände liegt kein Schuß.

Da ist der Große Bär, Kassiopeia. Das große W.

Das große W.

Reisiger spielt mit dem Laut auf seinen Lippen. Das große – W – das große W – W – Bricht ab: Reisiger, du bist verrückt. Ihn friert. Er will wieder in die Höhle gehen. Das große – W, große – W – er lacht: W heißt? das große W – große W – große – das heißt also?

»Gorgas, haben Sie noch eine Zigarette?«

Gorgas kramt in allen Taschen und durchsucht das Futter seiner Mütze. »Nein, Herr Leutnant, es ist alles alle.«

Das große – das große –

Natürlich. Es gibt nur Ein großes W. Dieses unsinnige, diese unsinnige: Warum. W–arum?

Und es steht hier über uns und über allen Schützengräben und über allen Batteriestellungen und über allen Stabsquartieren und über allen Oberkommandos; da steht das W, steht das W–arum?

Das ist eine Entdeckung, die Reisiger froh macht. Er möchte am liebsten den Doktor wecken und es ihm mitteilen. Schmidt wird nicht soviel Verständnis dafür haben. Der ist ja auch noch zu jung. Was wird der schon Warum fragen?

Aber man soll, das ist eine alte Regel, hier draußen niemanden wecken, wenn es nicht nötig ist. Laß ihn schlafen.

Wo, verflucht, ist die Zeltbahn? Diese ganzen Überlegungen wären bestimmt nicht gekommen, wenn die Zeltbahn im Bett läge. Aber das ist egal. Den Rock über die Knie gedeckt, Stiefel anbehalten. Reisiger schläft ein.

Er hört noch, wie Gorgas von Trebbin abgelöst wird. Es ist also zwei Uhr.

9

Drei Stunden später. 5 Uhr früh. Die beiden Posten auf dem Eingang der Höhle liegen auf dem Bauch. Sie dämmern. In einer Stunde werden sie eingezogen.

Da bewegt sich, wie sie beide an den Rand des Horizontes gegen den Feind hin sehen, die Erde. Es heben sich gegen das fahle Grau des Himmels an sechs, acht Stellen des Frontabschnittes schwärzliche Blöcke. Oder schwärzliche Berge. Oder Häuser, mit übermannshohem Giebel, der langsam emporsteigt.

Die beiden Posten haben in ihrem Leben keinen Tank gesehen.

Sie wissen: Das sind Tanks.

Da, wo die schwarzen Blöcke jetzt kriechen, wenige Sekunden nach ihrem Auftauchen, da ist unsere vorderste Infanterielinie.

Warum schießt die Infanterie nicht?

Es gibt für die Posten des Tankabwehrzuges eigentlich nur einen Befehl, sobald ein Tank sichtbar wird: »An die Geschütze.«

Die beiden Soldaten greifen in den Erdboden, glotzen nach vorn.

Da einer, ein Tank, da noch einer, fünf, acht, elf, da noch zwei.

Das ist unfaßbar.

Nein, das ist faßbar: Es beginnt ein Feuerüberfall des Feindes. Er muß auf die Sekunde genau von einigen Dutzend Batterien gleichzeitig eröffnet worden sein. Es pfeift, brüllt, klatscht, hagelt. Einer der ersten schweren Schüsse haut vor den Eingang der Höhle.

Die beiden Posten fliegen im Bogen hoch, liegen platt, springen in den Eingang. Brüllen: »An die Geschütze.«

In der Höhle ist alles verwirrt. Die beiden Posten stehen vor Reisiger: »Herr Leutnant, sie sind da.«

Ein Feuerstrahl schlägt in den Eingang. Der Telephonist fliegt mit seinem Gerät beinahe gegen die hintere Wand. Der Tisch bäumt sich.

Da ist alles wach. Aber das Denken setzt noch einen Augenblick aus. »Wer ist da?« Reisiger sieht den Posten an, dreht sich um zu Leutnant Schmidt. »Aha – ein ganz anständiges Trommelfeuer.«

»Herr Leutnant – Tanks!«

Tanks? Ja, ist denn das Wort allein schon lähmend? Reisiger muß sich einen Ruck geben. Aber er sieht, daß alle andern noch erstarrt dastehen.

Er brüllt los: »Was steht ihr denn – ihr hört doch – Tanks – Herr Leutnant Schmidt – schnell an die Geschütze!«

Er nimmt Stahlhelm, Gasmaske, geht an den Eingang.

Die Aussicht ist schwärzer als die Wand der Höhle. Trommelfeuer. Man erkennt nicht mehr einzelne Schüsse. Nur einen schwarzen Vorhang, zuckend, höher, auf einen Augenblick tiefer, dann wieder hoch. Flammen dazwischen.

Alle sind jetzt hinter Reisiger getreten.

Schmidt: »Verfluchtes Kaffeehaus – wie sollen wir denn an unsere Flinten kommen?«

Reisiger: »Einer nach dem andern – Sprung auf marsch, marsch – wer liegen bleibt, bleibt liegen – haben wir Verbindung mit dem Regiment?«

Der Summerton krächzt kaum hörbar. »Nein, Herr Leutnant, alles kaputt.«

»Und die Infanterie? Schmidt, laufen Sie doch mal durch den Gang – was der Major macht.«

Schmidt ab.

»Unteroffizier Gross – Sie gehen als erster vor.«

»Zu Befehl, Herr Leutnant.« – Und etwas lächelnd: »Wenn das man gutgeht. – Lehmann, Sie kommen als nächster – so ungefähr zehn Schritt Abstand – und dann die andern.«

Wieder haut ein Schuß ganz dicht gegen die Höhle. Er lag direkt auf dem Dach vor dem Eingang. Eine Wand schlägt nach innen.

Reisiger schiebt den Dreck mit dem Fuß etwas zur Seite: »Um so besser wird die Deckung – also los, Gross.«

Schuß, daß das Feuer heiß gegen die Wände spritzt. Gross springt ab. Er ist im schwarzen Rauch verschwunden.

»Zwei – drei – vier«, Reisiger zählt laut bis zehn: »Der nächste!«

Und der nächste wird von der schwarzen Wand verschluckt. Wo bleibt Schmidt? Was macht die Infanterie?

Man hört Schritte durch den Verbindungsgang: »Reisiger, die Höhle ist leer. Die Infanterie ist wohl in der rückwärtigen Aufnahmestellung. – Wenigstens den Fußspuren nach. Sie haben nur ein paar Verwundete zurückgelassen.«

Schöne Aussichten. Wenn jetzt die erste Linie überrannt ist, sind wir ohne Deckung.

Plötzlich vorn ein Gebrüll. Aus einer Feuersäule bricht der Kanonier Lehmann hervor. Er geht auf den Knien, ohne Stahlhelm, zerrt etwas hinter sich her. Richtet sich auf, greift mit der andern Hand nach rückwärts. Er legt Reisiger den

Unteroffizier Gross vor die Füße. Ein Arm ist ab. Der Uniformrock vom Hals bis zur Hüfte aufgerissen. Keucht: »Herr Leutnant, an Durchkommen ist nicht zu denken.«

Reisiger sieht auf den Unteroffizier. Wie der blutet. Zwei Kanoniere schleppen ihn ab. Kommt der Doktor: »Nichts mehr zu machen. Der war Gott sei Dank sofort tot.«

Wieder ein Schuß auf die Deckung. Der Eingang verengt sich. Alles tritt etwas mehr nach hinten.

»Herr Reisiger – dann will ich es erst versuchen.« Leutnant Schmidt zieht das Sturm band am Helm fester.

»Ich fürchte, lieber Schmidt, wir müssen alle, ob wir wollen oder nicht. Es fehlt bloß, daß der Feind uns den Eingang ganz einschießt. Dann ersticken wir hier. Denn der Ausgang bei der Infanterie liegt ja genau in Schußrichtung. – Also ich gehe zuerst. Mit zehn Schritt Abstand kommen alle nach – Jungens, sowie wir bei den Geschützen sind, kann uns nichts mehr passieren.«

Reisiger springt ohne ein weiteres Wort ab.

Jetzt zählt Schmidt.

Der erste Kanonier ist weg.

Der zweite Kanonier ist weg.

Jetzt kommt Unteroffizier Dircksen. Geschützführer von Reisigers Geschütz. »Neun, zehn – ab!«

Wie der Unteroffizier gerade verschwinden will, springt er hoch, schlägt nach hinten. Aus.

Nun der nächste. Schmidt ist unsicher: »Nun, wer ist der nächste?« Keine Antwort.

Also dann erst die beiden Jungen. »Ziese – raus mit Ihnen.«

Der Kanonier Ziese schlägt die Hacken zusammen, wie er es auf dem Exerzierplatz gelernt hat.

Dann kniet er sich hin, ein Läufer vor dem Start. Ab! Springt über den toten Unteroffizier, kommt eben außer Sicht.

Da schreit der zweite von den Jungen auf. Ja! – Auch Ziese schlägt nach hinten.

Schmidt ist ratlos.

Die schwarze Wand tanzt auf und nieder. Jetzt, einmal, hebt sich die ganze Höhle. Man spürt deutlich, daß der Boden nach oben stößt.

Himmelherrgottsakrament – wir müssen zu den Geschützen! Neuer Schuß! Wie der Rauch zur Seite treibt, steht Reisiger da. Er stolpert in den Eingang zurück: »Es hat keinen Sinn, beide Geschütze sind kurz und klein. Karabiner laden, der Feind ist gleich hier.«

Karabiner laden? Artilleristen wissen von Karabinern soviel wie Infanteristen von Kanonen.

Alles läuft verwirrt durcheinander.

Reisiger, sinnlos: »Der Feind ist gleich hier, versteht ihr mich denn nicht?«

»Herr Reisiger, was wollen wir paar Mann eigentlich mit dem Feind?« Schmidt fragt etwas spöttisch. Reisiger sieht ihn wütend an. Schmidt korrigiert sich: »Natürlich verteidigen wir uns bis zum – der Feind schießt ja gar nicht mehr.«

Sie drängen wieder alle gegen den Eingang. Nein: Die feindliche Artillerie schießt nicht mehr.

Statt dessen rast ein Gewehrfeuer.

Gewehrfeuer macht keinen Eindruck. Bloß Gewehrfeuer. Alle bekommen neuen Mut.

»Vor allen Dingen werden wir feststellen, was los ist«, sagt Reisiger. »Kommen Sie, Schmidt.« Beide nehmen Karabiner und gehen aus der Höhle. Aufrecht. Aber dann fallen sie schnellstens ins Knie, legen sich hin.

»Schmidt – da sind sie –!«

Das Lärmen des Infanteriefeuers geht unter in einem nie gehörten Getöse.

Hundert Meter vor Reisiger kriecht ein Tank heran.

Ein Riese aus der Urwelt.

– Ein ungeheurer, schwärzlicher, nackter Rücken, schwerfällig getragen von zwei ungeheuren Tausendfüßen, die schlurrend und schleifend über die Erde scheuern.

Zwei Nüstern am Kopf bellen, unaufhörlich, und fauchen unaufhörlich gelbliche stechende Flammen.

Ein Tank! Und nicht weit davon eine zweite Bestie. Und schon eine dritte, eine vierte.

Und bellen und fauchen und schurren näher heran.

Da steht ein Baum, zerfetzt, armselig, aber den Stamm wenigstens noch gegen den Himmel gereckt. Halt! – Und der

Tank geht auf ihn los. Der Stamm bricht in die Knie. Wird zerwalzt.

Da ist ein Buschwerk, Drahtverhaue, tief in die Erde betoniert. Halt! Die Bestie schiebt sich ohne Pause dazwischen hindurch.

– Wo ist unsere Infanterie? Wo ist unsere erste Linie? »Schmidt, wo ist unsere erste Linie? Es müssen doch irgendwo Infanteristen sein!«

Schmidt richtet sich etwas auf, stützt sich mit dem Arm, zeigt: »Da kommen doch –«

Reisiger hört, daß etwas aufschlägt, wie Stein auf Stein. – Der Schuß sitzt direkt zwischen Schmidts Augen. Er kippt um. »Schmidt!« Keine Zeit – »Schmidt – da kommen doch –«

Reisiger richtet sich höher. Was hat Schmidt gezeigt? Da kommen doch – das sind ja niemals deutsche Truppen! – Er duckt sich tiefer: Das sind Amerikaner.

Maschinengewehrfeuer. Überall. Auch von hinten. Gott sei Dank, das ist die Infanterie in der zweiten Linie.

Reisiger sieht sich um. Vielleicht ist das der Major mit den Reserven.

Aber vor ihm, und das ist wichtiger, und das wird drohend: Die Tanks, immer näher, immer näher. Und halbrechts, ja, man kann es schon deutlich sehen: Amerikanische Infanterie. Karabiner!

– Schmidt ist tot. Was soll ich einzelner Mensch mit dem Karabiner.

Das werden unsere Leute in der zweiten Linie hoffentlich alleine besorgen.

Zurück zur Höhle: Da werden wir uns verteidigen.

– Zurück zur Höhle. »Winkel, Leutnant Schmidt ist tot. – Jungens, jetzt geht es um das Letzte. Ein Tank wird bald hier sein. Der Feind hat amerikanische Infanterie. – Wir müssen uns nach rückwärts durchschlagen.«

Reisiger sieht die Leute an. Die stehen da, bekniffen. Gewiß, die beiden Unteroffiziere sind tot, Leutnant Schmidt ist tot und die beiden Kriegsfreiwilligen. Aber so etwas ist man doch gewöhnt. »Oder was denkt ihr euch?«

Sie denken sich was. Man sieht an ihren Gesichtern, daß sie

irgend etwas überlegt haben. »Also raus mit der Sprache – jede Minute ist wichtig – na, Gorgas, was meint ihr?«

Gorgas tritt von dem einen Bein aufs andere, sieht Reisiger an und den Doktor Winkel und dann die Kameraden: »Herr Leutnant, ich meine – wir hatten bloß gedacht – wir haben vorhin, wie Herr Leutnant draußen waren, hinten von der Infanterie in der großen Höhle die Verwundeten zu uns geholt. Und da meinte Herr Doktor – und da meine ich – die haben wir hierher gelegt, damit sie nicht allein sind. Und ob wir die nicht pflegen dürfen?«

Reisiger versteht nicht recht. Er sieht Winkel an. Der zuckt mit den Achseln. Ist das Zustimmung oder Ablehnung? – »Also, was ist nun los?«

Gorgas fährt fort: »Und da meinte ich – wenn der Feind kommt und wir sagen, daß hier Verwundete liegen und daß wir so etwas wie Sanitäter sind –« Mehr sagt er nicht.

»Also gefangen wollt ihr euch nehmen lassen?«

Schweigen.

»Kerls, ihr seid wohl vom Lieben Gott verlassen. Ich kann doch nicht euch sieben Mann hier einfach den Amerikanern schenken. Außerdem, ist euch klar, daß die keineswegs warten werden, bis ihr so gut seid und ihnen aus der Höhle entgegengeht? Die schmeißen, das wißt ihr doch, in jedes Loch eine Handgranate. Wollt ihr die lieber in die Fresse haben?«

Da tritt der Landsturmmann Dietrich vor: »Herr Leutnant, wenn wir bitten dürfen: lieber so – und dann ist es ja wirklich wegen der Verwundeten.«

Was tun?

Reisiger geht wieder an den Ausgang. Ja, dieses seltsame Geräusch der anrollenden Tanks ist stärker geworden. Es handelt sich vielleicht wirklich nur noch um Minuten. Wer dann nicht aus der Höhle heraus ist, muß hierbleiben.

Er setzt sich den Stahlhelm fest auf die Stirn: »Doktor, kommen Sie mit?«

Er wollte es als Frage sagen. Und nun ist es wie ein Befehl geworden. Winkel schluckt: »Selbstverständlich.«

»Also, ihr wollt mich allein lassen?«

Gorgas: »Herr Leutnant, es ist wegen der Verwundeten.«

357

»Dann steckt gefälligst ein weißes Taschentuch an den Eingang. Und wer gefangen wird, schreibt mir eine Karte. Los, Doktor.«

10

Die ersten fünfzig Meter in gebückter Haltung. Winkel hinter Reisiger her. Verflucht, der Feind schießt doch noch mit Artillerie. Der Schuß saß direkt vor der Nase. Also hinlegen. Die Splitter sausen singend hoch. Die tun einem nichts mehr. Umsehen: die armen Kerls in der Höhle! Der eine Tank muß in ein paar Minuten bei ihnen sein.

Weiter. Auf dem Bauch kriechen. Das ist schwierig, weil der Weg zertrommelt ist. Es geht immer auf und nieder, den Kopf in die Höhe, dann wieder auf die Füße. Jetzt noch zwanzig Meter, dann ist eine kleine Deckung da, ein kümmerlicher Hohlweg. Mit einer Wand, schulterhoch nach hinten. Mit einer Deckung, wenig mehr als zwanzig Zentimeter nach vorn. Besser als nichts. Wenn einen nur die Bande nicht entdeckt.

So kriechen sie, kriechen. Artillerieschüsse. Die Maschinengewehre kläffen. Da sie mit der Nase möglichst im Dreck schleppen, sehen sie nicht viel. Reisiger wird leichtsinnig. Ach was, drei Schritt, dann ist der Hohlweg da. Einen Sprung über die zwei Meter. Deckung! Winkel dahinter.

Winkel schiebt sich vor, sie liegen Kopf an Kopf.

»Eine ulkige Sache. Es kommt mir vor, als wenn wir die beiden einzigen Menschen auf der ganzen französischen Erde wären. Außer den Tanks natürlich. Aber die werden uns ja nichts tun. Dabei habe ich vorhin bestimmt Amerikaner gesehen.«

Beide heben den Kopf, behutsam. Jetzt sind sie aus der Deckung heraus. Aber zwischen Stahlhelm und Erdboden ist nur ein schmaler Spalt.

»Sehen Sie etwas, Winkel?«

Und beide gleichzeitig ziehen den Kopf wieder ein. Lieber Himmel, so viel Amerikaner gibt es gar nicht. Es wimmelt vor ihnen. Vielleicht auf zweihundert Meter Entfernung.

»Winkel, die gehen ja aufrecht, als ob sie einen Spaziergang machten!«

Winkel antwortet nicht.

Hinter ihnen wütendes Maschinengewehr. Reisiger wälzt sich langsam auf den Rücken, vielleicht kann man sehen, wer da eigentlich schießt. O ja, man kann es sehen.

Man sieht sehr deutlich, daß die schulterhohe Deckung Zentimeter an Zentimeter in kleinen, sprühenden Sandfontänen hochgeht: Die deutschen M. G.s der rückwärtigen Stellung kämmen also ausgerechnet diesen Hang ab.

»Wir müssen auf dem Bauche weiterkriechen.«

»Aber Herr Reisiger, das kann ja stundenlang so weiter schießen.«

»Ja, sollen wir springen?«

Das mag gehen. Reisiger setzt sich in die Hocke. Im selben Augenblick gibt es Feuer von vorn. Wie er wieder auf den Bauch gleitet und hochschielt, hüpfen dieselben kleinen Fontänen, die auf der rückwärtigen Deckung hin und her gehen, nun auch vor ihnen.

Das heißt: sie liegen genau im Strichfeuer der Maschinengewehre von Freund und Feind.

Und das bedeutet: hier sinnlos festgenagelt werden.

Lauter wird der Lärm der Tanks, lebhafter hüpfen die kleinen Fontänen. Wahrscheinlich kommen die Amerikaner Schritt vor Schritt näher. Das Ende wird also sein: Mit einem Kolben eins auf den Schädel zu bekommen. »Ja, lieber Doktor, es gibt gar keine andere Lösung: hier müssen wir fort.«

Winkel, verbissen, lachend: »Das scheint mir in der Tat auch so.«

Wie gut man doch seine Gedanken beisammen hat. Reisiger doziert mit lauter Stimme: »Es handelt sich um einen Schuß in den Kopf oder um einen Schuß in den Bauch. Sie, verehrter Doktor, werden mit mir einer Meinung sein, daß der Kopfschuß das Erfreulichere ist. Also: Wenn wir jetzt aufrecht stehen, versetzt uns unsere eigene Infanterie den Heldentod durch Kopfschuß. Bücken wir uns aber und laufen mit eingezogenen Knien, knallt uns der Tommy in den Wanst. Ergo: wir gehen aufrecht.«

Eins, zwei, drei: Sie stehen. Sie setzen sich in Bewegung, aufrecht, oder so gut wie aufrecht, den Kopf nur vorsichtig auf die Brust geklemmt. Sehen nach rechts: Da ist die hohe Böschung, ja, und da, immer in Scheitelhöhe, schlagen die deutschen Kugeln ein.

Sehen nach links – sehen nach links – und dann vergessen sie jeden Vorsatz und jede Überlegung: da kommen drei oder vier Reihen hintereinander, aufrechter als sie, untergehakt, das Gewehr wie bei einer Treibjagd zwanglos unter dem Arm geklemmt, Amerikaner. So nahe, daß man die Gesichter erkennen kann. So nahe, daß man sieht, wie einzelne Gruppen lachen, hin und her schwanken, als ob sie im Tanzschritt gingen. Dort links treibt eine gesonderte Gruppe einen Fußball vor sich her. – Immer wieder wirft einer und der andere plötzlich die Arme hoch und sinkt zusammen. Die Reihen schließen sich. Die Lebenden gehen weiter.

Von nichts gedeckt als von den Tanks.

Und die Tanks, die schlurfen heran. Ihr Gebrüll wird immer lauter, immer dumpfer, immer unwirklicher.

Ein paar Sekunden diesen Bildern. Dann wieder lostraben!

Da sehen Reisiger und Winkel, daß die Kette der kleinen Fontänen ihnen zu Füßen folgt und immer da, wo sie laufen, folgt, zehn Zentimeter neben ihnen, zwanzig, näher, weiter und immer tänzelnd folgt.

Sie stürzen in Galopp. Den Hohlweg weiter. Durch Granattrichter. Sie versinken bis zu den Schultern, klettern wieder heraus, stürzen kopfüber in neue Krater.

Der Feind kommt näher.

Und die Tanks schießen. Und die Amerikaner schießen vor ihnen und die Deutschen schießen hinter ihnen. Und das Trommelfeuer wird zum Fortissimo.

Laufen, laufen! Es ist eine irrsinnige Hitze. Muß wohl Mittag sein. Die Sonne brennt. – Laufen. – Wie Reisiger sich einmal umsieht, wirft Winkel gerade seinen Rock weg. Rast in Hemdsärmeln weiter.

Die Böschung ist zu Ende. Es hilft nichts: hinauf auf das freie Feld. Nur weg vom Feind!

Reisiger springt zuerst auf das Plateau.

Da sieht er, daß die deutsche Infanterie gerade aus der Reservestellung klettert.

»Winkel, die Rettung kommt!«

Aber nein. Aber Wahnsinn! Es gibt keinen Sturmangriff und keine Abwehr. Ein Tank ist bereits bis zur zweiten Stellung durchgestoßen, ach, weit durchgestoßen. Der fährt nun direkt auf der Linie des Grabens entlang und schießt mit zwei M.G.s unmittelbar in die Deckungen hinein. Und die Infanterie reißt aus, reißt aus, läuft, läuft, rette sich wer kann.

Also hinterher!

Einmal den Blick herum.

Überall Tanks. Überall die vierfache Mauer der Amerikaner, Schritt vor Schritt.

Das Gelände erhebt sich. Je höher Reisiger und Winkel kommen, je besser die Fernsicht für sie wird, desto deutlicher sehen sie den Kessel, der sich schließt. – Kolonnen aufrecht, Amerikaner und Engländer und Franzosen. Und davor Tanks. – Und im Kessel Tausende von Menschen, die Deutschen. – Alles rennt, rennt. Eine Stelle in der Klemme ist noch offen: Richtung Deutschland! Zurück!

Und immer wieder, wohin man sieht: diese seltsame Bewegung, der leichte Sprung, fast kerzengerade in die Luft, und hilfeschreiende Arme, und das Zusammensinken.

Laufen, laufen.

Batteriestellungen. Da ist alles tot. Die Geschütze sind durcheinandergefegt, bilden unentwirrbare Schutthaufen.

Maschinengewehrstände. Aber die Mannschaften sind fort.

Und Tote, überall Tote und Verwundete.

Laufen, weiterlaufen!

Der Feind hat inzwischen seine Artillerie vorgezogen. Es beginnt im Hintergelände das Trommelfeuer. Nach zehn Minuten starrt die ganze Gegend von mannsdicken und haushohen Feuersäulen.

Da hinein müssen die Deutschen!

Und die Tanks kommen. Und dahinter Amerikaner und Engländer und Franzosen.

Es liegt da ein Wald. Er brennt. Aber er ist lebendig. Durch die Gassen seiner Stämme wälzt sich nach rückwärts in dicken Kolonnen die Infanterie.

Es liegt da eine Chaussee. Auf ihr wollen Kolonnen mit Wagen und Pferden und Geschützen und Autos nach rückwärts. Über ihnen verfinstert sich der Himmel. Aus einer Höhe von wenigen Metern stoßen Scharen von Fliegern auf sie herab. Maschinengewehre mähen das Leben zu Boden.

Die Kolonnen kommen ins Stocken, geraten übereinander.

Neue Fliegerscharen werfen Kettenbomben ab. Bomben, die eine hundertfache Explosion erzeugen, tausendfach töten und zerreißen und töten.

Laufen, laufen, laufen.

11

7.057.000 Mann gegen 2.500.000 Mann.

12

Die nationale Verteidigung, die Erhebung des Volkes muß eingeleitet, ein Verteidigungsamt errichtet werden. Beides tritt nur dann in Kraft, wenn die Not es fordert, wenn man uns zurückstößt; doch darf kein Tag verloren gehen.

Das Amt ist keiner bestehenden Behörde anzugliedern, es besteht aus Bürgern und Soldaten und hat weite Vollmacht.

Seine Aufgabe ist dreifach.

Erstens wendet es sich im Aufruf an das Volk, in einer Sprache der Rückhaltlosigkeit und Wahrheit. Wer sich berufen fühlt, mag sich melden, es gibt ältere Männer genug, die gesund und bereit sind, ermüdeten Brüdern an der Front mit Leib und Seele zu helfen.

Zweitens müssen alle die Feldgrauen zur Front zurück, die man heute in Städten, auf Bahnhöfen und in Eisenbahnen sieht, wenn es auch für manchen hart sein mag, den schwerverdienten Urlaub zu unterbrechen.

Drittens müssen in Ost und West, in Etappen und im Hinter-

land, aus Kanzleien, Wachstuben und Truppenplätzen die Waf-
fentragenden ausgesiebt werden. Was nützen uns heute noch
Besatzungen und Expeditionen in Rußland? Schwerlich ist in
diesem Augenblick mehr als die Hälfte unserer Truppen an der
Westfront.
Einer erneuten Front werden andere Bedingungen geboten als
einer ermüdeten.
(Walther Rathenau, Vossische Zeitung, Berlin, 7.10.1918)

13

Unter allen Umständen muß der Eindruck vermieden werden,
als gehe unser Friedensschritt von militärischer Seite aus. Reichs-
kanzler und Regierung haben es auf sich genommen, den Schritt
von sich aus gehen zu lassen. Diesen Eindruck darf die Presse
nicht zerstören. Sie muß immer wieder betonen, daß die Regie-
rung es ist, die getreu ihren wiederholt geäußerten Prinzipien
sich zum Friedensschritt entschloß.
(Pressekonferenz, 16.10.1918)

14

Gen. Ludendorff hat soeben Frhr. v. Grünau und mich in Ge-
genwart von Oberst Heye, Ew. Exz. seine dringende Bitte zu
übermitteln, daß unser Friedensangebot sofort hinausgeht. Heute
halte die Truppe, was morgen geschehe, sei nicht vorauszusehen.
(v. Lersner, Vertreter des Auswärtigen Amtes, 1.10.1918, 1 Uhr
mittags)

15

Da Reisiger, wie man ihn findet und zum Generalkommando
führt, erklärt, daß er den Krieg für das größte aller Verbrechen hält, verhaftet man ihn und sperrt ihn ins Irrenhaus.

Reisiger liegt in einer Isolierzelle. Das ist ein Grab, düster, kalt, mit einer bläulichen Lampe erhellt. Verschlossen die Tür, vergittert das Fenster mit dem zentimeterdicken Glas. So, nun bin ich begraben. Nun ist es zu Ende. Jetzt wäre es notwendig, meiner Mutter noch zu schreiben, daß ich hier liege. Aber das erlaubt niemand. Ich bin ja verrückt. Ich bin auf allerhöchsten Befehl eines allerhöchsten Kommandierenden Generals verrückt. Muß ja auch so sein. Ein Offizier, der ausrückt, der nicht mehr mitspielt, ist verrückt. Ausrückt verrückt, ausrückt verrückt rückt – es ist zum Lachen, wie ich hier liege. Und dabei habe ich ihm ja gar nicht gesagt, daß ich nicht mehr mitspiele. Herr General, habe ich nur gesagt, erschießen Sie mich bitte, hier, bedienen Sie sich, aber ich gehe nicht einen Schritt mehr nach vorn. Das größte aller Verbrechen mach ich nicht länger ... Wo sind denn auch Sie so lange gewesen? Und warum halten Sie denn die Tanks nicht auf, was? – Und, Herr, mäßigen Sie sich, hat er gesagt. Und gebrüllt habe ich, daß der Husar mit den Lackstiefeln blaß geworden ist; ich denke nicht dran, mich zu mäßigen, habe ich gesagt. Ich mäßige mich seit viel zu langer Zeit, und wenn ich mich schon früher nicht gemäßigt hätte, dann lebten sie alle noch, die gefallen sind. Ich behaupte so laut wie Sie es hören wollen, daß wir alle mitschuldig sind an diesem sinnlosen Verbrechen und ich dulde nicht, daß hier jetzt einer lacht, und außerdem, verlassen Sie sich darauf, kommen die Tanks gleich hier ins Dorf. – Und mich gepackt – warum habe ich mich nicht gewehrt – und mich ins Auto gelegt, festgeschnallt auf der Bahre, und unter die Bank geschoben, auf der ein Mensch ohne Beine verblutete, daß ich naß wurde im Gesicht. Und gestern hier Fahrt durch die Stadt, im vergitterten Wagen, und gelacht und gesungen – und erklärt, mit aller Inbrunst, zu allen Ärzten: meine Herren, ich schwöre Ihnen, ich bin nicht verrückt. Ich spiele auch nicht verrückt. – Ich erkläre Ihnen bei meinem Leben: ich weiß, was ich tue und sage: es geht um nichts anderes als darum, zu sagen: ich, ich, ich mache den Krieg nicht mehr mit. Ich mache den

Krieg nicht mehr mit. Ich weiß, ich lasse meine Kameraden im Stich, und das ist vielleicht feige. Aber ja: ich bin feige. Ich will feige sein. Ich lege es Ihnen ja immer wieder nahe: erschießt mich doch. Verhängt doch eure lächerlichen Kriegsgesetze über mich und erschießt mich doch. Aber ich mache nicht mehr mit. Ich will nicht länger mitschuldig sein. Es geht um mehr als um den Sieg, an den ihr ja doch genau so wenig noch glaubt wie ich. Es geht darum, daß jede Sekunde noch Menschen erschossen und erschlagen und verstümmelt werden – und weswegen? Um einer Sinnlosigkeit willen, denn wir können nicht mehr siegen. Wir haben uns da draußen jahrelang geschlagen wie kein Heer der Welt, wir haben allen Glauben gehabt, auch wenn wir Nein sagten. Nun ist es genug. Und ich mache nicht mehr mit. Und ich mache nicht mehr mit. – Aber dann lachen Sie und bedauern mich. Nehmen Sie die Hand von meiner Stirn, habe ich den Arzt angeschrien, ich will nicht getröstet werden. Ich bin nicht zu bedauern, ich bin nicht krank, ich bin nicht verrückt, ich will nicht entschuldigt werden, ich sage Ihnen, ich weiß, was ich tue. Der Krieg ist das größte Verbrechen, das ich kenne. Ich habe Schuld an ihm. Ich habe jahrelang Schuld an ihm gehabt. Durch mein Kommando sind Menschen getötet worden. Jetzt ist es aus. Laßt es mich doch büßen. Macht mich doch tot, weil ich bewußt, bewußt euch im Stich lasse – Aber wie ich dann weine, lachen Sie noch mitleidiger, sagen: armer, verrückter Leutnant. Und ich bin so klar wie nie vorher in meinem Leben: es ist Verbrechen, auch nur Eine Sekunde weiter teilzuhaben an dem Mord.

17

Festungslazarett Mainz, Nervenstation. Wochenbericht 6.–
13.9.18. Krankenwärter: Neuhagen.
Reisiger, Adolf, Ltn. d. R. F.A.R. 253. Befund wie in voriger Woche. Der Kranke schläft nicht, ißt nicht, sieht starr vor sich hin. Wenn man mit ihm redet, hat er ständig nur einen Satz zur Antwort: »Es ist ja immer noch Krieg. Leckt mich am Arsch!«

Nachschrift:

Es fielen in den Jahren 14 bis 18:
Einemillionachthundertundachttausendfünfhundertundfünf-
undvierzig Deutsche, Einemilliondreihundertvierundfünf-
zigtausend Franzosen, Neunhundertachttausenddreihundert-
undeinundsiebzig Engländer, Sechshunderttausend Italiener,
Einhundertundfünfzehntausend Belgier, Einhundertneunund-
fünfzigtausend Rumänen, Sechshundertneunzigtausend Serben,
Fünfundsechzigtausend Bulgaren, Zweimillionenfünfhundert-
tausend Russen und Polen, Fünfundfünfzigtausendsechshunder-
tachtzehn Amerikaner. Zusammen: Achtmillionenzweihundert-
fünfundfünfzigtausendfünfhundertvierunddreißig Menschen.